Live Bonnevie

Zwischen Himmel und Erde

5 4 3 2 1
ISBN 978-3-649-60318-4

Die norwegische Originalausgabe erschien 2010
unter dem Titel »Hestenes klan« bei Cappelen Damm.

Diese Übersetzung wurde von NORLA finanziell unterstützt.
Deutscher Text von Dagmar Lendt
Umschlaggestaltung und -typografie: bürosüd°, München
Umschlagfotos: Mädchen: plainpicture © Claudia Anys; Pferd: mauritius images/
imagebroker © Manfred Grebler; Landschaft und Himmel: bürosüd°, München
Satz: Sabine Conrad, Rosbach
Printed in Germany
www.coppenrath.de

Live Bonnevie

Zwischen Himmel und Erde

Aus dem Norwegischen
von Dagmar Lendt

COPPENRATH

Für meinen Liebsten
Für Jo und Theo

Mein tiefster Dank gilt Kati Haas
und Odd Holm für Ihre selbstlose Hilfe
und Ihre wertvolle Unterstützung.

Prolog

Als Olil Sylvisdóttir aufwachte, blieb sie still im Bett liegen und ließ die Augen geschlossen. In ihrem Körper spürte sie ein seltsames, überwältigendes Gefühl. Es war ein Gefühl, das sie noch nie zuvor gehabt hatte, das sie aber auf eine merkwürdige Art wiedererkannte und verstand. Das Gefühl, dass die Zeit zu Ende geht.

Olil schlug die Augen auf. Im Zimmer war es dunkel, aber draußen auf dem Meer lag der erste Schimmer der Morgendämmerung. Sie fühlte, dass noch ein wenig Kraft in ihr war, und hatte das starke Verlangen, diese zu einem letzten Kuss für ihren Mann zu nutzen. Aber sie tat es nicht. Stattdessen stieg sie lautlos aus dem Bett. Sie hatte schon lange gewusst, dass dieser Augenblick kommen musste. Der Augenblick, in dem sie die Entscheidung traf, die für ihn so schwer zu verstehen sein würde. Sie lauschte auf seine regelmäßigen Atemzüge. Dann ging sie leise aus dem Zimmer.

Das Einzige, was zwischen ihr und der Treppe lag, war die Tür zum Zimmer ihrer Tochter. An dieser Tür konnte Olil nicht vorbeigehen. Sie musste Abschied nehmen von ihrem sanften, nachdenklichen Gesicht, von den Sommersprossen, die der Winter gebleicht, aber nicht ausgelöscht hatte, von ihrem langen blonden Haar und der glatten Haut, die nach Island roch. Olil schob die Tür auf, und in dem schwachen Licht, das ins Zimmer fiel, sah sie ihre fünfzehnjährige Tochter. Doch sie lag nicht im Bett und schlief, wie ihr Vater. Sie stand angezogen mitten im Raum.

»Du musst mich gehen lassen«, flüsterte Olil.

»Du kannst nicht von mir verlangen, dass ich hierbleibe«, erwiderte die Tochter.

»Nein«, sagte Olil. »Du hast recht. Diesmal bitte ich dich nicht hierzubleiben.«

Sie gingen langsam die Treppe hinunter und Olil stützte sich an der Wand ab. An der Haustür hob sie das weiße Nachthemd an und steckte die nackten Füße in ein paar feste Stiefel. Dann ging sie hinaus.

Auf dem Hof lag eine dicke Schicht Neuschnee und mitten in all dem Weiß stand ein schwarzer Hengst mit langer, heller Mähne und erwartete sie. Olil schwang sich nicht auf seinen Rücken, so wie sie es sonst immer getan hatte. Stattdessen klammerte sie sich an die helle Mähne, während sie darum kämpfte, sich aufrecht zu halten. Der Hengst drehte den Kopf und sah sie an, als versuchte er zu verstehen, was sie von ihm erwartete.

»Du musst dich hinlegen«, flüsterte Olil. »Kannst du das?«

Der Hengst sah sie an. Er hatte sich noch nie vor ihr hingelegt und wirkte unsicher. Olil redete ihm leise zu, aber sie merkte, wie ihre Stimme versagte. Plötzlich hatte sie einen leisen Pfeifton in den Ohren und dann sank sie im Schnee zusammen. Die Stimme ihrer Tochter war weit weg und Olil antwortete ihr nicht. Stattdessen strich sie mit der Hand über ein Vorderbein des Hengstes und flüsterte ihm wieder zu. Da legte sich der halbwilde Hengst für sie nieder. Olil kletterte auf den warmen schwarzen Rücken und klammerte sich an der Mähne fest, als er sich erhob. Sie merkte, wie die Tochter hinter ihr aufstieg und ihr eine Decke um die Schultern legte. Dann ritten sie langsam vom Hof.

Als sie zum Wasserfall kamen, stand dort ein großes weißes Zelt. Olil ließ sich vom Pferderücken gleiten, aber sie konnte nicht stehen. Sie wurde von Frauen ins Zelt hineingetragen, die ihre Tochter noch nie gesehen hatte. Vorsichtig wurde sie auf ein weiches Lager aus Fellen und Decken gebettet. Selbst im warmen Licht der Fackeln war sie bleich. Ein Schatten lag jetzt auf ihrem Gesicht. Ein Schatten, der immer dunkler wurde.

»Ich weiß nicht, was ich ohne dich machen soll«, sagte die Tochter.

Olil lag lange regungslos da und starrte hinauf an das weiße Zeltdach. Dann blickte sie ihrer Tochter in die Augen.

»Folge deinem Herzen«, sagte sie. »Auf das kannst du dich immer verlassen.«

Langsam streckte sie die Hände aus und umarmte ihre Tochter ein letztes Mal.

Dann schloss sie die Augen und öffnete sie nie wieder.

Zwei Jahre später

Sonntag

Noch 90 Tage

Es ist später Nachmittag auf dem Reiterhof Vestre Engelsrud und die Sonne ist hinter den waldigen Bergketten der Oslomark verschwunden. Die Bäume unterhalb des Hofs sind tief verschneit, aber winzige Löcher in der Schneedecke verraten, dass es zu tauen begonnen hat. Ein Mann kommt aus dem Wohnhaus. Er atmet tief ein und bläst die Luft langsam wieder aus. Im schwachen Licht der Hoflampen umhüllt der Atemnebel ihn wie eine Wolke. Es ist ungewöhnlich kalt für April. Der Mann verschafft sich einen schnellen Überblick über das Treiben vor der Reithalle und zieht sich dabei die Arbeitshandschuhe an. Danach überquert er den Hofplatz und verschwindet im Stall.

Die Reithalle auf Vestre Engelsrud ist an diesem Wochenende für eine große Meisterschaft im Springreiten vermietet. Überall sind Leute. Pferdetransporter parken in Reih und Glied. Verschwitzte Pferde mit Decken werden zum Abdampfen herumgeführt. Der Beifall in der Reithalle dringt bis auf den Hofplatz hinaus, ebenso wie die Lautsprecherstimme des Ansagers.

Die Tribünen der Reithalle sind voll besetzt. Es knistert vor Spannung. Gerade sind Pferd und Reiter im Parcours. Ein Zeitstechen. Am Eingang zur Bahn sitzt ein blondes Mädchen auf einem Schimmel und wartet auf den Start. Es sieht aus wie jemand, der auf dem Pferderücken zu Hause ist. Niemand weiß, dass ihr gleich ein schlimmer Sturz passieren wird. Ein Sturz, der jeden Zuschauer erschüttert. Es handelt sich um Amanda Fivel, 17 Jahre. Und dies ist ihre Geschichte.

Amanda saß ruhig im Sattel und versuchte, die Konzentration zu finden, die sie brauchte, um fehlerfrei und mit Tagesbestzeit durch den Parcours zu kommen. *In drei Minuten ist alles vorbei.* Sie schloss die Augen und blendete die Fahnen und Wimpel aus, die vom Hallendach hingen. Sie blendete die Tribünen aus, auf denen sicher viele darüber diskutierten, wie gut sie wirklich war.

Sie saß ganz still auf ihrem Pferd und konzentrierte sich darauf, wie schnell sie reiten musste, um klar zu gewinnen. Sie zog die Zügel ein wenig an, und Monty antwortete sofort darauf, indem er zwei Schritte rückwärtsging. Åke Karlsson hatte seine Sache gut gemacht, als er sie auf diesen Moment vorbereitete. Amanda wiederholte im Stillen die letzten Anweisungen, die er ihr während des Aufwärmens gegeben hatte, und öffnete die Augen erst wieder, als Applaus in der Halle aufbrandete. Ihre größte Konkurrentin, Susanne auf Zulu Warrior, hatte einen fehlerfreien Ritt in einer extrem guten Zeit hingelegt. Amanda holte tief Luft. Wenn sie die beiden schlagen wollte, musste sie noch schneller reiten als geplant.

»Jetzt bloß nicht kneifen«, sagte Åke Karlsson, der plötzlich neben ihr stand. »Du reitest, als ginge es um dein Leben, klar?«

»Ich werde es versuchen«, sagte sie leise.

»Nein, du wirst es *schaffen*«, sagte er.

Sein schwedischer Akzent kam jetzt deutlich durch. Das bedeutete, dass er nervös war. Na, bravo. Monty schüttelte ungeduldig den Kopf, aber Amanda gab die Zügel nicht hin. Dies war ihre erste Meisterschaft und der Sieg lag in Reichweite. Aus den Augenwinkeln sah sie, dass Anja ihr die erhobenen Daumen zeigte. Vor Anja stiegen Karoline und Sara auf die Reitertribüne, beide mit einem Becher Kakao in der Hand. Mit unterdrücktem Kichern fegten sie den Schnee von ihren Jacken und ließen ihn auf den Hausarzt rieseln, der in der Reihe unter ihnen saß und fest schlief. Der Hausarzt hatte ein kleines Haus auf Østre Engelsrud gemietet, nur ein paar Steinwürfe von der Reithalle entfernt.

Nun schwebte der feine Schnee sacht auf ihn herab und setzte sich in seinem weißem buschigen Schnurrbart und seinem schütteren Haar fest, aber er wachte nicht auf. Sara und Karoline lachten laut.

Dann sahen sie zu Amanda und sagten etwas zueinander, aber Amanda war zu weit weg, um es hören zu können. *Egal.* Amanda blickte zur Tribüne hinauf, wo ihr Vater saß. Sie war jetzt so alt wie er damals, als er seinen ersten Titel holte, und er hatte wirklich viel getan, um ihr diese Chance zu ermöglichen. Sie wollte ihn nicht enttäuschen.

Wilhelm Fivel beobachtete seine Tochter durch ein kleines Fernglas. Er suchte nach Anzeichen von Nervosität, fand aber keine. *Das ist mein Mädchen!* Er setzte das Fernglas ab und angelte sein klingelndes Handy aus der Tasche.

»Ist sie geritten?«, fragte die Männerstimme am anderen Ende.

»Sie steht am Start«, sagte Wilhelm Fivel.

»Ruf mich an, wenn das Ergebnis feststeht«, antwortete der Mann und legte auf.

Im selben Moment kündigte der Ansager Amanda Fivel auf Mount Kadett als letztes Paar des Tages an. Das Tor öffnete sich und Amanda und Monty galoppierten in die Bahn. Amanda ritt genauso, wie Åke Karlsson es ihr geraten hatte, und als sie merkte, dass Monty sich am Wassergraben verspannte, drückte sie ihm die Schenkel fest in die Seiten, genau nach Anweisung. Monty reagierte darauf, indem er das Tempo erhöhte – und ungefähr da passierte es. Amanda wollte Monty gerade auf einen kurzen Galopp verlangsamen, als der Schimmel ohne Vorwarnung unter ihr verschwand. Amanda fiel vom Pferd. Aber sie ließ die Zügel nicht los. Nicht einmal, als ihre Schulter auf den Boden knallte. Sie spürte den Luftdruck und hörte das Dröhnen, als Montys schwerer Körper direkt neben ihr auf die Erde schlug. Für einen kurzen Moment lag sie zwischen strampelnden Pferdebeinen. Dann rappelte Monty sich wieder auf und zog Amanda mit sich hoch. *Mit einem Bein immer noch im Steigbügel.* Amanda umklammerte die Zügel noch fester. Ihr Kopf und der halbe Oberkörper schleiften über den Boden, während sie sich verzweifelt bemühte, das Bein freizubekommen. Gleichzeitig versuchte sie, Montys Kopf zur Seite zu ziehen. Wenn sie ihn fest genug hielt, würde er vielleicht stehen bleiben. Aber Monty blieb nicht stehen. Er machte ein paar unsichere Schritte vorwärts und bekam Panik, als Amandas Körper mitgeschleift wurde. In gestrecktem Galopp raste er los. Bei jedem Galoppsprung dröhnten neben ihr die Hufe auf den Boden, und sie hielt sich instinktiv die Hände vors Gesicht, um sich zu schützen. Åke Karlsson versuchte mit zwei Helfern, Monty den Weg abzuschneiden, aber das gelang erst beim dritten Versuch. Da warf Monty sich so abrupt herum, dass die Steigbügelriemen vom Sattel abrissen.

Amanda blieb bewegungslos im Sand liegen, während Monty weiterraste. Åke lief zu ihr. Irgendjemand musste inzwischen den Hausarzt wach gerüttelt haben, der sich jetzt über sie beugte.

»Wie viele Finger siehst du?«, fragte der Doktor ruhig und hielt ihr die Hand vors Gesicht.

Amanda meinte, es könnten vier sein, aber sie ließ es drauf ankommen und sagte zwei.

Der Hausarzt drückte vorsichtig an ihr herum und redete dabei die ganze Zeit auf sie ein. Erst als er ihre linke Schulter betastete, zuckte sie zusammen.

»Tut das weh?«, fragte er.

»Nicht besonders«, log sie, aber ihre Stimme zitterte.

Wilhelm Fivel verfolgte durch sein Fernglas, was in der Bahn vor sich ging, und sah, dass Amanda versuchte aufzustehen. Sie wusste, dass sie aufstehen musste.

Das ist mein Mädchen! Der Hausarzt stützte sie, und als sie auf die Beine kam, blieb sie allein stehen. Monty war inzwischen eingefangen und wurde auf der anderen Seite der Bahn herumgeführt.

»Ich will reiten«, flüsterte Amanda.

»Ich muss dich erst noch ein paar Minuten beobachten«, erwiderte der Hausarzt. »Dann sehen wir weiter.«

Der Veranstalter stand neben ihm, nickte kurz und gab dem Ansager dann ein Handsignal. Über die Lautsprecher wurden fünf Minuten Pause verkündet.

Viele auf der Tribüne nutzten die Gelegenheit, sich die Beine zu vertreten. Amandas Vater blieb sitzen. Wilhelm Fivel hatte vor ziemlich genau vier Jahren und zehn Monaten aufgehört, sich die Beine zu vertreten. Er löste die Bremsen und ließ den Rollstuhl zurückrollen, stieß jedoch gegen die Treppe. Wenn er weiterwollte, brauchte er Hilfe. Er versuchte, so zu tun, als gefiele es ihm dort, wo er saß. Denn er war gut darin geworden, so zu tun als ob. Plötzlich bemerkte er einen Mann, der ihn ansah. Es dauerte einen Moment, bis er ihn erkannte.

»Anker!«, rief er überrascht aus. »Lange nicht gesehen.«

Sie gaben sich zögernd die Hand und Anker wirkte ein bisschen unsicher. Die Leute wussten oft nicht, ob sie etwas über den Rollstuhl sagen sollten. Wilhelm Fivel hoffte, dass Anker es ebenso hielt wie die meisten anderen und sich bemühen würde, so zu tun, als gäbe es keinen. Und genau das tat er.

»Wirklich spannend«, sagte Anker und blickte zur gegenüberliegenden Seite der Bahn, wo Amanda immer noch mit dem Hausarzt sprach.

»Kann aber auch schnell teuer werden«, entgegnete Wilhelm Fivel.

»Ach, du machst das immer noch?«

»Nicht offiziell, natürlich.«

»Wie viel liegt im Pott?«, fragte Anker.

Wilhelm winkte ihn zu sich herunter und flüsterte ihm eine Zahl ins Ohr. Anker stieß einen Pfiff aus.

»Und wenn sie verliert?«

»So wie ich die Sache sehe, wird sie das nicht«, sagte Wilhelm Fivel. »Willst du einsteigen?«

»Nein danke. Ich fordere lieber selbst heraus. Du kennst mich.«

Ja, dachte Wilhelm Fivel. *Ich kenne dich.*

Die angekündigte Pause war vorbei und Amanda führte Monty vor dem Veranstaltungstierarzt auf und ab. Er zeigte keine Anzeichen von Lahmheit. Amanda versuchte, den Sand von ihrer Reitjacke zu klopfen, ohne dass es viel half. Schließlich bat sie um Hilfestellung beim Aufsteigen. Sie ritt erst eine Runde Trab, dann Galopp. Nach einigen Runden hielt sie an und grüßte die Punktrichter. Sie wollte immer noch reiten und das Publikum applaudierte spontan vor Erleichterung.

Kurz darauf erhielt Amanda Fivel das Startsignal. Der Ton, der ihr unmissverständlich klarmachte, dass sie innerhalb von 45 Sekunden die Startlinie überquert und die letzte, entscheidende Runde begonnen haben musste. In der großen Reithalle war es jetzt so still, als wären sie und Monty allein. Amanda sah zur Tribüne hoch, wo ihr Vater saß, und konnte gerade noch registrieren, dass jetzt ein Mann bei ihm war. Sie war sich nicht sicher, ob sie ihn schon mal gesehen hatte. Dann verdrängte sie alles aus ihren Gedanken, was außerhalb der Bahn lag, und richtete ihren Blick nur noch auf die Hindernisse zwischen ihr und dem Sieg. Sie galoppierte an, ritt eine Volte und lenkte Monty anschließend an der Startmarke vorbei. Im selben Moment, als die Stoppuhr zu laufen begann, beschleunigte Monty kontrolliert und übersprang das erste Hindernis zögernd, aber mit gutem Abstand. Nach den beiden nächsten Hindernissen hatte er sein Selbstvertrauen wiedergefunden und erhöhte das Tempo. Keiner der Zuschauer brauchte eine Uhr, um zu sehen, dass Amanda die bisher Schnellste war. Doch dann näherte sie sich dem ersten Hindernis der Kombination und … Sie und Monty kamen ein bisschen schräg auf und Monty verlor für einen Augenblick die Balance. Fehlerfrei geschafft! Aber sie hatten kostbare Zeit verloren. Jetzt waren nur noch drei Hindernisse übrig. Amanda beschloss, etwas zu riskieren. Nach dem vorletzten Hindernis verkürzte sie die Kurve kräftig und ritt das letzte Hindernis so schräg an, dass ein Raunen durch die Zuschauer ging. Ihr Vater war so nervös, dass er kaum hinschauen konnte. *Du musst es verdammt noch mal schaffen!* Amanda und Monty waren nur noch einen Galoppsprung vom Wassergraben entfernt, der bereits die Hälfte der Teilnehmer verschreckt und aus dem Stechen geworfen hatte. Monty zögerte kurz, aber ein kleiner Klaps mit der Gerte überredete ihn. Er holte Schwung und hob die Beine beim Absprung so hoch, wie er nur konnte. Wilhelm Fivel hielt die Luft an. Monty schien eine Ewigkeit zu schweben. Auf dem Weg abwärts schlug er die oberste Stange mit dem linken Hinterhuf an. Sie wackelte. Doch sie blieb liegen. Amandas Ritt war fehlerfrei und sie überquerte die Ziellinie in gestrecktem Galopp.

Wilhelm Fivel brauchte den Kommentar des Ansagers nicht. Er wusste auch so, dass sie gewonnen hatte. *Mit gutem Vorsprung!*

Beifall brach aus, und er fühlte, wie das Blut wieder durch seinen Körper strömte. Es war ein intensives, berauschendes Gefühl.

»Das Mädchen ist Gold wert«, murmelte er und zog sein Handy hervor. Er wählte eine Nummer und sagte: »Du schuldest mir 100 000. Doppelt oder nichts?«

Wilhelm Fivel wartete auf die Antwort und war beinahe enttäuscht, als sie nicht *doppelt* lautete.

»Was hältst du davon, wenn wir den Einsatz nehmen und ihn verzehnfachen?«, fragte Anker plötzlich.

Wilhelm Fivel legte rasch auf und sah Anker mit neu erwachtem Interesse an.

»Sie muss Gold bei der Norwegischen Landesmeisterschaft holen«, fuhr Anker fort. »In einer für sie fremden Disziplin.«

»Amanda ist Springreiterin«, sagte Wilhelm Fivel kurz. »Dabei bleiben wir.«

»Wenn sie so gut ist, kann sie doch jeden Wettkampf gewinnen.«

»Selbstverständlich kann sie das, aber Flachbahn ist zu langweilig.«

»Wenn der Einsatz hoch genug ist, kommt die Spannung ganz von allein«, sagte Anker.

Bevor Amanda ihre Ehrenrunde ritt, nahm sie Pokal, Blumen und Schleife in Empfang. Gleichzeitig kamen acht Islandpferde mit atemberaubendem Tempo in die Bahn gestürmt und zeigten zum Abschluss der Veranstaltung eine Schauquadrille zu Musik. Es sah spektakulär aus, aber Wilhelm Fivel hatte nur Augen für Amanda, die ihren Blumenstrauß zu ihm hinaufwarf und winkte, als sie vorbeiritt. Er lächelte kurz und winkte wehmütig zurück. Damals, als er seinen ersten Titel holte, war er noch ein ganzer Mann …

»Hier hast du meine Herausforderung«, sagte Anker.

»Wo?«, fragte Wilhelm Fivel.

»Da«, antwortete Anker und zeigte auf die Islandpferde, die in einer merkwürdigen Gangart, deren Namen er nicht kannte, durch die Bahn rasten.

»Eine Million dürfte kaum genug sein, um Ponyreiten spannend zu machen«, sagte Wilhelm Fivel trocken.

Anker sah ihn herausfordernd an.

»Das wird teuer für dich«, fuhr Amandas Vater fort und streckte die Hand aus.

»Abwarten«, sagte Anker.

Wilhelm Fivel war der Meinung, dass jeder Händedruck eine Geschichte erzählte, und er empfand Ankers Händedruck als ungewöhnlich fest, beinahe siegessicher. Diesmal nicht, dachte er und drückte selbst so kräftig zu, dass Anker versuchte, ihm die Hand zu entziehen.

»Das muss gefeiert werden«, rief Wilhelm Fivel aus. »Du zahlst!«

Vor der Reithalle nahm sich Åke Karlsson Zeit, Amandas Leistung zu loben, bevor er Monty übernahm, um ihn trockenzureiten. Mit ihrem Sieg hatte Amanda ihm die höchste Erfolgsprämie gesichert, die er jemals bekommen hatte, und ihm war sehr daran gelegen, ihr gute Gründe zu geben, das zu wiederholen.

Lob von Åke war selten, aber Lob von ihrem Vater war noch seltener. Amanda hielt nach ihm Ausschau unter all den Leuten, die aus der Reithalle strömten, entdeckte ihn aber nicht. Das einzig bekannte Gesicht in der Menge war das von Anja.

»Wie geht's dir?«, fragte sie. »Hältst du eine Umarmung aus?«

Ohne eine Antwort abzuwarten, schloss sie Amanda schnell und vorsichtig in die Arme. Dann lief sie los, um ihren Bus nicht zu verpassen, und Amanda stand wieder allein da. Sie sah jetzt mehrere bekannte Gesichter in der Menschenmenge. Aber immer noch keine Spur von ihrem Vater. Sie beschloss, Torgeir Bescheid zu sagen, und schlüpfte durch die schwere Tür in den Kleinpferdestall. Es war ganz still dort drin, bis auf eine Forke, die auf dem Boden kratzte. *Das ist er bestimmt.* Sie folgte dem Geräusch und fand Torgeir Rosenlund in einer der hintersten Boxen. Er arbeitete rasch und effektiv. Das musste er auch, denn er hatte jeden Tag mehrere Dutzend Boxen auszumisten.

»Herzlichen Glückwunsch zum Sieg«, sagte er, ohne sich umzudrehen.

»Danke«, sagte Amanda und fragte sich, woher er wusste, dass sie es war.

Torgeir legte eine Pause ein und strich sich das dunkle Haar aus der Stirn.

»Sieht aus, als wärst du ziemlich heftig gefallen«, stellte er fest.

Amanda blickte an sich hinunter. Ihr Reitdress war immer noch voller Sand.

»Monty ist gestürzt«, erzählte sie. »Seine Beine müssen heute Abend gespült und bandagiert werden.«

»Wie geht's dir?«, fragte Torgeir.

»Ich bin okay«, sagte Amanda zögernd.

Torgeir nickte kurz und lächelte sie an. Dann mistete er weiter aus. *Immer freundlich und nett.* Amanda ging wieder nach draußen. Der Hofplatz war jetzt menschenleer und ihr Vater nirgends zu sehen. Auch sein Auto nicht.

»Gratuliere zu deinem Sieg«, sagte eine Stimme hinter ihr.

Es war Susanne. Man sah ihr an, dass sie nicht gerade begeistert war, auf der Ziellinie geschlagen worden zu sein. Aber um ihren Eltern zu imponieren, versuchte sie zu verbergen, dass sie eine schlechte Verliererin war. *Immerhin.*

»Danke«, sagte Amanda schnell. Sie wollte schon weitergehen, als Åke Karlsson mit dem Auto angefahren kam. Er hielt neben ihr an und ließ den Motor laufen.

»Kommst du?«, fragte er.

»Wo ist Papa?«

»Er hat mich gebeten, dich nach Hause zu bringen. Bist du fertig?«

Ihr Vater war also einfach weggefahren. Amanda und Susanne wechselten einen Blick. Amanda war überzeugt davon, dass Susanne die Geschichte jedem erzählen würde, der sie hören wollte. Sie fühlte sich gedemütigt und enttäuscht. Gerade hatte sie ihren ersten Titel geholt, und sie war böse gestürzt. Darüber hätten sie und ihr Vater wenigstens reden können.

»Ich hab nicht viel Zeit«, sagte Åke Karlsson.

»Fahren wir.« Amanda stieg ins Auto.

Montag
Noch 89 Tage

Das Montagsfrühstück war eine feste Einrichtung in der Familie Fivel. Amandas Mutter war mit dem Sonntagsfrühstück aufgewachsen, aber mit einer aktiven Turnierreiterin in der Familie war es unmöglich, diese Tradition fortzusetzen. Victoria Fivel hatte deshalb das gemeinsame Frühstück auf montags gelegt. Und das war unumstößlich, denn, so pflegte Victoria zu erklären: »*Eine moderne und aktive Familie braucht feste Treffpunkte.*«

Familie Fivel wirkte an diesem Morgen allerdings weder modern noch aktiv, und Wilhelm Fivel war derjenige, der am wenigsten aktiv zu sein schien. Das Gelage am Vorabend hatte sich länger hingezogen als geplant und er war weit entfernt von seiner Bestform.

»Du solltest vielleicht etwas essen«, zwitscherte Victoria ihn morgenfrisch an, mit einem gewissen Unterton, den er nach fast fünfundzwanzig Jahren Ehe deutlich heraushörte. Er lächelte bleich und etwas unwillig zurück. Es war 7.35 Uhr und er brauchte dringend eine Kopfschmerztablette. Er blickte seine

Frau an. Sie sah unverschämt fit aus, vermutlich hatte sie den Tag im Fitnessraum begonnen. Dann richtete er den Blick auf seine beiden Kinder. Der 19-jährige Mathias wirkte allerdings auch nicht gerade wach. Seine dunklen Haare standen nach allen Seiten ab, und auch das starke Rasierwasser schaffte es nicht, den Geruch nach Party und Schweiß zu kaschieren. Amanda dagegen wirkte ebenso ausgeschlafen wie ihre Mutter, wenn auch eine Spur missmutig, wie er fand. Sie hatte noch keine Ahnung davon, dass sie drauf und dran war, eine Isländer-Reiterin zu werden. Er war gespannt, wie sie es aufnehmen würde, aber er hatte noch nicht den Nerv, mit ihr darüber zu reden – nicht bevor er nicht diese verdammten Kopfschmerzen unter Kontrolle hatte. Außerdem wollte er dieses Gespräch unter vier Augen mit ihr führen.

Schließlich fiel sein Blick auf die weiße Hündin der Familie, Moher, die flach ausgestreckt vor dem Kühlschrank lag. Sie schaute mit feuchtem, mürrischem Blick zurück und war offensichtlich der Meinung, dass die Welt sie mal gernhaben konnte. *Damit wären wir schon zwei.*

»Papa, kannst du mich zur Schule fahren?«, fragte Amanda.

»Papa ist nicht fahrtüchtig«, antwortete Victoria. »Lass dich von Mathias mitnehmen.«

Amanda sah ihren Bruder an. Er wirkte auch nicht gerade fahrtüchtig.

Mathias hatte, ebenso wie sein Vater, an diesem Wochenende mehr gefeiert, als ihm guttat. Deshalb hatte er auch gar nicht vorgehabt, in der Schule zu erscheinen. Aber jetzt saß er in der Klemme, also nickte er widerwillig.

Eine knappe Stunde später parkte Mathias vor der Schule. Er und Amanda trennten sich wortlos und saßen kurz darauf in ihrem jeweiligen Klassenzimmer. Mathias döste hinter seiner dunklen Sonnenbrille und sehnte sich zurück ins Bett. Amanda kritzelte ein Pferd in ihr Heft und sehnte sich zurück auf den Reiterhof. Sie warf einen schnellen Blick auf die Uhr, unterdrückte ein Gähnen und zeichnete noch ein Pferd. Ein Pferd ohne Sattel und Zaumzeug, das über ein Hindernis sprang. Ohne zu ahnen, dass sie das Springreiten für lange Zeit hinter sich lassen würde.

Rechtsanwalt Herman Aasen hatte in seiner Kanzlei den Vertrag, den er seiner Sekretärin am Morgen diktiert hatte, noch mal genau studiert. Kein einziger Fehler. Der Vertrag war genau so niedergeschrieben worden, wie er ihn formuliert hatte. Trotzdem brachte er hier und dort noch kleine Korrekturen an. Er musste fehlerfrei und wasserdicht sein.

Dieser Auftrag unterschied sich deutlich von allem, was ihm jemals untergekommen war. Als der Mandant am Vorabend angerufen hatte, konnte Herman Aasen kaum glauben, was er da hörte. *Soll das ein Witz sein?*, schoss es ihm durch den Kopf. Diese Frage verkniff er sich jedoch besser. Allerdings konnte er nicht umhin, seinen Mandanten darauf aufmerksam zu machen, dass es sehr ungewöhnlich war, einen solchen Vertrag aufzusetzen, und dass es naturgemäß keine juristischen Präzedenzfälle auf diesem Gebiet gab. Der Mandant teilte seine Auffassung, ließ aber gleichzeitig durchblicken, dass er sich einen anderen Anwalt suchen würde, falls Herman Aasen nicht die nötige Kompetenz hätte. *Kompetenz.* Herman Aasen musste nicht lange überlegen, um zu dem Ergebnis zu kommen, dass er die nötige Kompetenz hatte. Er versprach, dass der Vertrag im Laufe des nächsten Tages fertig ausformuliert und unterschrieben sein würde.

Deshalb befand er sich nun nach einer kurzen Autofahrt vor dem Haus der Familie Fivel. Der Eingangsbereich wurde offenbar unterirdisch beheizt, denn er war eisfrei und mit dunklen Schieferplatten ausgelegt. Die Haustür bestand aus massiver Eiche und war wesentlich höher als seine eigene. Er zog die schwarzen Lederhandschuhe aus und drückte auf die Klingel. Von drinnen hörte er scharfes, gereiztes Bellen. Dann wurde die Tür aufgeschlossen und geöffnet. Die Frau, die vor ihm stand, war perfekt gekleidet, und obwohl sie sicher nicht viel jünger war als er selbst, war sie immer noch schön. Herman Aasen stellte sich vor und musste die Stimme erheben, um das Bellen zu übertönen, aber die Dame des Hauses machte keine Anstalten, den aufgebrachten weißen Köter zum Schweigen zu bringen.

»Hier entlang«, sagte Victoria Fivel nur und bat ihn ohne eine einzige Frage die Treppe hinauf.

Herman Aasen blieb der Rollstuhllift nicht verborgen, der aufgrund seiner schweren Mechanik und mangelnden Ästhetik einen deutlichen Kontrast zur übrigen Einrichtung der Eingangshalle darstellte. Jetzt erinnerte er sich wieder, dass Wilhelm Fivel vor einigen Jahren einen dramatischen Unfall gehabt hatte. Doch selbst vom Rollstuhl aus hatte Wilhelm Fivel sein Firmenimperium mit eiserner Hand gelenkt und die Ergebnisse der letzten beiden Jahre waren beeindruckend. Herman Aasen fühlte sich genötigt, auf dem Weg zu Fivels Arbeitszimmer seine Krawatte zu richten.

»Erschieß den Köter, ja?«, sagte Wilhelm Fivel, ohne aufzublicken.

»Rechtsanwalt Aasen für dich«, entgegnete Victoria.

Herman Aasen ging zum Schreibtisch. Er streckte die Hand aus und Wilhelm Fivel drückte sie. Die Stimmung war abwartend.

»Kaffee?«, fragte Victoria.

»Gern, danke«, sagten die beiden Männer, ohne sich aus den Augen zu lassen.

Wilhelm Fivel konnte Herman Aasen noch nicht recht einschätzen. Er hatte den Namen schon gehört, war sich aber nicht ganz sicher, wie er den Mann nehmen sollte.

»Und von welcher Kanzlei sind Sie?«

»Gulliksen, Gjessem und Aasen.«

»Da klingelt bei mir nichts«, sagte Wilhelm Fivel.

»Das macht nichts. Schließlich hat mein Mandant sein vollstes Vertrauen in uns gesetzt, sodass auch Sie sicher sein können, dass Ihre mündliche Absprache mit meinem Mandanten perfekt vertraglich fixiert worden ist.« Mit diesen Worten holte Herman Aasen einige Dokumente hervor.

»Moment«, sagte Wilhelm Fivel schnell. »Erst wenn der Kaffee auf dem Tisch steht.«

Sie warteten in beklemmender Stille, bis Victoria Fivel mit dem Kaffee hereinkam. Sie stellte das Tablett auf den Tisch und erinnerte ihren Mann kurz angebunden an einen gemeinsamen Vormittagstermin. Aus Wilhelm Fivels Verhalten und Victorias

Art konnte der Anwalt einiges schließen. Doch das Wichtigste war die sichere Vermutung, dass er Wilhelm Fivels Haus mit einem unterschriebenen Vertrag verlassen würde. Ein gutes Gefühl, die Sache unter Kontrolle zu haben.

Dann reichte er den vier Seiten langen Vertrag, den er eine Stunde zuvor ausgedruckt hatte, über den Schreibtisch.

Das Dokument war eine unangenehme Lektüre für Wilhelm Fivel. Detailliert und gespickt mit juristischen Formulierungen war dort jene Wette beschrieben, die er am Abend zuvor mit Anker abgeschlossen hatte: Angefangen bei seinem Einsatz von einer Million, worauf er sich jedoch leider nicht beschränkt hatte. Später am Abend hatte er darauf bestanden, auch noch das Haus in den Pott zu geben. Zugegeben, besonders schlau war das nicht gewesen. Das Haus war in jeder Hinsicht unersetzlich, vor allem für Victoria, die es im Laufe der zwanzig Jahre, die sie hier wohnten, eingerichtet und ihm die persönliche Note gegeben hatte.

Wilhelm Fivel überlegte fieberhaft. Er war sich ganz sicher, dass ein solcher Vertrag rein juristisch gesehen sehr zweifelhaft war, und beschloss, die Sache dementsprechend zu handhaben.

»Es kommt natürlich nicht infrage, dass ich dieses Dokument unterschreibe«, behauptete er – aber Herman Aasen war gut vorbereitet.

»Was sagt denn eigentlich Ihre Frau zu dieser Wette? Ich habe übrigens eine Kopie für sie dabei«, sagte er hinterlistig. »Obwohl das Haus offiziell auf Sie eingetragen ist und Sie Ihre Frau sicherlich bereits über die Angelegenheit informiert haben, war ich der Meinung, dass sie ein eigenes Exemplar bekommen sollte.«

Herman Aasen war sich ziemlich sicher, dass Victoria überhaupt keine Ahnung von dieser Wette haben konnte. Er vermutete, dass diese Wette vielmehr ein guter Scheidungsgrund sein würde.

»Sie haben eine Minute Zeit zu unterschreiben«, sagte er deshalb und sah auf die Uhr. Exakt 60 Sekunden später ging er zur Tür und öffnete sie.

Wilhelm Fivel hatte im Grunde zwei Möglichkeiten. Er konnte sich weigern und würde Frau und Haus los sein, noch ehe der Tag um war. Oder er konnte unterschreiben und alles daransetzen, dass er gewann. Wenn nicht, wäre er Frau und Haus ebenso los. Victoria würde ihm das nie verzeihen. Immerhin war es ihm in den letzten Jahren gelungen, die Zockerei geheim zu halten.

Gerade als Herman Aasen nach seiner Frau rufen wollte, hatte Wilhelm Fivel eine Entscheidung getroffen.

»Moment«, sagte er schnell.

Er unterschrieb den Vertrag blitzschnell und schob ihn über den Tisch.

Herman Aasen schloss die Tür wieder, kehrte zum Schreibtisch zurück, überprüfte die Unterschrift und steckte den Vertrag in seine Aktenmappe.

»Ich finde selbst hinaus«, sagte er und verschwand die Treppe hinunter.

Als Wilhelm Fivel wieder allein war, glich er als Erstes die Termine des Islandpferdeverbands mit dem Kalender ab. Es waren noch 89 Tage bis zum Finale der NM, der Norwegischen Meisterschaft. Und die mussten sie gewinnen. Und sie fingen bei null an: Sie hatten kein Netzwerk, sie kannten den Sport nicht und sie hatten noch nie ein Islandpferd gehabt.

Wilhelm Fivel ging die Aufgabe systematisch an und entdeckte schnell, dass der Norwegische Islandpferdeverband Ortsgruppen im ganzen Land unterhielt. *Perfekt!* Als Erstes rief er den nächstgelegenen Ortsverein an.

Deren Vorsitzende war, soweit er das beurteilen konnte, eine reifere und ziemlich bissige Dame. Als er sein Anliegen vortrug, bot sie ihm jedoch sofort an, ein Wettkampfpferd von ihr zu kaufen.

»Ich fürchte, ganz so einfach ist es nicht«, sagte er, während er in der Kopie des Vertrags blätterte, den er gerade unterschrieben hatte. »Ich stelle zur Bedingung, dass das Pferd noch nicht gestartet ist. Weder national noch international.«

»Dann kann man es wohl kaum ein Wettkampfpferd nennen«, stellte die Dame, die Bodil Lange hieß, fest.

»Es kann aber früher schon mal gestartet sein«, korrigierte Wilhelm Fivel, als er den Vertrag genauer durchlas. »Nur nicht in den letzten fünf Jahren.«

»Aha«, sagte sie knapp und dann wurde es still am anderen Ende. Als versuchte sie zu verstehen, was er eigentlich von ihr wollte und ob es überhaupt einen Grund gab, sich weiter mit ihm zu unterhalten.

»Wollen Sie das Pferd selbst reiten?«, fragte sie schließlich.

»Nein, meine Tochter. Sie soll Gold in der NM mit ihm holen. Sie ist eigentlich Springreiterin und hat im Übrigen gerade …«

Ein seltsam schrilles Lachen ertönte am anderen Ende.

»Gangartreiten ist etwas ganz anderes! Man kann nicht einfach ein Pferd kaufen, bei der Veranstaltung erscheinen und Schleifen einheimsen. Um an der NM in Tresfjord teilnehmen zu können, muss Ihre Tochter zuerst die Prüfung zur A-Reiterin ablegen und sich danach zur Teilnahme an der NM qualifizieren. Die erste von vier Qualifizierungsrunden ist gerade vorbei, Sie sind also ziemlich spät dran. Außerdem müssen Sie einer Ortsgruppe angehören und …«

»Das ist mir alles klar«, sagte Wilhelm Fivel schärfer als beabsichtigt.

»Falls Sie sich unserem Ortsverein anschließen möchten, könnten Sie ja als ersten Schritt schon mal den Beitrag zahlen«, fuhr Bodil Lange fort.

»Ich denke, als ersten Schritt schaffen wir uns das richtige Pferd an«, sagte Wilhelm Fivel. »Sie kennen doch sicher jemanden, der Pferde zu verkaufen hat, die hochklassig genug sind, um …«

»Das wird mir jetzt zu dumm«, sagte sie und legte auf.

Wilhelm Fivel saß noch einige Sekunden mit dem Hörer in der Hand da. Dann entschloss er sich, keine weiteren Ortsverbände mehr anzurufen, sondern wählte die zentrale Nummer des Norwegischen Islandpferdeverbands. Prompt kam er mit einer freundlichen Dame ins Gespräch, die gleichermaßen professionell wie entgegenkommend wirkte.

»Zweifellos ist Island der geeignetste Ort, um nach einem Pferd zu suchen, das Sie beschreiben«, sagte sie. »Dort finden Sie die besten Pferde und die haben garantiert noch nicht an internationalen Veranstaltungen teilgenommen.«

»Wieso garantiert?«

Am anderen Ende entstand eine Pause, als hätte sie die Frage nicht verstanden.

»Island hat strenge Vorschriften, was den Export und Import betrifft«, sagte sie langsam.

»Was für Vorschriften?«

»Zum Beispiel dass ein Pferd, das Island verlassen hat, nie mehr zurückkehren darf. Island hat seit über 800 Jahren keine Pferde mehr importiert.«

»Der isländische Landesverband erhält doch wohl eine Ausnahmegenehmigung, um an internationalen Veranstaltungen teilnehmen zu können?«

»Nein, Ausnahmegenehmigungen werden nicht erteilt. Das Verbot kennt keine Ausnahmen«, sagte die Frauenstimme am anderen Ende. »Die Isländer lösen das Problem, indem sie nie ihre besten Pferde mitnehmen.«

Wilhelm Fivel war fasziniert.

»Ich habe eine Liste von norwegischen Züchtern und Importeuren, die Sie kontaktieren können«, fuhr sie fort.

»Nach dem, was Sie sagen, sind die besten Pferde immer noch auf Island. Dann werden wir wohl dort mit der Suche anfangen«, sagte Wilhelm Fivel. Plötzlich kam ihm eine Idee. Die Reithalle auf dem Hof Vestre Engelsrud war oft für das Training von Islandpferden reserviert. Vielleicht waren die Fachleute, die er brauchte, ganz in der Nähe?

»Eins noch«, sagte er. »Sagt Ihnen der Name Torgeir Rosenlund etwas? Oder Tone Lind?«

»Torgeir Rosenlund war früher Reiter in der Nationalequipe«, sagte sie. »Er reitet seit mehreren Jahren nicht mehr aktiv, aber er ist ein sehr gefragter Ausbilder. Den Namen der Frau habe ich noch nie gehört.«

Wilhelm Fivel bedankte sich für das Gespräch und legte auf. Es war ganz offensichtlich, dass sich dieser Pferdezirkus von dem des Springreitens unterschied. Es gab neue Regeln. Und Regeln waren dazu da, umgangen zu werden. Oder gebrochen. Er schloss die Augen und genoss das Gefühl wachsender Vorfreude.

Als Amanda in den Stall zurückkam, nachdem sie Monty ein paar Runden durch die Reithalle geführt hatte, war das Radio voll aufgedreht. Sara, Karoline und Susanne sangen den Refrain aus vollem Hals mit, während sie ihre Pferde sattelten, und Amanda versuchte, sich unbemerkt an ihnen vorbeizuschleichen. Aber das war natürlich unmöglich mit einem fünfhundert Kilo schweren Schimmel am anderen Ende des Führstricks.

»Du bist nicht geritten, oder?«, fragte Karoline.

»Monty war steif«, murmelte Amanda.

»Kein Wunder«, sagte Susanne. »Das war ein schlimmer Sturz.«

Im selben Moment schaltete Sara das Radio ab und es wurde ganz still in der Stallgasse. Amanda ließ Monty in die Box und biss die Zähne zusammen.

»Gut, dass Åke für dich da war«, fuhr Susanne fort. »In der Bahn und hinterher.«

Amanda nickte kurz und verschwand in der Sattelkammer. Sie hörte, wie Susanne etwas zu Karoline und Sara sagte. Sie lachten, und als Amanda wieder in die Stallgasse hinauskam, blickten alle drei sie an. Sie strich sich übers Haar und presste die Lippen zusammen. Das Letzte, was sie brauchte, war ein Gespräch über Nähe und Zusammenhalt in der Familie Fivel.

»Was ist das eigentlich für ein Gefühl, seinen ersten Titel zu holen?«, fragte Karoline.

»Ist okay«, sagte Amanda kurz.

»Dein Vater muss *unglaublich stolz* auf dich sein«, fuhr Karoline fort.

»Wie habt ihr das denn gefeiert, übrigens?«, fragte Sara.

Amanda blickte zu Boden. Die peinliche Stille wurde plötzlich von einem grellen Klingelton durchbrochen. Erleichtert griff Amanda nach ihrem Handy und presste es ans Ohr.

»Ich bin's. Bin unterwegs.« KLICK.

Typisch Papa. Nur das Notwendigste.

Trotzdem sah Amanda ihre Chance – *nicht* mit diesem dreiköpfigen Troll sprechen zu müssen und noch dazu eine plausible Erklärung zu liefern, wieso ihr Vater einfach weggefahren war – nachdem sie nach ihrem spektakulären Sturz die begehrteste Trophäe der Meisterschaft nach Hause geholt hatte.

»Meine Schulter ist schon viel besser«, sagte sie munter in das stumme Telefon. »Wir sind ein bisschen steif, Monty und ich, aber uns geht's gut.«

Mit überraschendem Schauspieltalent und durchaus glaubwürdig hörte Amanda sich selbst von den Ereignissen des Tages erzählen, so als hätte sie einen liebevollen, aufmerksamen Vater am anderen Ende. Währenddessen bemerkte sie, wie Tone Lind mit einem der spanischen Pferde in den Stall kam, die von Torgeir trainiert wurden. Es war selten, dass sie sich im Stall zeigte, und Amanda folgte ihr einen Moment mit dem Blick. Das Pferd schwitzte nicht und trug keinen Sattel. Wahrscheinlich hatte sie es nur vom Paddock geholt, um es in die Box zu bringen. Tone verschwand ebenso schnell, wie sie gekommen war, und Amanda konzentrierte sich wieder auf das »Gespräch«.

»Ein Glück, dass es dir heute besser geht. Hab dich auch lieb, Papa«, sagte sie zum Schluss. Dann senkte sie das Handy und sah den dreiköpfigen Troll wieder an.

»Armer Papa«, sagte sie. »Es ging ihm echt schlecht gestern.«

Sara und Karoline schickten Susanne einen vorwurfsvollen Blick. Amanda atmete erleichtert auf. Klar, dass ein Mann, der im Rollstuhl saß, öfter Probleme mit der Gesundheit hatte als andere. Sollten sie sich ruhig schämen, falls sie sich eingebildet hatten, dass ihr Vater sich nicht um sie kümmerte.

Als Wilhelm Fivel auf dem Reiterhof Vestre Engelsrud ankam, um seine Tochter abzuholen, fuhr er am Stall vorbei und gleich die Auffahrt zum Wohnhaus hinauf. Er hupte und kurz darauf tauchte Torgeir Rosenlund in der Tür auf, dicht gefolgt von einem kleinen, etwa vierjährigen Jungen. Wilhelm Fivel wappnete sich innerlich, als er im Haus noch ein Kind hörte, das bitterlich weinte.

»Kann ich Ihnen helfen?«, fragte Torgeir.

»Das hoffe ich doch«, sagte Wilhelm Fivel. »Ich will nach Island, ein Pferd kaufen.«

»Nach Island?« Torgeir gab sich keine Mühe, seine Überraschung zu verbergen.

»Ich dachte, Sie könnten mir vielleicht einen Rat geben.«

»Was für einen Rat?«

»Als ehemaliger Reiter der Nationalequipe haben Sie doch bestimmt eine ganze Reihe von Ratschlägen parat, nehme ich an.«

»Es ist lange her, dass ich aktiver Reiter war«, sagte Torgeir und lächelte schief.

»Aber Sie geben doch weiterhin Unterricht, oder?«

»Ja, ich habe schon noch einige Schüler.«

Da kam Wilhelm Fivel spontan eine Idee. »Ich möchte, dass Sie uns begleiten«, sagte er.

»Nach Island? Ganz unmöglich«, entgegnete Torgeir. »Tone hat bald Examen, und Ida hat die Windpocken, um nur ein paar Dinge zu nennen. Ohne mich geht der Laden im Moment den Bach runter.«

Er sprach in Bildern. Das gefiel Wilhelm Fivel.

Und Wilhelm Fivel war ein Mann, der seine Ehre daransetzte, immer die richtigen Karten zu haben, entweder auf der Hand oder im Ärmel. Gerade wollte er mit dem Spiel beginnen, das er am besten beherrschte, als das Kinderweinen im Haus deutlich an Lautstärke zunahm. Das Geschrei störte ihn, aber zweifellos störte es Torgeir noch mehr, denn er entschuldigte sich rasch und verschwand nach drinnen. Kurz darauf kam er wieder heraus, immer noch mit seinem Sohn am Rockzipfel. Auf dem Arm hatte er ein kleineres Kind, eingepackt in eine große Decke. Er setzte beide Kinder ins Auto zu Wilhelm Fivel, stieg selbst ein und schloss die Tür.

»Ich zahle gut«, sagte Wilhelm Fivel.

»Mit Geld kann Tone sich das Examen auch nicht kaufen«, sagte Torgeir und wickelte ein blondes, etwa zweijähriges Kind mit heftigem Ausschlag aus der Decke.

»Es muss doch noch andere geben, die Sie fragen können«, fuhr er fort. »Was ist mit Åke?«

»Ich gebe Ihnen 20 000 für den Job«, sagte Wilhelm Fivel.

Einen kurzen Moment lang dachte Torgeir Rosenlund an das Auto, das in der Werkstatt war, und an den Stapel unbezahlter Rechnungen auf dem Küchentisch. 20 000 Kronen hätten ihm gerade jetzt eine Menge Probleme abgenommen.

»Hören Sie, ich hätte das gerne gemacht, aber …«

»Ein paar Tage nur, das werden Sie doch wohl hinkriegen.«

»In dem Fall müsste ich erst mit Tone reden.«

Das war keine gute Idee, dachte Wilhelm Fivel. Er war sicher, dass seine Chancen besser standen, wenn Torgeir seine Frau aus der Sache raushielt.

»Ich brauche jetzt eine Antwort«, sagte er. »Ich biete Ihnen 20 000 für zwei Tage.«

Torgeir atmete scharf ein.

»Ich könnte es vielleicht zum Wochenende schaffen«, sagte er.

»Abgemacht«, sagte Wilhelm Fivel und hielt ihm die Hand hin. Torgeir drückte sie rasch und ein wenig widerwillig.

Dieser Händedruck verriet Wilhelm Fivel viel darüber, wie Torgeir Rosenlund die Absprache einhalten würde, die sie gerade getroffen hatten. Er würde sein Bestes tun, aber er würde sich kein Bein ausreißen. Wilhelm Fivel beschloss, ihm ein bisschen Dampf unterm Hintern zu machen.

»Vielleicht haben Sie ein paar Kontakte in Island, die Sie schon mal anrufen könnten?«

Torgeir zögerte, und Wilhelm Fivel versuchte, eine vernünftige Erklärung zu finden, warum auf diese einfache Frage nicht sofort eine einfache Antwort kam.

»Ich habe ein paar Namen und Adressen«, sagte Torgeir schließlich. »Jedenfalls hatte ich sie mal. Ich will da gerne anrufen, aber versprechen kann ich Ihnen nichts.«

Nachdem Torgeir mit seinen Kindern wieder im Haus verschwunden war, saß Wilhelm Fivel noch eine Weile da und trommelte aufs Lenkrad. Er überlegte, ob er auch Åke Karlsson anrufen sollte. Åke war ihnen bei der Beschaffung der früheren Pferde eine große Hilfe gewesen, aber diesmal war vieles anders. Ganz entscheidend war, dass sie das richtige Pferd fanden. Wilhelm Fivel setzte von der Auffahrt zurück und fuhr zum Stall hinüber.

Er hupte dreimal und im selben Moment kam Amanda heraus. Sie setzte sich rasch auf den Beifahrersitz und Wilhelm Fivel gab Gas. Bald würden sie zu Hause sein. In dem Haus, aus dem er nicht vorhatte auszuziehen. Bevor sie ankamen, musste er sie in seine Pläne einweihen.

»Ich habe beschlossen, dir ein neues Pferd zu kaufen«, sagte er.

Amanda war überrascht – und skeptisch. *Ein neues Pferd! – Warum?*

»Freust du dich nicht?«

»Doch, klar«, murmelte sie.

»Ein bisschen mehr Dankbarkeit wäre schon angebracht, meinst du nicht? Oder gibt es sonst noch viele Mädchen im Stall, die gute Pferde und gute Trainer nachgeschmissen kriegen, so wie du?«

»Ich bin dankbar«, sagte Amanda.

»Und du könntest ein bisschen mehr Respekt vor mir haben«, fügte er hinzu.

»Ich habe gestern gewonnen«, sagte sie. »Das wolltest du doch?«

»Schon«, antwortete ihr Vater. »Aber jetzt will ich was anderes.«

Amanda schlug die Augen nieder und biss sich auf die Lippe.

»Ich will kein neues Pferd«, sagte sie. »Ich mag Monty.«

»Monty hat nicht die Eigenschaften, die diesmal nötig sind.«

»Aber wir müssen ihn doch nicht verkaufen?« Amanda sah ihren Vater bittend an.

»Das hängt ganz von dir ab«, sagte er.

Monty war das beste Pferd, das Amanda je gehabt hatte. Es gab nicht viele weiße Springpferde und sie erregte jedes Mal Aufsehen mit Monty.

»Was für ein Pferd kaufen wir?«, fragte sie.

»Ein Islandpferd«, sagte ihr Vater.

Islandpferd? Wenn es möglich gewesen wäre, vom Stuhl zu fallen, hätte sie es getan.

»Das ist doch bloß ein Pony«, rief sie beinahe. »Und ich bin keine Ponyreiterin mehr!«

»Es wird eine schöne Herausforderung für dich sein, etwas Neues zu probieren«, sagte ihr Vater.

»Flachbahn zu reiten ist doch keine Herausforderung«, erwiderte Amanda.

Wilhelm Fivel lächelte in sich hinein. Sie dachte wie er.

»Du kennst mich schlecht, wenn du glaubst, du hättest eine Wahl«, sagte er.

Amanda blickte aus dem Fenster. Sie schwiegen beide.

»Was muss ich tun?«, sagte sie schließlich.

»Die Norwegische Meisterschaft gewinnen«, sagte ihr Vater. »Dieses Jahr.«

»Dann müssen wir das Pony so schnell wie möglich kaufen«, sagte Amanda teilnahmslos.

»Wir fliegen spätestens Freitagmorgen nach Island«, sagte ihr Vater.

»Aber ich muss doch zur Schule!«

Amanda versuchte verzweifelt, ihre Gedanken zu sortieren. Ihr Vater wollte ein Pony kaufen, das sie reiten musste. *Ein Pony!* Sie malte sich schon die Konsequenzen aus. Sie musste zur Bedingung machen, dass sie das Pony im Großpferdestall einstellen durfte. Sie wollte nicht mit den Pferdemädchen und ihren struppigen Ponys im Kleinpferdestall herumhängen.

»Und was sagt Mama dazu?«

»Sie muss am Wochenende zu einem Psychologenkongress nach Deutschland, schon vergessen?«

»Und Mathias?«

»Der hat sturmfreie Bude. Der hält ganz sicher dicht.«

Wilhelm Fivel bog in die Auffahrt vor dem Haus und stellte den Motor ab. Amanda machte keine Anstalten auszusteigen.

»Wer soll Monty reiten?«, fragte sie.

»Åke beschäftigt Monty mit leichtem Training, während wir weg sind.«

»Ich meine, wenn wir zurückkommen.«

»Für dich gilt ab sofort nur noch, dass du dich für die NM qualifizierst. Ich habe schon mit Åke gesprochen und ihm gesagt, dass er mit Monty arbeiten soll. Er ist auch bereit, ihn eine Zeit lang zu sich zu holen, falls notwendig.«

Falls notwendig? Das hörte sich an wie eine Drohung. Amanda beschloss auf der Stelle, dass es nicht notwendig sein würde. Ihr Vater hatte sowieso keine Möglichkeit, alles mitzubekommen, was im Stall vor sich ging, und wenn sie ihre Karten richtig ausspielte, konnte sie Monty vielleicht mehr oder weniger so reiten wie bisher.

»Ich muss Torgeir bitten, ihn weniger zu füttern, während wir weg sind«, sagte sie.

»Torgeir kommt übrigens mit uns.«

Åke, Mathias – und Torgeir. Mit allen hatte ihr Vater gesprochen, nur nicht mit ihr. Amanda öffnete abrupt die Autotür und wollte gerade aussteigen, als ihr Vater sie am Arm zurückhielt. Es war ein fester Griff, beinahe unangenehm. Er starrte ihr in die Augen.

»Sind wir uns einig?«

Amanda holte tief Luft und nickte.

»Was ist mit Anja?«, fragte sie. »Sie wird sich wundern.«

»Denk dir was aus«, sagte ihr Vater.

Donnerstag
Noch 86 Tage

Wilhelm Fivel hatte in den letzten Tagen mehrmals bei Torgeir Rosenlund angerufen, ihn aber nicht erreicht. Im Laufe dieses Abends hatte er es mindestens zehnmal versucht und noch immer nahm niemand ab. Erst während der Spätnachrichten rief Torgeir endlich zurück. Wilhelm Fivel versuchte nach Kräften, seinen Ärger zu verbergen, aber das fiel ihm verdammt schwer. Erst recht, als Torgeir nicht mehr zu bieten hatte als einen einzigen Namen.

»Olaf Magnusson ist nicht irgendwer«, versicherte Torgeir. »Er ist ein sehr erfahrener und erfolgreicher Züchter mit vielen guten Pferden.«

Wilhelm Fivel notierte sich alle Kontaktdetails und stellte fest, dass Olaf Magnusson weit entfernt von jeder Verkehrsstraße wohnte.

»Sie müssen mir mehr Namen geben«, forderte Wilhelm Fivel.

»Wie ich Olaf kenne, brauchen Sie kaum weiterzufahren«, sagte Torgeir.

»Ein Züchter genügt nicht. Machen Sie eine Liste. Ich bestehe darauf.«

Torgeir sagte nichts dazu, aber er hatte bereits eine solche Liste gemacht und einen Namen nach dem anderen durchgestrichen, bis nur noch einer übrig war.

»Was für ein Typ ist dieser Magnusson überhaupt?«, fragte Wilhelm Fivel.

»Wie meinen Sie das?«

»So, wie ich es sage. Was ist er für ein Typ? Hat er Familie? Wie steht er finanziell da?«

»Wir haben über nichts anderes gesprochen als über das rein Praktische«, stellte Torgeir fest.

»Apropos das Praktische – richten Sie sich darauf ein, dass wir morgen Vormittag fliegen.«

»Ich habe nicht die Absicht, vor morgen Abend in einem Flugzeug zu sitzen«, sagte Torgeir leise.

»Das werden Sie wohl müssen, wenn ich Sie zwei volle Tage bekommen soll, so wie vereinbart. Wenn Sie einen Züchter so weit draußen aussuchen, müssen Sie auch einkalkulieren, dass es seine Zeit dauert, bis wir dort sind. Rückflug frühestens Montagvormittag.«

Torgeir kamen Bedenken. Bei dem Zeitplan, den Wilhelm Fivel ihm gerade skizziert hatte, würde Tone im schlimmsten Fall Freitag und Montag mit Ida und Fredrik alleine sein. Vermutlich waren das Tage mit Pflichtseminaren an der Veterinärhochschule. Er sah zum Sofa hinüber, wo Tone über ihren Lehrbüchern saß, aber sie ließ sich nichts anmerken.

»Wiederhören«, sagte Torgeir kurz und legte auf.

»Das werden mehr als zwei Tage«, prophezeite Tone mit der Nase tief im Buch.

»Abwarten«, murmelte er.

»Du hast schon einen halben Tag am Telefon verbracht. Seid ihr denn nur anderthalb Tage auf Island?«

»Wir fliegen morgen, hatte ich eine Wahl?«

»Du hättest Nein sagen können«, sagte Tone. »Du hättest dich sogar entscheiden können, erst mit mir zu reden. Das hätte nicht geschadet.«

»Wir brauchen das Geld«, erwiderte Torgeir matt.

Tone blickte einen Moment von den Büchern auf und sah ihn forschend an.

»Aber brauchen wir es so nötig?«, fragte sie.

»Wenn es nicht so wäre, hätte ich ihn zum Teufel gejagt.«

Torgeir sammelte die Notizen zusammen, die auf dem Küchentisch lagen, und stellte das Telefon mit einem Knall an seinen Platz zurück. Dann ging er die Treppe hinauf ins Bad. Er zog sich das Hemd über den Kopf und griff zur Zahnbürste. Kein guter Zeitpunkt, um Tone zu sagen, dass sie vielleicht noch viel länger allein zurechtkommen musste, als er angedeutet hatte.

Tone tauchte hinter ihm auf, und dann standen sie in dem engen Bad und putzten sich schweigend die Zähne. Torgeir drehte den Wasserhahn auf und schaufelte sich kaltes Wasser ins Gesicht, als wollte er sich den Ärger nach dem Telefongespräch abwaschen. Tone betrachtete das feuchte dunkle Haar, das sein Gesicht einrahmte, dann beugte sie sich vor und küsste seinen Nacken.

»Ich liebe dich«, flüsterte sie.

Als Antwort hob er sie hoch und trug sie ins Schlafzimmer.

Freitag
Noch 85 Tage

Der Himmel war bedeckt und die Luft rau, als Amanda und ihr Vater zusammen mit Torgeir Rosenlund auf dem kleinen Flugplatz von Austurland aus dem Flugzeug stiegen. Die Gipfel der nahe gelegenen Berge waren teilweise von dichten Wolken verhüllt, Regen lag in der Luft. Die Sicht war schlecht und Torgeir steuerte den Mietwagen vorsichtig Richtung Eskifjordur. Immer wieder durchquerten sie Nebelbänke und in der kahlen, ungastlichen Landschaft sahen sie kaum ein Haus. An mehreren Stellen stieg Dampf aus dem Boden, als läge die Hölle direkt unter der Oberfläche. Kein einladender Ort, dachte Wilhelm Fivel, als sie endlich auf den Hofplatz eines windgepeitschten Bauernhofs unten am Meer einbogen.

Torgeir parkte das Auto vor dem Wohnhaus, aber niemand kam heraus, um sie zu begrüßen. Es gab auch niemand Antwort, als er den Kopf durch die Tür steckte und rief. Wilhelm Fivel blickte sich um und stellte fest, dass die Gebäude heruntergekommen aussahen. Vom weißen Wohnhaus blätterte die Farbe ab, im niedrigen Pferdestall war ein kleines Fenster zerbrochen und die Wirtschaftsgebäude wirkten ungepflegt. Langsam kamen ihm Zweifel an Torgeirs Urteilsvermögen. Er hatte mehr erwartet.

»Ist das wirklich das Beste, was Sie auftreiben konnten?«, fragte er.

Auch Torgeir war überrascht über den Zustand des Hofes. Es war zehn Jahre her, dass er zu einem letzten Besuch hier gewesen war, und seitdem war wenig gemacht worden. Er ging eine schnelle Runde über den Hof, als er einen handgeschriebenen Zettel an der Stalltür fand, ihn abriss und las.

»Olaf ist draußen und repariert einen Zaun«, übersetzte Torgeir. »Es tut ihm leid.«

Wilhelm Fivel fluchte in sich hinein.

»Wir haben keine Zeit zu verlieren«, sagte er ärgerlich.

»Das brauchen wir auch nicht. Olaf hat Pferde im Stall bereitgestellt und bittet uns, ohne ihn anzufangen. Er kommt, so schnell er kann«, entgegnete Torgeir und verschwand im Pferdestall. Wilhelm Fivel folgte ihm widerwillig und Amanda ging zögernd hinterher.

Drinnen stand ein Dutzend Pferde. Torgeir verschaffte sich rasch einen Überblick und stellte erleichtert fest, dass sie hier richtig waren. Er vermutete, dass sich über die Hälfte der Pferde für Wilhelm Fivels Zwecke eignete. Er wählte einen vielversprechenden mausgrauen Wallach aus und begann, ihn zu satteln.

»Ich will kein graues Pferd«, sagte Amanda.

»Zuerst finden wir ein gutes Pferd«, sagte Torgeir. »Danach können wir über die Farbe reden.«

»Alles muss stimmen«, warf Wilhelm Fivel ein. »Auch die Farbe.«

Torgeir hielt inne und sah seinen Auftraggeber fragend an. Dann blickte er zu Amanda.

»Wollt ihr euch lieber selbst ein Pferd aussuchen?«, fragte er.

Als Antwort ging Amanda zielstrebig an den Boxen entlang und sah sich alle Pferde an. Nur ein einziges schien ihr einen Versuch wert zu sein.

Ein weißes, ziemlich schmutziges Pony mit extrem langer Mähne. Sie nahm an, dass es ganz ordentlich aussehen würde, wenn es frisch gewaschen war.

»Das da«, sagte sie.

Torgeir kam mit dem Sattel zu ihr.

»Ich glaube nicht, dass es das richtige Pferd für dich ist«, sagte er. »Es ist jung und unerfahren.«

»Ich *kann* reiten«, sagte Amanda.

»Okay.« Torgeir sattelte das weiße Pferd.

Kurz darauf waren sie wieder draußen auf dem Hofplatz und Amanda setzte den Reithelm auf.

»Diese Pferde sind kleiner als die, die du normalerweise reitest«, sagte Torgeir. »Und sie haben ein ganz anderes Bewegungsmuster. Mach dich also darauf gefasst, dass es sich auf deine Balance auswirkt. Außerdem ist es bei einem jungen Pferd wie diesem besonders wichtig, dass deine Hand ruhig und fest ist. Auf gar keinen Fall ziehst du am Zügel, okay?«

Amanda nickte und stieg auf, während Torgeir das Pferd hielt. Die Steigbügel waren ziemlich lang und der Sattel war hart und flach. Sie war an große Warmblüter gewöhnt und deshalb nicht darauf vorbereitet, dass das Pony unter ihr so schmal war. Sie vermisste den gewohnten Halt und fühlte sich unwohl.

»Bist du bereit?«, fragte Torgeir.

Amanda nickte ihm zu und er ließ die Zügel los.

In derselben Sekunde raste das kleine Tier davon, in einer Gangart, die Amanda überhaupt nicht kannte. Sie verlor für einen Moment das Gleichgewicht und zog instinktiv die Zügel an, aber da wurde das Tempo noch schneller.

»Nicht ziehen!«, rief Torgeir ihr nach, aber es war unmöglich für Amanda, es nicht zu tun. Die Zügel waren das Einzige, das Ähnlichkeit mit dem hatte, was sie kannte. Aber je fester sie zog, desto schneller ging es vorwärts. Erst als vor ihnen ein solider Zaun aufragte, stoppte das Tier abrupt. Aber Amanda stoppte nicht. Sie flog aus dem Sattel und landete im Matsch. Torgeir kam rasch zu ihr gelaufen. Er half ihr auf, und nachdem er sich überzeugt hatte, dass sie unverletzt war, gab er ihr etwas, womit sie sich den Dreck aus dem Gesicht wischen konnte.

»Die Sache mit dem ›nicht ziehen‹ habe ich durchaus ernst gemeint«, sagte er nur.

»Wir müssen ein Pferd finden, das sie reiten kann, sonst hat das keinen Sinn«, warf Wilhelm Fivel ein.

»Wie das graue vielleicht, das ich zuerst vorgeschlagen hatte?«, fragte Torgeir.

»Das hier war jedenfalls das falsche Pferd«, sagte Wilhelm Fivel.

»Vor allem war es die falsche Hand für das Pferd«, stellte Torgeir fest und verschwand wieder im Stall. Nach einer Weile kam er mit einem anderen Pferd heraus, aber Amanda weigerte sich aufzusitzen. Schließlich endete es damit, dass Torgeir selbst Olaf Magnussons beste Pferde zur Probe ritt.

Amanda hatte ihn noch nie reiten sehen und sie stand am Zaun und sah zu. Ihr fiel auf, dass Torgeir einen ungewöhnlich guten Sitz hatte, der den kleinsten Bewegungen des Pferdes folgte. Seine Hand war fest, aber gleichzeitig weich und voller Nachgiebigkeit. Und da war noch etwas. Etwas, das sie nicht genau benennen konnte. Es war, als ob alle Pferde, die er ritt, sich anstrengten, ihm ihr Bestes zu geben. Er führte die Pferde in vier Gangarten vor. Schritt, Trab, Galopp – und dieser besonderen Gangart: Tölt. Amanda war der Tölt beschrieben worden als eine viertaktige Gangart ohne Schwebephase, mit derselben Beinfolge wie beim Schritt. Es sah sehr eigenartig aus und das Tempo konnte extrem hoch werden. Das letzte Pferd, das Torgeir ritt, war ein Fünfgänger mit dem Rennpass als fünfte Gangart. Als Torgeir das Pferd in den Pass legte, war sogar Amanda fasziniert von der Kraft und der Schnelligkeit des kleinen Tieres, auch wenn das Pony nicht besonders schön anzusehen war.

»Ihr müsst euch entscheiden, ob ihr einen Viergänger oder einen Fünfgänger haben wollt«, sagte Torgeir. »Das sind in vielerlei Hinsicht zwei verschiedene Pferde. Bei fünf Gangarten muss man eine Menge beherrschen. Für ein unerfahrenes Mädchen würde ich eher einen Viergänger empfehlen.«

Unerfahrenes Mädchen? Amanda schluckte.

»Außerdem sind Viergänger generell schöner im Exterieur«, fügte er hinzu.

Das gab den Ausschlag für Amanda.

»Wir müssen einen Viergänger nehmen, Papa«, bestimmte sie. »Eine zusätzliche Gangart ist mehr als genug.«

»Das ist doch schon mal ein Ausgangspunkt«, sagte Torgeir, nachdem Wilhelm Fivel ihm bestätigend zugenickt hatte.

Die nächsten Pferde, die Torgeir ritt, waren alle Viergänger, und er nahm sich reichlich Zeit, um bei jedem einzelnen Pferd zu erklären, warum er es so und nicht anders beurteilte. Bei mehreren Pferden war er voll des Lobes, aber Wilhelm Fivel war immer noch skeptisch.

Amanda hatte schon lange aufgehört, der Unterhaltung zu folgen. Ihr war aufgefallen, dass Torgeir im Laufe des Nachmittags öfter mal Ausschau gehalten hatte, so wie jetzt wieder. Er machte es sehr diskret, aber in seinem Blick lag eine Unruhe, die sie wirklich neugierig machte. Die Landschaft um den Hof war offen und wild, teilweise im Nebel verborgen. Da draußen war kein Anzeichen von Leben. Keine Höfe in der Nähe. Keine Pferde. Nichts. *Oder?* Sie meinte plötzlich, etwas zu sehen. Eine Gestalt, die aus dem Nebel auftauchte und am Zaun entlangritt, eine Rolle Draht über der Schulter. Als die Gestalt näher kam, sah sie, dass es ein Mann in den Fünfzigern war. Er trug einen kurzen, grauen Bart, einfache Arbeitskleidung und einen schwarzen Schlapphut. Jetzt verschwand er hinter dem Stall, ohne dass Torgeir oder ihr Vater ihn bemerkt hatten. Sie waren immer noch mitten in einer Diskussion und ihr Vater war gerade dabei, sich aufzuregen.

»Meinen Sie wirklich, dass ein paar dieser Ponys gut genug sind?«, fragte er.

»Die sind mehr als gut genug, alle zusammen«, sagte Torgeir.

»Davon bin ich nicht überzeugt«, erwiderte ihr Vater.

»Wenn Sie die Ratschläge, für die Sie bezahlen, nicht annehmen wollen, kann ich mich zu Hause bei meiner Familie nützlicher machen«, sagte Torgeir und stieg ab. »Dann ist der Auftrag hiermit für mich beendet und ich nehme den ersten Flieger nach Hause.«

»Du bleibst doch wohl wenigstens bis zum Abendessen«, ertönte eine Stimme hinter ihm.

Torgeir drehte sich abrupt um und sah direkt in Olaf Magnussons Gesicht. Olaf begrüßte seine beiden norwegischen Gäste freundlich und bedauerte in gebrochenem Norwegisch, dass er nicht zu Hause gewesen war, um sie zu empfangen. Anschließend umarmte er Torgeir herzlich.

»Dein Bart ist ganz schön grau geworden seit dem letzten Mal«, sagte Torgeir lächelnd.

Olaf gab ihm einen Klaps auf die glatt rasierte Wange und lächelte zurück.

»Und du? Wie alt bist du eigentlich? Du siehst keinen Tag älter aus als zwanzig. Vielleicht sollte ich mir auch den Bart abnehmen?«

»Da musst du wohl erst Olil fragen«, lachte Torgeir. »Sie wird dir schon sagen, ob du das darfst.«

Im selben Moment verschwand die Wiedersehensfreude aus Olafs Gesicht. Und Torgeir begriff, dass nicht mehr alles wie früher war auf dem Hof am Eskifjordur.

»Ich habe dein altes Zimmer vorbereitet«, sagte Olaf auf Isländisch. »Wär schön, wenn du die Gäste einquartieren könntest. Ich komme bald nach.«

Ohne ein weiteres Wort nahm Olaf das Pferd mit, das Torgeir gerade geritten hatte, und verschwand im Stall. Torgeir sah ihm eine Weile nach. Dann trug er das Gepäck ins Haus.

Alles hier war an seinem gewohnten Platz. Nachdem Torgeir Amanda die Zimmer gezeigt hatte, holte er Kaffee, Tee und eine Schale mit Keksen hervor.

»Macht mal eine Pause«, sagte er. »Ich komme gleich.«

»Wir haben jetzt keine Zeit für irgendwelche Wiedersehensfeiern«, warnte Wilhelm Fivel.

Torgeir sah ihn einen Moment an. Dann ging er hinaus und schloss die Tür hinter sich. Er fand Olaf in der Futterkammer, wo er ein paar Säcke aufstapelte. Als Olaf ihn sah, setzte er sich auf eine Kiste und rieb sich die Augen.

»Was ist los?«, fragte Torgeir. Er merkte, dass es lange her war, seit er Isländisch gesprochen hatte.

»Olil ist tot«, sagte Olaf.

Torgeir sah ihn an, unsicher, wie er darauf reagieren sollte. Die Nachricht erschütterte ihn.

»Warum hast du nichts gesagt?«, fragte er schließlich.

»Ich konnte nicht«, sagte Olaf.

Und im Stillen dachte Olaf, dass es jedes Mal, wenn er darüber sprach, ein bisschen mehr wahr wurde. Wahr, dass sie weg war. Wahr, dass sie nie mehr zurückkommen würde, nie mehr am Frühstückstisch sitzen würde, mit ihrer roten Kaffeetasse und der Zeitung in der Hand.

»Ich weiß nicht, was ich sagen soll«, sagte Torgeir leise.

»Nein, das weiß man nie so genau«, ewiderte Olaf und nahm zwei Trensen von einem Haken an der Wand. »Komm.«

Sie gingen durch die Tür auf der Rückseite des Stalls und kamen direkt auf eine große Koppel. Sofort wurden sie von einer Herde neugieriger Pferde umringt.

»Es war eine schwere Zeit«, erzählte Olaf. »Aber ich habe überlebt.«

»Und Ylva?«

»Ja, Ylva.« Olaf lächelte wehmütig. »Sie ist wie ihre Mutter. Störrisch und wild, aber sie hat ein so großes und weiches Herz, dass ich es manchmal gar nicht glauben kann. Das Mädchen ist außergewöhnlich klug für sein Alter. Ich bin unglaublich stolz auf sie, aber in regelmäßigen Abständen macht sie mich fertig.«

»Wo ist sie?«

»An guten Tagen taucht sie gegen Abend auf«, sagte Olaf. »Komm, lassen wir uns den Wind ein bisschen um die Nase wehen.«

Sie zäumten zwei Pferde auf, schwangen sich auf die bloßen Rücken und ritten über die Koppel, dicht gefolgt vom Rest der Herde.

»Wir haben erweitert, seit du zuletzt hier warst«, sagte Olaf. »Es ist schon eine Weile her, dass ich sie durchgezählt habe, aber ich habe jetzt ungefähr hundertfünfzig Pferde.«

»Und vielleicht auch eins für Wilhelm Fivel?«

»Das hoffe ich sehr.«

In Olils letztem Jahr hatte er herbe Verluste gemacht. Verluste, deren Nachwirkungen ihm immer noch zu schaffen machten. Er musste in diesem Frühjahr unbedingt Geld einnehmen, wenn der Betrieb überleben sollte. Viel Geld. Mehr, als er sich laut zu sagen traute.

Sie verließen die Koppel und ritten im Tölt eine schmale Schotterstraße entlang. Nach einigen Kilometern verließen sie die Straße und ritten eine Anhöhe westlich des Hofes hinauf. Olaf machte halt und glitt vom Pferderücken. Torgeir ebenso. Sie standen an einem Wasserfall und mitten in der offenen Landschaft wuchs eine einsame Birke und zitterte im Wind.

»Die hat Olil vor zehn Jahren gepflanzt«, sagte Olaf. »Und sie hat sie gehütet, als wäre sie ein Familienmitglied.«

Torgeir betrachtete die schlanke Birke. Sie war ein bisschen schief gewachsen und die Zweige waren kahl.

»Ich glaube, sie hat sie gepflanzt, weil sie sie an Norwegen erinnerte«, sagte er leise.

Olaf antwortete nicht. Er strich seinem Pferd ein paarmal über den Rücken und sah aus, als würde er seine Worte sorgfältig überlegen.

»Olil war eine Frau mit vielen Geheimnissen«, sagte er schließlich. »Aber ich hatte nie ein Problem damit.«

Torgeir senkte den Blick und entdeckte eine kleine norwegische Flagge, die mit unsicherer Hand auf einen Stein am Fuß des Baums gemalt war. Unter der Flagge war mit schlichten Buchstaben ein Name in den Stein eingeritzt. *Olils Name.*

»Die Flagge hat Ylva gemalt«, erzählte Olaf. »Obwohl Olil eine echte Isländerin war, hat sie nie vergessen, wo sie herkam. Sie war stolz auf ihre norwegischen Vorfahren.«

»Ist sie hier begraben?«

»Es war nicht einfach, das hinzukriegen. Aber das sture Weib hat mich dazu gebracht, es ihr zu versprechen. Sie wusste genau, dass ich halte, was ich verspreche.«

Torgeir ging langsam zu dem Grab, dicht gefolgt von seinem Pferd. Er ging in die Hocke und legte die Hand auf den kühlen Stein.

»Wenn ich das gewusst hätte, wäre ich gekommen«, sagte er.

»Ich weiß«, antwortete Olaf und schwang sich wieder aufs Pferd.

Dann ritten sie langsam im Schritt die Anhöhe hinunter und zurück zum Hof.

Das Zimmer sah noch genauso aus wie damals. Ein einfaches Bett mit einer Decke aus Schaffell, ein schmaler Tisch und eine geblümte Waschschüssel auf einer kleinen Kommode. Siebzehn Jahre waren vergangen, seit er hier als Zwanzigjähriger auf dem Hof gewohnt und gearbeitet hatte. Seitdem hatte er Olaf nur ein einziges Mal wiedergesehen. Gerade als er sich mit dem Wasser aus der Waschschüssel frisch machen wollte, kam Wilhelm Fivel mit der größten Selbstverständlichkeit geradewegs in sein Zimmer gerollt. Ohne anzuklopfen. Das erinnerte Torgeir wieder daran, dass die Reise nach Island nicht in erster Linie dem ersehnten Wiedersehen mit einem alten Freund galt. In erster Linie war es eine Reise, die von einem anderen gebucht und bezahlt worden war.

»Ich bin alles andere als beeindruckt«, stellte Wilhelm Fivel fest. »Sowohl von Magnusson als auch von seinen Pferden. Ich will weiterfahren. Heute Abend noch. Rufen Sie die Leute an und machen Sie das klar.«

»Die Anrufe habe ich gemacht, bevor wir ins Flugzeug gestiegen sind«, sagte Torgeir.

»Vergessen Sie nicht, wer Sie bezahlt«, schleuderte ihm Wilhelm Fivel entgegen.

»Und vergessen Sie nicht, wofür Sie mich bezahlen«, erwiderte Torgeir ruhig und ging aus dem Zimmer.

Als Olaf Magnusson das Abendessen auf den Tisch stellte, war Wilhelm Fivel dermaßen schlecht gelaunt, dass Amanda lieber nicht in seiner Nähe sitzen wollte. Olaf machte es ihr glücklicherweise leicht.

Er hatte für fünf gedeckt und sie nutzte den leeren Stuhl als Puffer zwischen sich und ihrem Vater. Erst als sie schon eine Weile aßen, begann sie sich zu fragen, für wen der leere Stuhl gedacht war. Lange brauchte sie nicht darüber nachzudenken, denn plötzlich schlug die Haustür zu und ein Mädchen in ihrem Alter kam in die Küche. Es war nass bis auf die Haut und ihr langes blondes Haar war schlammbedeckt. Sie kümmerte sich nicht darum, dass Gäste am Tisch saßen, sondern ging zum Herd und aß gierig die Reste direkt aus dem Topf. Auf Olaf Magnussons Gesicht erschien ein harter Zug.

»Ylva«, sagte er scharf.

Das Gespräch zwischen Vater und Tochter wurde auf Isländisch geführt. Olaf klang zuerst böse, dann bekümmert. Sehr bekümmert. Seine Tochter wirkte gleichmütig und unberührt. Nach einigen Minuten lehnte Olaf sich schwer zurück und Ylva schleuderte den leeren Topf ins Spülbecken. Dann verschwand sie aus der Küche und lief die Treppe nach oben.

Amanda sah Torgeir an. Schlechte Nachrichten, so viel hatte sie begriffen.

»Zwei Jungpferde sind letzte Nacht aus einer Koppel ausgebrochen«, übersetzte Torgeir. »Ylva fand sie ertrunken an einer tiefen Stelle im Fluss, zwanzig Kilometer von hier. Das heißt, als sie die Pferde fand, kämpften sie noch um ihr Leben, und sie versuchte zuerst, sie zu retten. Nach einer Stunde musste sie aufgeben und konnte nichts anderes tun, als am Ufer zu warten, bis sie tot waren.«

»Beide waren sehr vielversprechende Nachkommen meines besten Hengstes«, sagte Olaf.

»Klingt nach zwei Pferden, die gerade richtig für uns gewesen wären«, bemerkte Wilhelm Fivel.

»Tja, daran kann man jetzt auch nichts mehr ändern«, sagte Olaf und ging aus der Küche.

Ylva tauchte an dem Abend nicht mehr auf, und als Amanda sich in das schmale, fremd riechende Bett legte, wirkte das Haus unangenehm still. Beinahe verlassen.

Samstag
Noch 84 Tage

Amanda fand ihren Vater allein am Frühstückstisch vor. Er wirkte ziemlich mürrisch, als er erzählte, dass Olaf und Torgeir früh aufgebrochen waren, um die toten Pferde aus dem Fluss zu ziehen, der, wie sich herausstellte, den Hof mit Trinkwasser versorgte.

»Sie haben Pferde für uns im Stall bereitgestellt«, fügte er hinzu. »Hoffen wir, dass Magnussons Tochter uns hilft.«

Im selben Moment knarrte eine Tür im oberen Stockwerk und kurz darauf waren leichte Schritte auf der Treppe zu hören. Ylva machte keine Anstalten, Guten Morgen zu sagen. Sie brühte sich einen Becher Tee auf und setzte sich dann wortlos an den Tisch.

Amanda bekam jetzt einen etwas anderen Eindruck von ihr. Das lange blonde Haar war frisch gewaschen und das Gesicht sauber.

Ohne die derbe Kleidung von gestern war Ylva ein zierliches Mädchen und sie hatte eindringliche grüne Augen.

Amanda überließ es ihrem Vater, das Eis zu brechen, aber er verhielt sich ungewohnt still, als wüsste er nicht recht, wie er mit der Situation umgehen sollte. Sie aßen eine Weile schweigend, aber schließlich ergriff Wilhelm Fivel doch das Wort. Er war sich nicht sicher, ob das isländische Mädchen Norwegisch verstand.

»So, you will help us with the horses?«, fragte er deshalb.

»Vielleicht. Mal sehen«, antwortete Ylva in perfektem Norwegisch. Dann stand sie auf und verschwand aus der Küche. Kurz darauf knallte die Haustür zu.

Amanda sah ihren Vater fragend an.

»Worauf wartest du?«, rief er ärgerlich.

Amanda sprang auf und lief Olaf Magnussons merkwürdiger Tochter nach.

Draußen schien die Sonne und der dichte Nebel begann sich aufzulösen. Die Landschaft war märchenhaft schön. Auf der einen Seite des Hofes konnte Amanda lang gestreckte Ebenen und hohe Berge erahnen. An der anderen Seite lag das Meer. Die Luft war feucht und frisch.

Ein Pferdetransporter parkte mitten auf dem Hofplatz, und Ylva nahm ein Jungpferd in Empfang, das gerade gebracht wurde. Sie ließ es auf einen Paddock, auf dem bereits eine alte Stute stand. Die Pferde beschnupperten sich kurz und gingen dann ihrer Wege. Amanda schlenderte zu Ylva hinüber und versuchte vorsichtig anzudeuten, dass sie sich langweilte, aber Ylva hatte nur Augen für die beiden Pferde.

»Worauf warten wir eigentlich?«, fragte Amanda nach einer Weile.

»Darauf«, sagte Ylva.

Und wie auf Kommando warf die Stute sich mit voller Wucht auf das Jungpferd. Amanda war schockiert, wie rau der junge Hengst behandelt wurde. Die Stute trieb ihn vor sich her und er bekam mehrere kräftige Tritte und Bisse in die Kruppe. Er war weder stark noch schnell genug, um sich zu wehren. Es sah grob und unbarmherzig aus. Wie viel Schaden Pferde einander doch zufügen konnten, dachte Amanda.

»Tu doch was, damit sie aufhört!«, rief sie, aber Ylva schien nichts tun zu wollen.

Amanda hielt Ausschau nach einer Peitsche oder irgendwas anderem, um dem Jungpferd zu helfen, fand aber nichts.

»Schau genauer hin«, sagte Ylva ruhig. »Siehst du nicht, wie wenig Kontrolle er über seinen eigenen Körper hat? Was für dich wie ein Angriff aussieht, ist in Wirklichkeit etwas ganz anderes. Birna lehrt ihn, seinen Körper so zu gebrauchen, dass er eine Überlebenschance hat. Wenn er nicht im Gleichgewicht ist, stellt er ein Risiko dar, nicht nur für sich selbst, sondern auch für die Herde.«

Amanda sah wieder zu den beiden Pferden. Der junge Hengst wirkte inzwischen geschmeidiger – sogar irgendwie älter – und entkam den Angriffen.

»Sieh mal, wie viel leichter seine Vorhand jetzt ist«, sagte Ylva. »Und wie stolz er ist.«

Amanda sah es. Und es war wie eine Offenbarung. Obwohl es so brutal ausgesehen hatte, waren die scheinbar willkürlichen Tritte eine ganz präzise Mitteilung an den jungen Hengst gewesen. Er war jetzt viel versammelter.

»Jungpferde, mit denen sich der Mensch zu früh zu viel beschäftigt, werden oft vorderlastig und unbeholfen. Aus dem Grund lassen wir unsere Pferde frei herumstreifen, bis sie fünf sind«, erzählte Ylva. »In solchen Fällen ist es gut, einen energischen und klugen Helfer wie Birna zu haben. Denn sie weiß genau, was zu tun ist. Komm. Jetzt reiten wir.«

Ylva verschwand im Stall und Amanda folgte ihr zögernd. Während Ylva das erste Pferd sattelte, sah sich Amanda in dem einfachen Stall um. Die Decken waren niedriger, als sie es gewohnt war, und die Boxen primitiv. An einer Tafel vor der Futterkammer hing eine Liste, die darüber Auskunft gab, wie viel Futter welches Pferd bekam. Amanda blieb stehen.

»Islandpferde haben vielleicht komische Namen«, sagte sie.

Ylva stutzte und sah sie an.

»Wie meinst du das?«

Amanda zeigte auf die Liste und las vor.

»Snær, Gullfaxi, Smyrill, Laufi, Ægir. Das sind doch keine richtigen Pferdenamen.«

»Alle Namen bedeuten etwas«, erklärte Ylva ernst. »Und du sprichst sie falsch aus. Das heißt Snair, Gödlfaxi, Smiridl, Löyvi und Aigir. Snair bedeutet Schnee, er ist ein Schimmel. Gödlfaxi bedeutet goldener Mann, Löyvi bedeutet –«

»Es sind trotzdem komische Namen«, beharrte Amanda.

Ylva starrte sie ein paar Sekunden an. Dann sattelte sie rasch wieder ab und drückte Amanda das Zaumzeug in die Hand. Anschließend verschwand sie ohne ein Wort nach draußen. Amanda ging zögernd hinterher und kam direkt auf eine Koppel voller Pferde.

»Such dir selbst ein Pferd aus und nenn es, wie du willst.« Ylva sah sie herausfordernd an.

»Was ist mit den Pferden, die dein Vater ausgesucht hat?«, fragte Amanda.

»Willst du reiten oder nicht?«

»Wollen wir keinen Sattel auflegen?«, fragte Amanda.

»Mir egal«, sagte Ylva.

Eine Herausforderung. Aber Amanda nahm sie nicht an. Ihre Chancen standen nicht gerade gut, sich *ohne* Sattel auf einem Pony halten zu können, wenn sie es *mit* schon kaum schaffte. Sie sah Ylva an, die einem grauen Pferd ein Halfter anlegte.

»Ich will einen Sattel«, sagte sie.

Ylva zuckte mit den Schultern. Dann drehte sie sich um und verschwand im Stall. Kurz darauf kam sie mit einem Sattel wieder heraus.

»Welches Pferd willst du reiten?«, fragte sie.

»Das«, sagte Amanda und griff nach den Zügeln des Pferdes, das Ylva sich schon ausgesucht hatte.

Ylva zuckte wieder mit den Schultern und sattelte es rasch für sie.

»Und ich nenne es *Kleiner*«, sagte Amanda und saß auf.

Ylva erwiderte nichts. Sie schwang sich einfach auf das erstbeste Pferd und legte ihm vom Pferderücken aus das Zaumzeug an.

Amanda bewunderte still ihre Technik.

Schweigend ritten sie am Zaun entlang über die Koppel, dann durch das Tor auf eine schmale Schotterstraße. Amanda wusste, dass sie wieder Tölt würde reiten müssen, und ihre Begeisterung hielt sich in Grenzen. Ihr fiel kein einziger Grund ein, warum sie jetzt in Island sein, ein struppiges kleines Pony aussuchen und eine NM gewinnen musste, die völlig ohne Prestige und Bedeutung war.

Kurz darauf tölteten sie. Das Tempo entsprach einem schnellen Trab, aber es fühlte sich an wie irgendeine abartige Form von schnellem Schritt. Es war merkwürdig und ungewohnt und Amanda konnte sich das Lachen nicht verkneifen. Es war ein nervöses Lachen, das sich nicht unterdrücken ließ, und das Pferd, auf dem sie saß, wurde schneller. Instinktiv zog Amanda die Zügel an, aber da fiel das Pferd in Galopp und raste mit ihr davon. Amanda musste sich mächtig konzentrieren, um nicht wieder herunterzufallen. Als sie das Pferd schließlich zum Stehen brachte, war es schweißnass und atmete schwer. Amanda drehte sich um, aber Ylva war nirgends zu sehen. Sie hatte gedacht, Ylva würde ihr im selben Tempo folgen, aber als ihr Pferd für einen Moment die Luft anhielt und lauschte, war kein Hufschlag zu hören. *Vollkommene Stille.* Amanda wendete das Pferd und ritt im Schritt zurück zum Hof. Nach ein paar hundert Metern merkte sie, wie sie unruhig wurde. Vielleicht war Ylva etwas passiert! Sie fiel in Trab, der ziemlich bald in Tölt und danach in Galopp überging. Es dauerte mehrere Minuten, bis sie das isländische Mädchen eingeholt hatte. Ylva ritt gelassen Schritt Richtung Hof, als wäre nichts gewesen. Als Amanda neben ihr auftauchte, sah Ylva sie nicht einmal an. Amandas Erleichterung darüber, dass Ylva nichts passiert war, wich einer ziemlichen Wut. Ylva schien herzlich egal zu sein, ob *ihr* etwas passiert war. So ritten sie eine Weile schweigend dahin. Bis Amanda plötzlich herausplatzte:

»Und wenn ich runtergefallen wäre? Hast du dir gar keine Gedanken darüber gemacht?«

»Darüber hättest *du* dir wohl lieber Gedanken machen sollen«, entgegnete Ylva.

Auf den nächsten hundert Metern durchbrach nur das Geräusch der Hufschläge die Stille.

»Ich *kann* wirklich reiten«, sagte Amanda schließlich.

»In Island nennen wir das, was du machst, nicht reiten«, antwortete Ylva.

»Ich konnte nichts dafür, dass er mit mir abgehauen ist.«

»Du hast doch aufs Gas gedrückt. Klar konntest du was dafür.«

Was bildet die sich ein! Amanda war jetzt stinksauer, und als sie auf den Hof ritten, stieg sie ab und verschwand ohne ein Wort im Haus.

Und so stand Ylva allein mit zwei Pferden auf dem Hofplatz, als ihr Vater zusammen mit Torgeir Rosenlund auf dem Traktor angefahren kam.

»Wo ist das norwegische Mädchen?«, fragte er, nachdem er zu ihr gegangen war.

Ylva zuckte mit den Schultern und verschwand im Stall.

»Mach mir das hier nicht kaputt, Ylva«, rief er. Als sie nicht antwortete, ging er ihr nach. Sie war dabei, das zweite Pferd abzusatteln, als er in den Stall kam, und sie wirkte nicht sehr gesprächig.

»Die Fivels werden sehr gut bezahlen, falls sie ein Pferd finden, das ihnen gefällt, und wir brauchen das Geld, das weißt du. Warum in aller Welt hast du ihr Snorri gegeben?!«

»Sie hat sich selbst ausgesucht, wen sie reiten will«, sagte Ylva.

»Nein«, antwortete Olaf ernst. »*Ich* hatte die Pferde ausgesucht, die sie reiten sollte. Ich will natürlich, dass sie die besten Pferde probiert, die wir haben!«

»Sie ist nicht gut genug für die Pferde.«

»Ich glaube, da irrst du dich, Ylva.«

»Sie hat Snorri zu Tode erschreckt.«

»Das spielt keine Rolle. Sie bekommt genau das Pferd, das sie haben will, hast du mich verstanden?«

Olaf sah seine Tochter an und sein Blick wurde mild.

»Amanda ist genauso alt wie du, warum machst du nicht das Beste daraus?«

»Ich habe das Beste daraus gemacht«, murmelte Ylva und hängte den Sattel an seinen Platz.

»Nein, das hast du nicht. Wenn du das Beste daraus gemacht hättest, würde ich dich jetzt nicht allein antreffen.«

Ylva hielt einen Moment inne und dachte darüber nach. Sie wusste, dass er recht hatte. Aber mittlerweile fühlte sie sich fast schüchtern im Umgang mit Menschen. Es passierte selten, dass jemand auf den Hof kam. Und nachdem sie die Schule abgebrochen hatte, besuchten sie auch nicht mehr viele Freunde.

»In ein paar Tagen ist sie wieder weg«, sagte ihr Vater. »Was hast du zu verlieren?«

Ylva gab den Pferden ein wenig Heu, sagte aber immer noch nichts. Olaf kannte ihren nachdenklichen Blick und zog sich zurück. Er hatte gesagt, was er sagen wollte, und sie hatte ihn gehört. Oder ignoriert, das würde sich zeigen.

Amanda war Ylva den ganzen Nachmittag über bewusst aus dem Weg gegangen. Ihr Vater hatte zwar darauf bestanden, dass sie mit Torgeir zusammen die Pferde Probe reiten sollte, aber sie hatte es geschafft, sich davor zu drücken. *Bis jetzt.* Als sie hereinkam, um mit den anderen zusammen zu Abend zu essen, verlangte ihr Vater einen ausführlichen Bericht. Zum Glück sprang Torgeir ein und beantwortete seine Fragen.

»Haben Sie unser Pferd gefunden?«, fragte Wilhelm Fivel.

»Ich habe zumindest mehrere gefunden, die Ihres werden könnten«, sagte Torgeir.

»Und Amanda hat sie Probe geritten?«

»Vorläufig nicht«, antwortete Torgeir und räusperte sich. »Ich sehe keine Veranlassung, warum sie das tun sollte, bevor ich die fünf besten ausgesucht habe.«

Amanda sah am Gesichtsausdruck ihres Vaters, dass er mit dieser Antwort nicht zufrieden war. Trotzdem war sie erleichtert, dass Torgeir ihr Rückendeckung gegeben hatte, anstatt zu sagen, wie es wirklich war. *Nämlich dass sie sich aus dem Staub gemacht hatte.* Bevor ihr Vater noch mehr sagen konnte, verschwand sie im Flur und schloss sich im Bad ein. Sie nahm eine ausgiebige Dusche und beschloss, zeitig zu Bett zu gehen. Doch als sie aus dem Badezimmer kam, saß ihr Vater davor.

»Nun?«, sagte er. »Welches von denen, die du bisher gesehen hast, gefällt dir am besten?«

»Kann ich bitte ins Bett gehen?«, fragte sie ausweichend.

»Erst, wenn du die Frage beantwortet hast«, sagte er und hielt sie am Arm fest.

»Keins davon«, rief sie trotzig. »Mir gefällt keins davon.«

Ihr Vater sah sie überrascht an, dann würde er wütend.

»Auf dein Zimmer«, zischte er. »Sofort!«

Amanda wollte gerade protestieren, aber als Torgeir hinter ihnen auftauchte, entschied sie sich zu gehorchen. Widerstrebend ging sie in ihr Zimmer. Ihr Vater rollte hinterher und schloss die Tür hinter ihnen.

»Reiß dich bloß zusammen!«, sagte er drohend.

»Ich verstehe nicht, wieso ich plötzlich unbedingt ein Islandpferd reiten soll«, platzte Amanda überraschend heraus – überraschend für sie selbst wie für ihren Vater. Sie widersetzte sich ihm und es fiel ihr ganz leicht.

Wilhelm Fivel wusste nicht, ob es an der Atmosphäre hier lag oder an Olaf Magnussons störrischer Tochter, aber zu Hause in Norwegen wäre das kaum passiert.

»Ich werde dir einen Grund nennen«, sagte er. »Einen sehr guten Grund.«

Er setzte sich bequemer in seinem Rollstuhl zurecht und dachte fieberhaft nach.

»Du bist eine souveräne Reiterin«, sagte er langsam. »Nahezu perfekt.«

Amanda hielt den Atem an. Sie war überzeugt davon, dass sie sich verhört hatte.

»Und als du deinen ersten Titel geholt hast, war ich so begeistert, dass ich mich völlig mitreißen ließ. Du bist so verdammt begabt. Ich habe total den Kopf verloren und bin mit einem bekannten Pferdetrainer etwas trinken gegangen«, log er.

Wilhelm Fivel beobachtete, wie sich Amandas Bockigkeit unter seiner unverhohlenen Schmeichelei langsam auflöste. Es lohnt sich, mit Lob zu geizen, dachte er. Denn *wenn* man dann lobt, zahlt es sich richtig aus.

»Dieser Pferdetrainer, vor dem ich großen Respekt habe, hat mir gesagt, dass du als Reiterin noch enorm wachsen könntest, wenn du die richtige Herausforderung bekämst. Er meinte, dass es dir rein technisch gesehen viel bringen würde, eine Zeitlang ein Islandpferd zu reiten.«

Amanda war sprachlos. Ihr Vater hatte Worte in den Mund genommen wie: *Souverän. Begabt. Nahezu perfekt.* Sie beschloss auf der Stelle, ihm die Möglichkeit zu geben, sie beim nächsten Mal als *absolut perfekt* zu bezeichnen.

»Du kennst mich«, fuhr er fort. »Ich mache keine halben Sachen. Soll meine Tochter ein Islandpferd reiten, will ich, dass sie das beste Pferd reitet und gegen die Besten antritt. Begreifst du jetzt, warum ich solchen Wert darauf lege, dir ein hervorragendes Islandpferd zu kaufen?«

Amanda nickte langsam.

»Das ist mein Mädchen«, sagte ihr Vater und rollte aus dem Zimmer.

Amanda hatte endlich eine Erklärung dafür bekommen, warum sie in Island war. Sie lag noch lange wach und dachte über das nach, was ihr Vater gesagt hatte. Und als sie schließlich einschlief, träumte sie, dass sie vor voll besetzten Rängen einen schwarzen, hochgewachsenen Isländerhengst ritt. Sie träumte, dass sie eine tolle Leistung ablieferte und die Zuschauer stehend applaudierten. Aber das Bild, das sich als einziges aus ihrem Traum einbrannte, war, wie ihr Vater sich aus dem Rollstuhl erhob, während er ihr lächelnd Beifall klatschte.

Sonntag
Noch 83 Tage

Amanda wachte im Morgengrauen davon auf, dass jemand vorsichtig an ihre Zimmertür klopfte. Es war Ylva, und sie wirkte weit weniger überlegen, als Amanda sie noch am Vortag erlebt hatte.

»Ich will dir was zeigen«, sagte sie.

Amanda zögerte zuerst, aber dann siegte ihre Neugier. Sie zog sich rasch an, schlich hinaus auf den Flur und folgte Ylva nach draußen. Zwei Pferde mit Satteltaschen standen vor dem Stall bereit und kurz darauf ritten sie vom Hof.

In den Morgenstunden war der Seenebel über die Küste hereingezogen und die Luft war kühl und feucht. Nach einigen Kilometern auf der Schotterstraße bogen sie ab und ritten eine Anhöhe hinauf zu einem Wasserfall. Dort stiegen sie ab. Amanda blickte sich um, während der Wind an ihren Haaren zerrte. Ylva steckte zwei Finger in den Mund und stieß einen langen, dunklen Pfiff aus. Dann stand sie eine Weile da und spähte in die Ferne. Amanda spürte, wie ihre Spannung stieg, aber die Minuten vergingen und nichts geschah. Ylva holte zwei Lunchpakete aus den Satteltaschen und gab Amanda eins davon. Dann setzte sie sich ruhig auf einen Stein unter einer Birke und begann zu essen. Amanda setzte sich zu ihr und sie aßen eine Weile schweigend. Die Sonne brach durch den Nebel und die Sicht wurde sofort klarer. Dann klangen plötzlich Hufschläge von der Ebene jenseits des Flusses herüber. *Schnelle, sich nähernde Hufschläge.* Amanda stand auf und blickte über die weite, teilweise nebelverhangene Ebene, und da sah sie etwas, was sie noch nie zuvor gesehen hatte: einen kohlschwarzen Hengst mit einer langen weißen Mähne und weißem Schweif. Er näherte sich im Galopp, und als er den Fluss erreichte, durchquerte er ihn ohne Zögern. Vor Ylva blieb er abrupt stehen. Dann schüttelte er den Kopf, bäumte sich auf und schnaubte. Amanda hielt den Atem an.

»Das ist Ægir frá Stóra-Hof«, sagte Ylva und schwang sich auf seinen Rücken. Dann ritt sie direkt im Tölt los.

Was Amanda jetzt zu sehen bekam, war völlig anders als alles, was sie bisher gesehen hatte. Der schwarze Hengst hatte eine so starke Ausstrahlung und so viel Kraft, dass ihr vor Staunen der Mund offen stand. Er hatte eine extrem hohe Beinaktion und sein Renntölt verschlug ihr beinahe den Atem. Ylva saß wie festgeklebt auf dem bloßen Rücken des Hengstes, während er Amanda frei und locker umkreiste. Jetzt im Trab, und was für ein Trab! *Was für ein Pferd!* Als Ylva ihn angaloppierte, war Amanda so begierig darauf, den schwarzen Hengst zu reiten, dass sie sich beherrschen musste, Ylva nicht von seinem Rücken zu reißen.

»Was für ein fantastisches Pferd«, entschlüpfte es ihr.

»Willst du ihn reiten?«, fragte Ylva.

»Darf ich?«, flüsterte Amanda überwältigt.

»Vielleicht«, sagte Ylva. Sie sprang herunter, nahm Amandas grasendem Wallach das Zaumzeug ab und legte es dem Hengst an. Dann führte sie ihn zu Amanda und übergab ihr die Zügel. Der Hengst hatte einen großen weißen Stern auf der Stirn und Amanda sah seine dunklen Augen hinter der hellen Stirnmähne funkeln. Er blickte sie wachsam an.

»Kannst du mir die Räuberleiter machen, damit ich raufkomme?«, fragte Amanda.

»Erst musst du fragen, ob du darfst«, sagte Ylva.

»Aber du hast *mich* doch gefragt, ob ich ihn reiten will.«

»Von mir aus schon. Jetzt musst du herausfinden, ob es Ægir recht ist.«

Ob es Ægir recht ist? *Das ist ja ganz was Neues.* Den Hengst zu fragen, war eine bizarre Vorstellung für Amanda. Sie hatte keine Probleme, mit Monty zu reden, aber das hier war etwas ganz anderes. Sie sprach nicht mit Pferden. Nicht auf diese Art.

»Versuch aufzusitzen«, sagte Ylva. »Wenn er stehen bleibt, ist das seine Antwort auf die Frage.«

Amanda stand eine Weile neben dem Hengst. Sie musste Kraft sammeln, um es ohne Hilfe auf seinen Rücken zu schaffen. Dann holte sie Schwung und sprang. Der Hengst rührte sich nicht, als sie sich auf seinem warmen Rücken zurechtsetzte. Er blieb stehen. Amanda fand daran nichts Ungewöhnliches, bis sie Ylvas Gesichtsausdruck sah. Darin las sie, dass es nicht viele gab, die den Hengst geritten hatten. *Vielleicht keinen.*

»Wie mache ich das jetzt?«, fragte Amanda.

»Schwer zu erklären«, sagte Ylva. »Aber mach so wenig wie möglich.«

So wenig wie möglich. Amanda legte die Schenkel leicht an, da warf sich der Hengst mit einer solchen Kraft nach vorn, dass sie um ein Haar heruntergefallen wäre. Dann blieb er abrupt stehen – und sie wurde nach vorn geschleudert. Aber weil sie gute Reflexe hatte und er so viel kleiner war als die Pferde, die sie gewohnt war, landete sie diesmal auf den Füßen. Ylva sah sie mitleidig an.

»Mach so wenig wie möglich, hab ich gesagt.«

»Aber ich hab doch gar nichts gemacht!«, erwiderte Amanda beinahe entrüstet.

»Hast du gesehen, wie er auf das reagiert, was du für ›nichts‹ hältst?«

Ylva machte die Räuberleiter, damit sie wieder aufsitzen konnte.

»Er ist losgerannt, weil du ihn darum gebeten hast. Tu das nicht mehr, wenn du das nicht willst.«

»Ich wollte nur, dass er vorwärtsgeht«, erwiderte Amanda.

»Dann *denk* vorwärts«, riet ihr Ylva. »Und halte dich senkrecht über ihm. Er bleibt stehen, wenn du nicht im Gleichgewicht bist, wie du vielleicht gemerkt hast.«

Amanda saß ganz still und konzentrierte sich. Dann ritt sie eine Runde im Schritt um Ylva herum, bevor sie antrabte. Es war schwierig, den Bewegungen zu folgen. Nach vier Schritten blieb Ægir jäh wieder stehen.

»Halte die Balance«, rief Ylva.

»Es ist so ungewohnt, auf ihm zu sitzen«, sagte Amanda.

»Du sollst nicht *auf* ihm sitzen, sondern *mit* ihm. Tölte stattdessen. Das ist einfacher.«

Amanda ritt wieder im Schritt an. Sie hatte keine Ahnung, wie sie den Hengst zum Tölten bringen sollte.

»Warte«, sagte Ylva. »Ich helfe dir.«

Sie stellte sich neben Ægir und legte die Hand auf Amandas Hüftkamm, dann korrigierte sie ihre Position ein wenig und daraufhin töltete Ægir langsam und kontrolliert den Weg entlang.

Diesmal lachte Amanda nicht. Sie saß einfach still auf Ægirs Rücken und fühlte sich auf eine Weise eins mit dem Pferd, wie sie es noch nie erlebt hatte. Jetzt verstand sie zum ersten Mal, wieso die Isländer den Tölt als *ein Geschenk der Götter* bezeichneten.

»Lehn dich etwas nach hinten, wenn du das Tempo erhöhen willst«, rief Ylva ihr nach.

Amanda lehnte sich unerschrocken zurück und sofort raste Ægir im Renntölt los. Doch dabei fühlte sie sich so sicher auf seinem Rücken, als sei sie endlich nach Hause gekommen. *Was für ein Pferd!* Nach einer Weile machte sie kehrt und ritt im selben Tempo zurück. Dann töltete sie nicht nur, sondern trabte und galoppierte um Ylva herum. Das hier war kein Reiten mehr. Sie war nicht mehr Reiterin auf einem Pferd, sie fühlte sich wie ein Zentaur. Ægir war wie ein Teil ihres Körpers. Ylva gab ihr Anweisungen und zeigte ihr, wie sie selbst die Übergänge zwischen den einzelnen Gangarten ritt. Jetzt war es spielend leicht für Amanda. Es war, als hätte sie ihr Leben lang Islandpferde geritten. Sie hatte keine Ahnung, wie lange sie geritten war, als sie schließlich neben Ylva anhielt und sich vom Pferderücken gleiten ließ.

»Na, was sagst du?«, fragte Ylva.

Zu ihrer großen Überraschung merkte Amanda, wie ihr die Tränen in die Augen stiegen, aber sie versuchte es zu verbergen, so gut es ging.

»Er ist absolut traumhaft«, flüsterte sie.

»Das ist er«, sagte Ylva stolz und lächelte Amanda zum ersten Mal an. Dann flüsterte sie Ægir etwas auf Isländisch ins Ohr und nahm ihm das Zaumzeug ab. Anschließend streute sie ein paar Nüsse auf den Boden und der Hengst fraß sie rasch. Dann warf er sich herum, durchquerte den reißenden Fluss und galoppierte auf die offene Ebene hinaus. Amanda blickte ihm nach, bis er verschwunden war. Sie hatte wirklich mit sich zu kämpfen. Sie wollte ihn nicht nur mit auf den Hof nehmen. Sie wollte ihn mit nach Norwegen nehmen.

An diesem Nachmittag unterhielten Amanda und Ylva sich mit einer Vertrautheit, als wären sie schon jahrelang Freundinnen. Und beim Abendessen brachen sie mehrmals in Lachkrämpfe aus, ohne dass die drei Männer am Tisch begriffen, worüber sie lachten – selbst dann nicht, als die Mädchen versuchten, es ihnen zu erklären. Olaf Magnusson konnte sich nicht erinnern, wann er Ylvas tiefes, ein wenig heiseres Lachen zuletzt gehört hatte, und es wärmte ihn mehr, als er mit Worten beschreiben konnte.

Wilhelm Fivel war dagegen alles andere als begeistert von der guten Laune seiner Tochter. Er versuchte mehrmals, ihr einen scharfen Blick zuzuwerfen, um sie daran zu erinnern, dass dies definitiv keine Vergnügungsreise war. Aber sie ließ sich nicht beeindrucken.

Und dann sah er es. Hinter all dem Gelächter sah er plötzlich etwas, das wirklich seine Aufmerksamkeit erregte. Er begriff, dass sie ein Pferd gefunden hatte. Und nicht nur das. Er begriff, dass sie *das* Pferd gefunden hatte.

Er konnte es kaum abwarten, bis er Amanda nach dem Essen für sich allein hatte. Als Olaf den Tisch abräumte und Torgeir Ylva beim Füttern der Pferde half, zog er seine Tochter mit sich in die Stube und bekam seinen Verdacht bestätigt.

»Ylva hat mich einen schwarzen Hengst reiten lassen«, flüsterte Amanda. »Er ist das beste Pferd, das sie haben. Verglichen mit ihm sind die anderen nur bleiche Schatten.«

Im selben Moment kam Olaf Magnusson ins Zimmer und Vater und Tochter fuhren auffällig rasch auseinander. Olaf ließ sich nichts anmerken. Er ging zu einem Schrank, holte eine Flasche Wein heraus und sah zu Wilhelm Fivel hinüber.

»Wollen Sie ein Glas?«, fragte er in gebrochenem Norwegisch.

»Gern, danke«, sagte Wilhelm Fivel und ließ Amanda gehen. Er blickte ihr nach, als sie die Treppe hinauf außer Hörweite verschwand. Kurz darauf kam Ylva herein und ging ebenfalls nach oben. Wilhelm Fivel wartete ungeduldig auf Torgeir. Er hatte das starke Gefühl, dass der schwarze Hengst genau das Pferd war, das sie suchten. Er merkte, wie sein Adrenalinspiegel stieg, und das war immer ein gutes Zeichen.

Als Torgeir vom Stall hereinkam, zog Wilhelm Fivel ihn auf die Seite.

»Zeit für Geschäfte«, sagte er. »Und ich will das richtige Pferd zum richtigen Preis.«

»Olaf hat viele hervorragende Pferde«, erwiderte Torgeir. »Ich würde den Schimmel Snær empfehlen. Er hat viel Potenzial, und ich glaube, Amanda mag ihn.«

»Was ist mit dem Hengst?«

Torgeir sah ihn verständnislos an.

»Unter den Pferden, die Olaf zu verkaufen hat, sind keine Hengste«, sagte er.

»Dann müssen wir dafür sorgen, dass sich das ändert«, antwortete Wilhelm Fivel. Aber ehe er noch mehr sagen konnte, erschien Olaf Magnusson wieder in der Tür.

»Der Wein steht auf dem Tisch«, sagte er.

Die Stimmung in der Küche war abwartend. Wilhelm Fivel beobachtete seinen Gegner aus dem Augenwinkel, während er sein Rotweinglas zwischen den Fingern drehte.

»Sie haben nicht zufällig einen Kognak?«, erdreistete er sich zu fragen.

Olaf schüttelte den Kopf und Wilhelm Fivel leerte sein Weinglas so schnell, wie es möglich war, ohne dass es auffiel.

»Na, habt ihr was gesehen, was euch gefällt?«, fragte Olaf nach einer Weile.

»Ja, wir haben schon einige gesehen, die infrage kommen könnten.« Wilhelm Fivel wollte sich zunächst bedeckt halten.

Olaf trank ein wenig Wein. Seine Bewegungen waren ruhig und seine Körpersprache verriet nicht viel.

»So, und welche sind das?«, fragte er.

»Snorri vielleicht«, schlug Wilhelm Fivel versuchsweise vor.

»Snorri«, wiederholte Olaf. »Tatsächlich, aha.«

Wilhelm Fivel sah Olaf Magnusson in die klaren graublauen Augen und begriff im selben Moment, dass er seinen Gegner grob unterschätzt hatte. Olaf Magnusson hatte sich von dem neutralen Tonfall nicht täuschen lassen. Im Gegenteil. Er wusste bereits, dass sie ihr Wunschpferd gefunden hatten, und er wusste auch, dass sie viel Geld dafür bezahlen konnten. *Verdammt schlechte Ausgangslage für einen guten Handel.*

Olaf trank noch einen Schluck Wein und räusperte sich leicht.

»Nein, Snorri würde ich eher nicht empfehlen«, sagte er. »Er greift nicht genug aus und ist vorne zu eng.«

»Welches Pferd würden Sie denn empfehlen?«

»Nun, wir haben ja viele Pferde, die sich in Norwegen gut behaupten könnten.«

Wilhelm Fivel merkte, wie sein Puls beschleunigte. *Die sich behaupten könnten? Das ist definitiv nicht genug.*

»Ich suche keinen Rohdiamanten«, sagte er. »Ich will einen hochkarätigen Brillianten für mein Geld. Das Beste, was Sie zu bieten haben.«

»Hm«, machte Olaf und trank einen Schluck.

»Ich bin nicht gekommen, um mich mit weniger zufriedenzugeben«, ergänzte Wilhelm Fivel.

»Der Hengst ist nicht zu verkaufen«, sagte Olaf kurz.

»Welcher Hengst?«, fragte Wilhelm Fivel unschuldig.

»Sie wissen genau, welcher.«

»Natürlich ist er zu verkaufen«, sagte Wilhelm Fivel. »Meine Tochter hat ihn doch Probe geritten. Und ich will, dass Torgeir ihn ebenfalls reitet.«

Olaf Magnusson sah für einen Moment überrascht aus. Es war offensichtlich, dass diese Information unerwartet kam.

»Jetzt kann ich nicht ganz folgen«, unterbrach Torgeir. »Von welchem Hengst redet ihr?«

»Er hat sich einen Hengst in den Kopf gesetzt, der nicht zu verkaufen ist«, sagte Olaf auf Isländisch. »Wär gut, wenn du ihn dazu bringen könntest, sich ein anderes Pferd auszusuchen. Ægir kriegt er nicht.«

»Ægir«, wiederholte Torgeir verblüfft. »Doch nicht Ægir frá Stóra-Hof?«

»Du bist also noch nicht ganz raus, alter Freund?«

»Ich reite keine Wettkämpfe mehr«, antwortete Torgeir auf Isländisch. »Aber ich habe nie aufgehört, Zuchtberichte zu lesen.«

»Sprecht Norwegisch«, warf Wilhelm Fivel ärgerlich ein und richtete einen scharfen Blick auf Torgeir, um ihn daran zu erinnern, wofür und von wem er bezahlt wurde.

»Sie haben einen Riecher für Qualität, das muss man Ihnen lassen«, sagte Torgeir. »Leider ist ausgerechnet die Qualität das Problem.«

»Wie meinen Sie das?«

»Ægir frá Stóra-Hof hat einen außergewöhnlich hohen BLUP-Index. Das bedeutet –«

»Ich weiß, was das bedeutet«, unterbrach ihn Wilhelm Fivel gereizt. »Best Linear Unbiased Prediction. Die Zuchtwertschätzung des Pferdes. Je höher, desto besser.«

»Nicht in diesem Fall. Ægir frá Stóra-Hof ist ein Elitehengst mit einer langen Reihe von Auszeichnungen, und er hat eine so hohe Punktzahl, dass er das Land nicht verlassen darf, ohne vorher in Island zum Verkauf ausgeschrieben worden zu sein. So ist das Gesetz. Eine solche Ausschreibung kostet Zeit, und Zeit ist das, was wir am wenigsten haben. Das andere, viel größere Problem ist: Falls Magnusson diesen Hengst zum Verkauf anbietet, geht er auch garantiert weg.«

Wilhelm Fivel hatte genug gehört. Mehr als genug, um sicher zu sein, dass er genau dieses Pferd mit nach Norwegen nehmen wollte.

»Es gibt da noch ein paar Dinge, die Sie über diesen Hengst wissen sollten«, sagte Olaf Magnusson in seinem gebrochenen Norwegisch. »Außer diesen offensichtlichen Hindernissen müssen Sie sich erstens klar darüber sein, dass Ægir ebenso wenig beherrschbar ist wie meine Tochter – und das heißt einiges. Zweitens: Ganz egal, wie viel Sie mir für dieses Pferd auch bieten, es wird niemals genug sein für das, was es wert ist.«

Wilhelm Fivel beschloss, Olaf Magnusson ein bisschen in die Schranken zu weisen.

»Ich bin zwar an dem Hengst interessiert, aber wir können immer noch zu einem anderen Züchter fahren.«

Olaf lachte leise in seinen Bart hinein.

»Tun Sie, was Sie nicht lassen können«, sagte er. Dann leerte er sein Weinglas, stand auf und ging aus der Küche.

Wilhelm Fivel fluchte insgeheim. Er hatte sein Pferd gefunden, es gab keinen Grund weiterzusuchen. Das musste doch hinzukriegen sein. *Alles ist käuflich. Es kommt nur auf den Preis an.*

Montag
Noch 82 Tage

Noch vor dem Morgengrauen des Tages, an dem sie Island plangemäß mit der Nachmittagsmaschine wieder verlassen sollten, kam Amandas Vater ins Zimmer gerollt und rüttelte sie wach. Er hatte die Abreise vorverlegt. Geschäfte, sagte er. *Immer Geschäfte.* Er behauptete, er sei mit Olaf handelseinig geworden. Im Stall stehe ein Pferd für sie bereit, und er versprach, dass sie nicht enttäuscht sein werde.

»Uns bleibt wenig Zeit, wenn wir das Flugzeug erreichen wollen«, sagte er. »Sehr wenig Zeit.«

Amanda setzte sich im Bett auf. Das war schon das zweite Mal, dass eine Abreise vorgezogen wurde. Auch Torgeir war früher zurückgeflogen als geplant. Er hatte sich noch am Abend zuvor ins Auto gesetzt und war abgefahren, plötzlich und unerwartet. Amanda wusste nicht, dass ihr Vater ihn nach Hause geschickt hatte, weil ihm Torgeirs Ehrlichkeit im Weg gewesen war.

Amanda packte rasch ihre Sachen zusammen und Olaf Magnusson ging mit ihr in den Stall. Sie war gespannt, was sie erwartete. Als sie den Schimmel Snær sah, musste sie ihrem Vater recht geben. Sie war nicht enttäuscht. Auch nicht hellauf begeistert, aber das hatte ihr auch niemand versprochen. Amanda dachte nüchtern, dass dies ein Islandpferd war, mit dem sie leben konnte. Aber zu ihrer großen Überraschung ging Olaf die Stallgasse weiter hinunter. Und dort, in einer Box ganz hinten am Ende, stand noch ein Pferd. Ein kohlschwarzer Hengst mit langer schwarzer Mähne.

»Das ist das Pferd, das dein Vater für dich gekauft hat«, sagte Olaf Magnusson leise.

Amanda stand wie angewurzelt da. Die helle Mähne und der Stern waren verschwunden, aber es sah Ylvas Hengst verdächtig ähnlich.

»Das ist Villingur«, sagte Olaf rasch. »Er ähnelt Ægir in Temperament und Gangarten, aber ihm fehlt die helle Mähne und der Stern auf der Stirn.«

Er ging zum Hengst hinein und legte ihm ein Halfter an. Dann reichte er Amanda den Führstrick und nach kurzem Zögern nahm sie ihn und führte den Hengst aus dem Stall.

Olaf Magnusson folgte ihr, erfüllt von widerstreitenden Gefühlen. Nicht wegen dem, was er jetzt tat, sondern wegen dem, was er bereits getan hatte. Er hatte Ylva gestern Abend noch gebeten, Ægir in den Stall zu bringen, weil alle Pferde am Vormittag geimpft werden sollten. Das mit dem Impfen stimmte ja auch, aber das war nicht der Grund, warum er den Hengst in Reichweite haben wollte.

Im Laufe der vergangenen Nacht hatte Ægir frá Stóra-Hof in aller Heimlichkeit eine neue Identität erhalten. Die charakteristische helle Mähne und der weiße Stern waren so schwarz gefärbt worden wie das ganze Pferd. Und mithilfe gefälschter Papiere, ausgestellt von Olafs Tierarzt und altem Freund Gisli, hatte der Hengst auch einen neuen Namen bekommen. Die einzige Bedingung, die Gisli gestellt hatte, bevor er sich auf die Urkundenfälschung einließ, war, dass der Hengst mit dem Schiff ausreisen musste. Er konnte nicht garantieren, dass das Pferd durch die Kontrollen am Flugplatz kommen würde, aber im Hafen hatte Gisli eine Kontaktperson, auf die er sich verlassen konnte.

Olaf Magnusson schloss die Augen. Noch einmal versuchte er, vor sich selbst zu verteidigen, was er begonnen hatte und gleich vollenden würde. Er erkannte sich selbst nicht wieder in der Rolle des Mannes, der Papiere fälschte, log und seine Nächsten hinters Licht führte. Zum ersten Mal in seinem Leben hatte er sich selbst in eine Klemme gebracht, aus der er keinen Ausweg wusste, und er ertappte sich dabei, dass er hoffte, der Hengst würde sich weigern, in den Hänger zu gehen. Olaf Magnusson hatte im Laufe seines Berufslebens mehrere tausend Pferde verladen, und die Körpersprache des Hengstes sagte ihm, dass sich das hier lange hinziehen konnte. Sehr lange. Wilhelm Fivel würde keine Hilfe sein. Er und Amanda mussten den Hengst allein verladen, und Olaf merkte schon, dass er seine Sache ganz schlecht machen würde. Vielleicht würde es so lange dauern, dass das Schiff ohne sie abfuhr. Das gäbe ihm die Möglichkeit, etwas zu tun, was er noch nie in seinem Leben getan hatte – nämlich sein Wort zu brechen.

Während er so dastand und das Widerstreben im Körper des Pferdes studierte, schüttelte der Hengst plötzlich den Kopf und schnaubte heftig. Dann ging er direkt und ohne Zögern in den Hänger. Als hätte er noch nie etwas anderes getan.

»Schließ die Klappe!«, rief Wilhelm Fivel.

Olaf Magnusson blickte zu dem norwegischen Geschäftsmann hinüber, der bereits im Auto saß. Während der ganzen Zeit, die das Organisieren der Papiere und Formalitäten gedauert hatte, war Wilhelm Fivel als ein Mann aufgetreten, der Lösungen zu finden wusste, wo es eigentlich keine gab. Ohne Wilhelm Fivels Triebkraft hätte Olaf Magnusson das Kunststück, das dieser Schwindel war, niemals versucht, geschweige denn geschafft. Mit dem Vertrag, den er unterschrieben hatte, war sichergestellt, dass der Hof für alle überschaubare Zukunft in Familienbesitz bleiben würde. Er hatte dafür gesorgt, dass er das bewahren konnte, was seine Sippe fast 400 Jahre hindurch aufgebaut hatte. Seit Generationen waren auf diesem Hof Pferde gekommen und gegangen, und weil er diesen einen Hengst verkaufte, würde der Hof weiter bestehen. Er hatte das Richtige getan. Das war es, was Olaf Magnusson an diesem Morgen zwischen zusammengebissenen Zähnen immer wiederholte. *Ich habe das einzig Richtige getan.*

Er setzte sich ins Auto und ließ den Motor an. Er war dabei, gegenüber seiner einzigen Tochter eine unverzeihliche Grenze zu übertreten. Und als das Auto mit dem Pferdehänger vom Hof rollte, übertrat er diese Grenze tatsächlich. Das spürte er am ganzen Körper.

Im Auto von Wilhelm Fivel warf Amanda einen Blick zurück auf die dunklen Fenster des Wohnhauses. Sie fand es merkwürdig abzureisen, ohne mit Ylva gesprochen zu haben. Sie fand es auch merkwürdig, dass Ylva nicht herauskam, um sich von dem Hengst zu verabschieden. Vielleicht wäre es zu hart für sie gewesen? Es war sicher nicht das erste Mal, dass sie sich von einem ihrer geliebten Pferde trennen musste, dachte Amanda. Aber nicht ein einziges Mal ließ sie den Gedanken zu, der ganz hinten in ihrem Bewusstsein lag – und nagte. Der Gedanke, dass sie vielleicht daran beteiligt war, Ylva hinters Licht zu führen.

Ylva erwachte langsam. Sie lag regungslos im Bett und spürte die Schwermut, die sich im Laufe der Nacht über sie gelegt hatte. Vielleicht würde dieses Datum im April immer diese Wirkung auf sie haben. Es war der Tag, an dem ihre Mutter gestorben war.

Der Fußboden war kalt, als Ylva barfuß auf den Flur trat und die Treppe hinunterging. Im Haus war es still. *Zu still.* Der Frühstückstisch war nicht gedeckt und auf der Tischplatte waren keine Krümel. Sie klopfte an Amandas Tür, aber das Zimmer war leer und das Bett gemacht. Eine nagende Unruhe ergriff sie und sie rannte aus der Tür und lief über den Hof, barfuß und nur im Nachthemd.

Im Stall war es dämmrig und still. Nur ein Pferd stand hier drin. Snær, von dem sie gedacht hatte, er sei Amandas neues Pferd. Alle anderen Boxen waren leer. *Leer!* Ylva lief durch die Hintertür des Stalls hinaus und hielt verzweifelt Ausschau nach ihrem Hengst. Sie versuchte zu pfeifen, um ihn herbeizurufen, aber sie zitterte so sehr, dass sie es nicht hinbekam. Während sie so dastand, hörte sie Motorengeräusch, und in der Ferne sah sie ein Auto mit Hänger, das auf den Hof zukam. Sie blinzelte und sah, dass es das Auto ihres Vaters war. Sie beobachtete die Bewegungen des Hängers. Die Erschütterungen, die der Weg verursachte, waren kurz und hart. Er musste leer sein. Langsam ging sie auf den Hofplatz und stand dort, als das Auto ankam. Sie begegnete dem Blick des Vaters durch die schmutzige Frontscheibe und sah etwas darin, was sie noch nie zuvor gesehen hatte. *Scham.* Ylva warf sich herum und floh den aufgeweichten Weg hinunter. Sie rannte in rasendem Tempo über Kies, Schlamm und Schneereste.

Olaf lief hinterher, schaffte es aber erst nach mehreren Dutzend Metern, sie einzuholen. Er packte sie am Arm. Sie schlug nach ihm und versuchte, sich loszureißen, aber als er sie fest an sich zog, versagten ihr die Beine. Olaf Magnusson saß auf dem schlammigen Weg und hielt seine Tochter in den Armen. Sie zitterte, ihre Füße waren schmutzig und bluteten. Während sie so dasaßen, sah Olaf Magnusson ein Containerschiff übers Meer gleiten, mit geradem Kurs nach Osten. Am blaugrauen Himmel über dem Schiff sah er ein weißes Flugzeug mit demselben Kurs. Und da spürte er es aus tiefstem Herzen: Olil hätte gewollt, dass er den Hof aufgab und das Pferd seiner Tochter behielt.

Dienstag
Noch 81 Tage

Victoria Fivel hatte sich wirklich selbst übertroffen, als die Familie nach mehreren Tagen der Trennung zu ihrem traditionellen Montagsfrühstück an einem Dienstag zusammenfand. Sie hatte den Tisch ungewöhnlich üppig und einladend gedeckt. Fast so, als wollte sie sich für etwas entschuldigen, dachte Wilhelm Fivel.

Aber noch bevor er dazu kam, sie nach ihrem Psychologenkongress zu fragen, erzählte Victoria unaufgefordert, was für eine wunderbare Zeit sie gehabt hatte.

Nichts kam Mathias, Amanda und Wilhelm mehr gelegen, als so wenig wie möglich über das zu sprechen, was sie selbst am vergangenen Wochenende getrieben hatten. Deshalb ließen sie Victoria ohne Unterbrechung erzählen, bis sie darauf bestand, zu hören, was während ihrer Abwesenheit zu Hause passiert war.

Amanda versetzte ihrem Bruder unter dem Tisch einen Tritt und biss gleichzeitig ein großes Stück von ihrem Brötchen ab, um sich ein wenig Aufschub zu verschaffen.

»Ich hab mich jeden Tag volllaufen lassen«, sagte Mathias und grinste seine Mutter so breit an, dass sie dachte, er machte nur Spaß.

»Und ich habe ein neues Pferd gekriegt«, murmelte Amanda mit vollem Mund.

Wilhelm Fivel lächelte seine Tochter väterlich an und beschloss, diesmal etwas zur Idylle am Tisch beizutragen.

»Das Pferd hast du dir verdient, mein Mädchen«, sagte er und hob die Kaffeetasse. »Skål!«

»Party und Pferd«, fasste Victoria mit steifem Lächeln zusammen, während sie versuchte, den Blick ihres Mannes einzufangen.

Amanda dagegen musste sich eine Stunde später im Klassenzimmer alle Mühe geben, um dem Blick ihres Mathelehrers zu *entgehen.* Sie hatte eine Zwischenprüfung verpasst, während sie weg war, und sie ahnte, dass er sie kaum damit durchkommen lassen würde.

Und tatsächlich. Nach der Stunde nahm er sie beiseite, um *mal ein ernstes Gespräch* mit ihr zu führen.

Anja warf ihr auf dem Weg nach draußen noch ein aufmunterndes Lächeln zu.

»Amanda Victoria Fivel«, sagte der Mathelehrer.

Er nannte sie bei ihrem vollständigen Namen. *Na toll.*

»Du hast die Frühjahrs-Zwischenprüfung verpasst«, sagte er. »Außerdem hast du jede Menge Fehlzeiten und nur wenige Hausarbeiten abgegeben. Ist dir das klar?«

»Mein Vater war krank«, murmelte Amanda.

»Ich werde dir noch eine letzte Chance geben«, sagte er und sah sie freundlich an.

Amanda gab sich alle Mühe, ihn dankbar anzulächeln.

»Also abgemacht«, sagte er zufrieden. »Hier hast du ein Heft mit Extraaufgaben.«

»Vielen herzlichen Dank«, erwiderte Amanda. »Ich finde Mathematik wirklich unglaublich spannend.«

Damit entließ er sie. Draußen auf dem Flur kickte sie einen einsam herumliegenden Schuh mit aller Kraft an die Wand. *So ein verdammter Mist!*

Eine Woche später

Dienstag

Noch 74 Tage

Auf dem Schulhof hatte sich Amandas Klasse ziemlich lustlos für das jährliche Klassenfoto in der Frühlingssonne aufgestellt. Während der Fotograf furchtbar umständlich an seiner Ausrüstung herumfummelte, sah sich Amanda um. Sie waren nicht mehr vollzählig, seit Juls die Schule abgebrochen und auf einem Fischkutter irgendwo an der Westküste angeheuert hatte. Das war schon fast ein Jahr her, aber sie vermisste ihn immer noch. Sie hoffte aus ganzem Herzen, dass es bald vorübergehen würde. Wieder einmal dachte sie an das, was an seinem Geburtstag geschehen war, aber sie schob es rasch weg. *Es ist aus. Vorbei. Fertig.*

Sie zuckte zusammen, als jemand sie plötzlich anstieß.

»Du hast dich ziemlich rar gemacht in der letzten Zeit«, flüsterte Anja ihr zu und sah sie forschend an.

»Hab ich?«

»Ja, hast du«, sagte Anja.

»Ich bin bloß erschöpft«, log Amanda.

»Ist das alles?«, flüsterte Anja. »Das hat nichts mit Juls zu tun?«

Amanda hatte die Vorstellung extrem unangenehm gefunden, Anja zu erzählen, dass sie drauf und dran war, eine Ponyreiterin zu werden. Aber sie fand es noch tausendmal unangenehmer, über etwas so Persönliches zu sprechen wie das, worauf Anja jetzt zusteuerte. Deshalb gab sie sich einen Ruck und erzählte rasch von dem Hengst, der von Island unterwegs war – wohl wissend, dass danach garantiert *keine* Fragen mehr zu Juls kommen würden.

Anja reagierte schockiert. *Na, wer sagt's denn.*

»Warum hast du nichts davon erzählt?«

»Hat sich irgendwie nicht ergeben«, murmelte Amanda.

Der Fotograf war endlich so weit. Er bat sie, dichter zusammenzurücken, in die Kamera zu schauen und zu lächeln. Anja und Amanda rückten enger zusammen, aber sie lächelten nicht. Als der Fotograf fertig war und die anderen zurück in die Klasse gingen, blieben Amanda und Anja draußen stehen.

»Das hat sich nicht ergeben?«, wiederholte Anja.

»Wir hatten ja so viel anderes zu bereden«, beteuerte Amanda.

»Du hättest jedenfalls sagen können, dass du ein Pony kriegst«, blaffte Anja. »Was willst du überhaupt damit, du hast doch Monty?«

Amanda erzählte kurz die Geschichte, die ihr Vater ihr eingeschärft hatte. Dass sie eine neue Herausforderung suche und dass Torgeir Rosenlund nach Island gefahren sei, um ein Pferd für sie zu besorgen. Amanda versuchte, die Story so überzeugend wie möglich zu verkaufen, aber Anja hatte offenbar Mühe, sie zu schlucken.

»Warum habt ihr nicht einfach ein Pony von Torgeir gekauft?«, fragte sie.

»Papa wollte Qualität, du kennst ihn ja. Außerdem soll ich damit an den Start und …«

»Mit dem Pony? Du machst Witze, oder?«

»Nein«, sagte Amanda. »Wir peilen die NM an. Die erste Qualifikation ist am nächsten Wochenende.«

»Und du hältst es nicht für nötig, mir das zu erzählen!?«

Amanda begriff, dass sie den Bogen überspannt hatte.

»Aber du hörst doch mit dem Springreiten nicht auf, oder?«, fragte Anja.

»Nein, natürlich nicht«, erwiderte Amanda und hoffte inständig, dass es stimmte.

Sie war kurz davor, noch mehr zu sagen, tat es aber nicht. Schweigend gingen die beiden Freundinnen ins Klassenzimmer zurück.

Der isländische Hengst hatte einen tiefen Eindruck bei Amanda hinterlassen. Mehr als sie zugeben wollte. Er war den ganzen Tag über in ihren Gedanken und nachts in ihren Träumen. Bevor sie nach Island geflogen war, hatte sie sich morgens selten an ihre Träume erinnert. Aber jetzt kamen ihr die Träume kraftvoller und wahrer vor als das Leben in wachem Zustand.

In dieser Nacht hatte sie einen grauenvollen Albtraum. Von einem Schiffsuntergang. Weit draußen auf dem Meer sank das Schiff in einem heftigen Sturm und sie und der Hengst gingen über Bord. Beide kämpften in dem schäumenden schwarzen Wasser um ihr Leben. Sie griff nach ihm und klammerte sich an seine Mähne, doch sie konnte sich nicht halten und die Wellen rissen sie auseinander. Sie strampelte wild, um den Kopf über Wasser zu halten, aber die Wellen schlugen über ihr zusammen. Sie bekam keine Luft. Sie kämpfte aus Leibeskräften, trotzdem sank sie immer weiter in die Tiefe. Als sie mit einem Ruck in ihrem eigenen warmen Bett aufwachte, rang sie immer noch nach Luft.

Sie war so aufgewühlt, dass sie nicht mehr einschlafen konnte. Sie lag da und dachte an Ylva. Sie hatte kein Wort von ihr gehört, seit sie zurück in Norwegen war. Ein paar Mal hatte sie überlegt, selbst dort anzurufen. Aber sie hatte es nicht getan.

Donnerstag
Noch 72 Tage

Der Morgen graute, es war kalt und der Asphalt dampfte, als Amanda und ihr Vater mit einem leeren Pferdeanhänger auf das Hafengelände von Moss bogen.

Amanda war schon sehr gespannt darauf, den Hengst wiederzusehen, aber ihr Vater erledigte alle Formalitäten durchs Autofenster. Anschließend überließ er es anderen, den Hengst in den Hänger zu schleusen, und Amanda erhaschte nur einen kurzen Blick auf ihn durch das beschlagene Autofenster. Aber sie hörte ihn deutlich, als er mit schnellen Schritten in den Hänger ging. Er war angekommen. Er war auf dem Weg zu ihr nach Hause.

Wilhelm Fivel hatte Åke Karlsson in den letzten Tagen mindestens zehn SMS wegen der Trainingsstunden geschickt, aber immer noch keine Antwort erhalten. Es regte ihn auf, dass sie das Training noch nicht geregelt hatten. Er war es gewohnt, sich auf Åkes Fachverstand zu verlassen. Jetzt versuchte er die ganze

Fahrt über, ihn zu erreichen. Sie hatten bereits zehn Tage wertvoller Trainingszeit mit der Verschiffung des Hengstes verloren. *Das ist mehr als genug.*

»Ich kann nicht«, sagte Åke, als er sich endlich meldete. »Ich starte an diesem Wochenende selbst. Hast du das vergessen?«

Wilhelm Fivel hatte es nicht vergessen. Es war ihm nur nicht wichtig erschienen. Es hatte noch nie Probleme mit Åke gegeben. Er war zur Stelle, wann immer er ihn brauchte. Und selten hatte er ihn mehr gebraucht als jetzt.

»Du hast da zu sein«, sagte er. »Sowohl morgen als auch am Wochenende.«

»Als wir die Trainingszeiten für die Saison festgelegt haben, sind wir von der Terminliste des Reiterverbands ausgegangen«, sagte Åke. »Wenn du ein Islandpferd kaufst und dich damit nach ganz anderen Terminen richten musst, ist das nicht mein Problem. Außerdem steht in meinem Kalender nichts davon, dass ich ein Pony trainieren soll. Wenn du mich dafür anheuern willst, müssen wir einen neuen Vertrag machen.«

Åke machte eine Pause, und Wilhelm Fivel ahnte, worauf er hinauswollte.

»Und dann müssen wir selbstverständlich die Bezahlung neu aushandeln«, fuhr Åke fort. »Islandpferde sind nicht mein Gebiet. Das erfordert einen neuen, maßgeschneiderten Trainingsplan und deutlich mehr Arbeit. Die mir natürlich bezahlt werden muss.«

»Dir ist wohl noch nicht in den Sinn gekommen, dass ich dir auch weniger bezahlen könnte?«, fragte Wilhelm Fivel. »Eben *weil* dir die Spitzenkompetenz fehlt?«

Am anderen Ende wurde es ganz still, und Wilhelm Fivel wusste, dass er zu weit gegangen war. Pferdetrainer waren launisch, das hätte er mittlerweile gelernt haben müssen. Er holte tief Luft.

»Also, wie viel?«, fragte er.

Nach einigem Hin und Her hatten sie sich geeinigt und Wilhelm Fivel legte auf. Training zweimal täglich, fünf Tage die Woche ab Montag, aber keine Unterstützung vor der wichtigen Qualifikation am Wochenende. Wenn er nicht so viel zu verbergen gehabt hätte, hätte er wahrscheinlich gleich Torgeir Rosenlund um Unterstützung gebeten. Aber nun mussten sie eben allein zurechtkommen. Er hoffte inständig, dass der Hengst wenigstens so gut war, wie er glaubte.

Amanda nutzte die meiste Zeit der Autofahrt, um sich einen neuen Namen für ihren Hengst auszudenken. Der erste Eindruck musste passen und der Name war ein wichtiger Teil seines Images. Sie beschloss, ihn Caspian zu nennen, nach ihrem Lieblingsbuch *Prinz Caspian*. Ein perfekter Name, dachte sie, als sie den Hengst im schwachen Morgenlicht auf Vestre Engelsrud aus dem Hänger holten. Sie wünschte sich plötzlich, sie hätte ihn auf den Hof bringen können, wenn die anderen Mädchen im Stall waren. Dann hätten sie ihn von seiner allerbesten Seite gesehen. Die dicke Decke verbarg das schmutzige, verschwitzte Fell. Der Hengst hielt sich hoch aufgerichtet und stolz und tänzelte mit hochgerecktem Schweif um sie herum. Dann wieherte er ein paarmal und bekam Antwort von den Pferden im Stall. Er stieg und schnaubte. Amanda führte ihn eine Runde um den Hofplatz herum, aber er hatte bereits für genug Aufregung im

Stall gesorgt, sodass Torgeir aus dem Haus kam, um nachzusehen, was los war. Hinter ihm kamen Ida und Fredrik heraus, in Overalls und jeder mit einem kleinen Rucksack auf dem Rücken.

»Was ist das für ein Pferd?«, fragte Torgeir überrascht.

»Einer von Magnussons Hengsten«, antwortete Wilhelm Fivel rasch. »Er heißt …«

»Caspian«, fiel Amanda ihm ins Wort. »Er heißt Caspian.«

»Ungewöhnlicher Name für ein Islandpferd«, sagte Torgeir und versuchte gleichzeitig, sich daran zu erinnern, was er vor einigen Jahren über die Kennzeichen von Ægir frá Stóra-Hof gelesen hatte. Er hatte nie ein Foto von Ægir gesehen, aber dieser Hengst passte gut zu dem Bild in seinem Kopf.

Wilhelm Fivel hatte kein Interesse daran, mit Torgeir Rosenlund über den Hengst zu reden, bevor er mit Amanda die offizielle Geschichte des Pferdes abgesprochen hatte. Sie hatte es tatsächlich geschafft, sich einen Namen auszudenken, über den Torgeir stutzte. Das war schon schlimm genug. Da durften nicht noch mehr Sachen auftauchen, an denen Torgeir sich schon am ersten Tag festbeißen konnte.

»Bring den Hengst in die Box«, rief er.

Torgeir bat Fredrik, kurz auf Ida aufzupassen, und ging mit schnellen Schritten auf den Stall zu.

»Ich mach für dich auf«, sagte er.

Amanda folgte ihm, und Caspian bog den Hals und schüttelte den Kopf, dass die lange schwarze Mähne nur so flog. Doch nicht ein einziges Mal zupfte er auch nur am Führstrick. Amanda packte ihn trotzdem fest am Halfter, als sie in den Stall hineingingen. Caspian folgte ihr gehorsam, aber als sie ihn in die

Box zwischen Monty und Russian ließ, hatte sie kaum genug Zeit, ihm das Halfter abzunehmen – da warf er sich auch schon herum. Er presste das Maul gegen das Gitter, das ihn und Monty trennte. Dann wieherte er so kampflüstern und laut, dass Monty zurückwich und sich am anderen Ende der Box eng an die Wand quetschte.

Nun presste Caspian sein Maul ans Gitter zu Russian hinüber, und als Russian sein tiefes Grollen mit einem hellen Wiehern beantwortete, bäumte Caspian sich auf und schlug mit den Vorderhufen gegen das Gitter.

»Er hat noch nie große Pferde gesehen«, erklärte Torgeir. »Kein Wunder, dass er meint, er müsste sich ein bisschen aufblasen.«

»Ich muss ihm eine trockene Decke auflegen«, sagte Amanda.

»Bei dem Fell braucht er keine Decke«, erwiderte Torgeir. »Er braucht Minusgrade. Du solltest sowieso lieber warten, bis er sich beruhigt hat. In seinem Leben gibt es im Moment wichtigere Dinge als Decken.«

Caspian stieß wieder heftig Luft durch die geblähten Nüstern, warf sich auf den Boden und wälzte sich, dass die Späne nur so flogen. Dann sprang er auf, schüttelte sich und trat mit voller Kraft gegen die Wand. Amanda zuckte zusammen.

»Er ist ein Hengst, was hast du erwartet?«, fragte Torgeir ruhig. »Lass ihn lieber ein bisschen raus, damit er sich austoben kann.«

»Aber Papa hat gesagt, ich soll ihn in die Box bringen«, sagte Amanda.

»Das halte ich für keine gute Entscheidung«, erwiderte Torgeir und sah auf die Uhr. »Lass ihn auf den Paddock hinter der Reithalle, bevor du fährst, dann kann ich ihn reinholen, wenn ich zurückkomme. Ich muss die Kleinen jetzt in den Kindergarten bringen. Bin spät dran.«

»Kannst du ihm die Decke abnehmen, bevor du gehst?«, bat Amanda. Sie kannte den Hengst noch nicht wirklich und war froh, wenn sie jetzt nicht zu ihm hineingehen musste.

Torgeir öffnete die Boxentür und ging langsam auf den Hengst zu, während er beruhigend auf ihn einredete. Amanda verstand nicht, was er sagte, aber sie fand, dass es sich nach Isländisch anhörte. Es sah aus, als würde Caspian zuhören. Er stand ganz still, während Torgeir ihm die Decke und die Transportgamaschen abnahm. Aber als Torgeir die Boxentür hinter sich schloss, warf der Hengst sich erneut in die Sägespäne und wälzte sich ausgiebig. Als er wieder auf die Beine kam, war sein ganzer Körper mit Spänen bedeckt, aber er machte keinen Versuch, sie abzuschütteln. Dann entdeckte er das Heu in der Box und begann, mit gutem Appetit zu fressen.

»Er kann noch eine Weile in der Box bleiben«, sagte Torgeir auf dem Weg aus dem Stall. »Aber dann musst du ihn rauslassen, sonst geht er die Wände hoch, bevor der Tag um ist.«

Amanda nickte zögernd. Sie war nicht auf die Kraft vorbereitet gewesen, die Caspian ihr jetzt gezeigt hatte. Draußen in der weiten Landschaft von Island war diese Kraft faszinierend und schön. Drinnen in dem engen Stall wirkte sie brutal und grob.

Ihr Vater hupte ungeduldig. Sie wusste, er würde nicht damit einverstanden sein, dass sie Caspian hinausließ. Also beschloss sie, es darauf ankommen zu lassen, dass Torgeir sich darum kümmerte, wenn er zurückkam. Sie kontrollierte, ob die Boxentür verschlossen war. Dann lief sie aus dem Stall und stieg ins Auto.

»Warum hat das so lange gedauert?«, fragte ihr Vater ärgerlich.

»Caspian hat ein bisschen gereizt auf die anderen Pferde reagiert«, antwortete Amanda.

»Und warum in aller Welt hast du ihn Caspian genannt?«

»Ich versuche, das Beste aus der Sache zu machen«, sagte Amanda und biss sich auf die Lippe. Sie fragte sich, wie buchstäblich Torgeir das wohl gemeint hatte – dass Caspian die Wände hochgehen würde, bevor der Tag um war.

Es passierte natürlich in der Mathestunde. Amandas Handy klingelte. Laut. Es unterbrach den Lehrer mitten in einer Formel.

»Es überrascht mich, Amanda Victoria Fivel, dass du tatsächlich die ganze Klasse mitten im Unterricht von diesem Ding stören lässt«, sagte er ziemlich sauer.

Amanda war selbst überrascht. Sie war während der Schulzeit noch nie angerufen worden. *Noch nie.*

»Tut mir leid«, sagte sie hastig.

»Das will ich stark hoffen«, antwortete der Lehrer und wandte sich wieder der Formel an der Tafel zu.

Amanda warf verstohlen einen Blick aufs Display, um zu sehen, wer angerufen hatte. Sie zuckte zusammen: *Reiterhof Engelsrud.* Das hieß bestimmt nichts Gutes. Sie hatte jetzt seit acht Jahren Pferde bei Torgeir und Tone stehen, aber sie hatten sie noch nie wegen irgendwas angerufen. Anja sah fragend von der anderen Seite des Klassenraums zu ihr herüber, aber Amanda schüttelte nur den Kopf. Als die Stunde endlich vorbei war, konnte sie gar nicht schnell genug nach draußen kommen. Sechs Mal rief sie während der Pause auf dem Hof an, aber es nahm niemand ab. Widerstrebend ging sie in die nächste Unterrichtsstunde, bekam aber nicht viel mit.

Du musst ihn rauslassen, sonst geht er die Wände hoch, bevor der Tag um ist.

Die ganze nächste Pause verbrachte sie damit, den Festnetzanschluss von Vestre Engelsrud anzurufen, aber es ging immer noch keiner ran. Amanda konnte nicht länger warten. Sie schlich über den Schulhof, kletterte über den Zaun und rannte die zwei Kilometer zur nächsten Bushaltestelle.

Amanda war so erschöpft, dass ihr die Beine zitterten, als sie endlich auf dem Hof ankam. Sie konnte Caspian nirgends finden, und als sie bei Tone und Torgeir anklopfte, machte niemand auf. Im Kleinpferdestall fand sie die Hilfskraft mitten beim Ausmisten und überfiel sie beinahe.

»Die sind in der Reithalle«, beantwortete diese kühl Amandas Frage und sah aus, als würde sie sich ihren Teil denken.

Amanda machte auf dem Absatz kehrt und rannte über den Hof in die Reithalle und auf die Tribüne hinauf.

Caspian tänzelte nicht mehr mit erhobenem Schweif. Er raste im Kreis herum, als säße ihm der Teufel im Nacken. Torgeir stand mitten in der Bahn und verfolgte ihn mit seinen Blicken.

»Ich habe doch gesagt, dass er die Wände hochgehen wird«, sagte er, ohne sich umzudrehen.

Bei seinem Tonfall fühlte Amanda sich wie eine verwöhnte Göre.

»Ich musste zur Schule«, erwiderte sie kleinlaut.

»Dann hättest du deine Aufgabe, die darin besteht, sich um diesen Hengst zu kümmern, vielleicht jemandem übertragen sollen, der weder in der Schule ist noch fünfzig Pferde füttern und versorgen muss«, sagte er und blickte zu ihr hinauf. »Ich habe ihn freilaufend in der Stallgasse gefunden. Bei einem Hengst darfst du mit dem Abschließen der Boxentür nie nachlässig sein. Verstanden?«

»Entschuldigung«, sagte Amanda.

»Bei mir musst du dich nicht unbedingt entschuldigen, aber deinem Pferd hättest du das ersparen können.«

»Ich wusste nicht, dass er so losgeht.« Sie sah zu Caspian, der immer noch wie ein Besessener herumraste.

»Du hast einen halbwilden Hengst aus Island geholt und ihn nach einer langen, anstrengenden Schiffsreise in eine enge Box gesperrt. Was hast *du* geglaubt, wie er reagiert?«

Amanda antwortete nicht. Sie wäre am liebsten auf der Stelle im Boden versunken. Auf Torgeirs Aufforderung hin holte sie einen Führstrick, und dann half er ihr, Caspian einzufangen. Der Hengst war außer Atem und sein Fell bedeckt von einer Mischung aus Sand und Schweiß.

Amanda war froh, dass es noch eine ganze Weile dauern würde, bis die anderen Mädchen kamen, denn sie wollte ungern, dass der erste Eindruck von ihrem neuen Pferd so schlecht war. Nachdem sie Caspian eine Stunde herumgeführt hatte, nahm sie sich viel Zeit, um sein verklebtes Fell zu putzen, aber es half nicht viel.

»Wo warst du denn auf einmal?«

Anja stand plötzlich vor der Box. Sie warf einen skeptischen Blick auf das schmutzige, nasse Pony.

»Ich musste mich um Caspian kümmern«, sagte Amanda schnell.

»So eilig kann das ja wohl nicht gewesen sein, oder?«, fragte Anja gekränkt. »Ich dachte, wir fahren zusammen her.«

Amanda erwiderte nichts darauf und Anja kam zu ihr in die Box. Sie strich mit der Hand langsam über den Rücken des Hengstes.

»Mann, hat der ein dickes Fell«, sagte sie und blickte auf ihren hellen Reithandschuh, der vollständig mit langen, klebrigen schwarzen Haaren bedeckt war.

Amanda sah voller Ekel hin. Es erinnerte sie an die Haare im Abfluss, nachdem Mathias geduscht hatte.

»Der sieht wirklich nicht gut aus«, sagte Susanne, die jetzt ebenfalls vor der Box aufgetaucht war. Sara und Karoline standen hinter ihr und lugten neugierig hervor.

»Was ist denn an dem so besonders?«, fragte Karoline. »Der sieht doch genauso jämmerlich aus wie die anderen Klepper im Kleinpferdestall.«

Dann lachten sie alle drei.

So viel zum ersten Eindruck.

Amanda merkte, dass sie ein wenig in sich zusammensank, und sie hätte schwören können, dass es Caspian nicht anders ging. Aus dem hoch aufgerichteten Hengst, den sie am selben Morgen aus dem Hänger geholt hatte, war ein zerzaustes Tier geworden, das den Kopf hängen ließ und eher an einen Esel erinnerte. Amanda fühlte, dass der Zauber gebrochen war. Der schwarze Hengst aus Island war nichts anderes als ein struppiges, kleines Pony im Großpferdestall von Vestre Engelsrud.

»Was willst du eigentlich mit dem?«, fragte Karoline.

»Eine neue Herausforderung«, sagte Amanda tonlos.

»Was ist denn so herausfordernd daran, mit einem Pony auf der Flachbahn zu reiten?«, fragte Sara.

»Willst du nicht mehr springen?«, fragte Susanne gleichzeitig.

»Erst will ich sehen, was ich aus dem hier rausholen kann«, sagte Amanda mit steifem Lächeln.

Die Mädchen verschwanden den Gang hinunter, um ihre eigenen Pferde fertig zu machen. *Die Springpferde.* Amanda flüchtete in die Sattelkammer und blieb dort, bis die anderen ihre Pferde gesattelt und in die Reithalle geführt hatten. Sie wollte gerade wieder in den Stall gehen, als sie hörte, wie jemand die Stalltür öffnete. Sie machte sich auf weitere spöttische Kommentare gefasst und schlich sich an die Box, um hineinzuspähen. Es war Torgeir Rosenlund. Er stand bei Caspian und redete leise auf ihn ein. *Auf Isländisch.* Es hörte sich beinahe so an, als würde er ihn trösten. Amanda ging zögernd zu ihnen.

»Der Betrieb hier ist nicht auf Hengste eingerichtet«, sagte Torgeir. »Schon gar nicht auf halbwilde Hengste. Wir müssen was unternehmen, damit das klappt.«

Damit das *alles* klappt, müssen wir ziemlich viel unternehmen, dachte Amanda beklommen.

Freitag
Noch 71 Tage

Amanda fand Caspian in einem Paddock, den Torgeir mit einem soliden Bretterzaun und zusätzlich noch mit einem Elektrozaun verstärkt hatte. Der Hengst wirkte jetzt ruhiger als am Vortag, aber er war ohne Decke draußen, und es sah so aus, als hätte er den ganzen Tag nichts anderes gemacht, als sich auf dem Boden zu wälzen. Sein langes Fell war schlammverklebt. In knapp drei Stunden war Abreise zur ersten Qualifikationsveranstaltung, und Amanda konnte sich aussuchen, ob sie die Zeit nutzen wollte, um ihren Hengst zu reiten oder ihn zu waschen. So wie er jetzt aussah, fiel die Wahl nicht schwer.

Caspian war es bestimmt nicht gewohnt, abgespritzt zu werden, aber die Wasserstrahlen in der Waschanlage versetzten ihn nicht in Panik, so wie es bei ihren anderen Pferden gewesen war. Im Gegenteil, es sah aus, als würde er das Wasser genießen, das über seinen Körper lief.

Nach einer Stunde stand er blitzsauber und triefnass in der Stallgasse, und während er beschlagen wurde, machte sich

Amanda daran, alles Notwendige zusammenzupacken. Anderthalb Stunden später war sie unterwegs, mit ihrem Vater am Steuer und Caspian sicher im Hänger verstaut.

»Hast du ihn geritten?«, fragte der Vater, als sie den Engelsrudweg hinunterfuhren.

»Natürlich«, sagte Amanda. »Ich habe alles unter Kontrolle.«

Aber als sie vier Stunden später auf den traditionsreichen Dyrsku-Platz in Seljord bogen, war sie da nicht mehr ganz so sicher. Hier erinnerte nicht viel an die Reitveranstaltungen, an denen sie bisher teilgenommen hatte. *Sieht eher nach einem Familientreffen aus.* Überall waren Pferde, Kinder und Hunde. Und Zelte. Dutzende von Zelten mitten auf dem Turnierplatz. Islandpferde-Liebhaber waren offenbar nicht von der Sorte, die sich im Hotel einquartierte. Stattdessen hatten sie mehrere große Lagerplätze mit Gemeinschaftsgrill und langen Tischen eingerichtet. Überall wurde gesungen, die Stimmung war bombig.

Amanda und ihr Vater wurden von einem gut aufgelegten Veranstaltungskomitee in Empfang genommen, das die Papiere überprüfte und ihnen die Nummer der Box nannte, die sie zugeteilt bekommen hatten. Dann lud Amanda Caspian aus dem Hänger. Er war so voller Energie und Begeisterung, als er herauskam, dass Amanda vorschlug, ihn ein bisschen zu bewegen. Aber ihr Vater sah dazu keinen Grund.

»Du hast ihn heute schon geritten«, sagte er. »Das muss reichen.«

Und so wurde Caspian, der halbwilde Hengst aus Island, über Nacht in einer engen Box eingesperrt, während Amanda und ihr Vater in einem Hotel im Zentrum von Seljord eincheckten.

»Ich setzte morgen große Erwartungen in dich«, war das Letzte, was ihr Vater sagte, bevor sie sich trennten und in ihr jeweiliges Zimmer gingen.

Große Erwartungen? Nach diesem Kommentar fand Amanda keine Ruhe mehr. Sie machte sich Sorgen, weil Caspian über Nacht in einer engen Box eingesperrt war. Sie hatte selbst gesehen, was mit ihm passierte, wenn er lange Zeit auf engem Raum zubringen musste. Ihr graute bei dem Gedanken, auf was für ein wildes Tier sie bei der Morgenfütterung stoßen würde. Würde sie es überhaupt schaffen, all diese Energie auf der ovalen Bahn zu kontrollieren? In ihrer Verzweiflung überlegte sie, ob sie Åke anrufen sollte, verwarf diese Idee aber schnell wieder. Er war nicht der richtige Gesprächspartner für das, was ihr im Moment im Kopf herumschwirrte. Sie ging das Telefonbuch ihres Handys durch und sah … eine verlockende Nummer. Sie warf einen Blick auf die Uhr. Fünf nach zehn. Sie überlegte hin und her. Dann drückte sie entschlossen die grüne Anruftaste und hörte es am anderen Ende klingeln.

»Hallo?« Erst nach einer ganzen Weile meldete sich eine Männerstimme. Es war Torgeir Rosenlund.

»Hallo, ich bin's«, sagte sie. »Amanda Fivel.«

Er wiederholte ihren Namen und klang ziemlich überrascht.

Sie begann mit einer Entschuldigung, dass sie so spät noch anrief. Dann erklärte sie schnell, dass Caspian an einem fremden Ort in einer engen Box eingesperrt war und dass sie sich Sorgen machte, wie er wohl damit zurechtkam.

»Hört sich nach einer durchaus begründeten Sorge an«, stellte Torgeir fest. »Bist du auf dem Veranstaltungsplatz?«

»Nein, aber ich kann hingehen.«

»Tu das, und ruf mich an, wenn du dort bist.«

»Vielen Dank«, sagte Amanda und legte auf.

Vor dem Hotel war es dunkel, aber der Vollmond stand über den Bergen. Amanda lief den ganzen Weg die Hauptstraße entlang bis zu der Abzweigung, die zum Dyrsku-Platz führte.

Das Stallgelände bestand aus gut hundert Boxen, die einen quadratischen Platz säumten. Amanda schlich sich zu Caspians Box, dann rief sie Torgeir wieder an.

»Augenblick«, sagte er.

Sie hörte, wie er im Hintergrund mit Tone sprach, verstand aber nichts. Dann war er wieder dran.

»Nimm ein Halfter und führe Caspian auf den Turnierplatz hinaus«, sagte er.

»Es ist stockdunkel«, erwiderte Amanda. »Was, wenn er Angst bekommt und wegläuft?«

»Darüber brauchst du dir keine Sorgen zu machen«, antwortete Torgeir.

Amanda tat, was er gesagt hatte, und führte Caspian aus der Box. Er tänzelte um sie herum, voller unbändiger Energie.

»Wie ist er?«, fragte Torgeir.

»Temperamentvoll«, antwortete Amanda. »Sehr temperamentvoll.«

»Rechts von der Bühne ist ein schmales Tor. Siehst du das?«

Amanda blickte sich um, und in dem schwachen Licht einer einzigen Laterne sah sie eine schmale Passage, die vom Stallgelände wegführte.

»Ja, ich sehe es.«

»Da gehst du durch. Wenn du auf der anderen Seite rauskommst, gehst du nach rechts und dann immer geradeaus, bis du nicht mehr weiterkommst. Dann biegst du nach links ab und gehst zum Ende des Platzes. Da ist ein Paddock mit einem hohen Zaun.«

»Du warst also schon mal hier«, sagte sie.

»Alle, die mit Islandpferden zu tun haben, waren in Seljord«, sagte Torgeir.

Amanda führte Caspian den Sandweg entlang, so wie Torgeir ihr gesagt hatte, und kurz darauf sah sie einen weißen Zaun am Ende des Turnierplatzes.

»Ich kann den Paddock jetzt sehen«, sagte sie.

»Bring ihn dort hinein. Lass ihn mindestens eine Stunde frei dort laufen. Dann machst du mit ihm ein paar Runden auf der Ovalbahn. Ob du ihn führst oder reitest, kannst du dir aussuchen. Nimm dir auch die Zeit, ihn auf dem Turnierplatz herumzuführen.«

»Warum?«

»Weil er es gewohnt ist, Überblick zu haben. Er muss wissen, wo er ist.«

Amanda dankte ihm noch mal für seine Hilfe und legte auf. Dann ließ sie Caspian auf den Paddock.

Er trabte ein paar Runden, bevor er sich ausgiebig im Sand wälzte – nicht nur ein, sondern vier Mal. Es würde nicht leicht sein, ihn wieder sauber zu kriegen.

Als eine gute Stunde vergangen war, führte sie ihn ein paar Runden um den Veranstaltungsplatz herum, wie Torgeir ihr gesagt hatte. Im Schutz der Dunkelheit blieben sie unbemerkt. Immer noch brannten mehrere Lagerfeuer, an denen Gruppen von Jugendlichen saßen. Gelächter und vielstimmiger Gesang drangen zu ihnen herüber. An mehreren Stellen wurde laut Musik gespielt und Leute tanzten. Und auf dem Abreiteplatz machte sich eine Gruppe erwachsener Männer einen Spaß daraus, im Tölt zu reiten und dabei volle Biergläser in den Händen zu halten. Was um alles in der Welt war das eigentlich für ein Sport? Und was machte *sie* hier?

Aber zum Schluss führte sie Caspian noch einige Runden um die Ovalbahn. Die Bankreihen rundherum waren leer. Der Vollmond schien, und die flache Landschaft, eingerahmt von hohen Bergen, erinnerte sie an Island. Caspian blieb plötzlich stehen und sah sie an. Ohne zu zögern, schwang sie sich auf seinen schmutzigen Rücken. Sie ritten eine Runde Schritt, dann machte Caspian versuchsweise ein paar Töltschritte. Amanda hielt ihn nicht zurück und kurz darauf rasten sie die verlassene Ovalbahn entlang. Im Mondlicht warf Caspians Körper lange Schatten auf den Boden. Seine Mähne hüllte Amanda ein, und es sah aus, als wären Mädchen und Pferd ineinander verflochten. Nach einigen Runden wurde Caspian langsamer und Amanda stieg ab. Dann führte sie ihn zurück zur Box und putzte ihn sorgfältig. Zum Schluss gab sie ihm etwas Heu, und dann lief sie zurück ins Hotel und nahm eine lange, heiße Dusche. Es war schon halb vier, als sie ins Bett kroch. Sie schlief auf der Stelle ein.

Erstes Qualifikationsturnier Ausscheidungsrunde

Samstag
Noch 70 Tage

Am nächsten Morgen herrschte überall auf dem Veranstaltungsplatz Trubel und aus den Lautsprechern drang Musik. Nach Beratung mit Olaf Magnusson hatte Wilhelm Fivel die Disziplinen Tölt und Viergang gewählt. Das gab ihnen zwei Chancen, sich zu qualifizieren.

In der Töltklasse sollte Tölt in drei Geschwindigkeiten nach einem vorgegebenen Programm gezeigt werden. Im Viergang war die Reihenfolge der Gangarten frei und mit Ausnahme des Schritts sollten alle Gangarten eine Runde lang auf der Ovalbahn geritten werden.

Die NM-Qualifikation war an sich eine reine Formalität. Schließlich musste Amanda sich hier einfach als A-Reiterin qualifizieren, also eine Punktesumme von gut 60 Prozent der Maximalpunktzahl erreichen, und eine entsprechende Punktesumme bei einem folgenden Qualifikationsturnier erzielen. *Das kann doch wohl nicht so schwer sein?*

Wilhelm Fivel dachte sich trotzdem seinen Teil, als Amanda Caspian auf den Abreiteplatz führte. Die besten Pferde in Seljord wurden im Winter geschoren und hatten ein kurzes, schimmerndes Fell, sodass das Muskelspiel deutlich hervortrat. Bei Caspian war nichts anderes zu sehen als Pelz. Dicker, schwarzer Pelz. Eine Menge Leute standen am Zaun des Abreiteplatzes und gaben ihre Kommentare über die Pferde ab, aber keiner von ihnen hatte etwas zu Caspian zu sagen. Wilhelm Fivel wurde bewusst, dass Monty sie ganz schön verwöhnt hatte, was die Bewunderung der Leute betraf. Bei Caspian wurde ihnen nichts geschenkt.

Wilhelm Fivel rollte zur Ovalbahn und suchte sich einen Platz, von dem aus er einen guten Überblick hatte. Das war einer der wenigen Vorteile, die der Rollstuhl mit sich brachte; die Leute machten ihm immer Platz, ohne zu murren.

Amanda wurde schon bald aufgerufen. Sie ritt in die Bahn ein, hielt in der Mitte der kurzen Seite an und grüßte die Punktrichter. Dann begann sie die Übung, indem sie Tölt im Arbeitstempo ritt. In diesem Moment merkte Wilhelm Fivel, dass die Gespräche auf der Tribüne um ihn herum verstummten. Er sah sich um. Alle Blicke waren auf Caspians Tölt gerichtet. Es war, als spräche er mit dieser Viertaktgangart die Sprache der Islandpferde-Liebhaber, und sie lauschten dem, was er zu erzählen hatte, mit Andacht.

Nach einer Runde im Trab verlangsamte Amanda Caspian. Es folgte eine halbe Runde Schritt. Wilhelm Fivel begann, sich zu langweilen. Dann eine Runde Galopp. Aber als Amanda Caspian danach in den Renntölt legte, passierte irgendetwas mit dem

Publikum. Ohne es wirklich zu sehen, konnte Wilhelm Fivel es fühlen: kollektive Begeisterung, die in der Menge aufstieg. Begeisterung, die sich in tosendem Applaus entlud, als Amanda das Programm abschloss. Sie standen nicht nur im Qualifikationsfinale. *Sie führten die ganze Sache an.* Es waren noch 70 Tage bis zur NM in Tresfjord, und soweit Wilhelm Fivel das beurteilen konnte, waren sie auf einem guten Weg. *Gibt also noch keinen Grund, den Umzugswagen zu bestellen.*

Als Amanda später am Nachmittag die Ausscheidung in der Töltklasse ritt, füllte sich die Tribüne. So als hätte das Gerücht vom magischen Tölt des schwarzen Hengstes auch die letzten Ecken des Veranstaltungsplatzes erreicht. Niemand wollte sich das entgehen lassen.

Caspian töltete wieder, dass es kaum zu glauben war. Seine Ausstrahlung und seine Kraft waren einfach umwerfend. Sogar Wilhelm Fivel war beeindruckt.

Wo kommt der denn her?

Das war der Satz, den Wilhelm Fivel immer wieder hörte, als er an diesem Nachmittag über den Veranstaltungsplatz rollte. Und ein Name wurde von mehreren genannt: *Olaf Magnusson.*

Auf dem Weg zurück zum Stall versuchten mehrere neugierige Zuschauer, Wilhelm Fivel zu stoppen, aber er scheuchte sie energisch zurück. Wieder war der Rollstuhl von Nutzen. Sie zogen sich zurück und begnügten sich damit, ihm hinterherzublicken. Nur Bodil Lange, die Vorsitzende des Ortsvereins, dem Wilhem Fivel wohl oder übel beigetreten war, ließ sich nicht so leicht abschütteln. Aber nach einem kurzen Gespräch und

Wilhelm Fivels Angebot über eine den Mitgliedsbeitrag weit übersteigende Spende hatte er auch sie für sich eingenommen – und abgeschüttelt. Und konnte rundum zufrieden sein.

Wilhelm Fivel hatte Amanda streng eingeschärft, alle Einladungen zu Geselligkeiten abzulehnen, und noch bevor die Wettbewerbe des Tages beendet waren, verließen Vater und Tochter die Veranstaltung und verschwanden. Mit zwei Finalplätzen in der Tasche, die am nächsten Tag geritten werden sollten. *Leichtes Spiel.*

Amanda teilte diese Sorglosigkeit nicht. Sie war froh, in beiden Disziplinen das A-Finale erreicht zu haben, aber sie wusste, dass es zum großen Teil an den Voraussetzungen lag, die sie Caspian geboten hatte. Deshalb schlich sie sich auch in dieser Nacht wieder in die Dunkelheit hinaus und führte ihren Hengst herum. Als sie gegen Morgen in ihr Hotelzimmer zurückkam, hatte sie nicht mehr die Kraft, sich auszuziehen. So, wie sie war, kroch sie unter die Bettdecke und schlief ein.

Finale

Sonntag
Noch 69 Tage

Als Amanda früh am Morgen mit ihrem Vater auf den Turnierplatz kam, fühlte sie sich beinahe wie ein Star. Plötzlich wurde sie von allen gegrüßt, und Menschen, die sie noch nie gesehen hatte, behandelten sie, als wären sie alte Bekannte. Am Abreiteplatz, wo sie Caspian aufwärmte, waren fast ebenso viele Zuschauer wie an der Ovalbahn. Die Erwartungen an den fremden schwarzen Hengst waren hoch, als Amanda schließlich mit den anderen vier Finalisten zu den letzten Prüfungen ritt. Jeder bekam ein Armband in einer anderen Farbe, dann verteilten sie sich auf der Bahn.

In Gegenwart der anderen Pferde war Caspian deutlich feuriger, aber er reagierte immer noch sehr aufmerksam auf Amandas Signale.

Dennoch musste sie ihn ständig zurücknehmen – was im Galopp prompt zu einem Fehler führte, der Amanda den ersten Platz im Viergangfinale kostete. Trotzdem schaffte sie noch einen guten zweiten Platz und sicherte sich klar die Qualifikation als

A-Reiterin. Und obwohl Caspian im Töltfinale erschöpft war, hielt Amanda ihren beeindruckenden ersten Platz.

»Du hättest beide Klassen gewinnen können«, kommentierte ihr Vater, als Amanda hinterher zu ihm ging.

Amanda fand, dass er recht hatte. Sie hätte es schaffen können, und sie beschloss, sich mehr Mühe zugeben. Beim nächsten Mal würde sie alles gewinnen.

Montag

Noch 68 Tage

Wilhelm Fivel saß in seinem Arbeitszimmer und war ziemlich nachdenklich. Gerade hatte ihn eine Journalistin angerufen, die für die Mitgliederzeitschrift des Norwegischen Islandpferde-Verbands schrieb. Nach der Glanzleistung in Seljord wollte sie einen Artikel über Caspian und Amanda bringen. Eine *Bombenstory* hatte sie gesagt, aber Wilhelm Fivel teilte ihre Begeisterung nicht. Das Letzte, was er jetzt gebrauchen konnte, war eine *Bombenstory* über den Hengst, den er mit falschen Papieren nach Norwegen geholt hatte. Er war auch nicht daran interessiert, in allzu engen Kontakt mit dem Islandpferde-Verband zu kommen. Die Aufmerksamkeit, die sich auf Caspian richtete, musste zerstreut werden. Ihm reichte schon, dass sein Faxgerät ein Angebot nach dem anderen für weitere Islandpferde ausspuckte.

Er beschloss, das *Bombenstory*-Problem seinem Trainer zu überlassen. Er griff zum Telefon und rief Åke Karlsson an.

»Kann sein, dass sich eine Jornalistin bei dir meldet«, teilte er ihm mit. »Ich will mich nicht in die Nesseln setzen, deshalb musst du dafür sorgen, dass sie Ruhe gibt. Sei freundlich, aber bestimmt. Amanda darf unter keinen Umständen gestört werden.«

Anschließend rief Wilhelm Fivel die hocherfreute Journalistin zurück und gab ihr hilfsbereit die Nummer von Åke Karlsson.

Blöde Kuh, dachte Wilhelm Fivel.

So ein Mist, dachte Åke Karlsson.

Er war unterwegs zum Engelsrud-Hof, um Amanda und ihrem Pony die erste Trainingsstunde zu geben. Aber seit dem Aufstehen hatte er schon geschlagene sechs Mal mit Wilhelm Fivel gesprochen. Und jetzt musste er sich auch noch um eine Journalistin kümmern. Wilhelm Fivel hatte ihn voll im Griff. Auf was hatte er sich da bloß eingelassen, und vor allem – was hatte er davon?

Auf dem Reiterhof angekommen, schaltete Åke das Handy stumm und ging in den Stall, gespannt darauf, was ihn erwartete. Er zuckte unwillkürlich zusammen, als er das Pony der Fivels sah. Ihm war noch nie ein Pferd wie dieses kleine Pelzknäuel da in der Stallgasse unter die Augen gekommen – mit so viel Fell und einer solch langen Mähne. Amanda sattelte gerade auf und war nicht besonders gesprächig.

»Wie heißt er?«, fragte Åke höhnisch. »Harald Schönhaar?«

»Caspian«, antwortete Amanda. »Er heißt Caspian.«

»Ich hoffe, er ist so gut, wie dein Vater sagt.«

»Wir haben am Wochenende gewonnen«, sagte Amanda und führte Caspian in die Reithalle.

»Auch ein stures und faules Pony hat hin und wieder einen guten Tag«, murmelte Åke.

»Caspian ist weder stur noch faul«, entgegnete Amanda und saß auf.

»Das musst du mir erst mal beweisen«, meinte Åke Karlsson herausfordernd.

Amanda ritt los, aber Caspian war nicht voll auf sie konzentriert. Er wieherte mehrere Male und bekam Antwort von den anderen Pferden im Stall.

»Klatsch ihm eine, wenn er nach den anderen Pferden schreit«, sagte Åke und reichte ihr eine Gerte. »Du musst verlangen, dass du ständig seine volle Aufmerksamkeit hast!«

Åke kratzte mit der Fußspitze im Sand. Er warf einen Blick auf die Uhr und merkte, dass er sich langweilte.

Caspian wieherte wieder. Amanda versetzte ihm gehorsam einen kurzen Schlag mit der Gerte, aber das Pferd reagierte viel heftiger, als sie erwartet hatte. Caspian warf sich zur Seite und versuchte, mit ihr durchzugehen.

Vor Überraschung verlor sie für einen Moment das Gleichgewicht. Abrupt blieb er stehen.

»Trab«, rief Åke Karlsson, der plötzlich sehr aufmerksam beobachtete, was sich in der Bahn abspielte.

Amanda versuchte anzutraben, aber Caspian rührte sich nicht. Er war sichtlich empört und schüttelte heftig den Kopf.

»Typisch Pony«, murmelte Åke. »Stur wie ein Esel. Nimm die Zügel an«, rief er Amanda zu, »und richte ihn rückwärts!«

Amanda straffte zögernd die Zügel und zwang Caspian, rückwärtszugehen. Als Antwort kämpfte der Hengst gegen das Gebiss und versuchte, ihr die Zügel aus den Händen zu reißen.

»Er testet dich nur«, sagte Åke. »Sei bestimmt!«

Amanda versuchte es wieder mit Trab, aber heraus kam stattdessen Tölt. Sie bremste Caspian scharf ab und auf Åkes Anweisung hin ließ sie ihn wieder ein paar Schritte rückwärtsgehen.

»Trab«, wiederholte Åke ungeduldig.

Aber Caspian töltete erneut, und diesmal in hohem Tempo. Als Amanda ihn wieder verlangsamte, blieb er stehen und stieg mehrmals. Es war nicht viel übrig von dem Zusammenspiel, das in Seljord so gut geklappt hatte.

»Angaloppieren«, rief Åke.

»Sollte ich nicht traben?«

»Du trabst ja nicht!«

Amanda galoppierte an und Caspian lief munter auf dem Hufschlag. Als sie ihn nach ein paar Runden durchparierte, war er schweißnass. Sie ließ ihn am langen Zügel gehen und sich strecken. Das verschaffte ihr auch eine Verschnaufpause, und sie merkte, wie nötig sie die hatte.

»Zügel aufnehmen«, rief Åke. »Jetzt belohnst du seinen Ungehorsam! Wir machen so lange weiter, bis ich etwas anderes sage, und ich habe Trab gesagt!«

Amanda nahm die Zügel wieder auf und nun trabte Caspian ohne Gegenwehr. Er setzte die Beine willig unter und versuchte nicht, sich irgendwie durchzumogeln.

»Er ist nicht so faul, wie ich befürchtet hatte«, kommentierte Åke. »Aber wir müssen ihm schnellstens beibringen, wer das Sagen hat!«

Zehn Tage später

Mittwoch
Noch 59 Tage

Åke Karlsson litt Qualen. Zum ersten Mal in seiner Karriere als professioneller Trainer war er unsicher, wie er vorgehen sollte, um die Resultate zu erreichen, die von ihm erwartet wurden. In seinem ganzen bisherigen Berufsleben war er davon verschont geblieben, Islandpferde zu trainieren. Aber das war, bevor Wilhelm Fivel auf die fixe Idee kam, dass seine Tochter sich im Gangpferdereiten bewähren sollte.

Åke hatte Amanda und Caspian nach bestem Können trainiert, aber dieser Hengst sprach auf überhaupt keine seiner Methoden an, die er mit so großem Erfolg bei vielen anderen Pferden einsetzte. Er hatte mit eigenen Augen beobachten müssen, wie der Hengst mit jeder Trainingseinheit nur noch störrischer wurde.

Die Suche nach einer Lösung raubte ihm den Schlaf. In drei Tagen war das nächste Qualifikationsturnier, aber er hatte den Glauben daran verloren, dass Amanda und Caspian überhaupt irgendwas zustande bringen würden. Der Gedanke an die dicke

Erfolgsprämie, die ihm durch die Lappen gehen würde, tat am meisten weh.

Åke war sich im Klaren darüber, dass vor allem Wilhelm Fivels Prämiensystem dazu beitrug, ihn bei der Stange zu halten. Aber er war jetzt auch definitiv ein besserer Trainer als vor fünf Jahren, als seine Zusammenarbeit mit den Fivels begann. Genau deshalb konnte er einfach nicht begreifen, wieso er es nicht schaffte, *diesem verdammten Hengst aus Island* Manieren beizubringen. Diese Gedanken waren es, die ihm durch den Kopf schwirrten, als er in die Reithalle ging, um Fräulein Fivel zu überreden, Harald Schönhaar ein bisschen Verstand einzupeitschen.

Der Hengst begann das Training damit, dass er rückwärtsging. Dann stieg er einige Male und ging nicht eher vorwärts, bis Amanda ihm einen Schlag mit der Gerte versetzte. Åke holte tief Luft. Was er gerade gesehen hatte, war ein klares Zeichen, dass diese Stunde sich in die Reihe der Trainingsstunden einfügen würde, die völlig wirkungslos geblieben waren. Åke konnte es sich nicht leisten, Wilhelm Fivel als Kunden zu verlieren, und er war verzweifelt genug, um zu jedem Mittel zu greifen.

»Heute reiten wir aus«, sagte er.

Amanda sah ihn überrascht an. Es war das erste Mal, seit sie ihn kannte, dass er einen Ausritt vorschlug.

»Ich sattle Monty«, sagte er und verschwand aus der Reithalle.

Es wurde schon dunkel, und Regen lag in der Luft, als sie auf den Hofplatz hinauskamen. Monty gefiel weder die Dämmerung noch der aufgeweichte Boden, das war ihm deutlich anzusehen.

Nicht so Caspian. Er bewegte sich zwar ein wenig vorsichtig, als sie in den Wald ritten, aber er blieb dicht hinter Monty, auch als Åke zum Galopp wechselte und in flottem Tempo den ersten steilen Hang erklomm. Caspian ging sicher auf dem rutschigen Untergrund und hatte keine Probleme, mit dem viel größeren Monty Schritt zu halten.

An den schattigen Stellen lagen immer noch Schnee und Eis, aber wo die Frühlingssonne hinkam, hatte es kräftig getaut. Die Strömung des Baches, der den Engelsrudwald vom Rest des ausgedehnten Waldgebietes trennte, war jetzt ziemlich stark. Åke ritt voraus und lenkte Monty mit fester Hand geradewegs in das eiskalte Wasser. Und Monty, der Wasser normalerweise hasste, zögerte keine Sekunde. Er watete hindurch, als hätte er nie etwas anderes getan. Wer dagegen zögerte, war das kleine arktische Pony aus Island. *Typisch!* Amanda dachte, sie müsste Åke beweisen, wer das Kommando hatte. Sie drückte Caspian die Schenkel fest in die Seiten, aber das hatte nur die gegenteilige Wirkung. Statt den Bach zu durchqueren, bäumte er sich auf und warf sich herum. Amanda reagierte fast ebenso schnell und mithilfe der Zügel zwang sie ihn an den Ausgangspunkt zurück.

»Er hat keine Angst vor Wasser, das weiß ich«, sagte sie verbissen.

»Zeig ihm, dass er zu gehorchen hat, ein für alle Mal«, rief Åke.

Amanda tat, was sie konnte, aber Caspian gab nicht nach. Er blies durch die Nüstern wie ein fauchender Drache, schüttelte heftig den Kopf und wieherte durchdringend nach Monty. Amanda war mit ihrer Geduld am Ende. *Es reicht! Du sollst ge-*

horchen! Sie gab Caspian das klare Kommando, durch den Bach zu gehen. Aber er bewegte sich immer noch nicht.

»Er ist stur, der kleine Teufel«, sagte Åke. »Komm nach, wenn du so weit bist.«

Åke trieb Monty zum Galopp, und rasch waren sie außer Sicht. Das Geräusch der schnellen Galoppschläge auf der Schotterstraße jenseits des Baches wurde immer schwächer. Dann war alles still. Amanda und Caspian blieben allein im Halbdunkel zurück. Kalter Regen setzte ein.

»Du gehst jetzt!«, fauchte Amanda und gab Caspian zwei schnelle Schläge mit der Gerte. *Keine Reaktion.* Als wäre er in der Dunkelheit erstarrt. Er stand angespannt und regungslos mit leicht zitternden Muskeln am Ufer. Amanda versuchte alles Mögliche, erreichte aber nichts. Sie hatte beinahe schon aufgegeben, da warf sich Caspian plötzlich nach vorn, als wäre er aus einer Trance erwacht. Sekunden später waren sie durch den Bach und Caspian galoppierte in einem Höllentempo Monty hinterher. Amanda schlug ihm die Fersen in die Seiten und versetzte ihm noch einen Hieb mit der Gerte, damit er auch nicht daran zweifelte, dass sie auf *ihren Befehl* hin durch den Wald rasten. Aber es blieb ohne Wirkung. Caspian lief bereits so schnell, wie er nur konnte. Dann blieb er urplötzlich wieder stehen. Amanda trat und schnalzte, aber er rührte sich nicht. Kurz darauf entdeckte sie etwas ein Stück vor ihnen. *Monty.* Er stand regungslos mitten auf dem Weg und Åke saß nicht mehr im Sattel. Amanda spähte durch den Regen und die Dunkelheit. Ihr Trainer lag auf der Erde. Er hielt immer noch die Zügel in der Hand, aber er stand nicht auf.

»Pass auf, da ist Eis«, rief er. »Wir haben uns überschlagen.«

Amanda sprang, ohne zu überlegen, von Caspians Rücken und ließ die Zügel los. Der Weg zwischen ihr und Åke war massiv vereist und nur mit einer dünnen Schicht Schlamm bedeckt. Es war so glatt, dass sie sich kaum auf den Beinen halten konnte.

»Bist du verletzt?«, fragte sie, als sie ihn erreicht hatte.

»Ich glaube, mein Fuß ist gebrochen«, sagte Åke mühsam. »Das Handy ist kaputtgegangen, ruf du an.«

Amanda klopfte die Taschen ihrer Thermojacke ab. Sie waren leer.

»Ich hab meins nicht dabei«, sagte sie.

»Mist! Der verdammte Gaul ist mir aufs Bein geknallt.«

»Ich hole Hilfe«, sagte Amanda.

»Nimm Monty«, rief Åke ihr zu.

Sie zögerte einen Moment.

»Ich glaube, mit Caspian bin ich schneller«, sagte sie.

»Nimm Monty, Mädchen! Dann kommst du wenigstens über den Bach.«

Amanda antwortete nicht. Sie zog ihre Jacke aus und legte sie fest um ihren Trainer. Dann band sie Monty ein paar Meter weiter an einen Baum, damit er nicht hinterherlief, wenn sie wegritt. Åke rief immer wieder, dass sie Monty nehmen sollte, aber Amanda hatte sich entschieden. Sie sprang auf Caspians Rücken, wendete ihn blitzschnell und galoppierte los. Der Regen schlug ihr ins Gesicht. Zeitweise konnte sie überhaupt nichts sehen, aber Caspian hatte keine Probleme, weder mit dem Regen noch mit dem rutschigen Boden. Er stürmte den Weg hinunter, durchquerte den eisigen Bach und raste dann in gestrecktem Galopp über den schmalen Waldweg Richtung Stall. Sogar auf den steinigen, steilen Hängen im Wald war er trittsicher.

Es war dunkel im Haus von Torgeir und Tone, als sie auf dem Hof ankamen, aber als Amanda in den Stall lief, fand sie Anja in der Stallgasse. Die Worte sprudelten nur so aus ihr heraus, und sie merkte, dass sie zu schnell und zu wirr sprach, denn Anja musste sie mehrmals bitten, alles zu wiederholen, ehe sie verstand, wo Åke war.

Nachdem Amanda ihr Handy und eine dicke Wolldecke geholt hatte, lief sie auf den Hof hinaus, wo Caspian stand und auf sie wartete. Sie saß blitzschnell auf und ritt in demselben Tempo wieder los, in dem sie gekommen war.

Der Rettungswagen brauchte eine volle Stunde, um Åke zu erreichen, und als er wieder abfuhr, stand Amanda allein mit den beiden Pferden im Wald. Sie klopfte Caspian den Hals und lobte ihn. Ihr wurde plötzlich bewusst, dass sie zum ersten Mal seit Langem einen Grund hatte, ihn zu loben. Er war urplötzlich gehorsam und willig gewesen, als sie durch den Wald rasten, um Hilfe zu holen. Weil er verstanden hatte, was passiert war, oder weil er gemerkt hatte, dass es wirklich um etwas ging? Letzteres konnte es kaum gewesen sein, dachte Amanda. Für sie ging es ja jedes Mal um etwas, wenn sie ritt.

Der Untergrund war rutschig, als sie mit den beiden Pferden neben sich die Schotterstraße entlangging, und nach einer Weile stieg sie in Caspians Sattel. Monty war vorher noch nie als Handpferd gegangen, aber es klappte gut und er folgte Caspian in respektvollem Abstand. So lange, bis sie an den Bach kamen.

Da weigerte sich Monty, auch nur einen Schritt weiterzugehen. Er, der vorhin mit Åke im Sattel, ohne zu zögern, den Bach durchquert hatte. Amanda drohte, Amanda lockte, aber Monty ließ sich nicht erweichen. Eine halbe Stunde später standen sie immer noch im Regen am Ufer.

Plötzlich hörte Amanda ein Pferd, das sich im Galopp näherte. Jemand kam die Schotterstraße entlang auf den Bach zugeritten. Amanda starrte dem unbekannten Reiter entgegen, der einen langen, dunklen Mantel mit Kapuze trug. Es sah beängstigend und merkwürdig aus. Weder das Pferd noch der Reiter hatten irgendwelche äußeren Kennzeichen, die ihr bekannt vorkamen. Aber eine Sache fiel ihr auf: Der Reiter ritt nicht nur ohne Sattel, *sondern auch ohne Zaumzeug*.

Der fremde Reiter hielt wortlos neben ihr an und streckte die Hand nach Montys Zügel aus. Es war eine schmale Frauenhand und Amanda ließ Monty zögernd los. In der nächsten Sekunde sprangen Monty und das fremde Pferd mit einem gewaltigen Satz gleichzeitig über den zwei Meter breiten Bach. Amanda saß auf Caspian und bekam den Mund nicht wieder zu. Was für ein Sprung! Den hätte sie nicht mal im Sattel so ohne Weiteres geschafft. Als sie über den Bach waren, ließ die fremde Reiterin Montys Zügel los und galoppierte geradewegs einen steilen, felsigen Hang hinauf. Amanda sah für einen kurzen Moment die Silhouette von Pferd und Reiterin oben auf dem Gipfel der Anhöhe. Dann waren sie verschwunden.

Zögernd durchquerte Amanda den Bach und ritt zu Monty. Er stand da und wartete, als wäre überhaupt nichts passiert. Amanda blieb einen Moment bewegungslos im Sattel sitzen –

voller Zweifel, ob sie das, was sie gesehen zu haben *glaubte*, auch *wirklich gesehen* hatte. Den ganzen Weg zurück zum Stall hielt sie Ausschau nach der fremden Reiterin, aber es war absolut still im Wald und sie begegneten niemandem.

»Du bist wirklich die Heldin des Tages«, lobte Anja, als sie ihr beim Absatteln half.

»Jeder andere hätte dasselbe getan«, sagte Amanda bescheiden.

»Schon möglich«, antwortete Anja. »Aber du *hast* es getan.«

Amanda war drauf und dran, Anja von der mysteriösen Reiterin zu erzählen, die ihr am Bach geholfen hatte, aber dann tat sie es doch nicht. Sie glaubte es ja selbst kaum. Stattdessen beschloss sie, sich auf das zu beschränken, von dem sie wusste, dass es tatsächlich passiert war: Sie hatte Hilfe für ihren Trainer geholt und dafür gesorgt, dass er aus dem Wald gerettet wurde.

Zum ersten Mal seit langer Zeit hatte Amanda das Gefühl, etwas getan zu haben, worauf sie stolz sein konnte. Es war ein gutes Gefühl, das sie sich auch zu Hause beim Abendessen bewahrte, als sie ihrer Familie das Drama im Wald schilderte.

»Caspian hätte bei diesen Bodenverhältnissen niemals hinaus in den Wald geschickt werden dürfen«, regte sich ihr Vater auf. »Was, wenn er sich ein Bein gebrochen hätte?«

»Caspian hatte keine Probleme mit dem Boden«, sagte Amanda. Sie war wirklich sehr beeindruckt, wie gut er damit zurechtgekommen war. Mit Monty wäre sie nie in solch einem Tempo durch den Wald geritten.

»Ab sofort macht ihr keine weiteren Ausflüge mehr in den Wald«, bestimmte ihr Vater.

Amanda schwieg. Sie dachte wieder an die merkwürdige Begegnung mit der fremden Reiterin. Es erinnerte sie an Ylva – und an Island.

»Was ist nur mit Åkes Urteilsvermögen los?«, fuhr ihr Vater fort. »Ich begreife nicht, was er sich dabei gedacht hat. Caspian hätte sich verletzen können. Und Åke hat verdammt noch mal auch keine Zeit, sich ein Bein zu brechen.«

Wilhelm Fivel war nicht bereit, eine Krankmeldung seines Trainers zu akzeptieren, und nach dem Abendessen rief er Åke zu Hause an. Der Fuß war eingegipst und Åke klagte über Schmerzen, aber Wilhelm Fivel interessierten keine Details. Er erwartete vor allem eine gute Erklärung, warum sie überhaupt in den Wald geritten waren.

»Luftveränderung«, antwortete Åke ausweichend.

»Ich fasse es nicht! Was fällt dir ein!«

»War ein Zusammentreffen unglücklicher Umstände«, murmelte Åke.

»Solange du die Verantwortung für Caspian trägst, ist es deine verdammte Aufgabe, dafür zu sorgen, dass keine unglücklichen Umstände eintreten«, fuhr Wilhelm Fivel ihn aufgebracht an. »Und wenn du Wert darauf legst, weiterhin für mich zu arbeiten, hast du in vierundzwanzig Stunden wieder im Stall zu sein. Verstanden?«

»Verstanden«, sagte Åke und legte auf.

Donnerstag
Noch 58 Tage

Frühling lag in der Luft, als Amanda erwachte. Heute war Feiertag und damit schulfrei. Aber zumindest einer hatte sich nicht freigenommen, auch wenn er allen Grund dazu gehabt hätte. Es war der SMS-Ton ihres Handys, der Amanda geweckt hatte. Sie griff nach dem Handy und las die Mitteilung.

Reithalle 11.00 Uhr. Pünktlich! Åke.

So viel zum freien Tag. Amanda besaß Caspian nun seit zwei Wochen, aber nach dem Wunder von Seljord war es fast nur noch bergab gegangen. Eine Sache war dabei das rein Ästhetische. Caspians dickes Fell war noch nie besonders schmeichelhaft gewesen – aber jetzt, mitten im heftigsten Haarwechsel, sah er schlimmer aus denn je. Das Winterfell löste sich ungleichmäßig und das blanke Sommerfell darunter war nur stellenweise sichtbar. Es sah aus, als hätte er die Räude. Aber am schlimmsten war die andere Sache, nämlich dass Amanda sich mit dem Hengst überhaupt nicht mehr auskannte. Sie hatte den Verdacht, dass Åke Karlsson damit recht gehabt hatte, dass Caspian ein verwöhnter Gaul sei. Es hatte ja erst angefangen, schlecht zu laufen, als sie etwas von ihm verlangte. Zwar hatte Caspian ihr gehorcht, als sie durch den Wald gerast waren, aber schließlich war es kein Geländereiten, das sie am Wochenende gewinnen sollte. *Wenn es das nur wäre.*

Ihr Handy vibrierte wieder und Amanda meldete sich rasch, als sie sah, wer dran war.

»Es ist neun Uhr«, zwitscherte Anja. »Bist du unterwegs?«

»Grad aufgewacht«, brummte Amanda mürrisch. »Wieso bist du so happy?«

»Heute ist Donnerstag und frei! Nur noch ein klitzekleiner Freitag, und dann ist Wochenende! Besser kann's doch gar nicht laufen!«

So spielerisch leicht und unbekümmert konnte das Leben also für jemanden sein, der *nicht* einen bockigen isländischen Hengst mithilfe eines schlecht gelaunten und ab jetzt auch noch eingegipsten Schweden erziehen musste. Und so süß konnten die Aussichten auf ein Wochenende also sein, wenn man es nicht damit verbringen musste, unverschämt hohe Platzierungen auf einem Qualifikationsturnier für *haarige, bescheuerte Ponys* nach Hause zu holen.

»Somebody shoot me, please«, murmelte Amanda.

»Ich habe eine Neuigkeit, die dich vielleicht ein bisschen aufmuntert«, lachte Anja.

»Make my day.«

»Ich habe uns eine Einladung für eine Party morgen besorgt!«

»Ich kann nicht«, sagte Amanda. »An diesem Wochenende ist das Qualifikationsturnier.«

»Und wenn Juls kommt?«, fragte Anja. »Kannst du dann?«

»Wer sagt, dass er kommt?«

»Unbestätigte Gerüchte.«

Amanda biss sich auf die Lippe. *Na großartig.* Sie fühlte, dass das ganze Projekt mit Caspian jetzt schon an einem seidenen Faden hing, und sie wusste nur zu gut, was passieren würde, wenn sie sich auf dieselbe Party verirrte wie Juls. Sie hatte jetzt einfach keinen Nerv, die ganze Geschichte noch mal aufzuwärmen. Juls lenkte sie viel zu sehr ab, das hatte sie schon schmerzlich erfahren müssen.

»Also, was ist?«, fragte Anja.

»Ich denke drüber nach«, sagte Amanda ausweichend.

»Du bist momentan so was von down«, stellte Anja fest. »Wie wär's mit ein bisschen Springreiten auf einem vernünftigen Pferd?! Hinterher fühlst du dich bestimmt gleich viel besser.«

»Ich kriege heute mit Sicherheit keine Erlaubnis, Monty zu reiten«, sagte Amanda.

»Kannst du die Sache mit dem Fragen nicht einfach mal sein lassen?«

Amanda merkte, wie ihr die Felle wegschwammen.

»Ich habe um elf Training mit Åke«, sagte sie langsam.

»Das kriegen wir hin«, antwortete Anja schnell. »Ich sattle Monty und Russian und wärme sie auf, während du deinen Hintern hierher bewegst. Wenn du kommst, sattelst du Caspian, und dann springen wir, so viel wir schaffen. Es ist Mopedwetter!«

Das klang verlockend und Amanda sagte zu. Nachdem sie so etwas Ähnliches wie ein Frühstück verschlungen hatte, holte sie ihr Moped aus der Garage. Es dauerte ein bisschen, bis es ansprang, aber dann knatterte sie los.

Eine knappe halbe Stunde später waren sie und Monty mitten im Sprung über das erste Hindernis. Amanda genoss die vertrauten Bewegungen und das Gefühl von Beherrschung und Kontrolle.

»Das ist es, hier gehörst du hin!«, rief Anja ihr zu.

Das fand Amanda auch. Sie blickte hinunter auf den glatten, kurzhaarigen weißen Hals, der sich vor ihr bog, und fühlte, wie ein Lächeln auf ihrem Gesicht erschien. Es wurde mit jedem Hindernis breiter.

»Du hast noch nicht gesagt, ob du mitkommst auf die Party«, erinnerte Anja sie. »Wenn du nicht gehst, hab ich auch keine Lust.«

»Ich weiß noch nicht genau«, zögerte Amanda.

Die nächsten beiden Stangen warf sie ab.

»Wo bleibt deine Konzentration?«, fragte Anja.

»Ist weg«, sagte Amanda und hielt an. »Wird Zeit, dass ich Caspian hole.«

Anja übernahm Montys Zügel, um ihn trockenzureiten.

»Vielen Dank«, sagte Amanda.

»Hab ich gern gemacht«, erwiderte Anja. »Wir vermissen dich, weißt du.«

Amanda war schon auf halbem Weg aus dem Reitstall, als sie stehen blieb und sich umdrehte.

»Ich glaube, wir müssen die Party auf ein andermal verschieben«, sagte sie. »Morgen muss ich schließlich um alles auf der Welt gewinnen.«

»Okay. Gewinn zuerst den Pony-Pokal und dann feiern wir richtig. Abgemacht?«

»Abgemacht«, rief Amanda und lief aus der Reithalle.

Nach zehn Minuten kam sie mit Caspian zurück. Anja hatte die Hindernisse abgebaut und die Bahn war nackt und leer. Åke verspätete sich ein bisschen, aber schließlich kam er auf Krücken hereingehumpelt.

»Danke für deine Hilfe gestern«, sagte er, aber er hörte sich nicht besonders dankbar an.

»Tut es sehr weh?«, fragte Amanda vorsichtig.

»Was glaubst du denn?«, erwiderte er. »Steig auf.«

Amanda gehorchte, und Caspian begann das Training mal wieder damit, dass er sich weigerte vorwärtszugehen.

Amanda versetzte ihm einen Schlag mit der Gerte, aber wenn es überhaupt etwas bewirkte, dann nur, dass er rückwärtsging. Amanda verzweifelte, aber einen Rat von ihrem Trainer bekam sie nicht. Åke Karlsson stand die nächsten 45 Minuten nur schwer auf seine Krücken gestützt da und sagte keinen Ton. Er wusste schlicht und einfach nicht, was er sagen sollte.

Freitag
Noch 57 Tage

Der Schultag war unerträglich lang. Amanda konnte an nichts anderes denken als die Qualifikation am nächsten Tag, und sie merkte, wie ihr davor graute. Der Einzige, dem es an diesem Vormittag gelang, ihre Aufmerksamkeit zu wecken, war ihr Norwegischlehrer Svein Bøhn. Norwegisch war eines der wenigen Fächer, die sie wirklich interessierten, und noch dazu war die aufrichtige Begeisterung ihres Lehrers ansteckend. Und heute übertraf er sich geradezu selbst, dachte sie, als er plötzlich begann, über Pferde zu sprechen.

»Das Pferd hat Künstler schon immer inspiriert«, sagte er. »Schon seit der Zeit, als wir felsige Höhlenwände bemalten. Die wenigsten Menschen machen sich heute noch Gedanken darüber, aber es waren Pferderücken, auf denen wir unsere Zivilisationen errichtet und unsere Geschichte geschrieben haben. Mit Pferden haben wir unsere Wälder gerodet, unsere Äcker gepflügt und unsere Schlachten gewonnen. Wo sich menschliche Fußspuren durch die Geschichte ziehen, finden sich auch fast immer Abdrücke von Pferdehufen. Heutzutage hat das Pferd in unserem Teil der Welt keinen echten Gebrauchswert mehr. Trotzdem gibt es in Norwegen heute vermutlich mehr Pferde als vor der industriellen Revolution. Wozu sind die alle gut? Amanda?«

Svein Bøhn sah sie erwartungsvoll an, aber sie antwortete nicht.

»Du reitest?«

»Ja«, erwiderte sie leise und schlug die Augen nieder.

»Aber du bist nicht auf das Pferd angewiesen, um zu überleben, nicht wahr?«

Amanda blickte nicht auf. Sie kratzte mit dem Fingernagel ein bisschen auf der Tischplatte herum. Dann schüttelte sie den Kopf, aber insgeheim dachte sie, dass sie vielleicht nicht auf ihre Pferde angewiesen war, um zu überleben, aber dass sie trotzdem ihr Leben waren.

Svein Bøhn kam jetzt zu ihr und hatte etwas in der Hand, das ihr bekannt vorkam.

»Was für ein Aufsatz, den du da geschrieben hast«, sagte er.

Amanda nahm den Aufsatz entgegen, unsicher, wie sie seinen Kommentar interpretieren sollte.

»Ich möchte, dass du ihn laut vorliest«, fuhr er fort.

»Bitte nicht«, sagte sie leise.

»Der ist sehr gut.« Svein Bøhn ließ nicht locker. »Du hast keinen Grund, dich zu schämen.«

Amanda sah sich um, aber nur die Schüler in unmittelbarer Nähe bekamen das Gespräch mit.

»Bitte, ich möchte nicht«, wiederholte sie.

»Dann könnte ich das vielleicht übernehmen«, sagte er.

Sie nickte zögernd und Svein Bøhn zog ihr den Aufsatz aus den widerstrebenden Händen. Dann verkündete er, dass er jetzt etwas vorlesen werde, und es wurde unangenehm still. Amanda merkte, wie sie rot wurde. Ihr Aufsatz handelte von dem magischen Augenblick, wenn alles stimmte und sie eins mit dem Pferd wurde.

Wenn sie nur geahnt hätte, dass ihr Lehrer ihn der Klasse vorlesen würde! Dann hätte sie sich bestimmt mehr zurückgehalten. Als Svein Bøhn fertig war, wurde es wieder unangenehm still, und Amanda war sich nicht sicher, wie sie die Stille deuten sollte.

»Wenige Dinge bilden den Charakter mehr, als Zeit mit einem Pferd zu verbringen«, sagte Svein Bøhn lächelnd und durchbrach damit die unangenehme Stille, als er den Aufsatz vor ihr auf den Tisch legte.

Einige lachten, aber die meisten klatschten Beifall, und Anja klatschte am lautesten von allen. Amanda selbst saß nur da und hatte das unbehagliche Gefühl, mehr Persönliches verraten zu haben, als ihr lieb war.

»Echt fett, so ein Lehrer wie Svein«, sagte Anja, als sie am selben Nachmittag mit dem Bus zum Stall hinauffuhren. »*Natürlich* bildet nichts den Charakter mehr, als Zeit mit Pferden zu verbringen. Kann man gar nicht besser sagen. Sieht man ja an uns! Wir zwei haben jede Menge Charakter!«

Auch Amanda dachte daran, was der Norwegischlehrer gesagt hatte. Sie fragte sich, ob es stimmte, dass Pferde sie zu einem besseren Menschen machten, und wenn ja, auf welche Weise.

»Das war ein wahnsinnig guter Aufsatz von dir«, fuhr Anja fort. »Ich hatte noch nie dieses Gefühl, das du beschrieben hast, aber ich habe es trotzdem irgendwie wiedererkannt.«

Amanda lächelte sie kurz an und blickte zu Boden. Sie hatte das beschriebene Gefühl auch nur ein einziges Mal gehabt: als sie in Island auf dem schwarzen Hengst geritten war.

Jetzt kam es ihr vor, als sei das schon ewig her. Es fühlte sich beinahe unwirklich an. Der Sternenstaub hatte sich aufgelöst, alle Magie war verschwunden. Deshalb hatte sie dieses Gefühl in dem Aufsatz festgehalten. Um sicherzugehen, dass sie es nie vergaß.

Zweites Qualifikationsturnier

Samstag
Noch 56 Tage

Amanda putzte Caspian, so gut sie konnte – nur dass es nichts nützte. Der ungleichmäßige Haarwechsel fiel jetzt deutlich auf, und Caspian sah aus, als wäre er monatelang nicht gestriegelt worden. Amanda legte eine Decke auf, um die schlimmsten Stellen zu verbergen, und schnallte ihm anschließend die Transportgamaschen um. Dann führte sie ihren schäbigen Islandhengst auf den Hofplatz.

Ihr Vater saß im Auto und trommelte ungeduldig aufs Lenkrad. Åke Karlsson stand hinter dem Transportanhänger und stützte sich schwer auf seine Krücken. Amanda sah zu ihm hinüber, und als ihre Blicke sich trafen, begriff sie, dass sie nicht die Einzige war, die sich ganz weit fort wünschte. Sie ging widerwillig auf die Laderampe zu und blieb abrupt stehen, als der Führstrick sich straffte.

Wilhelm Fivel wartete auf das Geräusch von Pferdehufen auf der Rampe und im Hänger. Als das Geräusch ausblieb, steckte er den Kopf aus dem Fenster, um nachzusehen, was los war. Was er zu sehen bekam, war ein Tier, das in Körpersprache und Benehmen eher an einen Esel erinnerte. Amanda zog am Führstrick, aber Caspian rührte sich nicht vom Fleck.

Das Problem mit dem Verladen kam überraschend für Wilhelm Fivel. Er war darauf eingestellt, dass alles wie am Schnürchen lief, und jetzt kamen sie nicht mal vom Hof! Da sie nicht weiter fahren mussten als bis Drammen Travbane, hatte Wilhelm Fivel es vorgezogen, die Nacht zu Hause zu verbringen und erst am Wettkampftag zum Veranstaltungsort zu fahren. Wären sie am Vorabend aufgebrochen, dann hätten sie jetzt alle Zeit der Welt gehabt, den Hengst zu verladen. Aber nun saßen sie in der Klemme.

Taktischer Fehler, dachte Wilhelm Fivel.

Glück, dachte Åke Karlsson.

Gerade jetzt passte ihm nichts besser, als dass der Hengst sich nicht verladen ließ. Er bezweifelte stark, dass Amanda und Caspian an diesem Wochenende überhaupt irgendwas zustande bringen würden. Gar nicht erst hinzufahren wäre da noch das Beste.

»Es wird höchste Zeit«, rief Wilhelm Fivel. »Bring endlich den Gaul in den Hänger!«

Aber der Gaul ließ sich nicht in den Hänger bringen. Caspian stieg und warf sich zurück, sobald er der Rampe auch nur einen Schritt näher kam, und nichts, was Amanda versuchte, schien zu helfen.

»Verschaff dir Respekt!«, rief Åke und wünschte sich für einen Moment, die Hände frei zu haben. Und sei es nur, um diesem biestigen Pony ein bisschen Vernunft in den Schädel zu prügeln.

»Ich versuche es«, rief Amanda zurück, und das tat sie wirklich, aber eine halbe Stunde später stand Caspian immer noch nicht im Hänger.

Amanda spürte wachsenden Widerwillen gegen diese ganze Sache. *Es kann doch keiner allen Ernstes behaupten, dass ich davon eine bessere Reiterin werde!* Sie biss die Zähne zusammen und startete einen neuen Versuch, aber Caspian machte keine Anstalten klein beizugeben.

Und während sie mit ihrem schwarzen Hengst kämpfte, kam Torgeir Rosenlund auf den Hof hinaus.

»Was ist denn hier los?«, fragte er.

»Das ist doch wohl nicht zu übersehen«, antwortete Åke Karlsson.

Torgeir verschaffte sich rasch einen Überblick über die Lage. Er sah zwei Männer, die jeweils von ihrem Platz aus schimpften, was das Zeug hielt. Mittendrin sah er ein verunsichertes Mädchen mit einem schwarzen Hengst, der sich weigerte, in den Hänger zu gehen. Und als er ein bisschen genauer hinsah, erkannte er, dass Tones Analyse vom Küchenfenster aus richtig gewesen war. Es war nicht das Pferd, das den Aufruhr verursachte. *Es ist das Mädchen.*

»Soll ich ihn für dich verladen?«, fragte er.

Amanda zuckte mit den Schultern und reichte ihm ohne jede Hoffnung den Führstrick.

»Gib mir eine Gerte, dann gehe ich von hinten ran«, sagte Åke Karlsson, der plötzlich nicht länger untätig herumstehen wollte.

»Nicht nötig«, erwiderte Torgeir und führte Caspian problemlos in den Hänger.

Amanda traute ihren Augen kaum. Sie stand mit offenem Mund da, während Torgeir die Klappe schloss und sorgfältig verriegelte, schnell und gleichmütig.

»Jetzt aber los, verdammt!«, rief ihr Vater und ließ den Motor an.

Åke und Amanda hatten es plötzlich sehr eilig, ins Auto zu kommen. So eilig, dass Amanda nicht einmal dazu kam, sich bei Torgeir für die Hilfe zu bedanken. Schon hatten sie den Hof verlassen. Die Stimmung im Auto war gedrückt.

»Warum hast du ihn nicht einfach verladen, so wie immer?«, fragte ihr Vater vorwurfsvoll.

»Das habe ich doch versucht!«, antwortete Amanda, während sie verzweifelt nach einem Grund forschte, warum Caspian sich geweigert hatte, in den Hänger zu gehen. Und warum er sich plötzlich von Torgeir hatte hineinführen lassen.

»Der Hengst braucht eine starke Hand, wie lange predige ich dir das schon!«, sagte Åke, der plötzlich seine Chance witterte. Wenn er Wilhelm Fivel glauben machen konnte, dass Amanda sich ihm die ganze Zeit widersetzt hatte, würde er selbst vielleicht ungeschoren davonkommen. Einen Versuch war es wert.

Als sie am Veranstaltungsort angekommen waren und Amanda Caspian gesattelt hatte, wies Åke sie an, all die Übungen zu machen, von denen er wusste, dass sie Caspians schlimmstes Benehmen hervorrufen würden. Er hoffte inständig, dass auch Amanda nicht entgangen war, welchen Effekt diese Übungen auf Caspian hatten. Und richtig. Die Kleine war nicht dumm und befolgte die Hälfte seiner Anweisungen einfach nicht.

Es war beinahe zu einfach.

Wilhelm Fivel sah von der Seitenlinie aus zu und begann nach einer Weile, sich mächtig darüber aufzuregen, dass seine Tochter die teuer eingekauften Ratschläge Åke Karlssons offenbar ignorierte.

»Tu doch, was er sagt, Mädchen!«, rief er schließlich.

»Das versuche ich ja«, murmelte Amanda.

»Gib dir mehr Mühe!«, rief der Vater zurück.

Amanda strengte sich mächtig an, um eine Art Mittelweg zwischen Åkes Anweisungen und ihrer eigenen Überzeugung zu finden, aber als Caspian und sie aufgerufen wurden, waren sie sich definitiv uneins. Das spürte sie bis in die Knochen. Caspian begann damit, dass er mitten auf der Langbahn plötzlich stehen blieb. Es schien, als bereitete er sich innerlich auf all die Schläge und Tritte vor, die nun folgen würden. Amanda war vor Verzweiflung den Tränen nahe. Sie bekam ihn wieder zum Laufen, aber es ging nicht besonders gut. Der Tölt war okay, aber nicht mehr spektakulär. Und als sie die kurze Bahnseite im Galopp erreichten, brach Caspian plötzlich aus, raste in eine Leine mit Wimpeln und mähte den Lautsprecher am Bahnrand um. Die Helfer brauchten zehn Minuten, bis sie die Bahn wieder freigeräumt hatten.

Totale Demütigung und Disqualifizierung.

»Was zum Donnerwetter war denn bloß los?«, polterte ihr Vater anschließend.

»Ich verstehe das nicht«, stammelte sie.

Åke Karlsson hielt sich klugerweise im Hintergrund, als wollte er einen deutlichen Abstand zwischen sich und der unglücklichen Vorstellung schaffen, die gerade abgelaufen war. Aber Wilhelm Fivel winkte ihn zu sich heran. Er verlangte Handlung und Einsatz für das Geld, das er jeden Monat auf Åkes Konto überwies.

»Noch drei Stunden bis zur nächsten Prüfung«, sagte Wilhelm Fivel. »Was machen wir jetzt?«

Åke verlangte entschieden, dass Amanda Caspian in die Box bringen müsse. Die Ställe hatten Boxen mit hohen Türen, die den Ausblick versperrten, und er wies Amanda an, die schwere Tür zu schließen, damit der Hengst im Dunkeln stehen und sich besinnen konnte. Amanda schlug vor, ihn lieber auf dem Veranstaltungsplatz herumzuführen. Sie wusste ja, dass es einen guten Effekt auf Caspian hatte, aber auf dem Ohr waren sowohl ihr Vater als auch Åke taub.

»Hast du es immer noch nicht kapiert? Du bist zu weich, das ist das Problem«, sagte Åke verächtlich.

Also wurde Caspian in eine dunkle Box eingesperrt und Åke nutzte die Pause, um Amanda in aller Ruhe zu erklären, was sie zu tun hatte.

Amanda fand Åkes Strategie, Caspian einzusperren, alles andere als gut und hatte ein schlechtes Gefühl. Als die Aufwärmzeit für die nächste Klasse näher rückte, schlich sie sich in einem unbeobachteten Moment davon und lief zum Stallgelände. Sie öffnete die schweren Türen von Caspians Box und er blinzelte ins Licht und schüttelte erleichtert den Kopf. Amanda sattelte ihn rasch, saß auf und ritt auf eine große Wiese direkt hinter den Ställen. Bald war sie ein ordentliches Stück außer Reichweite jener stark bewegungseingeschränkten Männer, die im Moment ihr Leben bestimmten. Sie ritt Caspian über das Gras und versuchte, die Harmonie wiederzufinden, die sie in Seljord gehabt hatten. Aber schon nach wenigen Minuten spürte sie, wie ihr Handy in der Jackentasche vibrierte. Auf dem Display blinkte die Nummer ihres Vaters. Amanda zögerte, ging dann aber doch ran.

»Was machst du denn?«, rief er.

Amanda nahm allen Mut zusammen. *Jetzt oder nie.*

»Åkes Methode funktioniert bei Caspian nicht«, sagte sie.

»Unsinn«, rief ihr Vater. »Das Problem ist, dass du nicht auf ihn hörst! Du lässt Åke gefälligst den Job machen, für den ich ihn bezahle, haben wir uns verstanden?«

Niedergeschlagen ritt Amanda zurück zum Abreiteplatz. Etwas anderes wagte sie nicht mehr.

»Wir haben jetzt keine Zeit für irgendwelche Albernheiten, verstehst du?«, schnauzte Åke sie an, der einmal mehr die Gunst der Stunde nutzte, um alle Verantwortung auf Amanda abzuwälzen.

»Und was soll ich deiner Meinung nach tun?«, fragte Amanda.

»Hör endlich auf das, was ich sage!«

Und Amanda versuchte es wirklich. Der Versuch endete mit einer bescheidenen Platzierung und einer Punktzahl weit unterhalb der Grenze für die NM-Qualifikation.

Nach dieser Veranstaltung kamen keine Anfragen und Anrufe mehr wegen Caspian. Der Ruhm von Seljord war verblasst.

Sonntag
Noch 55 Tage

Die Demütigung ihrer Niederlage hatte sich in Amanda eingebrannt und ihr jede Motivation zum Aufstehen genommen. Während sie im Bett lag, hörte sie drei Autos in der Hauseinfahrt. Zuerst fuhr das ihres Bruders weg. Er wollte zu irgendeiner Abiturveranstaltung. Ungefähr eine halbe Stunde später sprang das Auto ihrer Mutter an. *Bestimmt was Berufliches.* Und dann hörte sie noch ein Auto, das *vor* das Haus fuhr. Daraufhin klingelte es zwar nicht an der Tür, aber ihr Vater öffnete trotzdem. Der Besucher war also erwartet worden. Amanda tippte auf einen Anwalt. Sie hörte den Treppenlift, der ihren Vater in den ersten Stock brachte, und Schritte, die dem Rollstuhl den Gang entlang zum Arbeitszimmer folgten. Dann war alles still. Amanda sah zur Uhr. Gerade eben neun, und heute war Sonntag. Augenblicklich packte sie die Neugier. Sie stieg aus dem Bett, öffnete die Tür einen Spalt und lauschte auf den Flur hinaus.

»Ganz schön früh«, sagte eine Männerstimme und sie hörte ein Gähnen.

Das ist er. Sein Anwalt.

»Kognak?«, fragte ihr Vater.

»Nicht, wenn ich fahre«, antwortete der Anwalt. »Worum geht's?«

Amanda hörte ihren Vater sagen, dass er fürchtete, eine große Dummheit gemacht zu haben.

Und die Art, wie er das sagte, trieb sie dazu, den Flur hinunter zur halb offenen Tür zu schleichen. Dort blieb sie stehen, rührte sich nicht und hielt den Atem an. So als ahnte sie bereits, dass das, was er gleich erzählen würde, nicht für ihre Ohren bestimmt war.

»Du weißt besser als die meisten, dass meine Tochter eine ziemlich begabte Reiterin ist«, sagte ihr Vater.

Amanda biss sich auf die Lippe. Im Moment fühlte sie sich überhaupt nicht begabt.

»Na ja«, fuhr er fort. »Nach ihrem Sieg neulich habe ich mich hinreißen lassen und eine neue Wette abgeschlossen.«

»Was für eine Wette?«, fragte der Anwalt ohne jede Spur von Überraschung.

Amanda fühlte, dass sie vor der Antwort Angst hatte.

»Eine große Wette«, antwortete der Vater.

Dann erzählte er von Anker. Von Herman Aasen. Von dem Vertrag. Von dem Geld, das auf dem Spiel stand. Und dem Haus. *Das Haus!*

»Ich glaube, jetzt brauche ich doch einen Kognak«, sagte der Anwalt.

Amanda hörte eine Karaffe klirren. Dann wurde es wieder still und dann blätterte jemand Seiten um.

»Und was erwartest du jetzt von mir?«, fragte der Anwalt schließlich.

»Dass du mir aus der Klemme hilfst, natürlich«, sagte der Vater.

»Wenn du vorhast, deinen Teil dieses zweifelhaften Vertrags einzuhalten, ist deine Tochter die Einzige, die dir aus dieser Klemme helfen kann«, stellte der Anwalt fest. »Indem sie gewinnt.«

»Genau das ist das Problem«, sagte der Vater. »Sie gewinnt nicht.«

»Das wird sie aber müssen«, antwortete der Anwalt.

Er sagte noch mehr, aber Amanda hatte genug gehört. Sie schlich leise zurück und kroch wieder ins Bett. Ihr Vater hatte das Haus der Familie auf ihre Reitkünste verwettet! Bei diesem Gedanken wurde ihr ganz schlecht.

Nach einer Weile hörte sie, wie der Anwalt in sein Auto stieg und wegfuhr. Kurz darauf kam ihr Vater den Flur entlanggerollt. Er hielt vor ihrer Tür an und stieß sie auf.

»Warum bist du nicht schon längst im Stall?«, fragte er.

Amanda antwortete nicht. Sie hatte nicht die geringste Lust, jetzt zum Stall zu fahren.

»Du musst es schaffen, Amanda«, sagte er eindringlich. »Du musst dich bei dem Hengst nur durchsetzen, dann hast du alle Chancen auf den Sieg. Du bist wirklich souverän.«

Diesmal zogen die Schmeicheleien ihres Vaters nicht. Amanda glühte vor Wut und Verzweiflung nach den Demütigungen des Wochenendes. Und dass ihr Vater das Haus auf sie und *dieses haarige Pony aus Island* verwettet hatte, setzte dem Ganzen die Krone auf.

»Der Zug ist noch nicht abgefahren«, fuhr er fort. »Aber wenn wir uns die Teilnahme an der NM sichern wollen, musst du dich beim letzten Qualifikationsturnier weit vorn platzieren. Am besten, du gewinnst.«

»Und wie hast du dir vorgestellt, dass ich das schaffen soll?«, fragte Amanda leise.

»Das herauszufinden, ist Åkes Job«, erwiderte der Vater. »Dein Job ist, auf ihn zu hören.«

Montag
Noch 54 Tage

Die Hälfte der ersten Trainingsstunde nach dem Desaster vom Wochenende war vorbei, und weder Åke noch Amanda hatten Mühe zu erkennen, dass es nicht gut lief.

»Du *musst* strenger sein«, mahnte Åke, als Caspian wieder einmal abrupt stehen blieb.

Amanda trieb ihn mit den Schenkeln an, aber der Hengst weigerte sich, auch nur einen Schritt zu tun. Sie benutzte die Gerte, aber er ging immer noch nicht vorwärts. *Er geht rückwärts.* Amanda merkte, dass sie kurz davor war, die Nerven zu verlieren. Ganz egal, was sie tat, es war falsch!

»Komm her«, rief Åke Karlsson.

Amanda ritt zu ihm und hielt neben ihm an. Åke hing schwer auf seinen Krücken, ohne einen Hauch seiner normalerweise so kraftvollen Ausstrahlung.

Deshalb war Amanda auch vollkommen unvorbereitet, als er plötzlich mit der Krücke auf Caspian eindrosch, dass es durch die ganze Bahn hallte. Caspian warf sich nach vorn und raste davon. Amanda versuchte, ihn zu stoppen, aber Åke wollte etwas anderes.

»Halt den Galopp«, rief er. »Halte den Galopp, zum Donnerwetter!«

Nach mehreren Runden im Galopp forderte Åke sie auf, Caspian zum Schritt zu parieren und wieder zu ihm zu kommen. Caspian war so außer Atem, dass der Sattel im Rhythmus seines Keuchens schaukelte.

»Hast du am Wochenende nichts gelernt?«, fragte Åke und spuckte in den Sand. »Caspian weigert sich, deine Autorität anzuerkennen und sich ihr zu unterwerfen. Ein solches Verhalten ist vollkommen unakzeptabel. Caspian ist ein ausgewachsener Hengst, und wenn ein ausgewachsener Hengst seinen Kopf durchsetzen will, musst du mit Härte reagieren. Bei einem Hengst darfst du nie zögern, verstehst du? Du siehst ja, dass er genau das tut, was du von ihm verlangst, wenn er nur klar Bescheid kriegt!«

Amanda holte tief Luft und ritt wieder an. In diesem Moment bemerkte sie zu ihrer großen Überraschung, dass sie nicht allein in der Reithalle waren. Torgeir Rosenlund sah von der Tribüne aus zu. Wie lange stand er schon dort? *Und warum?* In all den Jahren, seit sie auf dem Engelsrud-Hof ritt, hatte sie noch nie erlebt, dass er ihr dabei zusah.

»Mach dir keine Illusionen, dass du irgendwas erreichst, es sei denn, du schlägst zu und meinst es auch so«, sagte Åke. »Pferde können sich viel größere Schmerzen zufügen, als du das jemals könntest. Hast du nie gesehen, wie zwei Hengste miteinander kämpfen? Die Kraft, mit der sie aufeinander losgehen, wirst du nie auch nur ansatzweise aufbringen, kapiert?«

»Ja«, antwortete Amanda. *Kapiert.*

»Noch mal«, sagte Åke. »Galopp.«

Amanda galoppierte an, und als Caspian zögerte, schlug sie ihn mit der Gerte, so fest sie konnte. Danach reagierte er perfekt.

»Siehst du? Er testet dich nur«, rief Åke. »Kein Wunder, dass es auf den Turnieren schiefläuft, wenn du diese Dinge nicht befolgst.«

Vielleicht hatten Åke und ihr Vater doch die ganze Zeit recht gehabt, dachte Amanda. Vielleicht war es wirklich so, dass Caspian sie nur testete? Sie hatte plötzlich den unheimlichen Drang, es zu schaffen. Sie wollte allen zeigen, dass sie wusste, was sie tat. Sie schlug Caspian noch ein paarmal mit der Gerte und hielt eisern die Zügel straff, als er versuchte, mit ihr durchzugehen. Åke hatte ihr ein schärferes Gebiss gegeben als sonst, und das zahlte sich jetzt aus. Kurz darauf töltete Caspian, und er töltete gut. Besser als seit Langem. Amanda blickte wieder zur Tribüne hoch, aber Torgeir war verschwunden.

»Besser«, rief Åke. »Viel besser!«

In der letzten halben Stunde war Caspian weich und folgsam, und Amanda sah endgültig ein, dass Åkes Anweisungen Wirkung zeigten. Vielleicht wäre die Demütigung am Samstag zu vermeiden gewesen, wenn sie sich bei Caspian rechtzeitig Respekt verschafft hätte? Amanda beschloss, eine härtere Linie gegenüber dem Hengst anzuschlagen. Ab jetzt würde sie nicht mehr zögern.

Drei Pferdemädchen waren im Stall, als Amanda mit Caspian zurückkam, aber keines, das sie kannte. Ihr fiel auf, dass Caspian verschwitzter war als sonst, und als sie ihn absattelte, legte er die Ohren an und wich zurück. Er versuchte schon wieder, sie zu dominieren, aber diesmal entging es ihr nicht. Sie boxte ihn mit der Faust kräftig in die Seite, und Caspian antwortete darauf, indem er drohend in die Luft biss.

»Pass bloß auf«, zischte Amanda und griff nach der Gerte.

Caspian hatte seine Ohren jetzt flach nach hinten gelegt und plötzlich stellte er sich auf die Hinterbeine. Der Anblick seiner Kraft bewirkte etwas in Amanda, weckte etwas in ihr, das lange im Verborgenen gelegen hatte: eine intensive, gewaltige Wut. Sie schlug Caspian mit der Gerte. Einmal. Zweimal. Aber er wich immer noch nicht zurück. Amanda schlug noch einmal. So fest sie konnte. Und noch einmal. Caspian bäumte sich wieder auf, aber diesmal in Richtung der Wand. Als versuchte er zu entkommen.

Die drei Mädchen am anderen Ende des Stalls hatten schon lange aufgehört, die Pferde zu putzen. Sie blickten sie mit großen Augen an.

Seht ihr? Bei einem Hengst darf man nicht zögern.

Und Amanda zögerte nicht. Sie schlug wieder zu, während sie beobachtete, wie Caspian vergeblich zu entkommen versuchte. *Das hättest du dir vorher überlegen sollen!*

»So läuft das, wenn du nicht parierst«, rief sie. »Hast du verstanden?«

Caspian stand jetzt ganz in eine Ecke gedrängt, aber Amanda war immer noch nicht fertig. Sie ging wieder auf ihn los. Caspian machte jetzt keinen Versuch mehr, sie herauszufordern. Im Gegenteil. Er versuchte zu fliehen. Amanda hob den Arm, um ein letztes Mal zuzuschlagen, aber ehe sie dazu kam, wurde ihr die Gerte aus der Hand gerissen. Sie wirbelte herum und da, direkt hinter ihr in der Box, stand Torgeir Rosenlund.

»Ich denke, er hat es jetzt begriffen, Amanda«, sagte er leise. »Komm mit.«

Ohne eine Antwort abzuwarten, packte er sie am Arm und zog sie mit sich aus der Box. Amanda versuchte, sich loszureißen, aber Torgeirs Griff war eisenhart. Er führte sie durch die Stallgasse, direkt an den drei Mädchen vorbei, die die Szene schockiert verfolgten.

Zum Glück waren es nur Stallmädchen, dachte Amanda, aber es war auch so schon schlimm genug. Torgeir stieß sie in die Sattelkammer und knallte die Tür hinter ihnen zu.

»Was fällt dir ein!«, schrie Amanda ihn an.

»Die Frage ist wohl eher, was dir einfällt«, sagte Torgeir.

»Caspian fordert meine Autorität heraus«, fauchte Amanda. »So ein Benehmen ist unakzeptabel!«

»Darüber kann man streiten, welches Benehmen hier unakzeptabel ist«, erwiderte Torgeir.

»Ich lasse mir nicht bieten, dass du so mit mir sprichst! Lass mich raus!«

Sie versuchte, sich an ihm vorbeizudrängen, aber Torgeir hielt sie zurück. Sein Griff war wieder so fest, dass sie sich einfach nicht losreißen konnte, und ohne dass es ihn große Mühe kostete, zwang er sie aufs Sofa.

»Lass mich los!«, schrie Amanda. »Du sollst loslassen!«

»Ich lasse dich erst los, wenn du dich beruhigt hast«, sagte er überraschend sanft.

Amanda versuchte, wieder aufzustehen, aber ihre Beine fühlten sich plötzlich schlapp und kraftlos an. Sie atmete schwer und ihr war glühend heiß.

»Ich beruhige mich, wenn du loslässt«, schnaufte sie. »Lass los!«

Torgeir ließ los und setzte sich neben sie. Für eine Weile war Amandas Keuchen das einzige Geräusch. Torgeir sah aus, als hätte er etwas auf dem Herzen, aber er dachte lange nach, bevor er zu sprechen begann.

»Wenn du aus Wut ein Pferd körperlich strafst, gehst du zu weit. Begreifst du das?«

»Pferde fügen einander viel größere Schmerzen zu, als ich es je könnte«, sagte Amanda trotzig.

»Das kann schon sein, aber in ihrer natürlichen Umgebung haben sie immer die Möglichkeit zum Rückzug. Diese Möglichkeit hatte Caspian nicht. Du hast ihn immer weiter geschlagen, lange nachdem er aufgegeben hatte. Das ist schlimm, aus mehreren Gründen.«

Amanda wollte etwas sagen, aber Torgeir war noch nicht fertig.

»Erstens hast du deinem Pferd etwas zugefügt, was es niemals vergessen wird. Zweitens hast du einen wichtigen Teil des Vertrauens zwischen euch zerstört und auf dieses Vertrauen bist du angewiesen.«

Amanda biss sich auf die Lippe.

»Für mich ist Caspian kein gesundes Pferd mehr«, fuhr Torgeir fort. »Der Blick, den er uns zuwirft, wenn wir ihn im Stall versorgen, sagt, dass er keine Leute um sich herum haben will. Für mich ist das ein ernstes Signal, dass er falsch behandelt wird.«

»Wenn ein ausgewachsener Hengst seinen Kopf durchsetzen will, muss man ihm mit Härte begegnen«, antwortete Amanda.

»Das Problem ist nicht, dass du Härte gezeigt hast, Amanda. Das Problem ist, dass du Caspian immer weiter bestraft hast, lange nachdem er kapituliert hatte. Er kann nicht verstehen, was das bedeutet. Das Einzige, was der Erfahrung nahekommt, die er jetzt mir dir gemacht hat, ist etwas, das tief in seinen Instinkten liegt: die Furcht, zur Beute zu werden. Wenn ihm jemand Schmerzen zufügt, er aber nicht mehr fliehen kann, ist er nichts anderes als eine Beute, die im Maul eines Raubtiers hängt. Begreifst du, wie schlimm das für ihn ist, was du ihm zugefügt hast?«

Torgeir sah sie lange an, sagte aber nichts mehr.

»Bist du jetzt fertig?«, fragte Amanda.

»Ich denke, das bin ich wohl.« Torgeir stand auf. »Ich nehme Caspian mit nach draußen und lasse ihn ein bisschen grasen. Ihr beide habt eine Pause voneinander dringend nötig.«

Amanda blieb in der Sattelkammer sitzen, bis sie das Auto ihres Vaters draußen auf dem Hof hörte. Dann schlich sie durch den Stall und betete zu Gott, dass ihr niemand begegnete. Vor allem Torgeir Rosenlund nicht.

»Ich habe Torgeir mit Caspian draußen gesehen«, sagte ihr Vater, als sie ins Auto stieg.

»Er reitet ihn für mich trocken«, antwortete Amanda. »Können wir fahren?«

»Ich habe beschlossen, ihn zu bitten, dir und Caspian eine Reitstunde zu geben.«

»Das ist nicht nötig, heute lief es unglaublich gut«, beeilte sich Amanda zu sagen.

Als sie die Weiden unterhalb des Hofes erreichten, sah Amanda Torgeir und Caspian weit hinten auf der Koppel. Ein Mann und ein Pferd auf der großen grünen Wiese – es lag etwas Schönes, Harmonisches in diesem Bild.

»Wir brauchen ein paar neue Ideen«, widersprach ihr Vater. »Åke wirkt angeschlagen und die Resultate vom Wochenende sprechen sowieso für sich. So kann das nicht weitergehen.«

Bevor Amanda protestieren konnte, hielt ihr Vater mitten auf der Straße und hupte. Torgeir blickte hoch und kam auf sie zu. Er kaute auf einem langen Halm. Caspian trottete neben ihm her und hatte das Maul voll Gras. Sie hatten es nicht eilig. Amanda merkte, wie sie rot wurde, als Torgeir einige Meter vom Auto entfernt stehen blieb. Ihr Vater stellte den Motor ab und es wurde unangenehm still.

»Ich würde Sie gerne engagieren, damit Sie Amanda eine Reitstunde geben.«

»Dazu habe ich keine große Lust, um ehrlich zu sein.«

Amanda durchlief es eiskalt.

Gleich wird er sagen, warum. Scheiße.

»Sie haben schon einen Trainingsvertrag mit Åke«, fuhr Torgeir fort. »Es wäre unkollegial von mir, mich dazwischenzudrängen.«

»Ich kann natürlich erst mit Åke darüber reden«, schlug Wilhelm Fivel vor.

»Åke muss damit einverstanden sein, sonst mache ich das nicht. Und Amanda auch«, ergänzte Torgeir und sah sie an.

Amanda blickte zu Boden und schwieg.
»Bist du einverstanden?«, fragte er sie direkt.
Sie nickte beinahe unmerklich.
»Also abgemacht«, sagte ihr Vater. Dann startete er den Motor und fuhr los.

Dienstag
Noch 53 Tage

Amanda erschien etwas zu früh zur Reitstunde mit Torgeir Rosenlund. Er hatte eine Zeit gewählt, zu der bereits Feierabend auf dem Hof war. Die letzten Pferdebesitzer waren gerade nach Hause gefahren und die Stallgasse war leer.

Amanda holte tief Luft und ging in die Sattelkammer, um das Zaumzeug zu holen. Aber als sie eben zur Box gehen wollte, stand Torgeir in der Tür. Amanda fühlte sich unwohl.

»Häng den Sattel wieder an seinen Platz«, sagte Torgeir. »Wir bleiben auf dem Boden.«

Amanda gehorchte und merkte gleichzeitig, dass sich zwischen ihnen etwas verändert hatte. Normalerweise gab sie die Anweisungen. Heute war er es. Das war ungewohnt.

»Ich möchte gern, dass du mir ein wenig von deinem Pferd erzählst«, sagte Torgeir, als sie vor Caspians Box standen.

Darauf war Amanda nicht gefasst. Sie hatte sich am Vorabend hektisch durch alle Bücher über Islandpferde gearbeitet, um nicht wie eine komplette Idiotin dazustehen.

»Was mag er? Was mag er nicht?«, fragte Torgeir. »Damit könnten wir anfangen.«

Amanda blieb die Antwort schuldig.

»Oder anders gefragt: Warum habt ihr ausgerechnet dieses Pferd gekauft?«

»Wollten wir nicht mit Bodenarbeit beginnen?«, fragte Amanda.

»Wir stehen doch auf dem Boden, und ich versuche, ein Stück Arbeit zu leisten. Hilf mir dabei.«

»Wir haben ihn gekauft, weil er aussah wie ein Gewinner«, sagte Amanda.

»Ist das alles?«

Worauf willst du hinaus, Torgeir Rosenlund?

»Gibt es denn nichts anderes, was du mir sonst über ihn erzählen kannst?«

»Was willst du denn wissen? Ich kenne ihn nicht so gut.«

»Leg ihm ein Halfter an«, sagte Torgeir. »Dann gehen wir ein Stück.«

»Soll ich nicht reiten?«, fragte Amanda.

»Zuerst gehen wir ein bisschen spazieren«, antwortete Torgeir.

Amanda holte das Halfter und wollte in die Box gehen, um es Caspian überzustreifen.

»Warte«, sagte Torgeir. »Du bist nicht die Einzige, die sich mit Unbehagen an gestern erinnert. Siehst du?«

Caspian war zurückgewichen und stand angespannt in einer Ecke der Box.

»Deine Aufgabe ist es jetzt, es ihm so leicht wie möglich zu machen«, fuhr Torgeir fort.

Amanda hätte gern gefragt, wie sie das anstellen sollte, aber da das etwas war, worüber sie auf keinen Fall reden wollte, sagte sie nichts. Torgeir sah sie an.

»Ich an deiner Stelle würde wohl damit anfangen, mich zu entschuldigen«, sagte er.

»Bei dir?«

»Nein«, sagte Torgeir. »Bei deinem Pferd.«

Es war das zweite Mal, dass jemand sie bat, mit dem Hengst zu sprechen. Aber das ging einfach nicht. Sie redete nicht mit Pferden. Nicht auf diese Art.

Torgeir wartete eine Weile, dann sah er sie wieder an.

»Ist es okay für dich, hinzugehen und ihm das Halfter anzulegen?«, fragte er.

Amanda nickte, und um nicht noch weiter über die Sache reden zu müssen, ging sie rasch in die Box zu Caspian.

»Warte«, sagte Torgeir. »Komm noch mal her.«

Amanda gehorchte, aber es gefiel ihr nicht, dass sie nicht wusste, was er von ihr wollte.

»Versuch es noch einmal«, sagte Torgeir. »Aber diesmal blockierst du seine Schulter nicht. Gib ihm Zeit, dir den Kopf zuzuwenden.«

Amanda atmete tief ein und ging wieder in die Box.

»Komm zurück«, sagte Torgeir, lange bevor sie das Pferd erreicht hatte.

»Was willst du eigentlich von mir?«, fragte Amanda.

»Ich will, dass du anfängst, auf die kleinen Dinge zu achten«, antwortete Torgeir.

»Welche kleinen Dinge?«

»Die, die dir nicht auffallen«, sagte er nur. »Mach es noch einmal.«

Amanda verspürte plötzlich heftigen Widerwillen gegen seine ganze Art und rührte sich nicht.

»Schon besser«, sagte er. »Du darfst niemals die negative Energie, die in dir ist, zu einem Pferd mit hineinnehmen. Das ist das Wichtigste, was du heute lernen wirst.«

»Das ist mir zu blöd.« Sie ließ das Halfter demonstrativ auf den Boden fallen.

»Ich zeige dir, was ich meine«, sagte Torgeir geduldig und nahm das Halfter auf.

Dann ging er zu Caspian und stellte sich neben seine Schulter. Er tat es mit einer ruhigen, ungemein verhaltenen Körpersprache. Dann wartete er, bis Caspian sich zu ihm umdrehte und den Kopf beinahe von ganz allein in das Halfter steckte. Als Amanda das sah, erwachte etwas in ihr. Es erinnerte sie an Island. Und an Ylva.

Ohne noch mehr zu sagen, führte Torgeir Caspian aus dem Stall, und Amanda folgte ihnen.

Sie überquerten den Hof und gingen in der Dämmerung über die Wiesen.

Torgeir führte sie hinunter zur Landzunge Bjørkeodden, wo die Wiese sich bis an den See erstreckte. Die Sonne war längst hinter dem Bergkamm verschwunden und über dem Wasser lag ein dünner Nebelschleier. Es war ganz still. Torgeir blieb stehen und übergab Amanda den Führstrick.

»Was wollen wir hier?«, fragte sie und nestelte nervös am Strick.

»Dein Pferd besser kennenlernen«, sagte Torgeir.

Caspian versuchte, den Kopf zu senken, um von dem sprießenden Gras zu fressen, aber Amanda hielt ihn zurück.

»Vielleicht solltest du ihn freilassen, damit er fressen kann«, schlug Torgeir vor.

»Okay«, antwortete Amanda und gab etwas mehr Leine, sodass Caspian das Gras erreichen konnte.

»Ich meinte *freilassen*. Nimm ihm das Halfter ab und lass ihn frei.«

»Aber dann läuft er doch gleich zurück zum Stall.«

»Woher weißt du das? Du hast doch selbst gesagt, dass du ihn nicht kennst.«

Amanda dachte an ihren Vater, der eine Höllenangst davor hatte, dass Caspian sich verletzen könnte. Jetzt hatte er einen Trainer engagiert, der den Hengst mitten in der Landschaft freilassen wollte, nur um zu sehen, was passierte.

»Pferde tun das, was wir von ihnen erwarten«, fuhr Torgeir fort. »Das ist meine Erfahrung.«

»Er wird weglaufen«, sagte Amanda.

»Wenn du erwartest, dass er wegläuft, garantiere ich dir, dass er es tut.«

»Und wenn ich erwarte, dass er hierbleibt, dann bleibt er?«, fragte Amanda und lachte nervös.

»So was in der Art.«

»Also gut.« Amanda wollte Caspian das Halfter abnehmen.

»Falsches Bild im Kopf«, warf Torgeir ein.

Was zum Teufel weißt du davon?

»Denk an meine Worte«, sagte Torgeir. »Es reicht nicht, so zu tun als ob. Du musst daran glauben.«

Amanda konzentrierte sich.

»Schon besser. Aber noch nicht ganz richtig. Ich werde dir ein Bild geben, das dir vielleicht helfen kann. Stell dir vor, dass wir mitten auf einem eingezäunten Gelände stehen, und versuch mal, ob du das Gefühl festhalten kannst.«

Amanda sah einen soliden weißen Bretterzaun um sie herum. Sie spürte, dass sich etwas in ihrem Körper veränderte. Es fiel ihr leichter zu glauben, dass Caspian bleiben würde, nachdem sie den Zaun vor Augen gehabt hatte. Sie nahm ihm langsam das Halfter ab. Caspian blickte sie einen kurzen Moment lang an, dann senkte er den Kopf und graste weiter.

»Komm«, sagte Torgeir und setzte sich auf einen umgestürzten Baumstamm.

Amanda nahm eine Armlänge von ihm entfernt Platz und so saßen sie eine Weile schweigend da.

»Was soll ich daraus eigentlich über Caspian erfahren?«, fragte Amanda schließlich.

»Eine ganze Menge, hoffe ich.«

»Ich sehe, dass er Gras mag«, sagte sie.

»Schau genauer hin.«

Amanda blickte wieder zu Caspian. Ihr wurde plötzlich bewusst, wie lange es her war, dass sie ihn richtig angesehen hatte. Das war eine merkwürdige Erkenntnis.

»Was siehst du?«, fragte sie.

Torgeir studierte Caspian eine Weile und Amanda warf verstohlen einen Blick auf die Uhr. Es war spät geworden.

»Er ist ein Pferd, das gern für sich ist«, sagte Torgeir. »Er ist ein Anführertyp, der keinen eingetretenen Pfaden folgt. Wahrscheinlich hat er nie im Stall gestanden, bevor er hierherkam, und er ist es bestimmt nicht gewohnt, eingesperrt zu sein. Der Wechsel ist ganz schön hart für ihn gewesen.«

Caspian hob den Kopf und blickte kurz zu ihnen, dann fraß er weiter.

»Und noch etwas«, sagte Torgeir. »Er hat Heimweh.«

»Woher weißt du das?«, fragte Amanda überrascht.

»Weil hier nichts ist, was ihn zurückhält.«

Amanda hatte plötzlich das starke Bedürfnis, Caspian wieder das Halfter anzulegen.

»Pass auf«, sagte Torgeir ruhig. »Du hast jetzt wieder ein falsches Bild im Kopf.«

Caspian sah sie für einen Moment an, dann trottete er langsam hinunter zum See. Amandas erster Impuls war, ihn aufzuhalten, aber sie blieb trotzdem sitzen, als Caspian in das dunkle Wasser watete. Er trank ein wenig, dann tauchte er den ganzen Kopf ein und machte Blasen unter Wasser. So etwas hatte Amanda noch bei keinem anderen Pferd gesehen. Caspian schüttelte den Kopf, sodass kleine Tropfen auf die Wasseroberfläche um ihn herum spritzten. Dann ging er noch ein paar Schritte weiter hinein. Jetzt war er so weit draußen, dass das Wasser ihm bis an den Bauch reichte, und es sah nicht so aus, als wollte er stehen bleiben.

»Gleich schwimmt er«, sagte Amanda.

»Sieht so aus«, sagte Torgeir.

Und das tat Caspian. Er begann, im Halbdunkel durch den See zu schwimmen.

»Jetzt weißt du noch etwas über dein Pferd«, stellte Torgeir fest. »Es schwimmt gerne.«

Amanda fühlte sich jetzt sehr unbehaglich. Bis zum anderen Ufer waren es mehrere hundert Meter, aber wenn Caspian seine jetzige Richtung beibehielt, konnte er es gut bis dahin schaffen. Die Angst, die sie empfand, weil er so weit außerhalb ihrer Kontrolle war, wurde urplötzlich von einer enormen Wut auf Torgeir abgelöst. Sie begann, ruhelos auf und ab zu gehen, während sie in sich hineinfluchte.

»Und was machen wir jetzt?«, fragte sie.

»Wir warten.«

»Ich will Caspian wieder an Land haben«, rief Amanda.

Ihr Vater wäre an die Decke gegangen, wenn er gewusst hätte, was hier vor sich ging, und sie war wütend und gleichzeitig besorgt. Caspian war jetzt fast fünfzig Meter vom Ufer entfernt und in dem schummrigen Licht konnte sie seinen dunklen Kopf kaum noch erkennen. Was sie sah, hatte erschreckende Ähnlichkeit mit dem Albtraum, den sie gehabt hatte.

»Wenn du ihn zurückholen willst, dann musst du das Bild im Kopf haben«, sagte Torgeir.

»Bild im Kopf? Das ist doch verrückt, Torgeir! Sieh nur, wie weit draußen er ist!«

»Mit den Gefühlen, die jetzt in dir hochkommen, treibst du ihn nur noch weiter weg«, antwortete Torgeir ruhig.

Caspian hatte den See fast zur Hälfte durchquert und Amanda war kurz davor, in Panik zu geraten. In kopflose Panik.

»Setz dich wieder hin. Dann werde ich dir etwas zeigen.«

Amanda kam es unmöglich vor, sich hinzusetzen, aber Torgeir zog sie herunter auf einen Stein. Sie saß mit dem Rücken zum Wasser.

»Hol ihn zurück«, fauchte sie.

»Atme ein paarmal ein und aus«, entgegnete Torgeir.

Amanda atmete widerwillig. Voller Wut.

»Versuche an einen Ort zu denken, wo es dir gut gefällt«, fuhr er fort.

Zu diesem Zeitpunkt waren überhaupt keine Bilder mehr in Amandas Kopf.

»Ich denke an einen«, log sie.

»Wie sieht der Ort aus, an den du denkst?«, fragte Torgeir.

Das geht dich einen Dreck an.

Amanda warf einen schnellen Blick aufs Wasser. Caspian schwamm immer noch auf das andere Ufer zu.

»Konzentriere dich auf das Bild von dem Ort, den du dir ausgesucht hast«, sagte Torgeir.

»Gut.« Verbissen verschränkte Amanda die Arme und versuchte so, ihren Körper unter Kontrolle zu bringen. »Ich sehe es.«

»Beschreib es mir«, sagte er.

Verdammt, so ein …

»Es ist die Badestelle unten am Engelsrudelva«, sagte Amanda gepresst.

»Wie sieht es da aus?«

»Das weißt du doch«, gab Amanda genervt zurück.

»Beschreib es mir trotzdem«, sagte Torgeir immer noch genauso ruhig.

Amanda warf noch einen Blick zum See, dann rieb sie sich mit beiden Händen übers Gesicht und hielt sich für einen Moment die Augen zu.

»Die Badestelle liegt dort, wo der Fluss eine Biegung macht.«

»Weiter.«

Amanda ließ die Hände in den Schoß fallen.

»Das Wasser ist ziemlich tief. Der Fluss fließt langsam und sieht fast schwarz aus. Ein paar Birken am anderen Ufer spiegeln sich im Wasser. Im Fluss wachsen Wasserlilien und der Sand auf dem Grund ist golden. Es ist fast nie jemand dort.«

»Wie riecht es?«

»Nach Wald. Nassem Sand. Und nach Sommer.«

»Er kommt jetzt zurück.«

Amanda drehte sich um und sah, dass Caspian zurück zum Ufer schwamm. Bei diesem Anblick war sie so erleichtert, dass sie unwillkürlich lächeln musste.

Caspian trottete ans Ufer und schüttelte sich. Dann trabte er wieder auf die Wiese und fraß weiter, als wäre nichts geschehen.

»Warum kannst du an die Zeit, die du mit Caspian verbringst, nicht auf dieselbe Art denken wie an die Zeit, die du mit Anja verbringst?«, fragte Torgeir.

»Weil ich gewinnen muss«, antwortete Amanda leise. »Und ohne Disziplin und Kontrolle habe ich keine Garantie, dass ich es schaffe.«

»Es braucht Zeit und Geduld, um eine Beziehung zu einem Pferd aufzubauen, aber ich kann dir versprechen, dass es sich lohnt.«

»Wenn es Caspian williger macht, kann ich es ja mal versuchen.«

»Er ist mehr als willig, du musst nur ein bisschen genauer hinsehen«, sagte Torgeir. »Du hast beschlossen, dass er im Stall stehen soll, und als er das Konzept begriffen hat, war er damit einverstanden, nicht wahr? Glaubst du, der Stall wäre seine erste Wahl? Sieh ihn dir jetzt an. Das hier ist seine erste Wahl. Wenn er es sich aussuchen könnte, würde er den Rest seines Lebens so verbringen, aber du hast für ihn ein anderes Leben ausgesucht. Er fügt sich, so gut er kann, aber du bemerkst es kaum. Verstehst du, dass es hart für ihn ist?«

»Irgendwie schon«, log Amanda.

»Caspian ist ein sehr ungewöhnliches Pferd«, fuhr Torgeir fort. »Genau wie es Menschen gibt, deren Seele viel älter ist, als sie an Lebensjahren zählen, gibt es auch Pferde, die etwas wie Weisheit und Klugheit in sich haben. So wie Caspian. Es wäre ungeheuer schade, wenn du das nicht sehen würdest.«

»Ich habe ihn doch gekauft, oder etwa nicht?«

»Du hast ihn gekauft, weil er aussah wie ein Gewinner. Das ist etwas ganz anderes, Amanda. Ich rede von seiner Seele. Von dem, was *in* der Verpackung steckt. Siehst du nicht, dass er absolut einzigartig ist?«

Nach einem Moment des Schweigens legte Torgeir Caspian das Halfter wieder an und strich ihm über den Hals.

Amanda sah ihnen zu. Sie ertappte sich bei dem Gedanken, dass die beiden gut zueinanderpassten. Es war eine Art gegenseitiger Vertrautheit zwischen ihnen.

»Was soll ich meinem Vater sagen, wenn er fragt, wie es heute gelaufen ist?«, fragte sie.

»Du kannst ihm doch einfach erzählen, wie es gelaufen ist, oder nicht?«

»Nein, das kann ich nicht.«

»Warum nicht?«

Amanda biss sich auf die Lippe.

»Weil ich nicht weiß, wie es gelaufen ist.«

»Komm mal her«, sagte er.

Amanda ging zu Torgeir. Er machte die Räuberleiter, damit sie auf den feuchten Pferderücken klettern konnte.

»Ich werde ja klitschnass«, sagte sie.

Torgeir antwortete nicht. Er schloss die Augen und atmete ein paarmal tief durch. Amanda sah ihn überrascht an, aber Caspian schnaubte und spitzte die Ohren.

»Reite im Tölt los«, sagte Torgeir dann.

Amanda griff nach dem Führstrick und drückte die Schenkel an Caspians Bauch. *Typisch! Jetzt trabst du!*

»Falsches Bild im Kopf«, rief Torgeir. »Und mach weniger.«

Genau das hatte Ylva auch gesagt. *Mach weniger.* Amanda versuchte es wieder, aber auch diesmal wurde Trab daraus. Sie hielt an und verharrte einige Sekunden still.

»Und noch etwas«, sagte Torgeir. »Das Wichtigste von allem. Du musst dein Herz öffnen.«

»Was meinst du damit?«

»Wenn du in dich hineinhorchst, wirst du verstehen, was ich meine.«

Das Herz öffnen? Amanda dachte daran zurück, wie sie auf dem Rücken des schwarzen, hoch aufgerichteten isländischen Hengstes mit der hellen Mähne saß, und an das Gefühl, das sie damals gehabt hatte. Dann ritt sie los. Im Tölt. Im selben wunderbaren Tölt wie damals in Island. Sie merkte, wie sie innerlich lachte. Es war so spielerisch und leicht. Nach drei großen Runden um Torgeir bat er sie, zum Schritt zu verlangsamen.

»Erinnere dich an dieses Gefühl«, sagte er, als sie zu ihm ritt.

»Wie sah es aus?«, fragte Amanda.

»Weiß nicht. Ich habe nicht darauf geachtet.«

Amanda war enttäuscht. Sie hatte gehofft, Torgeir endlich bewiesen zu haben, dass sie nicht einfach eine verwöhnte Göre war, die ihr Pferd schlug. *Und er hat überhaupt nichts gemerkt.*

»Ist das, was ich sehe, wirklich wichtiger als das, was du selbst fühlst?«, fragte er.

Amanda antwortete nicht. Die Freude, die sie noch vor wenigen Augenblicken empfunden hatte, war weg.

»Für mich ist nichts wichtiger, als zu gewinnen«, sagte sie.

»Denk bei diesem Pferd nicht an den Sieg. Das geht zwangsläufig schief.«

Amanda fühlte sich plötzlich unsagbar traurig, ohne dass sie wirklich wusste, warum.

»Reiten soll nicht schwerer wiegen als ein Schmetterling, der von deiner Hand wegfliegt«, fuhr Torgeir fort. »So ist Caspians Rittigkeit. Du musst lernen, ihn so zu reiten.«

»Hast du ein paar Übungen, die du mir aufgeben kannst?«, fragte Amanda.

»Das ist nichts, was du üben kannst«, antwortete Torgeir. »Das ist etwas, das du finden musst.«

»Aber wo soll ich suchen? Wo soll ich anfangen?«

»Immer mit der Ruhe«, beruhigte Torgeir sie. »Für dich und Caspian wird alles gut gehen. Auch wenn ich die Augen schließe, bin ich noch lange nicht taub. Der Takt war glockenrein und sein Tölt ist ohne Zweifel sehr stark.«

»Gut«, sagte sie still.

»Wir sind fertig für heute. Nur eins noch: Sag Caspian, dass er das beste Pferd der Welt ist, und sag dir selbst, dass du die beste Amanda Fivel der Welt bist. Anschließend fahre ich dich nach Hause.«

Torgeir ging wieder hinauf zum Hof und Amanda ließ sich vom nassen Pferderücken gleiten. Caspian stand still neben ihr, so als ob er auf etwas wartete.

»Entschuldige«, flüsterte sie, und in diesem Moment fühlte es sich auch so an, als ob sie es genau so meinte.

Caspian legte sein weiches Maul an ihre Wange und pustete sie vorsichtig an.

»Du bist wirklich das beste Pferd der Welt«, sagte sie und holte tief Luft, während sie versuchte, Mut zum Weitersprechen zu finden – aber sie fand ihn nicht.

Ich bin bloß Amanda Fivel.

Torgeir fuhr sie nach Hause, und als sie vor dem Haus hielten, hatte Amanda eine Million Dinge auf dem Herzen. Aber nichts, was sie in Worte fassen konnte.

Torgeir sah sie lange an.

»Ich werde dich nicht fragen, was dich treibt«, sagte er schließlich. »Aber ganz gleich, was es ist, ich hoffe, dass es das wert ist.«

Amanda versuchte, all die Gedanken, die ihr durch den Kopf schwirrten, zu sortieren, damit sie wenigstens einige davon aussprechen konnte. Aber das war unmöglich.

»Danke«, sagte sie nur.

Dann stieg sie aus dem Auto und ging in das Haus, von dem ihr Vater wollte, dass sie es zurückgewann.

Mittwoch
Noch 52 Tage

Wilhelm Fivel saß in einer wichtigen Besprechung, als eine SMS von Amanda auf seinem Handy einging. Unerwartet, mitten in der Schulzeit. Er wurde neugierig.

TR muss uns mit C helfen. Er ist besser als Åke ...

Vielleicht war Torgeir Rosenlund wirklich die Antwort? Wilhelm Fivel beschloss, sofort zu handeln, und verkündete eine kurze Pause mit ein paar Erfrischungen.

Als die Sitzungsteilnehmer aus dem Raum gingen, sagte er seiner Sekretärin Bescheid, dass er ein sehr wichtiges Telefonat führen müsse. Dann rollte er in sein Büro und rief Torgeir Rosenlund an.

»Ich bin es«, meldete er sich kurz. »Ich muss mit Ihnen reden.«

Mehrere unangenehme Geräusche drangen durchs Telefon. *Spitze Schreie.* Geräusche, die Wilhelm Fivel seit dem Unfall nicht mehr vertrug. Er kniff die Augen fest zusammen.

»Ich bin im Kindergarten«, erklärte Torgeir. »Kann ich Sie zurückrufen?«

»Finden Sie einen Ort, wo Sie *jetzt* mit mir sprechen können«, erwiderte Wilhelm Fivel bestimmt.

Er hörte, wie Torgeir Rosenlund Luft holte.

»Einen Moment.«

Dann bekam Wilhelm Fivel mit, wie Torgeir im Hintergrund mit jemandem sprach. Anschließend verschwanden die schrillen Geräusche langsam.

»Was gibt es?«, fragte Torgeir, als es um ihn herum still geworden war.

»Ich will, dass Sie Amanda regelmäßig trainieren«, sagte Wilhelm Fivel.

»Was ist mit Åke?«

»Mit Åke funktioniert es nicht.«

»Ich kann im Moment leider überhaupt keine neuen Schüler annehmen.«

»Alles, worum ich Sie bitte, ist, dass Sie nicht nur in den Bahnen denken, die Sie kennen.«

»Sie hören mir nicht zu.« Torgeir lachte resigniert. »Ich würde Ihnen gern entgegenkommen, aber ich habe keine Kapazitäten mehr frei. Das ist einfach so.«

»Ich werde Sie sehr gut bezahlen«, sagte Wilhelm Fivel. »So gut, dass es schwierig für Sie wird, Nein zu sagen.«

Torgeir war drauf und dran, so deutlich Nein zu sagen, dass selbst ein Mann wie Wilhelm Fivel es begreifen musste – als er plötzlich ein Geräusch hinter sich hörte. Es war Ida, die auf Strümpfen angelaufen kam. Er hob sie hoch und küsste sie lautlos auf die Wange.

»Was ist nun?«, fragte Wilhelm Fivel.

»Tone und ich fahren Samstag für eine Woche in Urlaub«, antwortete Torgeir. »Das ist unser erster Urlaub seit sechs Jahren und wir haben ihn dringend nötig. Sie müssen sich jemand anders suchen, tut mir leid.«

»Sie können Amanda doch wenigstens die zwei Tage bis zu Ihrem Urlaub unterrichten«, sagte Wilhelm Fivel.

Torgeir sah Ida fragend an und sie lächelte.

Wilhelm Fivel interpretierte die Stille am anderen Ende als Ansatzpunkt für Verhandlungen. Er machte Torgeir ein unverschämt gutes Angebot. So gut, dass Torgeir gezwungen war, es sich zu überlegen.

»Okay«, stimmte Torgeir schließlich zu. »Zwei Reitstunden. Abends neun Uhr, an beiden Tagen.«

»Abgemacht.« Nachdem Wilhelm Fivel ins Konferenzzimmer zurückgerollt war, schickte er seiner Tochter eine SMS.

Neue Stunde mit TR morgen 21 Uhr.

Als sie die Nachricht las, wurde Amanda von einer Mischung aus Erwartung und Nervosität gepackt. Im Laufe des Vormittags war sie immer sicherer geworden, dass Torgeir Rosenlund genau das hatte, was nötig war, damit ihre Familie das Haus behalten konnte. Jetzt hatte ihr Vater sie beim Wort genommen.

Donnerstag
Noch 51 Tage

Als Amanda um Punkt 21 Uhr in der Bahn stand, war keiner zu sehen. Weder im Stall noch in der Reithalle. Also stieg sie in den Sattel und begann mit dem Aufwärmen. Aber sie war noch nicht viele Runden geritten, als das elektrische Tor zur Reithalle aufging und Torgeir auf einem seiner gescheckten Islandpferde hereingetöltet kam. Er trug einen langen Ölmantel und hatte einige Satteltaschen hinter dem Sattel befestigt. Es sah so aus, als wollte er in die Wildnis reiten und eine Weile dort bleiben.

»Heute reitet ihr mit Høttur und mir aus«, sagte er.

»Mein Vater erlaubt nicht, dass ich mit Caspian ausreite«, antwortete Amanda.

»Wenn du bei mir Unterricht nimmst, erlaube *ich* nicht, dass du es *nicht* tust«, erwiderte Torgeir und ritt aus der Halle, ohne auf eine Antwort zu warten. Amanda zögerte, aber Caspian nicht. Er töltete eifrig zum Tor hinaus, um das andere Pferd einzuholen.

Es war ein schöner Abend. Ein fast unsichtbarer Halbmond hing über den Bergen, und es wurde schon dunkel, als sie über die Wiesen ritten. Zum Glück war der Boden besser als bei der dramatischen Tour mit Åke, aber Amanda merkte, dass sie angespannt war. Als sie den Waldrand erreichten, zügelte Torgeir sein Pferd. Amanda ritt zögernd an seine Seite und blieb stehen. Torgeir hielt ihr etwas hin.

»Binde dir damit die Augen zu«, sagte er.

»Was?«

»Gestern hast du mich gefragt, womit du anfangen sollst. Das ist die Antwort.«

Amanda griff nicht danach. Aber sie hielt still, als Torgeir sich zu ihr beugte und ihr mit dem dunklen Tuch vorsichtig die Augen verband.

»Ich sehe nichts«, sagte sie und straffte die Zügel.

»Wenn du an den Zügeln hängst, als ginge es um dein Leben, kommst du nicht weit und dein Pferd auch nicht«, entgegnete Torgeir ruhig. »Gib sie hin. Okay?«

Torgeir setzte sein Pferd in Bewegung und Caspian folgte ihnen.

Amanda fühlte sich hilflos und merkwürdig ausgeliefert auf dem Pferderücken. Sie hörte das Geräusch der Pferdehufe auf den losen Steinen des Weges und musste sich konzentrieren, um den Bewegungen im Sattel zu folgen. Sie war verkrampft und knetete die Zügel in den Händen. Sie machte sich innerlich auf Zweige gefasst, denen sie nicht würde ausweichen können. Es war, als ritte sie auf eine dichte Wand zu. Zwar war sie schon einige Male in der Bahn mit geschlossenen Augen geritten, als Teil einer Übung, aber das hier war anders. Sie musste sich mächtig beherrschen, um die Zügel nicht anzuziehen, als sie niedrige

Zweige an ihren Beinen entlangstreichen spürte. Es war kein breiter Weg, auf dem sie ritten. Es wirkte eher wie ein schmaler Pfad.

»Können wir bald umkehren?«, fragte sie nach einer Weile.

Torgeir machte halt, was sie daran merkte, dass Caspian plötzlich stehen blieb. Dem Geräusch nach vermutete sie, dass er sich zu ihr umgedreht hatte.

»Warum?«, fragte er.

»Ich habe Angst, dass ich herunterfalle oder irgendwo anstoße«, sagte Amanda.

»Wir sind schon einige Kilometer geritten. Bist du heruntergefallen oder irgendwo angestoßen?«

»Nein, aber …«

»Versuch dich zu entspannen, Amanda. Das tut dir gut und auch deinem Pferd.«

»Okay, ich versuche es.«

Torgeir ritt weiter und Caspian folgte ihm.

Es lag ein eigenartiger Geruch im Wald. Ein Duft von Frühling. Von Tannennadeln, Moos und feuchter Erde. Amanda sog die Luft durch die Nase ein. Dann fiel Torgeir in Trab und Caspian hielt mit.

Amanda war nervös, aber langsam wurde sie ruhiger und begann sich zu entspannen. Sie saß tief im Sattel und spürte Caspians Bewegungen. Seine Tritte waren leicht, er wusste offenbar, wie er sich in unebenem Gelände bewegen musste. Amanda hörte am Takt von Høttur, dass Torgeir angaloppiert war. Sie ließ Caspian folgen und spürte den Wind im Gesicht. Jetzt verließ sie sich ganz auf ihre anderen Sinne, ohne ihre Augen zu vermissen. Caspians Hufschläge hielten einen gleichmäßigen Dreiertakt und die Bewegungen seines Körpers trugen sie vorwärts wie eine Welle. Es war ein intensives, berauschendes Gefühl. Sie ließ die Zügel los und breitete die Arme seitwärts aus. So flog sie durch die Dunkelheit, während Caspian unter ihr taktrein galoppierte. Dann wurde Høttur langsamer und wechselte zum Schritt. Amanda saß still auf dem Pferderücken und atmete in den Bauch. Ihr war, als hätte sie gerade einen Traum gehabt, aus dem sie nicht aufwachen wollte. Sie merkte, wie sich die Landschaft um sie herum öffnete; der Klang der Pferdehufe änderte sich, er wurde nicht mehr zu ihr zurückgeworfen, sondern breitete sich zu den Seiten aus und verschwand. Sie merkte, dass die Luft sich auf eine andere Art bewegte. Sie war kühler und weniger feucht. Sie ritten einen Hügel hinauf. Dann blieben beide Pferde stehen.

Nach einer Weile nahm Amanda das Tuch ab und sah zu ihrer großen Überraschung, dass sie zurück auf dem Hof waren. Torgeir stieg ab und sie tat dasselbe. Dann verschwand er mit Høttur im Kleinpferdestall und sie selbst ging mit Caspian in den Stall der Großen. Sie machte kein Licht. Sie genoss weiterhin die Stille und das wortlose Zusammenspiel mit ihrem Pferd.

Als sie wieder nach draußen kam, wartete Torgeir im Auto. Sie stieg ein und schnallte sich an. Sie hatten während des ganzen Ausritts kaum ein Wort gewechselt und Amanda hatte auch jetzt nicht das Bedürfnis zu reden. Torgeir fuhr sie bis vor die Tür, und zum ersten Mal in ihrem Leben verabschiedete sie sich nicht von demjenigen, mit dem sie den Abend verbracht hatte. Es war, als hätte sie ein Schweigegelübde abgelegt. Sie stieg stumm aus dem Auto und Torgeir setzte von der Auffahrt zurück und verschwand.

Amanda blieb lange vor dem Haus. Sie schaute in alle Fenster, um zu sehen, wer noch wach war. Im Wohnzimmer lag Mathias und schlief vor dem Fernseher. Ihre Mutter machte im Fitnessraum im Keller Pilates-Übungen. Ihr Vater war nirgends zu sehen. Amanda schloss lautlos die Haustür auf und ging hinein. Moher saß stumm im Flur und starrte sie an, als wäre sie ein Gespenst. Amanda schlich die Treppe hinauf, und als sie ihre Zimmertür hinter sich schloss, fühlte sie sich zum ersten Mal seit Langem glücklich. Vollkommen und beinahe unverschämt glücklich.

Freitag
Noch 50 Tage

Wilhelm Fivel konnte nicht genau sagen, was es war, aber irgendetwas an Amandas Verhalten lief ihm gegen den Strich. Seit ihrem Training mit Torgeir Rosenlund hatte er das Gefühl, ausgeschlossen zu sein, und das gefiel ihm nicht.

Er beschloss, bei der Reitstunde am Abend unangemeldet zu erscheinen. Noch so eine Überraschung wie beim letzten Qualifikationsturnier wollte er nicht erleben. Diesmal würde er Amanda und den Hengst selbst im Auge behalten.

Amanda stand mit dem fertig gesattelten Caspian vor dem Stall, als ihr Vater überraschend auf den Hofplatz fuhr. Er hielt neben ihr an und ließ die Seitenscheibe herunter.

»Warum bist du nicht in der Reithalle?«, fragte er. »Deine Reitstunde muss doch längst angefangen haben.«

»Ich warte auf Torgeir«, erwiderte Amanda ausweichend.

»Mit dem Aufwärmen brauchst du nicht zu warten«, sagte ihr Vater gereizt.

Amanda wollte erzählen, dass sie wahrscheinlich ausreiten würden, aber dann verließ sie der Mut. Stattdessen führte sie Caspian zur Reithalle hinüber. Sie kam sich nackt und verwundbar vor, und es passte ihr überhaupt nicht, dass ihr Vater da war.

»Amanda«, rief eine Stimme hinter ihr.

Sie drehte sich um und spürte eine enorme Erleichterung, als sie Torgeir mit Høttur über den Hof kommen sah.

»Was geht hier vor?«, fragte Wilhelm Fivel.

»Wonach sieht es aus? Wir machen einen Ausritt«, antwortete Torgeir und zog sich die Reithandschuhe an.

»Ich will mit Ihnen reden«, sagte Wilhelm Fivel kurz.

»Reite voraus«, wandte sich Torgeir an Amanda. »Ich komme nach.«

»Du bleibst hier«, rief Wilhelm Fivel scharf.

»Reite voraus, Amanda«, wiederholte Torgeir.

Wilhelm Fivel war sichtlich verärgert, protestierte aber nicht, als Amanda aufsaß und vom Hof ritt.

»Caspian soll in der Bahn trainiert werden«, sagte er. »Dafür bezahle ich.«

»Caspian ist übertrainiert und hat die Bahn satt«, sagte Torgeir. »Das ist ein schlechter Ausgangspunkt für NM-Gold in Tresfjord.«

»Und Sie meinen, Reiten im Gelände ist die Lösung?«, fragte Wilhelm Fivel verächtlich.

»Ihr Hengst hat zurzeit geistig abgeschaltet«, erklärte Torgeir. »Wenn wir das ändern wollen, müssen wir ihn wieder zum Leben erwecken. Nach meiner Erfahrung ist der beste Weg, seine Erwartungen zu durchbrechen und ihn zu überraschen.«

Überraschen? Wilhelm Fivel schüttelte den Kopf. Das hörte sich an, als plante Torgeir einen Kindergeburtstag mit Zauberer.

»Was Amanda betrifft, braucht sie offenbar Zeit, um sich umzustellen«, fuhr Torgeir fort. »Und ich habe vor, ihr diese Zeit zu geben.«

Jemandem Zeit geben – das widersprach allen Prinzipien von Wilhelm Fivel. Seine Erfahrung sagte ihm, dass gute Leistungen immer das Ergebnis von Druck waren.

»Ich glaube nicht, dass Sie und ich dieselbe Sprache sprechen«, blaffte er.

»Davon bin ich überzeugt«, entgegnete Torgeir. »Sie denken nur in den Bahnen, die Sie kennen. Und ich denke darüber hinaus.«

Wilhelm Fivel fiel die Kinnlade herunter.

»Ich hoffe für Sie, dass Sie wissen, was Sie tun«, war das Einzige, was er darauf noch erwidern konnte.

Torgeir antwortete nicht. Er stieg auf sein Pferd und ritt Amanda über die Wiesen hinterher. Er zweifelte keine Sekunde daran, dass er wusste, was er tat.

Samstag
Noch 49 Tage

Torgeir Rosenlund und Tone Lind hatten den ganzen Morgen gebraucht, um zu packen. Sie lagen schon weit hinter ihrem Zeitplan zurück, aber sie lächelten sich trotzdem an. Keiner von ihnen verlor ein Wort darüber, dass alles schneller gegangen wäre, hätte Torgeir nicht einen großen Teil des gestrigen Abends mit Amanda Fivel verbracht. Sie hatten nicht nur einen langen Ausritt gemacht, sondern er hatte sie auch noch auf drei seiner eigenen Pferde trainiert.

Die Kinder spielten unter dem Küchentisch, und Tone überprüfte noch einmal, ob die Stecker von Wasserkocher und Kaffeemaschine herausgezogen waren.

»Alles klar?«, fragte Torgeir, als er mit dem letzten Gepäck nach unten kam.

»Alles klar«, sagte Tone. »Lass uns fahren, bevor etwas passiert und wir doch noch hierbleiben müssen.«

»Was sollte das denn sein, Prinzessin?«, fragte er und legte die Arme um sie.

»Irgendwas ist doch immer«, entgegnete Tone. »Komm, wir fahren. Jetzt.«

Im selben Moment klopfte es an der offenen Tür, und sie sahen eine halbhohe Gestalt, die sie nur zu gut kannten: *Wilhelm Fivel*. Keiner von ihnen wusste, wie er es geschafft hatte, die kleine Treppe hinaufzukommen. Aber da war er.

»Kann ich reinkommen?«, fragte er, und noch bevor sie antworten konnten, kam er in die Küche gerollt.

»Wir müssen reden«, sagte er und sah Torgeir an.

»Worüber?«, fragte Tone.

»Über Amanda und Caspian«, erwiderte Wilhelm Fivel, ohne sie anzusehen.

»Wir sind eigentlich gerade dabei wegzufahren«, sagte Torgeir.

»Ich werde mich kurzfassen.«

Fredrik und Ida hatten aufgehört zu lachen. Sie saßen mäuschenstill unter dem Küchentisch und Tone winkte sie zu sich. Als sie mit ihnen nach draußen ging, warf sie Torgeir einen schnellen Blick zu, und er nickte kaum merklich.

Wilhelm Fivel hatte den Tag mit Telefonaten begonnen. Er hatte die wichtigsten Mitglieder von Vorstand und Sportausschuss des Norwegischen Islandpferde-Verbands angerufen, denn er wollte unbedingt den Namen des besten Trainers in Erfahrung bringen. Nach diesen Telefonaten stand überraschend deutlich ein Name fest: Torgeir Rosenlund. Jetzt blieb nur noch eins: einen verbindlichen Vertrag abzuschließen.

»Ich will Sie als festen Trainer für Amanda verpflichten«, sagte Wilhelm Fivel. »Ich bestehe darauf.«

Torgeir wollte gerade antworten, aber Wilhelm Fivel kam ihm zuvor.

»Ich bin nicht begeistert von den Ausritten. Aber wenn Sie sicher sind, dass es was bringt, kann ich damit leben. In 49 Tagen muss Amanda es nicht nur ins NM-Finale geschafft haben. Sie muss die Meisterschaft gewinnen. Wenn es nötig ist, dass Sie dazu mit ihr ausreiten, dann meinetwegen.«

»Haben Sie vergessen, dass ich jetzt eine Woche weg bin?«, fragte Torgeir. »Und dass ich, wie ich bereits sagte, keine Kapazitäten mehr freihabe?«

Wieder dieses Wort. *Kapazitäten.* Genau das Wort, das Wilhelm Fivel brauchte, um einen Fuß in die Tür zu setzen und den Vertrag abzuschließen.

»Ich werde Sie sehr gut bezahlen«, antwortete er unbeeindruckt. »So gut, dass Sie jemanden einstellen können, der sich während des fraglichen Zeitraums um Ihren Betrieb kümmert. Sie haben doch eine Hilfskraft. Vielleicht würde sie ja gern eine Zeitlang etwas dazuverdienen?«

»Auf jeden Fall müsste ich sie vorher fragen«, sagte Torgeir.

»Das habe ich schon getan«, antwortete Wilhelm Fivel. »Sie ist einverstanden.«

Torgeir sah ihn überrascht an.

»Sie sind wirklich fest entschlossen, was?«

Die Uhr über dem Herd zeigte an, dass der erste Urlaubstag der Familie Rosenlund-Lind ein weiteres gutes Stück vorangeschritten war, und sie waren noch nicht einmal losgefahren. In wenigen Augenblicken würde Tone in der Tür auftauchen und sicher kein Blatt vor den Mund nehmen. Wilhelm Fivel hatte inzwischen begonnen, über die Bezahlung zu reden, und er hatte nicht übertrieben, als er behauptete, er würde sehr gut zahlen. Torgeir überlegte rasch. Tone und er hatten kaum Geld für diesen Urlaub. Wenn er Wilhelm Fivels Angebot annahm, konnten sie sich endlich mal ein bisschen was leisten.

»Unter zwei Bedingungen«, sagte er langsam. »Ich will das Geld für den gesamten Zeitraum im Voraus, und ich überlege mir das Training für Amanda und Caspian selbst, während ich weg bin. Letzteres ist nicht verhandelbar.«

Wilhelm Fivel nickte, sagte aber nichts.

»Und noch etwas: Wenn Sie mich verpflichten, bestehe ich darauf, es auf meine Art zu machen.«

Wilhelm Fivel nickte wieder. Beinahe mechanisch.

»Okay«, fuhr Torgeir fort. »Für die Woche, die ich weg bin, gebe ich Caspian Urlaub. Er wird absolut in Ruhe gelassen und er soll draußen bleiben. Auf der Koppel.«

»Auf der Koppel? Sind Sie verrückt? Er ist nicht mal Gras gewohnt!«

»Ich habe Caspian draußen grasen lassen, seit der Schnee weg ist«, widersprach Torgeir. »Er wird sehr gut zurechtkommen. Regen Sie sich ab, ich weiß, was ich tue.«

Wilhelm Fivel wand sich unbehaglich.

»Was, wenn er sich verletzt? Haben Sie daran gedacht?«

»Isländer verletzen sich selten«, sagte Torgeir.

Selten ist immer noch zu oft, dachte Wilhelm Fivel. Er fühlte sich in die Ecke gedrängt und das gefiel ihm überhaupt nicht.

»Falls wir uns nicht einigen können, müssen Sie sich einen anderen Trainer suchen«, fügte Torgeir hinzu.

»Ist es so wichtig für Sie, den Hengst draußen grasen zu lassen, dass Sie dafür sogar Ihre Prämie riskieren?«, fragte Wilhelm Fivel.

»Welche Prämie?«

»Mit Åke hatte ich ein erfolgsabhängiges Prämiensystem vereinbart.«

»Ach ja?« Torgeir bekam nicht diesen leicht gierigen Blick, den Wilhelm Fivel nur zu gut kannte, wenn er über Geld sprach.

»Ich halte nicht viel von Erfolgsprämien«, sagte Torgeir.

»Warum nicht?«

»Weil Erfolge immer auf Kosten anderer gehen. Und wenn Geld im Spiel ist, werden Erfolge meistens auf Kosten des Pferdes erzielt.«

Wilhelm Fivel merkte, wie sein Puls jetzt schneller wurde. Die Kosten anderer interessierten ihn nicht im Geringsten, solange er die Wette gewann. Und Amanda und Caspian hatten nur noch eine einzige Chance, sich für die NM zu qualifizieren.

»Gut«, sagte er rasch. »Wir machen es auf Ihre Art.«

»Sie akzeptieren meine Bedingungen also?«, fragte Torgeir.

»Ja«, log Wilhelm Fivel. »Ich akzeptiere sie.«

Die Männer gaben sich hastig die Hand, als wollten sie beide den Moment des Vertragsabschlusses möglichst schnell hinter sich bringen.

Dann folgte Torgeir Wilhelm Fivel auf die Treppe hinaus. Er wollte anbieten, ihm die Stufen hinunterzuhelfen, aber Wilhelm Fivel wehrte schnell ab.

»Ich denke, ich bleibe noch einen Moment«, sagte er, »und genieße die Sonne.«

Dagegen wusste Torgeir nichts zu sagen. Er schloss die Tür ab und ging über den Hofplatz. Tone hatte das restliche Gepäck im Kofferraum verstaut und die Kinder auf die Rückbank gesetzt. Torgeir ging zu ihnen, zögerte aber, ins Auto zu steigen.

»Jetzt komm«, sagte Tone auf dem Beifahrersitz ungeduldig. »Lass uns fahren.«

»Ich muss nur …«

»Nein«, lachte Tone. »Du musst nicht. Wir fahren.«

»Ich muss nur noch eine letzte Sache mit der Hilfskraft besprechen. Es dauert nur einen Moment.«

»Du hattest mehrere Monate Zeit, jede kleine Einzelheit mit ihr zu besprechen, Torgeir. Und du *hast* alles mit ihr besprochen. Sie kann es schon nicht mehr hören. Komm, wir fahren.«

»Zwei Minuten«, sagte Torgeir schnell, bevor er zur Wohnung der Hilfskraft lief und klopfte.

Tone schüttelte resigniert den Kopf und sah auf die Uhr.

Fünf Minuten später kam Torgeir zurück.

»Tut mir leid«, sagte er. »Es war wegen Amanda Fivels Hengst. Ich möchte, dass er auf die Koppel kommt und …«

»Ist mir piepegal«, lachte Tone. »Fahr los, Liebling, bitte. Fahr einfach.«

Torgeir sagte nichts mehr. Er ließ den Motor an und sie fuhren vom Hof. Das Letzte, was er im Rückspiegel sah, war Wilhelm Fivel, der immer noch auf ihrer Treppe saß. Es sah aus, als würde ihm das Haus gehören.

Als Torgeir und Tone abgefahren waren, hatte Wilhelm Fivel nichts Eiligeres zu tun, als ein Gespräch mit der Hilfskraft zu führen. Ein ernsthaftes Gespräch, nach dem diese davon überzeugt war, dass Torgeir sich die Sache mit dem Hengst auf der Koppel und all ihre möglichen Konsequenzen *unmöglich* gut überlegt haben konnte.

Und so vereinbarten Wilhelm Fivel und sie, dass Caspian die nächste Woche tagsüber im Paddock und nachts im Stall verbringen sollte.

Wilhelm Fivel dankte ihr überschwänglich und rief gleich darauf Åke Karlsson an.

Åke Karlsson war überrascht und erleichtert zugleich darüber, dass nun Torgeir Rosenlund Amanda bis zur NM trainieren sollte – und er eine Auszeit von den Fivels nehmen konnte. Besonders von Wilhelm Fivel. Gleichzeitig freute er sich über das Angebot, sich für 50 Prozent des vereinbarten Honorars weiterhin um Monty zu kümmern. Er kannte Monty gut und würde selbst mit Gipsfuß keine Probleme haben, ihn zu reiten. Auf diese Weise würde er auch mit einem trainierten Springpferd bereitstehen können, wenn Familie Fivel die Sache mit dem Islandpony leid war.

Allerdings konnte er sich auch eine gewisse Schadenfreude nicht verkneifen, dass jetzt Torgeir Rosenlund nach Wilhelm Fivels Pfeife tanzen musste. Denn das würde noch anstrengender, als es sich dieser bis jetzt vorstellen konnte.

Nach dem Telefonat mit Åke informierte Wilhelm Fivel auch seine Tochter telefonisch über die Abmachung mit ihrem schwedischen Trainer und über den Vertrag, den er gerade mit Torgeir geschlossen hatte.

Es passte Amanda ausgezeichnet, dass Caspian in der nächsten Woche in Ruhe gelassen werden sollte. Sie witterte eine unerwartete Möglichkeit, etwas von dem Respekt zurückzugewinnen, den sie in der Reiterhof-Gemeinschaft verloren hatte. Sie musste nur ein bisschen tricksen. Also rief sie Åke Karlsson an, um ihm einen Tauschhandel anzubieten.

»Was willst du tauschen?«, fragte Åke ohne großes Interesse.

»Wenn du mich und vier andere Mädchen morgen unterrichtest, kann ich Monty eine Woche lang für dich reiten.«

»Ich dachte, dein Vater will, dass du dich künftig auf Caspian konzentrierst?«

»Das eine schließt das andere ja nicht aus«, antwortete Amanda vage.

Åke Karlsson musste nicht lange überlegen. Damit tauschte er praktisch eine Woche Arbeit gegen ein bisschen zwanglosen Spaß und die gute Chance, neue Kunden zu gewinnen. Er sagte Ja.

Als Amanda auflegte, war sie erleichtert. Jetzt hatte sie das sichere Gefühl, dass sie auf dem besten Weg war, wieder ein Teil der Stall-Clique zu werden. Dann rief sie zuerst Anja und danach den dreiköpfigen Troll an.

Sonntag
Noch 48 Tage

Es war das erste Mal, seit Caspian nach Norwegen gekommen war, dass Amanda Monty unter Anleitung ritt, und im Verlauf der Reitstunde, die sie für sich und die anderen Mädchen ausgehandelt hatte, begann sie besonders eine Sache ernsthaft zu beherzigen. Etwas, das sowohl Ylva als auch Torgeir ihr eingeschärft hatten. Etwas, das auch bei Monty einen enormen Effekt hatte: *Mach weniger.*

Åke Karlsson übertraf sich währenddessen selbst und legte den Mädchen gegenüber eine Menge Charme an den Tag.

Als die Reitstunde vorbei war, kam Åke zu ihr und den anderen herübergehinkt, um eine Runde zu plaudern.

Susanne und Sara gaben sich alle Mühe, erwachsen zu wirken und die richtigen Sachen zu sagen. Aber sie konnten es sich trotzdem nicht verkneifen, über Amandas Karriere als Ponyreiterin zu spotten.

»War ja höchste Zeit, dass du wieder ein richtiges Pferd unter dir hast«, bemerkte Sara.

»Ponyreiten ist ja wohl etwas für ganz speziell Interessierte«, sagte Susanne und sah Åke an. »Hast du es nicht langsam satt, Amanda und das kleine haarige Insekt zu trainieren?«

»Ich trainiere Caspian nicht mehr«, sagte Åke kurz. »Das macht jetzt Torgeir.«

Urplötzlich wurde es still in der Stallgasse. Im Großpferdestall von Engelsrud gab es niemanden, der auf die Idee gekommen wäre, Unterricht bei Torgeir Rosenlund zu nehmen. Amanda spürte, wie der Abgrund zwischen ihr und den Mädchen wieder größer wurde, und in diesem Abgrund verschwand der ganze Glanz, den ihr Monty und Åke Karlsson eben noch verliehen hatten. Jetzt war sie bloß Amanda mit dem Pony. Das war bei Weitem nicht genug.

»Ich hoffe nur, dass Torgeir weiß, worauf er sich einlässt«, fügte Åke hinzu.

»Torgeir ist diese Woche verreist«, murmelte Amanda.

»Aber er hat doch wohl einen Trainingsplan für dich aufgestellt?«

»Wir haben noch nicht angefangen«, sagte Amanda widerstrebend. »Caspian soll eine Woche freihaben.«

»Frei«, wiederholte Åke. »Machst du Witze?«

»Nein. Caspian soll völlig in Ruhe gelassen werden, solange Torgeir weg ist.«

»Und das findet dein Vater okay?«

»Ich glaub schon.«

Åke Karlsson machte ein Gesicht, als dächte er sich seinen Teil.

»Danke übrigens für die Reitstunde«, sagte Amanda. Sie wollte dringend das Thema wechseln.

»Was für eine grobe Fehleinschätzung, Caspian freizugeben«, sagte Åke unvermittelt. »Solche Probleme gehen nie von selbst weg. Oder hat Torgeir euch das etwa versprochen?«

Amanda biss sich auf die Lippe. Sie hoffte wirklich, dass Torgeir wusste, was er tat.

»Er hat ja vor vielen Jahren aufgehört, aktiv zu reiten«, fuhr Åke fort. »Aber solange er gute Erfolge vorzuweisen hat und sich auf dem Laufenden hält, kann er sicher seinen Teil beitragen.«

Amanda antwortete nicht, stattdessen nahm sie eine Bürste und strich schnell über das kurze weiße Fell von Monty. Sie wusste nichts über Torgeirs Erfolge. Mit diesem einen Satz hatte Åke Karlsson eine Unruhe in ihr gesät, die im Laufe des Tages zu keimen begann und immer weiter wuchs.

Montag
Noch 47 Tage

Amanda saß zusammen mit ihrer Familie am Frühstückstisch und fühlte, dass sie Montage nicht nur nicht mochte – sie hasste sie. Amanda stocherte in ihrem Essen und freute sich darauf, aus dem Haus gehen zu können.

»Alles okay mit dir, Schatz?«, zwitscherte ihre Mutter.

»Ja, alles okay mit mir«, sagte Amanda. »Superbestens.«

»Superbestens?«, echote Mathias misstrauisch und sah sie fragend an.

»Wenn dich etwas bedrückt, kannst du mit uns darüber reden, das weißt du«, bot ihre Mutter an.

Genau in diesem Moment begriff Amanda, was an den Montagsfrühstücken und Sonntagsmittagessen so genial war: Keiner wollte ein gemütliches Beisammensein der Familie kaputt machen – also sprach man über nichts, was nicht ebenso entzückend war wie die Tischdekoration.

»Mich bedrückt nichts«, antwortete Amanda. »Kann mir mal jemand die Milch geben?«

»Mit Caspian ist doch alles in Ordnung, oder?«, fragte ihr Vater.

»Er steht nur rum, wie Torgeir es wollte«, erwiderte Amanda. »Åke war übrigens am Wochenende im Stall«, fügte sie hinzu.

»Wie geht es seinem Fuß?«, fragte die Mutter.

»Ihn hat eigentlich mehr interessiert, wie es mit Caspian läuft«, sagte Amanda.

»Ach ja?«, fragte ihr Vater argwöhnisch.

»Åke meint, dass es nicht besonders schlau war, Caspian Urlaub zu geben, und er hofft, dass wir wissen, was wir tun. Außerdem wollte er wissen, welche Erfolge Torgeir vorweisen kann.«

»Und was hast du da gesagt?«

»Nichts. Ich weiß ja nichts von Torgeirs Erfolgen.«

Wilhelm Fivel wurde nachdenklich. Er hatte Torgeirs Vergangenheit nicht mit der Lupe untersucht, aber das wollte er ungern zugeben.

»*Hat* er denn Erfolge?«, fragte Amanda. »Wär ja mal interessant zu wissen.«

»Selbstverständlich hat er die, was glaubst du denn?«, sagte Wilhelm Fivel. »Na, jetzt haben wir aber genug über Pferde geredet. Mathias, du bist dran.«

»Hä?«

»Du hast das Wort. Deine Schwester und ich können ja nicht die ganze Unterhaltung bestreiten, oder?«

Natürlich merkte Mathias sofort, dass hinter den Worten seines Vaters ein Ablenkungsmanöver steckte, und er war alles andere als begeistert, nun den Lückenbüßer spielen zu müssen.

»Erzähl uns doch mal, wie man sich so fühlt, wenn man das Abitur endlich in der Tasche hat«, zwitscherte Victoria.

»Keine Lust«, erwiderte Mathias gelangweilt.

Victoria sah enttäuscht aus, fasste sich aber schnell wieder und erzählte eine umständliche Geschichte von irgendeinem Projekt, an dem sie gerade arbeitete. Wilhelm Fivel jedoch hatte keine Ruhe mehr am Tisch und zog sich, als sich die erstbeste Gelegenheit dazu bot, in sein Arbeitszimmer zurück. Zuerst wählte er Torgeirs Nummer, aber es nahm niemand ab. Dann recherchierte er erneut beim Norwegischen Islandpferde-Verband und musste feststellen, dass die Erfolgsliste des aktiven Reiters Torgeir Rosenlund tatsächlich kürzer war als erhofft. Urplötzlich wurde Wilhelm Fivel von der gleichen Unruhe gepackt wie seine Tochter. Noch sechs Tage, bis Torgeir zurückkam. Das war zu lang.

Mittwoch
Noch 45 Tage

Den letzten wunderbaren freien Tag im Mai hatte Amanda beschlossen, auf dem Pferderücken zu genießen. Doch dann kam alles anders. Als sie auf dem Reiterhof ankam und zum Paddock ging, um Monty zu holen, erstarrte sie. Caspian hatte jetzt den letzten Rest seines dicken Winterfells verloren. Er sah so gut aus wie seit Langem nicht mehr. Aber als er den Kopf schüttelte, dass Mähne und Stirnschopf nur so flogen, leuchtete ein weißer Stern auf seiner Stirn wie eine Reflexmarke im Dunkeln. Und auch in Mähne und Schweif waren weiße Spuren sichtbar. Das, was Amanda tief im Innern von Anfang an gewusst hatte, das, was sie immer zu verdrängen versucht hatte, war jetzt eine nackte Tatsache. Amanda brauchte dringend Hilfe. Sofort. Sie rief ihren Vater an. Er wurde ziemlich wütend. Zuerst auf sie. Dann auf sich selbst. Weil er darauf nicht vorbereitet gewesen war.

So schnell es ging, setzte er sich ins Auto. Es dauerte eine Weile, bis er alles besorgt hatte, was er brauchte, denn schließlich war Feiertag. Aber eine knappe Stunde später bog er auf den Hofplatz von Vestre Engelsrud ein. Im Gepäck hatte er zwei Flaschen frisch gemischter schwarzer Haarfarbe und einen Plan, um Torgeirs Urlaubsvertretung fernzuhalten.

Während der Vater die Hilfskraft im Kleinpferdestall aufhielt, band Amanda Caspian in der Waschbox vom Großpferdestall an. Rasch strich sie Schweifansatz, Mähne, Stirnschopf und die Stirnblesse mit der klebrigen Haarfarbe ein. Caspian verzog die Lippen wegen des starken Chemikaliengeruchs und versuchte, sich wegzudrehen, aber er konnte nicht ausweichen. Zwanzig Minuten musste die Farbe einwirken. Zwanzig Minuten, die Amanda wie eine Ewigkeit vorkamen. Aber zum Glück betrat niemand den Stall.

Ihr fiel ein Stein vom Herzen, als sie ihr nasses, rabenschwarzes Pferd wieder in den Paddock führen konnte. Doch die Erleichterung wurde prompt von einer neuen, noch größeren Sorge verdrängt. Auf dem Weg über den Hofplatz scheute Caspian vor irgendetwas. Amanda wusste nicht, was es war, aber Caspian stieß sie beinahe um. Es sah nicht so aus, als hätte er es mit Absicht getan, doch gerade als sie ihn in den Paddock ließ, passierte es wieder. Caspian warf sich zur Seite und diesmal wurde sie auf die Erde geschleudert. Blitzschnell kam sie wieder auf die Beine und duckte sich unter dem Gatter hindurch. Auf der anderen Seite des Zauns blieb sie stehen und beobachtete ihn aus sicherem Abstand. Caspian wälzte sich im Sand, bis er ganz mit grauem Staub bedeckt war. Monty stand im Nachbarpaddock und verfolgte den Hengst mit ängstlichen Blicken.

Amanda hörte, wie ihr Vater über den Kies zu ihr gerollt kam. Sie drehte sich um und zeigte ihm ihre erhobenen Daumen.

Freitag
Noch 43 Tage

Als Amanda am Nachmittag zum Stall kam, wurde sie auf unangenehme Weise daran erinnert, dass sich Probleme selten in Luft auflösten. Caspian stieß sie zwei Mal beinahe um, bevor sie es schaffte, ihn wieder in der Box einzuschließen. Sie verstand nicht, was ihn erschreckte. Er wirkte überspannt und ängstlich. Als hätte sich Energie in seinem Körper angestaut und würde nun unkontrolliert aus ihm herausbrechen. Åke Karlsson hatte also doch recht gehabt. Caspian war durch seine freie Zeit definitiv nicht einfacher im Umgang geworden. Wie würde es erst sein, wenn sie wieder ernsthaft etwas von ihm verlangte? Sie ging in Montys Box, um ihren Puls zu beruhigen. Sie strich ihm über den glatten weißen Hals und er blickte sie mit seinen schwarzen glänzenden Augen an. Er würde ihr niemals etwas tun. Da war sie ganz sicher. Mit Caspian war das anders. Sie konnte ihm nicht mehr trauen, das merkte sie nun. Amanda ging in die Sattelkammer und rief ihren Vater an. Sie sagte nicht direkt, dass alles danach aussah, als hätte Caspian die Ferien dazu genutzt, sich neue Ungezogenheiten auszudenken. Aber das war es, was sie dachte. Ungezogenheiten, die sie einschüchterten.

»Ruf Åke an«, antwortete der Vater kurz und legte auf. Die Vorstellung, Åke anzurufen, war wenig verlockend – und Åke lehnte es auch prompt ab einzuspringen. Wie er nüchtern betonte, lag die Verantwortung jetzt bei Torgeir. Amanda rieb sich das Gesicht.

»Ist was passiert?«

Anja stand in der Tür.

»Caspian«, murmelte Amanda vom Sofa. »Ich kriege ihn nicht in den Griff.«

»Ich begreife nicht, wie ein so kleines Pony so große Probleme machen kann«, sagte Anja. »Warum zeigst du ihm nicht ein für alle Mal, wer das Sagen hat?«

Amanda antwortete nicht. Sie dachte daran, wie sie das bereits mit der Gerte versucht hatte – und an Torgeirs Reaktion. Sie war nicht scharf auf eine Wiederholung. Anja verschwand nach draußen, um Russian zu holen, und Amanda blieb mutlos auf dem Sofa sitzen und starrte vor sich hin. Da bemerkte sie einen Zettel am Schwarzen Brett. Er wurde teilweise verdeckt von Anjas fünftem tapferem Versuch, ihre alten Reitstiefel zu verkaufen.

> Wochenendkurs in Natural Horsemanship mit Arman
> Anerkannter Pferdeflüsterer – Erfolg garantiert – Egal bei welchem Problem
> Reiterhof Eikely. Beide Tage 9 bis 17 Uhr. Nur wenige Plätze! Sehr empfehlenswert!!!

Teilnehmer mit Pferd: 4000 Kronen. Zuschauer: 500 Kronen (für beide Tage). Theorie inklusive.

Amanda biss sich auf die Lippe. Eigentlich sollte sie am Wochenende mit ihrer Familie zur Ferienhütte fahren, aber … Spontan griff sie nach ihrem Handy und wählte die Nummer, die auf dem Zettel stand.

Die Veranstalterin des Kurses hieß Julia. Sie wirkte sehr nett.

»Ich möchte gerne als Zuschauerin teilnehmen«, sagte Amanda schnell.

»Du willst nicht mit deinem Pferd kommen? Wenn du irgendein Problem mit ihm hast, garantiere ich dir, dass wir es lösen«, bot Julia an. »Arman ist ein Zauberer.«

Ein Zauberer? Das war genau das, was Amanda jetzt brauchte.

»Ich habe leider keinen, der am Wochenende den Hänger fahren könnte«, antwortete sie.

»Wo steht dein Pferd denn?«, fragte Julia, und als Amanda Vestre Engelsrud nannte, meinte Julia sofort, sie könnten zusammen zu dem Kurs fahren. Vorausgesetzt, sie fand jemanden für den Rücktransport.

Amanda musste unbedingt den Code knacken, der Caspian endlich wettbewerbsfähig machte. Jetzt war die Möglichkeit zum Greifen nahe. Schlimmstenfalls würde sie nach Hause reiten müssen. Das würde zwar einige Stunden dauern, aber machbar wäre es. Also nahm sie das Angebot für die Teilnahme und den Transport dankend an.

Als sie aufgelegt hatte, fiel ihr auf, dass sie nun ihre Familie anlügen musste. Aber sie wusste schon, wie sie ihren Vater überreden konnte, sie zu Hause zu lassen. Und sie musste ihn um viertausend Kronen bitten.

Entsprechend ihrer Erfahrung, was die Stimmung bei den gemeinsamen Familienmahlzeiten betraf, brachte Amanda die Sache beim Essen zur Sprache.

»Ich kann am Wochenende nicht mit zur Hütte fahren«, sagte sie.

»Aber natürlich kommst du mit«, sagte ihre Mutter. »Alle kommen mit!«

»Aber ich habe die Möglichkeit, mit Torgeir zu arbeiten«, log Amanda.

»Ist er wieder da?«, fragte der Vater überrascht.

»Er hat mir eine SMS geschickt«, wich Amanda aus. »Und wir sind uns ja wohl einig, dass Caspian nicht noch länger freihaben sollte, oder?«

»Da hast du recht«, stimmte ihr Vater zu. »Wenn du mit Torgeir arbeiten kannst, musst du zu Hause bleiben.«

»Aber wir wollten die Hütte auf Vordermann bringen«, warf Mathias ein. Die Wendung, die das Gespräch nahm, gefiel ihm ganz und gar nicht. Wenn seine Schwester zu Hause blieb, bedeutete das umso mehr nervige Arbeit und Kniffel spielen für ihn.

»Amanda bleibt hier«, bestimmte Wilhelm Fivel. »Ende der Diskussion.«

»Noch was, Papa«, sagte Amanda. »Ich brauche Geld für die Reitstunden. Torgeir hat ja eigentlich Urlaub, deshalb geht das extra.«

»Natürlich«, antwortete ihr Vater resigniert. »Wie viel?«

»Viertausend«, sagte Amanda, ohne mit der Wimper zu zucken.

»Gepfeffert«, murmelte der Vater.

»Immerhin keine Million«, erlaubte sich Amanda einzuwerfen.

Die Augen ihres Vaters wurden schmal, aber sein Tonfall war weiterhin neutral.

»Was hast du gesagt?«

»Sie hat gesagt, dass es immerhin keine Million ist«, antwortete Victoria, die das ganze Thema langsam satthatte. »Gib ihr das Geld doch, zum Kuckuck!«

Samstag
Noch 42 Tage

Es regnete in Strömen, als Amanda mit Caspian auf dem Hofplatz stand und auf Julia und ihren Pferdehänger wartete. Es war nur noch eine knappe Stunde, bis der Kurs begann, und sie hatte keine Ahnung, wie lange das Verladen dauern würde. Deshalb war sie ziemlich gestresst, als Julia endlich eine halbe Stunde später als vereinbart ankam. Amanda führte Caspian auf die Laderampe zu und er zog die Lippen hoch, als er den Duft der zierlichen weißen Araberstute roch, die bereits im Hänger stand. Dann wieherte er dunkel und bäumte sich auf.

»Du hast nichts davon gesagt, dass du einen Hengst hast«, sagte Julia, die ein wenig blass um die Nase geworden war.

»Er ist wirklich ein ganz Lieber«, beteuerte Amanda.

Caspian wieherte durchdringend, krümmte den Hals und schüttelte den Kopf, dass die lange Mähne nach allen Seiten flog.

»Auf einen Hengst war ich nicht vorbereitet«, sagte Julia. »Wenn es unterwegs auch nur das geringste Problem gibt, fahre ich an den Straßenrand und du musst ihn ausladen.«

Amanda nickte. Ihr machte das Verladen mehr Sorgen als die eigentliche Fahrt. Caspian war so energiegeladen, dass er eine Weile mehr auf zwei als auf vier Beinen stand, aber als er in den Hänger gehen sollte, tat er es ohne Mucken. Anschließend begrüßte er die Araberstute mit einem tiefen, anhaltenden Grollen, während er vor Begeisterung zitterte. Julia legte den Sicherungsbalken vor und schloss die Klappe.

»Arman kriegt deinen Hengst wieder hin«, sagte sie. »Du brauchst dir keine Sorgen zu machen.«

Arman machte den Eindruck eines Mannes, der sich seiner Sache sehr sicher war, wie er da breitbeinig auf dem Hofplatz von Eikely stand. Der Theorieteil wurde wegen des Regens drinnen in der Scheune abgehalten, zusammen mit Julias Araberstute. Amanda war beeindruckt. Arman war nicht nur ein guter Redner, sondern er schaffte es irgendwie, dass die Stute, die bei der Begegnung mit Caspian nervös und scheu gewirkt hatte, jetzt eine ungeheure Gelassenheit ausstrahlte. Sie stand ohne Halfter da, den Kopf gesenkt und mit einem angewinkelten Hinterhuf dösend. Die Teilnehmer um sie herum störten sie nicht im Geringsten. Nach der Theorie brachte Arman die Stute in den Roundpen, immer noch ohne Halfter. Dann führte er vor, wie seine Theorie in der Praxis funktionierte. Ohne etwas anderes als seine eigene Körpersprache einzusetzen, brachte er die Stute dazu, im Kreis um ihn herumzulaufen, abrupt stehen zu bleiben, kehrtzumachen und rückwärtszugehen. Amanda hatte so etwas noch nie gesehen. Als Julia ihr ein Knotenhalfter anbot, wie es auch die anderen Teilnehmer benutzten, nahm sie dankbar an –

auch wenn sie nicht wusste, wozu sie es brauchen sollte. Anschließend forderte Arman sie auf, mit der ersten Übung zu beginnen: Sie sollten ihr Pferd am ganzen Körper berühren. Arman nannte es »das Wohlfühlspiel«.

»Und wenn ich sage, am ganzen Körper, dann meine ich auch den ganzen Körper«, sagte er eindringlich. »Maul, Nüstern, Ohren, am Bauch, unter dem Schweif, zwischen den Beinen. Überall. Nehmt jene Stellen als Ausgangspunkt, die das Pferd gewohnt ist. Wenn es sich entzieht, dann nehmt ihr die Hand erst wieder weg, nachdem es stillsteht. Idealerweise solltet ihr die Hand wegnehmen, *bevor* das Pferd sich entzieht, aber wenn ihr zu langsam seid, müsst ihr weitermachen, damit das Pferd versteht, was ihr von ihm wollt.«

Im Laufe der nächsten halben Stunde berührte Amanda Caspian an seinem ganzen regennassen Körper. Nur ein einziges Mal widersetzte er sich der Berührung, als sie versuchte, ihm in die Nüstern zu fassen.

Caspian schüttelte den Kopf und wich abrupt ein paar Schritte zurück, aber mithilfe des Halfters gelang es Amanda dranzubleiben, bis er wieder stillstand. Dann ließ sie los und erntete aufmunternde Zurufe von Arman. Schließlich erreichte Amanda, dass Caspian kein einziges Mal mehr zurückzuckte, während sie ihn am ganzen Körper berührte.

Beim nächsten Spiel ging es darum, das Pferd in alle Richtungen zu lenken, indem man es leicht mit dem Finger berührte. Arman nannte es »das Fingerspiel«.

»Falls euer Pferd nicht reagiert, erhöht ihr den Druck, bis es eine Reaktion zeigt«, sagte Arman.

Amanda bemerkte, dass Caspians ganze Aufmerksamkeit jetzt auf sie gerichtet war. So sehr hatte er sich schon lange nicht mehr auf sie konzentriert.

»Denkt daran, den kleinsten Versuch zu belohnen, aber nicht jede zufällige Bewegung«, wies Arman sie an. »Es ist wichtig, dass ihr den Unterschied erkennt.«

Amanda hatte keine Mühe, Caspian in alle Richtungen zu bewegen, und Arman nahm sie sogar als Beispiel dafür, wie es gemacht werden sollte.

In der Mittagspause hatte Amanda kaum Ruhe zum Essen, so aufgedreht war sie. Sie merkte, dass sie jetzt auf eine andere Art Kontakt zu Caspian bekam, und war begierig darauf weiterzumachen.

Am Nachmittag folgten weitere Spiele. Nur eins davon machte Caspian Probleme. Er verstand einfach nicht, dass ein Schütteln des Führstricks hieß, er solle rückwärtsgehen.

»Achtet darauf, dass ihr den Führstrick so stark schüttelt, wie es notwendig ist, um das Pferd rückwärtszurichten«, sagte Arman. »Und nicht aufhören, wenn ihr erst einmal damit angefangen habt. Dann ist es zu spät für einen Rückzug. Ihr müsst den Druck so lange erhöhen, bis das Pferd zurückweicht. Nicht nachlassen.«

Amanda schüttelte den Führstrick immer stärker, aber Caspian blieb wie angewurzelt stehen, bis ihm der Strick klatschend übers Maul schlug. Da warf er den Kopf hoch und ging steifbeinig einige Schritte rückwärts, als wäre er überrascht, dass er am Ende doch nachgeben musste.

Arman bekam den Vorfall mit und ging zu ihr.

»Du darfst es nicht so auffassen, als ob du Caspian geschlagen hättest«, sagte er. »Er wurde getroffen, weil er sich weigerte, dem Druck nachzugeben. Es war seine eigene Schuld, nicht wahr?«

Amanda nickte und sammelte sich, um es noch einmal zu versuchen.

»Vergiss nicht, er ist ein Hengst«, fuhr Arman fort. »Sei nicht überrascht, wenn du mit mehr Nachdruck arbeiten musst als die anderen.«

Amanda schüttelte den Strick erneut, aber Caspian bewegte sich wieder erst, als ihm die Leine ans Maul schlug.

»Mehr Nachdruck«, wiederholte Arman. »Schau her.«

Er übernahm den Strick und ruckte derart am Knotenhalfter, dass Caspian sich nach hinten warf.

»Wenn du nicht das Zeug hast, einen Hengst in die Schranken zu weisen, darfst du auch keinen Hengst haben«, sagte Arman. Dann zeigte er ihr, wie sie es machen sollte.

Einige Stunden später spürte Amanda, dass sie und Caspian endlich auf dem richtigen Weg waren. Jetzt ging er rückwärts, sobald sie ein wenig mit dem Strick wedelte, und folgte ihr, als sie ihn in den Stall führte. Er hatte gelernt, sie zu respektieren.

Als Amanda einige Stunden später in ihr verlassenes Zuhause zurückkam, war sie überwältigt. *Was für ein Tag!* Sie war im Begriff, eine Pferdeflüsterin zu werden, und sie freute sich schon darauf, Anja zu zeigen, was sie alles gelernt hatte.

Moher war den ganzen langen Tag eingesperrt gewesen und musste dringend Gassi. Amanda ließ sie in den Regen hinaus. Dann machte sie es sich auf dem Sofa gemütlich und rief Anja an.

»Du glaubst nicht, was ich heute erlebt habe«, schrie sie beinahe ins Telefon. Dann erzählte sie alles über den Kurs mit Arman und wie gut es gelaufen war.

»Wirst du jetzt etwa so eine Horsemanship-Trulla, die mit dem Pferd im Knotenhalfter herumzockelt?«, fragte Anja.

»Wir haben bis jetzt echt eine Menge verpasst, Anja. Ich schwör's dir!«

»Unwahrscheinlich«, sagte Anja. »Sehr unwahrscheinlich.«

»Warte, bis du siehst, wie effektiv es ist, mit dem Pferd in seiner eigenen Sprache zu kommunizieren. Das bringt echt was. Caspian war lammfromm.«

Amanda verstummte. Sie meinte deutlich, ein Klopfen gehört zu haben, aber Moher war draußen und hätte bestimmt ein Bellen von sich gegeben. Der Regen trommelte immer noch gegen die Fensterscheiben. Wahrscheinlich hatte sie sich verhört.

»Das ist wirklich eine ganz neue Welt«, fuhr sie fort. Aber sie hörte nicht, was Anja antwortete, denn jetzt war das Geräusch wieder da. Irgendwer klopfte vorsichtig an die Haustür.

»Warte mal, ich glaube, da ist jemand an der Tür«, sagte Amanda und ging mit dem schnurlosen Telefon zögernd in die Diele. Sie öffnete die Tür und rechnete damit, niemanden zu sehen – und bekam einen Riesenschreck. Denn da war jemand. Das Telefon rutschte aus ihrer Hand und knallte auf den Boden. *Ylva.*

»Was machst du denn hier?«, entfuhr es Amanda.

»Das kannst du wohl fast besser beantworten«, sagte Ylva.

Amanda sammelte das Telefon auf und versicherte Anja rasch, dass alles okay war und dass sie wieder anrufen würde. Dann legte sie auf und starrte Ylva sprachlos an. Ylva starrte beinahe arrogant zurück. Oder hasserfüllt?

Amanda war sich nicht sicher. Moher saß mit großen, feuchten Augen stumm neben Ylva.

»Falls du gekommen bist, um mir zu helfen, hättest du dir den Weg sparen können«, sagte Amanda.

»Ich bin nicht gekommen, um dir zu helfen. Ich bin gekommen, um Ægir zu helfen.«

»Er heißt jetzt Caspian«, sagte Amanda.

»Das bezweifle ich«, antwortete Ylva. »Kann ich reinkommen?«

Amanda trat zur Seite und ließ Ylva herein.

Kurz darauf saßen sich die beiden Mädchen am Küchentisch stumm gegenüber und tranken heißen Kakao, während Moher mit dem Kopf auf Ylvas Füßen unter ihrem Stuhl lag.

»Caspian macht sich gut«, erzählte Amanda. »Durch Spiele und zielgerichtetes Training begreift er immer besser, was ich von ihm will.«

»Spiele?«

»Ja, Spiele«, sagte Amanda. »Du hast bestimmt schon davon gehört. Spiele, um Vertrauen aufzubauen. Es kam ja so plötzlich für Caspian … na ja, hierherzukommen.«

Amanda nahm einen großen Schluck von ihrem Kakao und verbrannte sich die Zunge. Mühsam versuchte sie, sich nichts anmerken zu lassen.

»Jedenfalls kommst du zu spät«, fuhr sie fort. »Ich habe inzwischen alle Probleme gelöst.«

»Mit Übungen?«

»Mit Spielen! Spiele, durch die Caspian lernt, dass er mir vertrauen kann.«

»Seit wann bist *du* denn eine, der man vertrauen kann?«

Isländische Blödzicke. Amanda schluckte die Wörter rasch hinunter.

»Seit ich mit Natural Horsemanship angefangen habe, ist Caspian ganz brav. Und seit ich mit ihm das Wohlfühlspiel gespielt habe, bei dem man das Pferd überall am Körper berührt, sagt er irgendwie ... ja, irgendwie ›Hallo, Mama‹ zu mir, wenn ich komme.«

»Mama?«, wiederholte Ylva fassungslos.

»Ja, *Mama*«, sagte Amanda mit Nachdruck.

»Ich weiß nicht, was ich schlimmer finde«, erwiderte Ylva. »Dass du glaubst, du wärst seine Mutter, oder dass du offenbar den Unterschied zwischen Spiel und Ernst nicht kennst.«

Amanda schrieb Ylvas Reaktion ihrem Kummer zu, dass sie keinen Platz mehr in Caspians Leben hatte. Amanda war stolz darauf, dass dieser Platz jetzt ihr gehörte. Ylva und Ægir gehörten in eine andere Zeit. In ein anderes Leben, das abgelegt und vergessen war.

»Ich kann ihn überall anfassen«, fuhr sie fort. »Nüstern, Maul, Ohren. Überall.«

Auf der anderen Seite des Küchentisches wurde Ylvas Blick dunkel.

»Und *das* nennst du *Wohlfühlspiel?*«

Amanda nickte zufrieden und trank noch einen Schluck Kakao. Im selben Moment bewegte Ylva sich blitzschnell auf sie zu. Amanda war völlig überrumpelt, als Ylva sie heftig vom Stuhl stieß. Sie knallte mit dem Rücken auf den Fußboden, und bevor sie reagieren konnte, hatte Ylva sich auf ihren Brustkorb gesetzt und presste mit den Knien Amandas Arme auf den Boden.

»Was soll das?«, rief Amanda und spürte, wie eine Mischung aus Scham und Wut in ihr hochschoss. »Lass mich los!«

»Wenden wir dein tolles Spiel doch mal bei dir an«, sagte Ylva. »Wir können ja spielen, dass du das Pferd bist und ich die Reiterin.«

Amanda kämpfte verzweifelt gegen Ylvas Klammergriff, hatte aber keine Chance.

»Ich schreie, wenn du mich nicht loslässt«, warnte sie.

»Ist irgendjemand hier, den das kümmert?«, erwiderte Ylva herablassend.

Amanda hoffte, dass Moher sich ausnahmsweise einmal nützlich machen würde, aber die Hündin begnügte sich damit, ihr ins Hosenbein zu beißen. Amanda wand sich wieder und strampelte mit den Beinen, aber es war zwecklos. Moher ließ nicht los und Ylva auch nicht. Amanda merkte, wie ihre Wangen brannten, aber Ylva blieb ruhig.

»Wenn ich dein Spiel richtig verstanden habe, geht es so: Ich berühre dich am ganzen Körper und dadurch baust du Vertrauen zu mir auf. Richtig?«

Ylva strich mit den Händen über das Gesicht von Amanda, die sich mit aller verbliebenen Kraft loszureißen versuchte. Ihr war glühend heiß, und sie kochte vor Wut, erst recht, als Ylva ihr einen Finger ins Ohr steckte, über ihre Nase strich und ihr die Haare zerzauste.

»Lass mich los!«, schrie Amanda. »HÖRST DU!«

Tränen schossen ihr in die Augen.

»Aber wir haben doch gerade erst angefangen«, sagte Ylva. »Müssen wir nicht noch eine Weile weitermachen, bevor du Vertrauen zu mir bekommst?«

»Lass mich«, schluchzte Amanda.

Ylva ließ sie los und stand rasch auf. Amanda rollte sich auf den Bauch und konnte gar nicht mehr aufhören zu weinen. Ylva setzte sich wieder an den Tisch und spielte mit ihrer leeren Tasse.

»Jetzt verstehe ich, warum ich kommen musste«, sagte sie leise.

Als Amanda sich schließlich wieder auf ihren Stuhl setzte, brachte sie als Erstes ihre Haare in Ordnung, während sie sich eine Verteidigungsstrategie zurechtlegte.

»Wir haben die Pferde nicht festgehalten, so wie du mich … festgehalten hast. Sie konnten ausweichen.«

»Sie liefen also völlig frei herum und konnten weglaufen und nicht wiederkommen, wenn sie wollten?«

»In der Bahn hatten wir sie am Halfter, aber sie konnten sich ein bisschen zurückziehen. Arman, der Pferdeflüsterer, hat wirklich Wert darauf gelegt, dass es auf freundliche Art geschieht. Er bat uns, die ganze Zeit zu lächeln und vorsichtig zu sein.«

»Stell dir vor, ich würde noch mal auf dir sitzen und du hättest beschlossen, ganz still zu liegen, weil du weißt, dass es keinen Zweck hätte, sich zu wehren. Stell dir weiter vor, ich würde da sitzen und dich anlächeln, während ich dich anfasse. Aber trotzdem wäre es für dich immer noch kein Spiel, oder? Ein Lächeln ist überhaupt nichts wert. Was zählt, ist die Absicht dahinter, vergiss das nie.«

»Aber es gibt doch Situationen, bei denen man das Pferd an Stellen berühren muss, an denen es nicht berührt werden mag, und dann muss es doch darauf vorbereitet sein«, verteidigte sich Amanda.

»Wenn du mir vertrauen würdest, könnte ich dich garantiert überall am Körper berühren. Du kannst doch unmöglich glauben, dass irgendeine Logik darin liegt, so etwas zu erzwingen?«

Amanda saß da und dachte darüber nach. Widerstrebend musste sie zugeben, dass nichts davon bei ihr angekommen wäre, wenn Ylva sie nicht zu Boden gezwungen hätte.

Aber jetzt saß ihr das unangenehme Erlebnis richtig in den Knochen. Ylva hatte es geschafft, etwas in ihr wachzurufen. Eine Unruhe.

»Komm doch morgen mit und schau es dir selbst an«, schlug sie schließlich vor.

»Ich glaube nicht, dass ich da hinpasse«, antwortete Ylva.

»Das Gästezimmer ist am Ende des Flurs, neben dem Bad. Vielleicht passt du ja wenigstens da hin.« Amanda stand auf.

Ylva griff zu dem kleinen Rucksack, den sie bei sich hatte.

»Gute Nacht«, sagte Amanda.

Ylva antwortete nicht.

»Warum wünschst du mir keine gute Nacht?«, rief Amanda ihr nach.

Ylva blickte sie herausfordernd an.

»Weil eine schlechte Nacht dir Zeit zum Nachdenken gibt, und die brauchst du offenbar.«

»Hast du vielleicht sonst noch was, worüber ich nachdenken soll?«

»Ja. Da ist tatsächlich noch etwas, worüber du gründlich nachdenken solltest. Ægir hat schon eine Mutter.«

Jetzt kommt's, dachte Amanda. *All die Trauer und Gekränktheit darüber, dass ich deinen Platz in Caspians Leben eingenommen habe.*

»Sie hieß Ekra frá Stóra-Hof. Sie hat ihn ausgetragen, hat ihn elf Monate und elf Tage in ihrem Bauch heranwachsen gefühlt. Sie hat ihn geboren und ihn gesäugt. Sie hat dafür gesorgt, dass er seinen Kopf unter ihren Schweif steckte, wenn die Insekten im Sommer allzu lästig wurden. Sie hat ihn gelehrt, schäumende Flüsse zu durchqueren, und ihn vor den Winterstürmen abgeschirmt. Sie hat ihn dazu erzogen, stolz und frei zu sein. Und als er alt genug war, allein zurechtzukommen, hat sie ihn gehen lassen. Ægir ist jetzt ein selbstständiger, erwachsener Hengst. Du bist nicht seine Mutter und wirst es niemals sein. Vergiss das nie.«

Ylva verschwand wieder, und Amanda hörte, wie sie sich im Bad einschloss.

Blöde isländische Zicke!

Sonntag
Noch 41 Tage

Amanda und Ylva kamen eine knappe halbe Stunde vor Kursbeginn auf Amandas Moped in Eikely an. Den Morgen über hatten sie kaum ein Wort miteinander gewechselt. Amanda hatte die ganze Zeit daran gedacht, wie Caspian wohl reagieren würde, wenn er Ylva wiedersah. Wahrscheinlich war es gar nicht gut, dass Ylva plötzlich aufkreuzte?! Sie tröstete sich damit, dass sie jetzt sehr guten Kontakt zu dem Hengst bekommen hatte. Arman hatte ihr garantiert, dass sie den Kurs mit einem Pferd verlassen würde, das gehorsam, aufmerksam und frei von Rebellion und Aggression war.

Amanda sah verstohlen zu Ylva, während sie durch die Stallgasse gingen. Aber Ylva zeigte keinerlei Gefühlsregungen. Als sie sich der Box näherten, rief Amanda nach Caspian, und er hob abrupt den Kopf und blickte ihr entgegen. Er wieherte sogar leise. Amanda hätte platzen können vor Stolz, als sie an seine Box trat. Es war das erste Mal, dass er sie auf diese Weise begrüßte – aber das brauchte Ylva ja nicht zu erfahren. Caspian und sie waren jetzt wirklich auf dem richtigen Weg, dachte sie. Doch dann wurde ihr mit einem Schlag klar, dass nicht *sie* es war, die Caspian begrüßt hatte. *Es ist Ylva.* Caspian presste das Maul ans Gitter und sog die Luft tief in die Nüstern, als wollte er ihren Duft spüren, als wollte er sich überzeugen, dass sie es wirklich war.

»Kann ich zu ihm reingehen?«, fragte Ylva.

»Natürlich«, hörte Amanda sich selbst sagen, während sie innerlich schrie: *Nein! Du wirst alles kaputt machen!*

Ylva schlug die Boxentür weit auf. Dann ging sie hinein, und es war, als hätte man einen Schalter umgelegt. Verschwunden war der ruhige und fügsame Caspian, den Amanda am Tag zuvor in die Box gesperrt hatte. Zurück war Ægir, das Wildpferd.

»Du reitest ihn mit zu stramm gezogenem Gurt«, sagte Ylva, ohne sie anzusehen. »Er ist empfindlich.«

Amanda erwiderte nichts. Sie stand nur da und riss die Augen auf. Noch nie hatte sie so viele zusammenhängende Laute von einem Pferd gehört. Es redete beinahe. Es grummelte, keckerte, wieherte spitz und war so freudig aufgeregt, dass es ihr ins Herz schnitt. Ylva war sichtbar glücklich darüber, dass sie den Hengst, den sie einmal Ægir getauft hatte, am Unterhals kraulen konnte. *Ægir.* Amanda hatte den Namen inzwischen fast vergessen. Sie verstand die isländischen Worte nicht, aber ihr war sehr bewusst, dass die beiden eine Sprache miteinander teilten, die sie selbst nicht beherrschte. Und diese Sprache war nicht Isländisch.

»Alle Teilnehmer müssen in fünf Minuten in der Bahn sein«, rief Julia zur Stalltür herein. »Wir beginnen den Tag mit einer Wiederholung der Spiele von gestern.«

Amanda schöpfte neue Hoffnung. *Jetzt wird Ylva sehen, wie gut es mit uns klappt!* Sie nahm das Halfter und trat zwischen Ylva und Caspian, um es ihm anzulegen, aber Caspian stieß sie unwillig beiseite und drängte wieder zu Ylva. Erst als Ylva etwas auf Isländisch zu ihm sagte, hielt er still, damit Amanda ihm das Halfter überstreifen konnte.

Die totale Demütigung. Alles, was sie erreicht zu haben glaubte, war weg. Jetzt schaffte sie es nicht einmal, ihm ohne Ylvas Hilfe ein Halfter anzulegen. Gekränkt und wütend führte sie Caspian aus dem Stall. Er tänzelte um sie herum, voller Energie, und war so ungehorsam, dass ihr mittlerweile vor dem Kurs graute. Caspian folgte ihr zum Reitplatz, konzentrierte sich aber vor allem auf Ylva, die hinter ihm ging. Amanda ertappte sich bei dem Gedanken, dass Caspian eigentlich gar nicht ihr folgte, sondern Ylva den Weg zeigte.

Als Amanda in die Bahn kam, wo Arman und die anderen Pferdebesitzer sich versammelt hatten, wäre sie am liebsten auf der Stelle in den Boden versunken. Alle Pferde standen neben ihren Reitern und warteten gehorsam auf Anweisung. Nur Caspian wieherte und stieg, während er nach Ylva Ausschau hielt.

»Wen hast du uns da mitgebracht?«, fragte Arman.

»Das ist Ylva«, sagte Amanda. »Ihr hat Caspian früher gehört.«

Arman sah aus, als dächte er sich sein Teil.

»Vergiss nicht, dass sie bezahlen muss, wenn sie zuschauen will«, sagte er kurz. Dann wandte er sich wieder den anderen Teilnehmern zu.

Caspian wieherte laut nach Ylva und Amanda ruckte hart an seinem Halfter.

»Wir beginnen damit, dass wir die gestern gelernten Spiele wiederholen.« Arman versuchte zu erklären, wie sie vorgehen sollten, wurde aber ständig von Caspians lautem und durchdringendem Wiehern unterbrochen.

Amanda versuchte, so gut es ging, ihn unter Kontrolle zu bringen, aber Caspian ließ sich nicht beirren. Arman war sichtlich verärgert. Er kam zu ihr, nahm ihr den Führstrick aus der Hand und ruckte ein paar Mal heftig daran. Aber Caspian gab immer noch nicht auf. Ein tiefer, röhrender Laut drang aus seinem Maul.

»Akzeptiert niemals, dass ein Pferd euch auf diese Art ignoriert«, rief Arman und versetzte Caspian einen Schlag mit der Peitsche. »Schon gar nicht, wenn es ein Hengst ist.«

»Ich kann ihn gern halten, dann kannst du dich auf den Unterricht konzentrieren«, sagte da eine Stimme.

Ohne dass es jemand bemerkt hatte, war Ylva in die Mitte der Bahn gegangen und riss nun Arman den Führstrick aus der Hand. Arman bedachte sie mit einem widerwilligen Blick, beschloss dann aber, seinen Vortrag endlich fortzusetzen.

Mit Ylva am anderen Ende des Führstricks kam Caspian sofort zur Ruhe. Arman entging das ebenso wenig wie Amanda. Wenigstens waren sie nun schon zwei, die in Anwesenheit von Ylva eine schlechte Figur machten, dachte Amanda.

Als die Teilnehmer mit dem ersten Spiel anfangen sollten, übergab Ylva den Führstrick wieder an Amanda und verschwand wortlos aus der Bahn. Amanda begann, den Führstrick zu schütteln, um Caspian rückwärtszurichten, aber er war nicht besonders aufmerksam. Erst als der Strick wieder so heftig schwang, dass er ihn traf, ging er halbherzig ein paar Schritte zurück. Amanda beschloss, Arman ihre Autorität zu beweisen, aber der Pferdeflüsterer kümmerte sich jetzt fast nur noch um die anderen Teilnehmer. Die meiste Zeit stand Amanda allein da und hatte mit Caspian ihren Kampf.

In der Mittagspause stand die Sonne hoch am Himmel. Alle Teilnehmer waren bester Dinge und hatten Erfolge vorzuweisen. Nur Amanda war wieder ganz am Anfang. Als sie aus der Bahn ging, sah sie, dass Ylva mit dem Rücken zu ihr auf der Tribüne saß und telefonierte. *Nicht besonders beeindruckt.*

Amanda zog Caspian mehr, als dass sie ihn führte, und als sie in den Stall kam, verzichtete sie bewusst darauf, seinen Wassereimer zu füllen. *Wenn du es auf die Art haben willst, bitte schön.* Dann ging sie zu ihrem Moped und trank ihren mitgebrachten Saft. Ylva tauchte hinter ihr auf und packte das Lunchpaket aus.

»Heute ging es nicht so gut wie gestern«, sagte Amanda. »Was meinst du?«

»Training ohne Sinn und Zweck«, kommentierte Ylva und aß ihr Brot mit gutem Appetit.

Es hatte Sinn und Zweck, bevor du aufgekreuzt bist.

»Arman versteht seine Sache«, beteuerte Amanda.

»Ich glaube, das Gespräch, auf das du jetzt zusteuerst, willst du nicht wirklich«, sagte Ylva.

»Doch, will ich«, erwiderte Amanda trotzig. »Ich will wissen, was du davon hältst.«

Ylva sah aus, als würde sie sorgfältig abwägen, ob sie weiter mit Amanda reden sollte oder nicht. Offenbar kam sie zu dem Ergebnis, dass es sinnlos war.

»Wo ich herkomme, machen wir es nicht so«, sagte sie nur.

»Was zum Teufel macht ihr denn?«, fragte Amanda.

»Wir beginnen am anderen Ende.«

»An welchem Ende?«

»Arman bringt euch bei, die Pferde durch Schütteln des Führstricks rückwärtszurichten«, erklärte Ylva. »Aber ist dir vielleicht aufgefallen, dass Ægirs erste Reaktion war, den Kopf hochzureißen?«

Amanda war es nicht aufgefallen, aber sie nickte trotzdem.

»Wenn ein Pferd den Kopf auf diese Art hochnimmt, drückt es den Rücken weg«, fuhr Ylva fort. »Und wenn das Pferd den Rücken wegdrückt, wird seine Vorhand schwer. Pferde, die man rückwärtsschickt, indem man den Führstrick schüttelt, ziehen oft mit den Vorderhufen Spuren in den Sand, weil die Schulter nicht frei genug ist, um die Vorderbeine richtig vom Boden zu heben.«

»Ja und?«, fragte Amanda.

»Es strengt die Pferde sehr an, sich auf diese Art fortzubewegen. Arman deutet das als Widerstand, *aber es ist erst seine Methode*, die den Widerstand erzeugt. Wenn du den Führstrick schüttelst, lenkst du Energie zum Kopf des Pferdes, aber diese Energie geht nicht von selbst in seine Beine über. Das Pferd hat keine Erfahrung mit Energie, die auf seinen Kopf gerichtet ist. Das Pferd und alle seine Artgenossen richten die Energie immer auf den Rumpf. Wenn du die Pferdesprache wirklich sprechen würdest, hättest du um den Platz gebeten, auf dem Ægir stand. Und hättest du dich richtig hingestellt, wäre er mit Leichtigkeit und ohne Widerstand zurückgegangen. Das ist die Art, wie Pferde einander wegdrängen: Ihre Körper tauschen die Plätze.«

Amanda sah Ylva eine ganze Weile an. Sie hätte gerne etwas geantwortet. *Auf diese Ansprache.* Aber sie fand nicht die richtigen Worte.

»Wenn du lernst, den Blick vom Kopf des Pferdes auf seine Beine zu richten, wird sich dir eine ganz neue Welt eröffnen. Ein Pferd nur dazu zu bringen, rückwärts- oder seitwärtszugehen, hat zunächst mal überhaupt keinen Wert. Alle Bewegungen des Pferdes haben eine Qualität und in der Begegnung mit uns Menschen haben sie auch eine Funktion. Sie sollen den Boden für etwas bereiten.«

»Für was?«, fragte Amanda.

»Für ein Zusammenspiel in perfekter Balance«, antwortete Ylva. »Im Übrigen hat keines der Pferde hier ein Problem. Das Problem sind die Besitzer.«

Amanda lehnte sich an die sonnenwarme Wand des Schuppens und sah über den Hof, als wollte sie den Blick und die Aufmerksamkeit abwenden von dem, was Ylva gerade gesagt hatte. Ylva hatte recht gehabt. Das war keine Unterhaltung, die sie jetzt gebrauchen konnte.

So standen sie da und aßen schweigend, als ein Pferdetransporter auf den Hof kam. Es war leicht zu hören, dass sich in dem Hänger ein Tier befand, das rauswollte. Und als die Laderampe zu einem der leeren Paddocks hin geöffnet wurde, preschte ein weißer spanischer Hengst mit aller Kraft heraus. Amanda und Ylva wechselten einen Blick. Dann gingen sie langsam zu dem Paddock und setzten sich ins Gras.

»Der Hengst hat zwei Hufschmiede verletzt und seiner Besitzerin vor einer Woche den Arm gebrochen«, erklärte Julia

Arman. »Ich habe versprochen, dass du ihn dir in der Pause anschaust.«

»Ich hoffe, Sie sind so gut, wie alle sagen.« Die Besitzerin, eine Frau in den Fünfzigern mit einem Gipsarm, wirkte angespannt.

»Lassen wir es drauf ankommen«, antwortete Arman.

Er ging in den Paddock zu dem Hengst, ausgerüstet mit Führstrick und Peitsche, und der Hengst begrüßte ihn, indem er stieg, sich herumwarf und nach ihm trat.

Arman versetzte ihm einen raschen Schlag auf die Hinterbeine, und der Hengst galoppierte, so schnell er konnte, und bremste abrupt am Gatter ab. Arman wiederholte die Prozedur ein paar Mal.

»Das kriegen wir hin«, sagte er. »Aber ich werde mehr brauchen als eine Stunde. Ich schlage vor, wir stellen ihn in eine freie Box, bis der Kurs zu Ende ist, dann kann ich anschließend mit ihm arbeiten. Ist das okay?«

Die Besitzerin nickte erleichtert.

»Wird nicht einfach, den zu brechen«, murmelte Arman, während er den Paddock verließ.

»Er ist schon gebrochen«, sagte Ylva. »Das ist das Problem.«

Arman drehte sich um und sah das isländische Mädchen überrascht an. Es war das zweite Mal, dass es in seiner Gegenwart etwas gesagt hatte, und nach der ersten Erfahrung war er nicht besonders scharf darauf, die Göre noch länger in seiner Nähe zu haben. Aber noch bevor er etwas erwidern konnte, stand Ylva auf und ging zum Paddock.

»Er versucht nur, sich zu schützen«, fuhr sie fort. »Das ist sein gutes Recht.«

»Und mein gutes Recht ist es, Respekt einzufordern«, entgegnete Arman.

»Respekt ist nichts, was man einfordern kann. Den muss man sich verdienen.« Mit diesen Worten duckte sich Ylva unter dem Elektrozaun hindurch und stand im Paddock, noch bevor jemand reagieren konnte. Sie hatte weder Peitsche noch Führstrick bei sich.

»Komm da raus«, rief Arman.

Ylva hörte nicht auf ihn. Langsam näherte sie sich dem Hengst. Er blieb regungslos stehen, bis sie direkt hinter ihm war. Da legte er plötzlich die Ohren so flach, dass sie eng am Nacken anlagen, und gleichzeitig zog er die Nüstern so zurück, dass sein Gesicht richtig entstellt wurde. Im nächsten Moment warf er sich blitzschnell herum, und als er direkt vor Ylva stand, riss er die Vorhand so hoch, dass der Huf auf gleicher Höhe mit ihrem Kopf war. Dann schlug er mit einer solchen Wucht aus, dass Amanda vor Schreck ganz weiche Knie bekam – aber Ylva stand immer noch aufrecht. Der tödliche Angriff hatte sie verfehlt. Sie war unverletzt. Und was die Zuschauer, die sich mittlerweile am Paddock versammelt hatten, noch mehr schockierte: Sie war unbeeindruckt.

»Komm da raus, bevor er dich wieder angreift«, schrie Arman. »Du sollst rauskommen, hab ich gesagt!«

Ylva stand immer noch felsenfest da. Ohne sich umzudrehen, sagte sie ruhig: »Das war kein Angriff.«

»Der Hengst hat auf deinen Kopf gezielt, Mädchen! Du hast Glück, dass du noch lebst, begreifst du das? Komm auf der Stelle da raus!«

Aber Ylva richtete ihre ganze Aufmerksamkeit unerschütterlich auf den Raum zwischen ihr und dem Hengst.

»Das war kein Angriff«, wiederholte sie ruhig. »Das war nur eine Frage.«

Arman bückte sich unter dem Gatter durch, um Ylva mit Gewalt aus dem Paddock zu holen. Doch Ylva war schneller. Sie fuhr herum und verdrehte Arman den Arm auf den Rücken, sodass er auf die Knie fiel. Dann beugte sie sich zu ihm herunter und flüsterte ihm eindringlich etwas zu, ohne den Hengst aus den Augen zu lassen. Amanda bemerkte, dass der Hengst sich beruhigt hatte. Er war stehen geblieben und mit gespitzten Ohren beobachtete er die beiden. Armans Blick wurde immer wütender und Amanda rechnete jeden Moment damit, dass er Ylva ins Gesicht schlagen würde, aber er tat es nicht. Ylva festigte ihren Griff und schließlich nickte Arman verbissen. Er lief aus dem Paddock, setzte sich ins Auto, trat das Gaspedal durch und raste vom Hof.

Ylva sah ihm nicht hinterher. Sie hatte den Blick immer noch auf den Hengst gerichtet, der aufmerksam verfolgt hatte, was sich zwischen Arman und Ylva abspielte. Er schüttelte den Kopf und leckte sich das Maul, bevor er ruhig auf sie zukam. Und als sie zum Gatter ging, folgte ihr der große Hengst.

»In welcher Box soll er stehen?«, fragte sie, aber weder die Besitzerin noch Julia antwortete.

Ylva führte den Hengst in den Stall und brachte ihn in die erste freie Box, die sie fand. Als sie wieder auf den Hof kam, war die Stimmung unter den Leuten nervös, aber sie ließ sich nichts anmerken. Sie ging zum Moped und setzte den Helm auf.

»Ich fahre jetzt«, sagte sie zu Amanda.

Amanda fühlte sich wie unter Schock. Sie konnte kaum glauben, was sie eben beobachtet hatte. Zwar hatte sie schon davon gelesen, aber sie hatte noch nie ein Pferd gesehen, das auf diese Weise ein Vorderbein hob und ausschlug.

»Wenn er dich nicht verfehlt hätte, wärst du jetzt tot«, stammelte sie erschüttert. »Ich begreife nicht, wie du das so ruhig wegstecken kannst.«

Ylva nahm den Helm wieder ab und sah sie ernst an.

»Du gehst davon aus, dass er mich verfehlt hat. Aber was, wenn ich noch lebe, weil er mich in Wahrheit gar nicht treffen wollte?«

»Ich habe ihn doch gesehen!«, rief Amanda aufgeregt. »Er hat versucht, dich zu töten!«

Sie war jetzt den Tränen nahe. Genau so eine erschreckende, vernichtende Kraft hatte sie auch bei Caspian schon aufblitzen sehen.

»Wenn er vorgehabt hätte, mich zu töten, wäre ich jetzt tot. Da hast du recht. Aber es war nicht das, wonach es von außen ausgesehen hat. Es war nur ein Gespräch. Ein Gespräch, wie du und ich es jetzt auch führen.«

»Du kannst uns doch nicht mit dem Wahnsinn vergleichen, der gerade passiert ist«, rief Amanda aufgewühlt. Wie konnte dieses schmächtige isländische Mädchen völlig unbeeindruckt bleiben, während ihre eigene Welt beinahe komplett aus den Fugen geriet!

»Und apropos Gespräch – was ist da zwischen dir und Arman eigentlich abgelaufen?«

»Ich verstehe, dass du verwirrt bist«, sagte Ylva, ohne auf die Frage zu antworten, und legte ihre Hand auf Amandas Arm. »Und wahrscheinlich bist du auch wütend. Aber ich weiß, dass du eigentlich nicht auf mich wütend bist, sondern auf jemand anderen.«

Amanda war unfähig, auch nur ein Wort herauszubringen. Dann streckte Ylva die Hand aus und angelte die Mopedschlüssel aus Amandas Jackentasche. Sie setzte den Helm wieder auf.

»Ich fahre jetzt los«, sagte sie. »Gib Ægir Wasser. Er hat Durst.«

Bevor Amanda richtig zu sich kam, hatte Ylva das Moped angeworfen und war davongebraust. Während sie noch benommen am Schuppen stand, kam Arman wieder auf den Hof. Amanda beobachtete aus der Entfernung, wie er sich aufgebracht mit Julia unterhielt. Es war klar, dass das Drama, das sich zwischen Ylva und dem Hengst abgespielt hatte, eine denkbar ungünstige Basis für den Rest des Tages war. Aber immerhin schien sich Arman im Laufe des Gesprächs ein wenig zu beruhigen.

Als die Pause vorbei war, war Amanda immer noch schockiert – und wütend. Sie dachte über Ylvas Worte nach. Woher kam diese Wut? Und auf wen war sie eigentlich wütend? Da sah sie Julia auf sich zukommen.

»Der Kurs wird gleich fortgesetzt und Arman möchte gern mit dir und deinem Hengst anfangen«, sagte sie.

Amanda lief in den Stall, um Caspian zu holen. Einen kurzen Moment lang überlegte sie, ihm Wasser zu geben, aber dazu war jetzt keine Zeit mehr. Caspian folgte ihr unwillig, als sie zurück zum Reitplatz ging. Auf Anweisung von Arman brachte sie Caspian in den Roundpen, wo er eine Runde lief und dabei dumpf wieherte.

»Hier seht ihr einen Hengst, der begonnen hat, die Führung zu übernehmen«, sagte Arman. »Ich kann schon gar nicht mehr abzählen, wie oft ich solche Pferde in meinen Kursen habe. Einige von euch haben in der Pause den weißen Hengst gesehen. Da konntet ihr miterleben, wie meine Methode schon nach wenigen Minuten ein lebensgefährliches Tier so verwandelt hat, dass sogar ein kleines Mädchen mit ihm zurechtkam.«

Arman ließ seine Worte wirken. Dann wandte er sich an Amanda.

»In deinem Hengst sitzt jetzt schon eine Menge Aggression, siehst du das?«

»Er hat schon mal nach mir geschnappt«, bestätigte Amanda.

»Damit fängt es an«, sagte Arman. »Und heute hast du gesehen, wie es endet.«

Arman ging in den Roundpen. Er schwenkte den Führstrick, um Caspian in Bewegung zu bringen, aber der Hengst rührte sich nicht.

»Passive Aggression wie diese ist der klassische Fall, wenn kleine Mädchen einen Hengst haben und nicht mit ihm umgehen können«, sagte Arman abschätzig und versetzte Caspian einen Schlag mit der Peitsche. Der Hengst machte einen Satz vorwärts und fiel in Galopp. Er lief ein paar Runden am Zaun entlang, bis Arman ihn stoppte, indem er sich mitten auf den Hufschlag aufstellte, mit der Peitsche zwischen sich und dem Pferd. Er brachte Caspian dazu, ein paar Runden in die andere Richtung zu laufen, dann stellte er sich wieder auf den Hufschlag, um den Hengst erneut umdrehen zu lassen. Aber Caspian drehte nicht um. Stattdessen schlug er mit dem Vorderbein aus wie der weiße Hengst. Er traf Armans ausgestreckte Hand. Es krachte. Ein Aufschrei ging durch die Zuschauer. *Mein Gott!* Amanda beobachtete die Szene mit weit aufgerissenen Augen. Arman hielt sich die Hand, während er offensichtlich darum kämpfte, all die Flüche zurückzuhalten, die aus ihm herauswollten. Er krümmte sich und biss die Zähne zusammen. Schließlich richtete er sich wieder auf, ging aus dem Roundpen und übergab Amanda die Peitsche.

»Siehst du jetzt, dass deine kleine Freundin dir einen ganz schlechten Dienst erwiesen hat?«, zischte er und setzte sich auf einen Stuhl. Amanda stand völlig verwirrt mit der Peitsche in der Hand da.

»Du musst dir Respekt verschaffen«, sagte Arman. »Damit der Hengst nie wieder wagt, sich aufzulehnen. Ich könnte dir die Arbeit abnehmen, aber du bist diejenige, die in ein paar Stunden mit ihm nach Hause fahren muss, also solltest du es selbst tun.«

Arman forderte Amanda auf, Caspian wieder im Galopp voranzutreiben und notfalls die Peitsche einzusetzen, falls er stehen bleiben sollte. Amanda war sehr nervös, aber sie stellte sich trotzdem mit erhobener Peitsche auf den Hufschlag, als Caspian nach einigen Runden die Richtung wechseln sollte. Es sah aus, als überlegte Caspian, sie einfach über den Haufen zu rennen, aber im letzten Moment warf er sich herum und lief in die entgegengesetzte Richtung.

»Gut!«, rief Arman aufmunternd. »Es ist wichtig, dass du ihm vermittelst: Ich bin der Boss.«

Amanda war heilfroh, dass sie Caspian kein Wasser gegeben hatte. Nach dem Regen der letzten Tage war der Boden schwer, und sie nahm an, dass er bald um Gnade betteln würde.

»Achte auf Zeichen der Unterwerfung«, mahnte Arman.

Amanda rief sich die Zeichen in Erinnerung: dass Caspian den Kopf senken oder anfangen würde, zu lecken und zu kauen. Aber Caspian tat nichts davon.

»Ganz schön stur, dieser Isländer«, kommentierte Arman.

Amanda war jetzt besessen von dem Gedanken, Caspian zum Aufgeben zu zwingen. Sie spürte, dass dies der Punkt war, an dem es um alles oder nichts ging – und es musste klappen! Caspian war sichtlich erschöpft und lief nicht mehr so schnell, aber er lief. Und lief. Und lief. Auf Anweisung von Arman ließ Amanda ihn immer öfter kehrtmachen. Und dann kam endlich das Zeichen, dass er verstanden hatte. Er drehte ihr ein Ohr zu und senkte leicht den Kopf. Sie schwang die Peitsche, aber Arman warnte sie.

»Vorsichtig! Wenn du ihn jetzt korrigierst, machst du alles kaputt!«

Nach einigen weiteren Runden senkte Caspian den Kopf zum Boden. Amanda wandte sich von ihm ab, wie Arman es von ihr verlangte. Und Caspian blieb abrupt stehen.

»Lass ihn jetzt nicht zögern«, sagte Arman. »Schnipp mit den Fingern!«

Amanda schnippte und Caspian kam langsam zu ihr. Er blieb mit gesenktem Kopf neben ihr stehen und rang nach Luft, klatschnass geschwitzt. Amanda war ebenfalls erschöpft, aber vor allem war sie erleichtert. Unter Anleitung von Arman wiederholte sie jetzt rasch alle Spiele und bekam begeisterten Beifall, als sie fertig war.

»Gute Leistung«, rief Arman. »Du kannst stolz auf das sein, was du heute geschafft hast.«

Und Amanda war stolz. Aber Caspian war so fertig, dass sie ihn unmöglich nach Engelsrud reiten konnte, wie sie geplant hatte. Sie fluchte stumm in sich hinein. Es war zwar nicht gerade verlockend, aber sie hatte keine andere Wahl. Sie musste Torgeir anrufen.

Als Torgeir Rosenlund auf das Display sah, wusste er, dass sein Urlaub definitiv vorbei war. Sie hatten noch nicht mal Zeit gehabt, das Auto auszuladen.

»Wie bist du denn nach Eikely gekommen? Bist du den ganzen Weg dahin geritten?«, fragte er überrascht, als Amanda ihm mitgeteilt hatte, wo sie war.

»Nein, nein. Ich war bloß auf einem kleinen Kurs.«

Torgeir wurde ziemlich nachdenklich. Das hatte nicht viel mit dem Vertrag zu tun, den er mit Wilhelm Fivel geschlossen hatte.

»Kann dein Vater dich nicht abholen?«

»Er ist krank«, sagte Amanda schnell. »Zu krank, um Auto zu fahren.«

»Das passt mir eigentlich überhaupt nicht«, antwortete Torgeir. »Aber ich könnte wohl gegen acht da sein, wenn du so in der Klemme sitzt. Ist das zu spät?«

»Nein, gar nicht, wir haben Zeit«, antwortete Amanda, obwohl auch das nicht ganz stimmte.

Nachdem sie aufgelegt hatten, ging sie schnell wieder zum Reitplatz und verfolgte die Arbeit mit den anderen Pferden im

Kurs. Im Laufe des Nachmittags zog der Himmel zu, und ein leichter Sommerregen setzte ein, der langsam immer stärker wurde. Als Arman den Kurs abends um sechs beendete, war Amanda völlig durchgeweicht. Bibbernd vor Kälte konnte sie es kaum abwarten, ins Trockene zu kommen.

Im Stall stand Caspian betrübt in einer Ecke der Box. Amanda spürte einen Hauch von schlechtem Gewissen, als sie ihn so sah. Sie gab ihm einen Eimer Wasser, den er sofort leer trank. Dann legte sie ihm eine Decke auf, in der Hoffnung, dass sie verbergen würde, wie abgekämpft er war.

Es war dunkel und regnete immer noch, als Torgeir um acht mit dem Hänger auf den Hof kam. Aber sogar bei diesem Regen und dem trüben Licht sah er sofort, dass Caspian außergewöhnliche Strapazen hinter sich haben musste.

»Was um Himmels willen habt ihr heute hier gemacht?«, fragte er.

»Natural Horsemanship«, antwortete Amanda tonlos.

»Du liebe Güte.« Torgeir beschloss, ein ernstes Wort mit einem gewissen Wilhelm Fivel zu reden.

Sie sprachen nicht viel auf der Rückfahrt, aber als sie in den Engelsrudweg bogen, sahen sie, dass der Fluss durch den Regen mächtig angeschwollen war.

»Wenn das Wasser noch höher steigt, könnte es schwierig für dich werden, heute Abend noch nach Hause zu kommen«, sagte Torgeir. »Kann dich jemand abholen?«

»Ich fahre mit dem Bus«, murmelte Amanda und merkte, dass ihr jetzt schon davor graute. Der dichte Regen glitzerte im

Scheinwerferlicht, als sie parkten, und es war ziemlich kalt geworden.

»Ich will nur nachsehen, ob die Hilfskraft mit der Abendfütterung fertig ist«, sagte Torgeir.

Amanda nickte und öffnete die Verriegelung des Hängers, um Caspian auszuladen. Sie war ganz in Gedanken versunken. Deshalb traf sie das, was dann passierte, völlig unerwartet. Als die Laderampe den Boden berührte, polterte Caspian mit aller Kraft rückwärts aus dem Hänger, und bevor Amanda reagieren konnte, warf er sich blitzschnell auf der Hinterhand herum und verschwand in der Dunkelheit. Sie hörte ihn die Wiese hinuntergaloppieren, dann wurde es still. Nur die Regentropfen, die auf das Kunststoffdach des Hängers prasselten, waren noch zu hören. Amanda stand fassungslos da und starrte in den Hänger, wo Caspians leeres Halfter am Balken baumelte.

»Wo hast du das Pferd gelassen?«, fragte Torgeir überrascht, als er aus dem Stall kam.

Amanda hob einen zitternden Finger und zeigte auf den Wald.

»Er kann nicht weit sein«, sagte Torgeir, während sie am Ende des Hofplatzes standen und zum Wald hinüberspähten. Es war zu dunkel, um irgendwas sehen zu können. Da klingelte Amandas Handy und sie holte es zögernd heraus. *Papa.* Sie hatte keine große Lust, jetzt mit ihm zu reden. Sie schaltete es stumm und steckte es wieder ein. Dann blickte sie Torgeir fragend an.

»Hol erst mal einen Eimer Kraftfutter«, sagte er.

Amanda lief in den Stall und holte einen Eimer mit Hafer und Pellets, aber bevor sie wieder nach draußen ging, tippte sie blitzschnell eine SMS an ihren Vater. Um Zeit zu gewinnen.

Hab jetzt Training bei Torgeir. Nehme nachher den Bus.

Wieder draußen, ging sie hinter Torgeir über die Wiese und schüttelte dabei kräftig den Futtereimer. Der Regen war wie eine Wand, die alle Geräusche dämpfte, aber das schrille Klingeln eines Mobiltelefons war trotzdem gut zu hören. Diesmal war es nicht Amandas Handy, sondern Torgeirs.

»Dein Vater«, sagte er und hielt ihr das Display vor die Nase. »Willst du rangehen?«

Amanda schüttelte den Kopf und Torgeir nahm das Gespräch selbst an.

Wilhelm Fivel kam direkt zur Sache und fragte, ob sie schon mit der Reitstunde angefangen hätten.

»Reitstunde?«, echote Torgeir.

»Ja, Amanda hat doch jetzt Training bei Ihnen«, sagte Wilhelm Fivel. »Oder stimmt das nicht?«

Torgeir sah Amanda an, aber sie wich seinem Blick aus.

»Dazu sind wir noch nicht gekommen«, sagte Torgeir zögernd ins Telefon.

»Was meinen Sie damit?«, fragte Wilhelm Fivel.

Torgeir erzählte kurz, dass der Hengst weggelaufen war, fügte aber hinzu, dass das kein Drama sei. Daraufhin hatte Wilhelm Fivel offenbar einfach aufgelegt, denn Torgeir rief ein paarmal »Hallo?« ins Handy, ehe er es wieder einsteckte.

»Dein Vater glaubt, dass du mit mir trainierst«, stellte er fest. »Was ist hier eigentlich los?«

Amanda schüttelte den Futtereimer und antwortete nicht.

»Ich möchte nicht, dass du mich noch einmal in so eine Situation bringst.«

»Entschuldigung«, erwiderte sie kleinlaut.

Das Futter im Eimer war inzwischen nass und machte nicht mehr das klappernde Geräusch, von dem Pferde normalerweise angelockt werden. Aber Amanda merkte es nicht. Sie schüttelte weiter, während ihr das Wiedersehen mit ihrem Vater immer mehr Kopfzerbrechen bereitete. Sie war zwar darum herumgekommen, ihm sagen zu müssen, dass Caspian verschwunden war.

Sie nahm jedoch an, dass ihr trotzdem ein furchtbares Donnerwetter bevorstand. Und als das Auto ihres Vaters wenige Minuten später mit Vollbremsung auf dem Hof hielt, war sie sich auf einmal ganz sicher.

»Hast du nicht gesagt, dein Vater ist zu krank zum Autofahren?«, fragte Torgeir.

Bevor Amanda antworten konnte, fiel das grelle Licht der Frontscheinwerfer auf sie beide, und ihr Vater gab Gas. Er fuhr ganz bis ans Ende des Hofplatzes, in einem solchen Affenzahn, dass es Amanda kalt über den Rücken lief. Er wurde auch nicht langsamer, sondern hielt mit einer Vollbremsung neben ihnen in der Wiese. Die Seitenscheibe glitt herunter.

»Wie zum Teufel konnte das passieren?«, rief er.

Er sah Torgeir an, aber Amanda war diejenige, die ganz klein wurde.

»Motor aus, aber ein bisschen plötzlich«, sagte Torgeir. »Sonst mache ich das für Sie.«

Wilhelm Fivel drehte den Zündschlüssel und es wurde unangenehm still. Der Abgasgestank mischte sich mit dem Geruch von nassem Gras.

Amanda schüttelte wieder frenetisch den Futtereimer.

»Ist das Plan A?«, fragte Wilhelm Fivel. »Mit einem Eimer hier herumzustehen und zu warten?«

»Hol Salka«, wies Torgeir Amanda an.

Sie stellte den Futtereimer ab und lief zum Kleinpferdestall. Fast wäre sie mit Tone zusammengestoßen, die eine von Caspians Transportgamaschen in der Hand hielt. Sie fragte, was los sei, aber Amanda war zu sehr außer Atem, um zu antworten. Sie lief einfach weiter zum Stall, so schnell sie konnte. Sie war nicht ganz sicher, welches Pferd Torgeir gemeint hatte, aber ganz hinten im Stall fand sie eine kleine braune Isländerstute mit dem passenden Namen an der Boxentür.

Als sie mit der kleinen Stute nach draußen kam, hatte ihr Vater das Auto geparkt, und Torgeir und Tone hatten mithilfe eines Elektrodrahts ein provisorisches Tor gebaut. Amanda ließ Salka los und Tone und Torgeir scheuchten die Stute in gestrecktem Galopp über die Wiese. Es war das zweite Mal an diesem Abend, dass Amanda schnelle Hufschläge hörte, die sich vom Hof entfernten, aber diesmal verklangen sie nicht. Die Stute kam wieder zurück und wurde erneut losgescheucht. Wilhelm Fivel musste zugeben, dass das ein guter Plan war. Die Voraussetzungen waren nicht schlecht, dass Caspians Herdeninstinkt die Oberhand gewann und ihn eine hübsche Stute zurücklocken konnte.

Amanda war sich da nicht so sicher. Sie erinnerte sich, wie sie Caspian zum ersten Mal gesehen hatte. Da war keine Herde hinter ihm aufgetaucht, als er zu Ylva lief. Er war direkt aus der Wildnis gekommen. Allein.

Anderthalb Stunden später war der Wind aufgefrischt und blies überraschend stark. Amanda fror jetzt so sehr, dass ihre Zähne aufeinander schlugen. Salka stand wieder im Stall und Tone war längst im Wohnhaus verschwunden. Aber Torgeir hielt im Regen die Stellung und ihr Vater saß immer noch im Auto. Seit Langem hatte niemand mehr ein Wort gesagt, aber alle dachten dasselbe. Nichts deutete darauf hin, dass Caspian in der nächsten Zeit von allein auftauchen würde.

Wilhelm Fivel sah ein, dass er Torgeir Rosenlund nicht zwingen konnte, bei dem Unwetter nach dem Hengst zu suchen, aber er beschloss, einen Versuch zu machen. Er ließ die Seitenscheibe herunter und winkte Torgeir zu sich heran.

»Überlegen Sie gut, ob Sie es sich leisten können, darauf zu warten, dass Caspian von allein nach Hause kommt«, sagte er. »Als Trainer tragen Sie die volle Verantwortung für den Hengst, und wenn er sich verletzt, werde ich Sie dafür haftbar machen.«

Amanda machte sich innerlich auf das gefasst, was jetzt kommen musste: Torgeir würde ihrem Vater erzählen, dass er gar nicht die Absicht gehabt hatte, sie und Caspian heute Abend zu trainieren. Sie merkte, dass er sie ansah, aber er sagte nichts. *Nicht ein Wort.*

»Was ist jetzt?«, drängte Wilhelm Fivel.

»Ich glaube, es ist höchste Zeit, dass Sie und Ihre Tochter nach Hause fahren«, erwiderte Torgeir. »Bei diesem Unwetter kann der Fluss die Straße jeden Moment überfluten.«

Kurz darauf fuhr Wilhelm Fivel widerwillig und unverrichteter Dinge den Engelsrudweg hinunter, und als sie sich der Hauptverkehrsstraße näherten, war der Weg bereits teilweise überschwemmt. Es war kein Problem für sie hindurchzufahren, aber Wilhelm Fivel sah ein, dass er sich beeilen musste, wenn er an diesem Abend noch eine Suchmannschaft auf die Beine stellen wollte. Das einzige Zugeständnis, das er Torgeir Rosenlund hatte abringen können, war, dass er die Tür zum Stall weit offen ließ. Wenn sie Glück hatten, würde Caspian das Problem selbst lösen, aber auf Glück wollte Wilhelm Fivel sich lieber nicht verlassen.

Noch unterwegs rief er einen Polizisten an, den er von früher kannte, und bat ihn um Rat. Aber das Einzige, was ihm dieses Gespräch brachte, war die Information, dass Wanderer ein freilaufendes Pferd in der Gegend um Hestemyra gesehen hatten. Alles andere als ein sicherer Aufenthaltsort für seinen wertvollen Hengst. Es gelang Wilhelm Fivel jedoch nicht, den Polizisten zu überreden, ein paar Kollegen zu einem Suchtrupp zu mobilisieren. Als er auflegte, war er felsenfest davon überzeugt, dass nur einer infrage kam, um in den Wald zu gehen und das Pferd zu suchen: Torgeir Rosenlund. Auf der restlichen Fahrt legte er sich einen Plan zurecht, wie er ihn davon überzeugen konnte.

Als sie zu Hause ankamen, fand Amanda ihr Moped vor der Garage geparkt, aber im Haus war niemand. Das einzige Zeichen dafür, dass Ylva jemals hier gewesen war, waren die Mopedschlüssel, die auf dem frisch gemachten Bett im Gästezimmer lagen. Amanda versuchte, sie auf dem Handy zu erreichen, aber es meldete sich nur die isländische Mailbox.

Der Vater kam in die Diele gerollt.

»Wo sind Mama und Mathias?«, fragte sie.

»Ich dachte, sie wären hier«, sagte ihr Vater überrascht.

Amanda ging in die Küche und fand einen Zettel auf der Anrichte. Darauf hatte die Mutter in ihrer säuberlichen Schrift notiert, dass sie zur Arbeit musste. Sie nannte es *Notfall* und schrieb, dass es wahrscheinlich spät werden würde. Darunter hatte Mathias gekritzelt: *Bin bei Thorsten.*

Amanda lief die Treppe hinauf, ohne ihrem Vater ein Wort zu sagen. Als sie ins Bad kam, zerrte sie sich die nassen Sachen vom Leib. Sie war völlig durchgefroren und wollte ein heißes Bad nehmen, aber sie zögerte, den Wasserhahn aufzudrehen. Im Haus war es beängstigend still, und als sie das leise Knacken des Treppenlifts hörte, hatte sie es plötzlich eilig. Sie flitzte in ihr Zimmer, sprang aufs Bett und kroch unter die Decke. Gleich darauf hörte sie das Geräusch des Rollstuhls, der langsam den Flur entlangkam und vor ihrer Tür anhielt. Amanda hob den Kopf und sah zur Türklinke, die heruntergedrückt wurde. Als die Tür aufglitt, legte sie sich blitzschnell hin und tat, als schliefe sie. Es war ein Reflex aus Kindertagen.

»Ich weiß, dass du wach bist«, sagte der Vater. »Und Schlaf kannst du dir für die nächste Zeit abschminken.«

Eine halbe Stunde später saß Amanda fröstelnd im strömenden Regen auf ihrem Moped, den Wanderrucksack ihres Vaters auf dem Rücken. Im Rucksack waren ein Zelt, ein kompakter Schlafsack, eine Schachtel Streichhölzer und ein Campingkocher verstaut. Dazu hatte Amanda noch Kleidung zum Wechseln, einen zusätzlichen Wollpullover, ein Glas Honig, eine Tüte Nüsse und ein Brot aus dem Gefrierschrank eingepackt. Um den Hals trug sie eine Stirnlampe und am Gürtel ein Fahrtenmesser, das sie nicht mehr gebraucht hatte, seit sie zwölf war.

»Ich habe auf der Karte eingezeichnet, wo Caspian zuletzt gesehen wurde«, sagte der Vater. »Fahr zuerst dorthin.«

Amanda antwortete nicht. Sie schnallte den Helm fest, warf das Moped an und fuhr los. Als sie zum Engelsrudweg kam, fuhr sie an die Seite und parkte. Die schmale Schotterstraße war jetzt fast komplett überflutet, und sie wollte lieber nicht riskieren, mit dem leichten Moped durchs Wasser zu fahren.

Bevor sie zu Fuß weiterging, versuchte sie ein letztes Mal, Ylva anzurufen, aber immer noch meldete sich nur die Mailbox. Diesmal beschloss sie, eine Nachricht zu hinterlassen. Hoffentlich half es. Sie war nicht sicher, ob ihr Handy dort in der Wildnis, wo sie hinwollte, ein Netz fand.

»Hallo, Amanda hier«, sagte sie. »Amanda Fivel. Caspian ist ausgerissen. In den Wald. Ich bin auf dem Weg zum Stall, ich muss los und … ihn suchen. Caspian … Ægir, meine ich. Ich gehe Richtung Hestemyra, du weißt sicher nicht, wo das ist, aber egal. In der Gegend ist er gesehen worden. Also wenn du diese Nachricht hörst, könntest du vielleicht netterweise für einen Moment vergessen, dass ich eine blöde Kuh bin, und mir suchen helfen?«

Mehr war nicht zu sagen. Amanda steckte das Handy wieder in die Tasche und machte sich auf den Weg über die matschigen Felder. Als sie auf den Hof kam, schlich sie sich in den Stall.

Sie holte Caspians Halfter und füllte eine kleine Tüte Kraftfutter ab. Aus den Fenstern im Erdgeschoss des Wohnhauses fiel weiches Licht. Es sah warm und anheimelnd aus, richtig gemütlich, dachte sie, als sie in die Dunkelheit hinaustrat. Nachdem sie etliche Meter gegangen war, schaltete sie die Stirnlampe ein. Der starke Lichtkegel beleuchtete den Boden vor ihr, und sie konnte problemlos erkennen, wohin sie ihre Füße setzen musste. *Immerhin etwas.* Langsam ging sie über die Koppel und in den triefnassen, dunklen Wald hinein.

Als Torgeir Rosenlund in den Stall kam, um seine Abendrunde zu machen, blies der Wind noch stürmischer. Es war kalt geworden und goss wie aus Kübeln. Kein Mensch, der bei Verstand war, würde auf die Idee kommen, freiwillig in dieses Sauwetter hinauszugehen. Deshalb erschrak er nicht schlecht, als er in dem halbdunklen Stall auf Wilhelm Fivel stieß.

»Was machen Sie denn hier?«, rief er überrascht aus.

Er sah nicht auf die Uhr. Er wusste, dass es nach Mitternacht war.

»Was machen *Sie* hier?«, fragte Wilhelm Fivel zurück. »Sollten Sie nicht draußen sein und nach meinem Hengst suchen?«

Torgeir hob einen Führstrick vom Boden auf und hängte ihn an eine Boxentür.

»Ich habe noch neunundvierzig andere Pferde, um die ich mich kümmern muss, das wissen Sie.«

»Ist Ihnen klar, wie viel mein Hengst wert ist?«

»Ganz gleich, wie viel er wert ist, vor allem ist er ein schwarzes Pferd, das in die schwarze Nacht hinausgelaufen ist«, sagte Torgeir. »Wenn er still irgendwo steht, könnten wir in zwei Metern Abstand an ihm vorbeigehen, ohne ihn zu entdecken. Wir müssen auf Tageslicht warten. Wenn er bis morgen früh nicht zurück ist, reite ich los und suche ihn. Er ist sicher nicht weit gelaufen.«

»Woher, bitte schön, wollen Sie das wissen?«

»Reine Vermutung«, gab Torgeir zu. »Haben Sie einen besseren Vorschlag?«

»Ja«, erwiderte Wilhelm Fivel. »Dass Sie aufsatteln und die Nacht nutzen.«

»Ich muss meine Abendrunde machen«, sagte Torgeir kurz.

Er ging ans Ende der Stallgasse und trat in die erste Box. Das war ein festes Ritual. Er ging zu jedem Pferd hinein. Die Art, wie ihn die Tiere begrüßten, erzählte ihm, wie es ihnen ging.

Wilhelm Fivel saß ruhig da und beobachtete ihn. Ein Blitz zerriss die Dunkelheit, der Donner rollte über den Stall und der Regen prasselte immer heftiger auf die Dachplatten. Torgeir merkte, dass die Pferde unruhiger als sonst waren, aber er war sich nicht sicher, ob es an dem Gewitter lag oder an Wilhelm Fivels bloßer Anwesenheit.

Amandas Vater rollte hinter ihm durch den Stall, während er alle Pferde kontrollierte. Als er eine Viertelstunde später über den Hof zum Kleinpferdestall ging, folgte der Mann im Rollstuhl ihm immer noch. Die wenigen Sekunden draußen im Regen hatten gereicht, um sie beide bis auf die Haut zu durchnässen. Torgeir setzte sein Abendritual fort, aber er ertappte sich dabei, dass er nicht mehr die Konzentration und Ruhe fand, die er dafür brauchte.

Was führst du im Schilde, Fivel?

Als Torgeir seine Runde beendet und das Licht in der Sattelkammer ausgeschaltet hatte, blieb er vor dem Rollstuhl stehen.

»Höchste Zeit, Feierabend zu machen, finden Sie nicht?«

»Höchste Zeit, ins Warme zu kommen, ja«, sagte Wilhelm Fivel. »Was für ein Wetter.«

Ein banales Alltagsgespräch. *Übers Wetter.* Es gab wirklich vieles, was Torgeir an Wilhelm Fivel nicht verstand. Er nickte ihm kurz zu und ging Richtung Tür. Als er sie öffnete, warf der Wind sich mit voller Kraft dagegen und hätte sie ihm fast aus der Hand gerissen.

»Amanda ist jedenfalls draußen und sucht«, rief Wilhelm Fivel ihm nach.

Torgeir blieb stehen und drehte sich um. Dann trat er wieder einen Schritt zurück und schloss die Tür mit einem Ruck.

»Sie haben das Mädchen allein in den Wald geschickt, um nach diesem verdammten Pferd zu suchen?«

Wilhelm Fivel sah auf die Uhr.

»Vor zwei Stunden ist sie losgefahren. Ich habe versucht, sie aufzuhalten.«

»Sie hätten sich nicht mit dem bloßen Versuch zufriedengeben sollen.«

»Keine Panik. Sie hat alles dabei, was sie braucht. Zelt, Kocher, Karte. Erstklassige Ausrüstung.«

»Erstklassige Ausrüstung nützt auch nichts, wenn ein Baum auf sie fällt.«

»Amanda ist clever«, sagte Wilhelm Fivel. »Sie weiß sich immer zu helfen.«

»Verdammt«, fluchte Torgeir und ging aus dem Stall.

Wilhelm Fivel lächelte zufrieden in sich hinein.

Fünf Minuten später war Torgeir zurück. Er hatte eine Öljacke angezogen und eine starke Taschenlampe dabei, die er an die Box eines gescheckten Isländers hängte.

»Wissen Sie, in welche Richtung sie wollte?«, fragte er.

»Richtung Hestemyra. Caspian soll in der Gegend gesehen worden sein. Hestemyra liegt …«

»Ich weiß, wo das ist«, sagte Torgeir und fuhr rasch mit der Bürste über das Pferd. Dann hielt er inne.

»Wissen Sie eigentlich, wie zynisch Sie sind?«, fragte er.

Keine Antwort.

Torgeir drehte sich um und sah, dass die Stallgasse leer war. Im selben Moment hörte er, wie ein Auto angelassen wurde und losfuhr. Torgeir war kurz davor, die Bürste gegen die Wand zu feuern, aber er tat es nicht. Stattdessen stand er ganz still im Halbdunkel und atmete einige Male tief durch. Während er so dastand, kam Tone herein. Er sah ihr an, wie wütend sie war. Wenn Wilhelm Fivel hier gewesen wäre, hätte sie ihn wahrscheinlich mit bloßen Händen erwürgt. Aber so benutzte sie ihre Hände, um ihm beim Satteln von Høttur und Salka zu helfen.

»Versprich mir, dass du vorsichtig bist«, sagte sie.

»Ich verspreche es.« Torgeir umarmte sie. Dann strich er beiden Pferden über den Hals und führte sie hinaus in den Regen.

Als er wenige Minuten später auf Høttur über die Felder ritt, hatte sich sein Puls wieder beruhigt. Salka war es gewohnt, als

Handpferd zu gehen, und folgte ihm willig. Beide Pferde bewegten sich munter durch den strömenden Regen. Auf sie konnte er sich verlassen, es war kein Problem für sie, mitten in der Nacht durch die Gegend zu laufen. Sie fühlten sich bei jedem Wetter wohl.

Als sie den Waldrand erreicht hatten, stieg er ab. Wenn Amanda unterwegs nach Hestemyra war, gab es nur zwei Möglichkeiten. Er ging zum ersten Gatter und leuchtete den Boden ab. Die schlammige Erde war voller schwacher Abdrücke von Pferdehufen, aber er sah keine Spur, die jener glich, nach der er suchte. Die Pferde folgten ihm zum anderen Gatter und grasten in aller Ruhe, während er den aufgeweichten Boden absuchte. Hier wurde er fündig. Tiefe Abdrücke voller Wasser. Spuren eines Pferdes in gestrecktem Galopp. Er leuchtete die Erde auf der anderen Seite des Gatters ab und blinzelte in den dichten Regen. Dort, mitten auf dem Weg, lag eine Transportgamasche. Ein Stück weiter sah er eine schmutzige Decke.

Er rief nach Amanda, bekam aber keine Antwort. Sollte er weiter nach ihr rufen oder einfach der Spur des Hengstes folgen? Er wusste ungefähr, welcher Weg vor ihr lag. Ob sie selbst es auch wusste? Da war er sich nicht so sicher. Der Wald sah bei diesem Wetter völlig anders aus. Er saß wieder auf und begann mit dem Aufstieg. Die Pferde gingen trittsicher auf dem rutschigen Untergrund und schnell hatten sie etliche Kilometer zurückgelegt. Nach einer Weile entdeckte er frische Abdrücke von Stiefeln, die wesentlich kleiner als seine eigenen waren, aber Amanda war nirgends zu sehen. In regelmäßigen Abständen hielt er die Pferde an und rief nach ihr.

Eine Stunde später hatte die Suche in der Gegend um Hestemyra immer noch nichts gebracht. Torgeir stieg ab und suchte wieder nach Spuren.

Jetzt stürmte es so sehr, dass es in den Fichten um ihn herum gefährlich knackte. Es war kein gewöhnliches Unwetter, das in dieser Nacht die Provinz Østlandet heimsuchte. Unvorstellbar, sein eigenes Kind in einen solchen Sturm hinauszuschicken. *Aber Wilhelm Fivel hat es getan, ohne mit der Wimper zu zucken. Tone hat recht, der Mann ist nicht zurechnungsfähig.*

Torgeir richtete sich auf und merkte plötzlich, dass Høttur und Salka aufgehört hatten zu grasen. Sie standen stockstill und spähten beide mit gespitzten Ohren in dieselbe Richtung. Die Pferde hatten etwas gehört, das von der Anhöhe westlich von ihnen kam. Torgeir lauschte zusammen mit ihnen mehrere Minuten lang, ohne etwas anderes zu hören als den Regen. Aber er bemerkte zwei Dinge. Keines der Pferde hatte gewiehert. Hätten sie den Hengst gehört, dann hätten sie ihn gerufen. Auch wirkten beide Pferde nicht unruhig. Sie hatten also etwas wahrgenommen, was sie kannten. Aber Amanda konnte sich unmöglich dort drüben aufhalten, das passte nicht zu den Spuren, denen er gefolgt war. Vielleicht hatten die Pferde einen Elch gewittert. Hier im Wald gab es viele Elche, und in der Dämmerung wechselten sie oft über die Koppeln, sodass sie den Pferden vertraut waren. Aber plötzlich sah er etwas, das seine Theorie über Elche widerlegte. *Licht.* Für einen kurzen Moment bewegte sich ein großer Lichtkegel über die Wipfel der Fichten, etwas weiter oben am Hang. Torgeir schwang sich rasch auf Høtturs Rücken und trabte zu dem schmalen Pfad, der zwischen den Bäumen aufwärtsführte. Er sah kurz über die Schulter zurück, um sich zu vergewissern, dass Salka ihm folgte, dann galoppierte er los und ritt auf die Stelle zu, wo er das Licht gesehen hatte.

Das Erste, was Torgeir sah, war der Rucksack. Er wirkte viel zu groß für den schmächtigen Körper, der vor ihm den Pfad entlangging.

Der dichte Regen dämpfte alle Geräusche, und erst, als nur noch wenige Meter zwischen ihnen lagen, zuckte die Gestalt auf dem Pfad zusammen und drehte sich jäh um. Obwohl Torgeir für einen Moment von dem Licht der Stirnlampe geblendet wurde, erkannte er, wer es war.

»Amanda!«, rief er durch den Regen.

»Torgeir?«

Der Wind kam jetzt in heftigen Böen und es knackte in den Bäumen um sie herum. Mehrere Fichten waren bereits umgestürzt.

»Wir müssen wieder runter«, rief er. »Hier oben ist es lebensgefährlich!«

Er stieg ab, half ihr auf Salkas Rücken und schwang sich wieder auf Høttur. Sie galoppierten hinunter zur nächsten Lichtung und Torgeir führte Amanda zur Mitte, in sicherem Abstand zu den Bäumen. Dort machten sie halt und Amanda stieg ab.

»Das ist Wahnsinn«, rief Torgeir. »Du *musst* mit mir nach Hause kommen!«

»Nein!«, schrie Amanda trotzig zurück. »Ich muss mein Pferd finden!«

Torgeir leuchtete ihr mit der Taschenlampe ins Gesicht. Sie war klatschnass und die Haare klebten ihr an der Stirn, aber sie hatte keineswegs aufgegeben. In ihrem Blick lag eine solche Sturheit, dass er mit einem tiefen Seufzer abstieg.

»Wo hast du dein Zelt?«, fragte er nur.

Allein hätte es Amanda niemals geschafft, das Zelt aufzubauen. Als sie nun vor dem heftigen Regen geschützt darin saßen, war sie dankbar, dass Torgeir sie gefunden hatte.

»Woher wusstest du, wo ich bin?«, fragte sie.

»Ich bin deinen Spuren nach Tømmeråsen hinauf gefolgt.«

»Den Weg bin ich nicht gegangen«, sagte Amanda.

»Musst du aber«, erwiderte Torgeir. »Hast du einen Kocher dabei?«

Amanda zog eine Tüte aus dem Rucksack und gab sie ihm.

»Pass gut auf, wie ich es mache, dann kannst du es später auch. Aber nie anzünden und dann aus dem Zelt gehen, okay?«

Amanda nickte und sah genau zu, wie Torgeir den Dichtungsring befeuchtete, die Flasche mit Brennflüssigkeit anschloss und den Kocher anzündete. Die Flammen loderten auf, aber Torgeir regelte sie zu einer einzigen scharfen blauen Flamme herunter. Die Temperatur im Zelt stieg rasch an.

»Wenn du dich nicht erkälten willst, musst du die nassen Sachen ausziehen«, sagte er.

Amanda biss sich auf die Lippe.

»Ich sehe nach den Pferden«, sagte er und verschwand nach draußen, ohne eine Antwort abzuwarten.

Amanda kramte mit eiskalten Händen im Rucksack und zog sich um, so schnell sie konnte. Allerdings erwies sich ihre Angst, dass Torgeir plötzlich wieder hereinkommen könnte, als völlig unbegründet. Er kam erst zurück, als sie sich schon langsam Sorgen machte, wo er abgeblieben war.

»Kann ich reinkommen?«, fragte er draußen vor dem Zelt, und er kam erst hereingekrochen, als sie Ja gesagt hatte.

»Die wirst du sicher brauchen«, sagte er und warf ihr eine dicke Wolldecke zu. Dann setzte er einen Topf mit Wasser auf die blaue Flamme. Bald darauf roch es nach Tee. Amanda erkannte den Duft von den wenigen Malen wieder, die sie bei ihm und Tone im Haus gewesen war.

»Was hast du als Nächstes vor?«, fragte Torgeir und schälte sich aus seiner nassen Jacke.

»Mein Pferd finden«, sagte Amanda.

»Ægir ist in der Nähe«, antwortete Torgeir nachdenklich. »Und er *weiß*, dass wir hier sind.«

»Warum nennst du ihn Ægir?«

»So heißt er doch, oder nicht?«

»Nein … er heißt … Caspian«, stotterte Amanda.

»Es ist mir egal, was du anderen Leuten vorlügst«, sagte Torgeir. »Aber vergeude deine Kräfte nicht damit, mich zu beschwindeln.«

Amanda sah zu Boden. Das war kein Thema, über das sie mit Torgeir reden wollte. Stattdessen griff sie auf, was er noch gesagt hatte.

»Du meinst, er weiß, dass wir hier sind?«

»Ja, das hat Tone gesagt«, erwiderte Torgeir und trank einen Schluck heißen Tee.

Amanda stutzte. Das war nicht die Antwort, die sie erwartet hatte.

»Was weiß Tone davon?«

»Sie weiß eine ganze Menge.« Torgeir lächelte unergründlich. »Aber nur so viel, dass sie sich jetzt sicher Sorgen um mich macht. Versprich mir, ehe ich aufbreche, dass du im Zelt bleibst, bis der Sturm sich gelegt hat.«

Amanda wollte protestieren, besann sich aber. Es wäre Wahnsinn, in dem Unwetter weiterzusuchen. Das sah sie ein.

»Versprochen«, sagte sie.

Torgeir trank den Tee aus und zog seine Jacke wieder an.

»Soll ich dir Salka hierlassen?«, fragte er. »Für alle Fälle?«

»Wenn ich nach Hause reiten will, dann auf meinem eigenen Pferd«, antwortete Amanda. »Ich werde ihn finden.«

»Vergiss nicht, den Kocher auszumachen, bevor du einschläfst«, sagte Torgeir und kroch aus dem Zelt. Kurz darauf hörte Amanda das dumpfe Geräusch von Pferdehufen, das langsam schwächer wurde und schließlich verstummte.

Sie rollte den Schlafsack aus und kroch hinein. Das leise Zischen des Kochers wurde vom Regen fast übertönt. Sie lag da und dachte daran, was Torgeir über die Spuren hinauf zum Tømmeråsen gesagt hatte, denen er gefolgt war. *Da muss er sich wohl geirrt haben.* Sorgfältig machte sie den Kocher aus, dann rollte sie sich im Schlafsack zusammen, die dicke Wolldecke fest um den Körper gestopft.

Montag
Noch 40 Tage

Amanda erwachte langsam. Das Geräusch des Regens, der die ganze Nacht auf das Zelt getrommelt hatte, war durch zaghaftes Vogelgezwitscher ersetzt worden. Sonst war nichts zu hören. Es war, als hielte der Wald den Atem an. Amanda kroch aus dem Schlafsack, öffnete das Zelt und schaute hinaus. Der Platz, an dem Torgeir das Zelt aufgebaut hatte, war eine schöne Lichtung, die sich zu einem kleinen Waldweiher hin öffnete.

Im Schein der Morgensonne verzehrte Amanda ein schlichtes Frühstück. Es gab dort sogar einen flachen Stein, den sie als Tisch benutzen konnte. *Perfekt.* Wasser holte sie in den Bechern, die Torgeir zurückgelassen hatte, und als sie sich zum Schöpfen an den kleinen Bach hockte, der in den Weiher floss, entdeckte sie den scharfen Abdruck eines Hufeisens. Amanda war keine Expertin, aber sie war sich ziemlich sicher, dass der Abdruck erst im Laufe dieses Morgens entstanden sein konnte. *Caspian!* Sie blickte sich um. In dem kleinen Weiher spiegelten sich die Bäume und der Himmel über ihr. Aber als sie genauer hinsah, spiegelte sich noch etwas: ein Tier, das am Ufer stand und trank. Amanda hielt den Atem an. *Das ist er!* Caspian hob den Kopf und sah sie eine Weile an. Dann drehte er sich um und ging langsam in den Wald.

Amanda hatte es plötzlich eilig. Sie schaltete das Handy stumm, damit es sie nicht in einem kritischen Moment stören konnte. Dann kramte sie rasch das Kraftfutter, die Nüsse und das Halfter hervor. Anschließend lief sie auf die andere Seite des Weihers und dort, wo Caspian zwischen den Bäumen verschwunden war, weiter in den Wald hinein. Der Boden war teilweise von dunkelgrünem Moos und knorrigen, miteinander verflochtenen Wurzeln bedeckt.

Caspian stand etwa fünfzig Meter von ihr entfernt und graste, als sie ihn entdeckte. Er war aus dem dichten Wald herausgetreten und stand auf einer Lichtung. Amanda setzte sich auf einen Baumstumpf und überlegte, wie sie vorgehen sollte, um ihn einzufangen. Ihr fehlten die körperlichen Voraussetzungen, um ihn zu verfolgen oder ihn müde zu bekommen. Vorsichtig knisterte sie mit der Kraftfuttertüte, um zu sehen, wie er reagierte. Aber er wirkte nicht sehr interessiert. Sie versuchte es noch einmal und achtete darauf, die Tüte gleichzeitig zu schütteln, damit er hören konnte, dass etwas darin war. Er beobachtete sie genau, hob jedoch nicht den Kopf. Sie versuchte, näher an ihn heranzukommen, und setzte sich auf einen Stein. Von dort aus bewegte sie sich zum nächsten Punkt, den sie ins Auge gefasst hatte, und setzte sich. So arbeitete sie sich langsam vorwärts. Je näher sie ihm kam, desto ungeduldiger wurde sie. Sie musste sich bewusst zurückhalten, um nichts Unbedachtes zu tun.

Caspian blieb stehen, bis sie auf zwei Meter an ihn herangekommen war, doch dann zog er sich ein paar Schritte zurück. Amanda machte eine lange Pause. Sie blieb sitzen und tat so, als würde sie sich nur ausruhen und den Morgen genießen, genau wie er. Nach einer Weile versuchte sie wieder, sich zu nähern. Diesmal langsamer. Wieder blieb er stehen, bis sie ungefähr noch zwei Meter entfernt war. Dann ging er weiter. Er tat es, als wäre es reiner Zufall, aber als es das dritte Mal passierte, war Amanda sicher, dass er sie bewusst auf Abstand hielt. Also probierte sie eine neue Variante. Als noch etwa vier Meter zwischen ihnen lagen, blieb sie stehen und schüttelte die Kraftfuttertüte. Sie nahm eine Handvoll Futter heraus und ließ es wieder in die Tüte rieseln, aber Caspian zuckte mit keinem Ohr. Sie warf ein wenig Futter in seine Richtung. Er schnupperte daran, fraß die Körner, die er fand, und graste dann weiter. Erst als sie mit der Nusstüte knisterte, sah es so aus, als überlegte er ernsthaft, ob er wieder etwas mit ihr zu tun haben wollte. Er hob den Kopf und sah sie an.

Amanda ließ ein paar Nüsse auf die Erde fallen und zog sich ein Stück zurück. Und richtig, Caspian bewegte sich auf sie zu, um sich die Nüsse zu holen. Sie setzte alles auf eine Karte und schüttete den Rest der Nüsse aus. Dann ging sie ein paar Schritte rückwärts, bis Caspian begann, die Nüsse mit dem Maul aufzusammeln. Da versuchte sie wieder, sich an ihn heranzuarbeiten, und diesmal blieb er stehen. Jetzt war sie ihm so nahe, dass sie seine Mähne greifen konnte, wenn sie die Hand ausstreckte. Sie wollte es gerade tun – da waren die Nüsse alle und Caspian wich wieder zwei Schritte zurück.

Amanda setzte sich an Ort und Stelle auf die Erde. Es war wichtig, dass sie jetzt die Ruhe behielt. Aber sie hatte das Gefühl, dass er mit ihr spielte. Dass er sie neckte. Die Sonne stand schon hoch am Himmel und sie hatte noch nicht einmal den Hauch einer Chance gehabt, ihn einzufangen. Sie wollte gerade einen neuen Versuch machen, als Caspian ohne Vorwarnung über den Kahlschlag davontrabte und im Wald verschwand. Amanda lief hinterher, so schnell sie konnte, aber als sie in den Wald kam, war er nirgends zu sehen. Jetzt spürte sie nicht nur Ohnmacht, sondern Wut. Dies war das letzte Mal gewesen, dass er weglaufen konnte, schwor sie sich. Eine solche Möglichkeit würde er nicht noch einmal bekommen. *Niemals*.

Die Sonne verschwand hinter dichten Wolken und sofort wurde es kühler. Amanda hielt verzweifelt nach Caspian Ausschau, aber als sie plötzlich Hufschläge hörte, kamen sie aus einer völlig anderen Richtung. *Scheißpferd!* Sie machte auf dem Absatz kehrt und lief auf das Geräusch zu. Sie geriet ins Stolpern und fiel hin, aber sie rappelte sich rasch wieder auf. Jetzt war ihre immer noch feuchte Kleidung auch noch vermatscht, aber die Natur um sie herum kümmerte das nicht. Sie fühlte sich auf einmal einsam und verlassen. Ob sie überhaupt jemand vermissen würde, wenn sie verschwände? Gab es *irgendjemanden*, den das kümmerte?

Amanda durchlebte an diesem Nachmittag ein Wechselbad der Gefühle, an dessen Ende sie einfach keine Kraft mehr hatte. Es wurde schnell dunkel und sie verfluchte sowohl den Hengst als auch die zunehmende Kälte. Sie angelte das Handy aus ihrer Jackentasche und entdeckte, dass es immer noch stumm geschaltet war. *Zehn Anrufe!* Zwei von Mama, einer von Mathias, einer von Torgeir und der Rest von Anja. Plus vier eingegangene SMS. Sie öffnete die erste, sie war von ihrem Vater.

Keine Anrufe/SMS. Du weißt, was auf dem Spiel steht.

Sie las die anderen Meldungen. Torgeir schrieb, dass er beim Zelt gewesen war und nach ihr schauen wollte. Er fragte, ob alles okay war. Ihre Mutter bettelte, dass sie zu Hause anrufen sollte. Mathias schrieb, ihre Mutter sei völlig fertig mit den Nerven, und wunderte sich, was sie denn für einen Sch… machte. *Keiner in der Familie weiß irgendwas!*

»Das ist ja echt krank«, murmelte Amanda vor sich hin. Sie versuchte zu verstehen, was ihr Vater bezwecken wollte – und langsam dämmerte ihr, dass er sie als Lockvogel benutzte, um Torgeir oder irgendwelche Suchmannschaften in den Wald zu treiben. Sie stand eine Weile unschlüssig da, das Handy in der Hand. Dann trotzte sie ihrem Vater und schickte eine SMS an Torgeir. Sie fand, dass sie ihm das schuldig war. Die Nachricht war kurz:

Mir geht es gut.

Dieselbe Nachricht schickte sie auch an ihren Bruder. Sie waren vielleicht nicht gerade ein Herz und eine Seele, aber sie hatten eine stillschweigende Vereinbarung: Wenn es wirklich darauf ankam, konnten sie sich aufeinander verlassen. Dieser Pakt hatte jedes Mal, wenn die Familie auf eine harte Probe gestellt worden war, als Überlebensstrategie funktioniert. Er hatte ihnen nicht nur über die Zeit nach Vaters Unfall hinweggeholfen, sondern auch über Mutters Zusammenbruch im Jahr darauf. Mit der Nachricht, die sie ihm jetzt schickte, konnte Mathias auch ihre Mutter beruhigen. Das war dringend notwendig. *Ein* Zusammenbruch war mehr als genug. Amanda steckte das Handy wieder ein und merkte erst jetzt, dass es ihr keineswegs gut ging. Caspian hatte sie tief in den Wald hineingeführt. Sie wusste nicht genau, wo sie sich befand, und sie war nass, durchgefroren und hungrig. Eine irrsinnige Wut schoss plötzlich in ihr hoch. *Soll das Dreckspony doch abhauen! Scheißegal!!*

»HÖRST DU?«, schrie sie. »HÖRST DU MICH, DU BLÖDES PONY! DU KANNST MICH MAL!«

Sie merkte, wie es in ihrem Hals kratzte. Wurde sie jetzt auch noch krank? Sie fluchte vor sich hin und stolperte durch die Dunkelheit. Die Vorstellung, eine Nacht unter freiem Himmel verbringen zu müssen, war für sie eher unangenehm als beängstigend. Aber eine Stunde später musste sie sich widerwillig eingestehen, dass sie Zelt, Schlafsack und Wolldecke für diese Nacht tatsächlich abschreiben konnte. Zum Glück hatte sie noch das Fahrtenmesser am Gürtel. Damit schnitt sie nun kleine Zweige von zwei Fichten ab, um sich so etwas Ähnliches wie ein Bett zu bauen. Als der Haufen einigermaßen hoch war, legte sie sich darauf und versuchte, sich mit den übrigen Zweigen zuzudecken. Gerade als sie den letzten stechenden Zweig über sich legte, rissen die Wolken auf und der Mond kam heraus und tauchte den Wald in ein märchenhaftes, magisches Licht. Amanda hörte jetzt nichts anderes mehr als ihren eigenen Atem und den Ruf einer Eule, die in einem weit entfernten Baum saß. Sie veränderte mehrmals ihre Lage und rollte sich zusammen, so gut es ging. Als sie schließlich ganz still dalag, meinte sie, das

Geräusch eines brechenden Zweiges zu hören. *Einbildung?* Unmittelbar bevor sie einschlief, war ihr, als sähe sie eine Frau im Mondlicht durch den Wald reiten. Eine Frau im langen Mantel, die auf ihrem Pferd in kurzem Galopp zickzack zwischen den dichten Bäumen hindurchritt. War das dieselbe Frau, die auf sie zugeritten kam, als sie mit Monty am Bach gestanden hatte? Amanda rieb sich die Augen und setzte sich abrupt auf, aber Frau und Pferd waren verschwunden. *Einbildung!* Sie legte sich wieder hin und dachte gerade noch, dass sie bestimmt keinen Schlaf finden würde – doch als sie eine Weile später mit einem Ruck erwachte, hatte sie das Gefühl, tief und lange geschlafen zu haben. Sie fror immer noch und rollte sich enger zusammen. Dann schloss sie die Augen, riss sie aber blitzschnell wieder auf. Ihr war, als hätte sie etwas gesehen. Eine helle Gestalt zwischen den Bäumen. Sie hielt den Atem an und versuchte sich einzureden, dass ihr die Dunkelheit einen Streich spielte. Aber als sie sah, wie die Gestalt sich bewegte, war sie ganz sicher, dass sie nicht allein hier war. Sie lag bewegungslos da und starrte die Gestalt an, die langsam näher kam. Es schien eine junge Frau zu sein, in einem langen weißen Kleid. Amanda fiel aus allen Wolken, als sie erkannte, wer es war. *Ylva!*

»Komm«, sagte Ylva.

Amanda setzte sich auf.

»Wohin gehen wir?«

»Komm«, wiederholte Ylva nur und trat zwischen die Bäume.

Amanda erhob sich zögernd und folgte ihr.

Ylva führte sie durch den Wald. Immer weiter über den weichen Waldboden. Dann einen schmalen Pfad entlang. Als sie eine Weile gegangen waren, kamen sie zu einem Weiher, der Amanda bekannt vorkam. Am gegenüberliegenden Ufer sah sie die Lichtung und ihr Zelt. Aber jetzt stand daneben noch ein Zelt. *Ein großes weißes Zelt.* Es war von innen erleuchtet und spiegelte sich in dem dunklen, schimmernden Weiher. Ylva ging am Ufer entlang voran, und als sie zur Lichtung kamen, sah Amanda, dass vor dem Zelt mehrere Pferde standen. Über einige Pferderücken hing etwas, das an Mäntel erinnerte, und aus dem Zelt hörte sie leises Gemurmel. *Stimmen.* Ylva nahm ihre Hand, trat geduckt ins Zelt und zog sie hinter sich her.

Drinnen saßen fünf Frauen. Sie trugen alle das gleiche Kleid wie Ylva und sie saßen auf Decken um ein Feuer herum. Und mitten unter ihnen stand: *Caspian!* Er stand hoch aufgerichtet da und ließ sich von den Stimmen einhüllen. Dann wurde es plötzlich still. Und alle Augen richteten sich auf Ylva und Amanda.

»Wer sind sie?«, flüsterte Amanda.

»Das sind Frauen, die du kennenlernen sollst«, sagte Ylva. »Komm.«

Ylva führte sie zum Feuer. Amanda blickte die Frauen an. Sie waren alle fremd. Doch dann erkannte sie in dem schwachen Licht eine von ihnen. Tone? *Tone Lind!*

»Wer sind sie?«, wiederholte sie.

»Sie sind Pferdefrauen, so wie du«, antwortete Ylva und setzte sich.

Amanda blieb in der Mitte des Zeltes am Feuer stehen. Sie begriff, dass die Frauen darauf warteten, die Geschichte von ihr und Caspian zu hören. Sie begriff auch, dass sie diesmal die Wahrheit sagen musste, und es war, als sei es sehr, sehr lange her, dass sie das zuletzt getan hatte. Langsam und stotternd erzählte sie, wie Caspian nach Norwegen gekommen war. Das heißt, jetzt sprach sie von Ægir. Der Name Caspian wollte ihr nicht mehr richtig über die Lippen. Sie erzählte, wie sie und ihr Vater nach Island geflogen waren, um ein passendes Pferd zu suchen, und wie sie Ægir gefunden hatten. Aber sie sagte nichts davon, wie ihr Vater getrickst hatte und wie sie selbst tief im Innern davon gewusst und in Kauf genommen hatte, Ylva zu hintergehen.

Sie erzählte von dem erfolglosen Training. Aber sie sagte nichts von dem einen Mal, als sie die Beherrschung verloren hatte. Sie erzählte von den Turnieren. Aber sie sagte so wenig wie möglich über die Demütigungen. Sie erzählte, wie schwierig es geworden war, mit Ægir umzugehen. Und am Ende erzählte sie von Arman. Von dem Roundpen, den ganzen Spielen und wie gut es gelaufen war. Sie sprach unbewusst schneller als sonst, um nicht unterbrochen zu werden. Als sie sich schließlich ans Feuer setzte, war es ganz still im Zelt. Ihr Hals tat weh von all dem Reden, und ihr war heiß, als hätte sie Fieber. Ægir war der Einzige, der sich bewegte. Er gähnte und schüttelte den Kopf.

»Ægir war stark und furchtlos, als er hier ankam«, fügte sie hinzu. »Aber dann wurde er plötzlich ängstlich. Er scheute vor buchstäblich allem und hat mich andauernd herausgefordert. Ich musste etwas tun.«

»Die häufigste Ursache für diese Art von Ängstlichkeit sind *heftige Schläge*«, sagte eine grauhaarige Frau, die auf der anderen Seite des Feuers saß.

Amanda wurde rot und hoffte inständig, dass sie nicht gezwungen war, *von diesem einen Mal* zu erzählen.

»Ein Pferd, das so reagiert, hat keinen Anführer, dem es vertrauen kann, und schafft es auch nicht, sein eigener Anführer zu sein«, ergänzte eine blonde Frau. »Ægir war früher sein eigener Anführer. Aber wahrscheinlich hat jemand mit Gewalt geantwortet, als Ægir versuchte, sich in der einzigen Sprache auszudrücken, die er kennt: der Körpersprache. Er will, dass du dich von ihm fernhältst, aber er hat jetzt keine Sprache mehr, um es dir zu sagen. Er hat gelernt, was passiert, wenn er sich mitteilt, wenn er seinen Körper benutzt, um sich verständlich zu machen. Und er wagt nicht, es wieder zu tun. Deshalb ist ihm nur noch eine Strategie geblieben: geistig abzuschalten. Du sagst, dass er vor allem zurückschreckt, aber das ist nur ein Symptom. Das Grundproblem ist, dass er kein Vertrauen hat. Weder in seine eigene Urteilskraft noch in deine. Damit wird alles zu einer möglichen Gefahr. Das kann sich im Training oft noch verstärken. Wenn der Körper warm wird, entsteht eine Menge Energie, mit der das Pferd nicht umgehen kann. Das ist ein von Menschen verursachtes Problem. Es ist weder Trotz noch Herausforderung. Verstehst du?«

Ægir gähnte wieder und leckte sich das Maul. Er wirkte ruhig und ausgeglichen. Aber in Amanda wallten die Gefühle auf.

»Ich kann ja verstehen, dass es schwer zu glauben ist«, sagte sie. »Aber Ægir war aggressiv! Er hat nach mir geschnappt. Er hat nach Arman ausgeschlagen und ihn getroffen!«

»Du sprichst von seiner Aggression, als hätte er etwas falsch gemacht«, sagte die blonde Frau. »Aber es ist wichtig, dass du eines begreifst: *Du* trägst dafür die volle Verantwortung. Denn Aggression bedeutet nichts anderes, als ein feindliches Verhältnis zu seiner Umgebung zu haben. Und du bist diejenige, die nicht nur die Umgebung des Pferdes wählt, du bist auch der wichtigste Bestandteil davon.«

Amanda sank in sich zusammen.

»Was du beschreibst, kann äußerlich betrachtet wie Aggression wirken«, sagte eine dunkelhaarige Frau. »Aber eigentlich ist es Selbstverteidigung. Wenn deine Existenz bedroht ist, wenn du in Lebensgefahr bist, wäre es sehr unnatürlich, wenn du nicht versuchen würdest, dein Leben mit allen Mitteln zu verteidigen. Das gilt auch für ein Pferd. Siehst du nicht, dass Ægir nur das bisschen zu verteidigen versucht, was von seiner wilden Natur noch übrig ist?«

»Aber gerade weil ich mein Pferd verstehen wollte, bin ich zu Arman gegangen«, beteuerte Amanda. »Und Ægir und ich haben dort unglaublich guten Kontakt zueinander bekommen.«

»Du meinst jenen guten Kontakt, der ihn hinaus in den Wald getrieben hat?«, fragte Ylva.

Amanda schwieg – und verstand allmählich, was die Frauen meinten.

»Ein Roundpen kann ein Rahmen für ein Gespräch sein, aber auch ein effektives Machtinstrument«, sagte die dunkelhaarige Frau. »Wie das meiste, mit dem wir unsere Pferde umgeben, kann ein Roundpen in unerfahrenen Händen ungeheuer leicht missbraucht werden.«

»Aber wir waren in erfahrenen Händen«, sagte Amanda. »Arman ist wirklich anerkannt!«

»Wie hat Arman auf dich gewirkt?«, fragte die dunkelhaarige Frau.

»Wie ein Mann, der weiß, wovon er spricht. Er ist ja auch wirklich anerkannt! Diejenigen von uns, die zum ersten Mal dort waren, haben Spiele mit den Pferden gemacht, na ja, oder Übungen«, sagte Amanda mit einem schnellen Seitenblick auf Ylva. »Die anderen Teilnehmer, die schon bei mehreren seiner Kurse gewesen waren, hatten Pferde, die ihnen wie Hunde folgten. Sie brauchten weder Halfter noch Führstrick. Ich dachte, wenn eine Methode solche Ergebnisse bringt, könnte es einen Versuch wert sein.«

Amanda sah zu Ægir. Und plötzlich dämmerte es ihr. Alle Pferde im Kurs hatten mit tief gesenktem Kopf dagestanden, manche berührten mit dem Maul fast den Boden. Es hatte gewirkt, als hätten sie sich aus allem ausgeklinkt, was um sie herum passierte. Der Eindruck von folgsamen Hunden, den sie gehabt hatte, beruhte nicht nur auf ihrem Verhalten, sondern auch auf ihrer Körpersprache. Sie hatten gar nicht mehr wie Pferde ausgesehen. Sie hatten nicht so ausgesehen wie Ægir jetzt. Hoch aufgerichtet, stolz und aufmerksam.

»Wie alle Methoden hat auch diese Schwächen«, sagte eine rothaarige Frau, die direkt neben ihr saß. »Trainer, die ein Pferd in einem Roundpen im Kreis herum treiben, suchen oft nach Anzeichen dafür, dass das Pferd sich unterwirft. Aber du musst verstehen, dass das Pferd im Roundpen an einer Begrenzung entlang flieht, die es als unendlich lange, gerade Linie wahrnimmt, ohne dass es dem Druck entkommen könnte. Das ist eine extrem bedrohliche Situation für das Tier.«

»Aber wenn sich das Pferd unterwirft, braucht es doch nicht mehr wegzulaufen«, warf Amanda ein.

»Betrachte es mal aus der Sicht des Pferdes«, sagte die blonde Frau. »Was, wenn in dem Roundpen niemand ist, dem es sich ganz selbstverständlich unterwerfen kann? Dann gibt es in der Realität nur eine Möglichkeit: so lange zu laufen, bis es am Ende seiner Kräfte ist. Manche Trainer sind bereit, das Pferd zu hetzen, bis es völlig erschöpft ist, während sie auf Zeichen der Unterwerfung warten. Wenn du ein Pferd mehr als vierzehn Runden durch den Roundpen gejagt hast, bist du schon viel zu weit gegangen, denn dann hat das Pferd bereits seine ganze natürliche Fluchtstrecke zurückgelegt.«

Amanda schloss die Augen. Sie hatte Ægir *mehr als eine Stunde lang* durch den Roundpen gehetzt.

»Merkwürdig, dass viele sogenannte anerkannte Pferdetrainer sich nie Gedanken darüber gemacht haben, in welche Situation sie das Pferd damit bringen«, sagte die dunkelhaarige Frau. »Sich zu unterwerfen bedeutet, dass man sein Leben in die Hände eines anderen legt. Aber du wirst nicht automatisch zu einer Führungspersönlichkeit, nur weil du dich in die Mitte eines Roundpens stellst. Leider gibt es viele Trainer und Methoden, die keinerlei Ansprüche an den Menschen am anderen Ende des Führstricks stellen. Denn so wie wir das sehen, versuchen nur Amateure, das Pferd zu verändern. Die Meister fangen immer zuerst mit dem Reiter an.«

»Aber Arman hat mit mir angefangen«, protestierte Amanda. »Er hat mich aufgefordert, der Boss zu sein, und er hat mich die ganze Zeit angeleitet.«

»Wenn ein Trainer dich auffordert, wie ein Anführer auszusehen, ist das schon ein Grund, skeptisch zu werden«, sagte die rothaarige Frau. »Pferde sind Meister im Lesen von Körpersprache. Glaub keine Sekunde daran, dass du damit durchkommst, wenn du so tust als ob.«

»Es hat keinen Sinn, eine Bewegung mechanisch zu kopieren, die du bei einem Trainer gesehen hast«, ergänzte die grauhaarige Frau. »Es ist nicht die Gestik, die auf das Pferd einwirkt. Es ist deine Absicht, die dahinter liegt, und dein Wille. Beide lassen sich nicht kopieren, sie existieren nur aus sich selbst heraus. Wenn du eine Handlung ohne diese inneren Prozesse nur nachahmst, bringst du dem Pferd bei, dass die Bewegung keine Bedeutung hat. Doch bedeutungslose Bewegungen hat das Pferd zu ignorieren gelernt. Das ist ein Teil seiner Überlebensstrategie.«

»Aber Arman hat gesagt, dass wir die Sprache der Pferde sprechen, und Ægir hat mich doch verstanden«, murmelte Amanda verwirrt und kleinlaut.

»Die sogenannten Spiele, die du beschreibst, haben wenig mit der eigenen Sprache der Pferde zu tun«, sagte die blonde Frau. »Sie basieren nur auf Dominanz und Unterwerfung.«

Amanda spürte, wie ihre Wangen brannten. Was hatte sie nur getan! Sie hatte versucht, Ægir zu zwingen, ihr etwas zu geben, das sie nicht verdiente. *Seinen Respekt.* Oh Gott, was hatte sie sich nur dabei gedacht, als sie ihn eine halbe Ewigkeit im Kreis herumhetzte und auf ein Unterwerfungszeichen von ihm wartete? Welche Führung hätte er denn akzeptieren sollen? Sie hatte ihm ja keine zu bieten! Sie war nur ein kleines Mädchen, das ihn zwang, im Kreis zu laufen.

»Denk zurück an das erste Mal, als du vom Reiten geträumt hast«, sagte Ylva sanft. »Alle hier wissen, wie dieser Traum aussieht. Du hast dich selbst auf dem Rücken eines stolzen, kraftvollen Pferdes gesehen, das durch eine weite Landschaft galoppiert. Kannst du dich erinnern?«

Amanda erinnerte sich. Sowohl an den Traum, den sie vor langer Zeit als kleines Mädchen gehabt hatte, als auch an die starke Sehnsucht, sich diesen Traum zu erfüllen.

»Die weite Landschaft ist ein Sinnbild deiner gesunden und wilden Natur«, fuhr Ylva fort. »Deine Seele erkennt in dem Pferd ein Wesen, das dich dahin zurückbringen kann. Zurück an den Ort, an dem du im Gleichgewicht bist, an den du gehörst. Und diese Sehnsucht war es, die dich zu einem Reiterhof, zu einem Stall als Ausgangspunkt geführt hat.«

Amanda war tief berührt von dem, was Ylva sagte. Denn sie spürte, dass es stimmte.

»Sieh das Bild an, das ich dir jetzt vor Augen halte«, fuhr Ylva fort. »Du versuchst mit aller Macht, die Kraft zu brechen, mit der du im Traum eins sein wolltest. Doch was passiert dann? Warum hast du Macht an die Stelle von Harmonie, und Kontrolle an die Stelle von Freiheit treten lassen? Tief im Herzen weißt du, dass dein Traum dir den einzig richtigen Weg gezeigt hat, um mit einem Pferd zusammen zu sein. Du hast dich unterwegs nur selbst verloren und brauchst Hilfe, um wieder zurückzufinden.«

»Betrachte das Reiten und die Pferde mit neuen Augen«, sagte die rothaarige Frau. »Reiten hat sich immer mehr dahin entwickelt, dass wir die Pferde zwingen, uns etwas zu geben, was sie uns gerne freiwillig schenken würden – wenn wir sie nur fragten. Aber wir fragen nicht mehr. Wir nehmen uns eigenmächtig und rücksichtslos, was wir haben wollen.«

Amanda blickte ins Feuer, das gerade erlosch. Die Worte sanken in sie ein, und sie hatte kein Bedürfnis mehr, etwas zu erwidern. Zum ersten Mal seit Langem hörte sie richtig zu. Und zu ihrer großen Verwunderung spürte sie, dass ihr eigener Lebensfaden mit etwas Größerem verflochten war.

»In den allermeisten Reitschulen«, erzählte die dunkelhaarige Frau, »drückt man kleinen Mädchen eine Gerte in die Hand und lehrt sie, die Pferde mit Hacken und Sporen zu treten, sie zu schlagen und im Maul zu ziehen. Die angeborene Fähigkeit, auf natürliche Weise mit dem Pferd umzugehen, geht dabei langsam verloren. Die Kraft, zu der du zurückfinden musst, beinhaltet den Willen zu Zusammenarbeit, Bewegung und Balance.«

Amanda schluckte. Ihr Hals war zugeschwollen und tat weh, und sie griff dankbar zu, als eine der Frauen ihr einen Becher mit heißer Flüssigkeit reichte, die süßlich duftete. Sie trank vorsichtig.

»Reinheit, Unschuld und Verspieltheit sind wichtige Voraussetzungen, um das Pferd zu verstehen. Wir alle tragen sie als Kinder in uns«, ergänzte die grauhaarige Frau. »Oft sind es vor allem Mädchen, die in einem Pferd ein Wesen sehen, bei dem sie intuitiv fühlen, dass sie mit ihm zusammengehören. Und das tun sie tatsächlich.«

»Eine Frau, die im Spreizsitz reitet, ist im inneren und äußeren Gleichgewicht«, sagte die blonde Frau. »Sie ist selbstbewusst, sie lässt sich nicht wegdrängen oder herumkommandieren. Kein Wunder, dass der Spreizsitz früher als unpassend für Frauen galt. Aber wir Pferdefrauen sind schon immer so geritten. Nenn uns ruhig Zentauriden. Hast du das Wort schon mal gehört? So heißen die weiblichen Zentauren.«

»Pferdefrauen wie wir wurden in der bildenden Kunst selten dargestellt und noch seltener in Büchern«, sagte die grauhaarige Frau. »Das meiste, was Pferde und Frauen miteinander vereint, wurde im Laufe der Geschichte nach Möglichkeit verschwiegen oder verfälscht. Das fein abgestimmte Zusammenspiel zwischen Pferden und Frauen wurde oft als so bedrohlich empfunden, dass es nicht unangefochten bleiben durfte. Frauen, die mit gespreizten Beinen auf dem Pferd saßen, bekam das oft schlecht und man sprach ihnen ihre Weiblichkeit ab. So entstand der Mythos, die Amazonen, das sind Kriegerinnen zu Pferd, hätten sich eine Brust abgeschnitten, um den Bogen besser spannen zu können. Pionierinnen, die wie Männer ritten, wurden Mannweiber geschimpft, und man nahm ihnen manchmal sogar das Leben. Deshalb musste auch Jeanne d'Arc auf dem Scheiterhaufen sterben. Im Schatten solcher Ereignisse entstanden die geheimen Pferdeklans, oft im Verborgenen, aber immer außerhalb des Zentrums der geschichtlichen Ereignisse. Du findest uns nicht auf dem Schlachtfeld, auf Turnieren oder bei Pferderennen, sondern im Wald, auf den Feldern und in Steppen. Wir sind Teil einer jahrhundertealten Tradition, die sich durch mündliche Überlieferung am Leben erhalten hat.«

»Wir haben unsere eigenen Codes entwickelt«, sagte die blonde Frau. »Du erkennst uns an dem Armband, das wir am linken Handgelenk tragen. Es ist schwarz mit zwei Symbolen: einem Mond und einer Schlange. Jedes Jahr sticken wir in den Stoff des Armbands einen neuen Stich, der uns an unsere Verantwortung als Bewahrerinnen der Tradition erinnert. Diese Stiche werden auf die Innenseite gestickt, denn äußere Auszeichnungen zählen für uns ebenso wenig wie für die Pferde. Schärpen, Gürtel, Orden oder andere Symbole, die etwas über Status, Niveau oder Rang aussagen, haben in unserer Welt keinen Wert.«

»Das Armband ist ein stilles Signal«, ergänzte die rothaarige Frau. »Es soll nicht zeigen, was wir können, sondern wonach wir suchen. In dieses Armband sind Haare von Pferden eingeflochten, die aus derselben Blutlinie stammen. Man kann es nicht kaufen. Du kannst es nur als Geschenk erhalten.«

Amanda fühlte sich erschöpft von all den Worten. Sie konnte kaum mehr etwas aufnehmen und kämpfte darum, wach zu bleiben. Sie lag jetzt auf dem Rücken und blickte zu dem hellen Zeltdach hinauf, das sich über ihr wölbte.

Die Stimmen um sie herum flossen ineinander. Sie merkte, wie ihr die Augen zufielen, aber ihre Ohren fingen immer noch einige Worte auf.

»Die Pferde spiegeln uns wider«, sagte die Stimme der blonden Frau. »Nicht das Äußere, sondern unser Inneres. Ægir spiegelt die Auflehnung gegen deinen Vater wider, und er bezahlt einen hohen Preis, um dir die Möglichkeit zu geben, dich gegen ihn zu wehren. Aber auch du bist nur noch ein Schatten deiner selbst, Amanda, und deine Rolle in dieser Sache ist vielleicht größer, als du glaubst.«

Amanda merkte, dass die Stimmen im Zelt immer leiser wurden und verschwanden. Aber eine Stimme, die sie nicht einordnen konnte, war immer noch da. Eine ältere Frauenstimme mit isländischem Akzent.

»Ich hoffe, du hörst noch, was wir dir zuflüstern«, sagte sie leise. *»Denn wenn die Worte nur wie tote Fliegen sind, die unter deinen Füßen knirschen, war alles vergebens.«*

Amanda versuchte, die Augen zu öffnen, schaffte es aber nicht. Ihre Lider waren zu schwer. Es war, als würde sich der Raum bewegen, sich um sie drehen.

»Wenn du Ægir die Möglichkeit dazu lässt, wird er dir alles geben, worum du ihn bittest«, sagte eine zarte, sanfte Stimme, die Amanda als Ylvas erkannte. »Alle Sterne des Himmels reichen nicht aus für das, was er bereit ist zu geben, wenn er im Gleichgewicht ist. Denn das ist seine Natur. Die Augen eines heilen Pferdes sind unendlich wie das Himmelszelt. Wenn diese Augen nur noch schwarze Löcher sind, wird es Zeit, Verantwortung zu übernehmen. Es wird Zeit aufzuwachen. *Wach auf!*«

Durch Amandas schlafenden Körper ging ein kräftiger Stoß. Sie schlug die Augen auf und starrte einige Sekunden gegen das Zeltdach. Bis ihr plötzlich aufging, dass das, was sie sah, ihr eigenes Zelt war. *Unmöglich!* Sie setzte sich abrupt auf. Wo waren die alle? Sie kroch ins Freie und stolperte ein paar Schritte durchs Gras. Die Sonne stand hoch am Himmel und es war ganz still. Verwirrt blickte sie sich um. Das weiße Zelt war verschwunden. Der Platz sah genauso aus, wie sie ihn am Tag zuvor verlassen hatte. Ihr nasser Rucksack lag achtlos hingeworfen vor der Zeltöffnung. Torgeirs Becher standen auf dem flachen Stein, bis zum Rand gefüllt mit Wasser. Sie hätte sich leicht mit dem Gedanken anfreunden können, dass alles nur ein Traum war. Wenn da nicht ein entscheidendes Detail gewesen wäre: Statt ihrer feuchten Sachen trug sie ein langes weißes Kleid.

Dienstag
Noch 39 Tage

Amanda blickte an sich hinunter. Das weiße Kleid reichte bis zur Erde und darunter war sie barfuß und nackt. Das Gras war schwer vom Regen, der in der Nacht erneut gefallen war, und fühlte sich kalt und frisch unter ihren Füßen an. Sie ging langsam zum Weiher und trank direkt von der blanken Oberfläche. Das eiskalte Wasser tat gut und schmerzte zugleich. Ihr blondes Haar berührte den Wasserspiegel und rahmte das Bild ein, das ihr aus der Tiefe entgegensah. *Wer bin ich?* Amanda wiederholte die Frage mehrere Male stumm. Fand aber keine Antwort. Sie horchte in sich hinein und spürte auf einmal, dass sie nicht allein war. Langsam drehte sie sich um, und da, direkt hinter dem Zelt, hob Ægir den Kopf. Er hatte das Maul voller Gras und hörte auf zu kauen, während er sie durch den langen Stirnschopf beobachtete. Dann senkte er den Kopf wieder und graste weiter, als wäre nichts gewesen. Amanda erhob sich und ging langsam zurück zum Zelt. Sie kroch hinein und suchte ihre Kleidung und die Stiefel, fand aber nichts. Das Display ihres Handys war schwarz und sie bekam es auch nicht wieder in Gang. Ihr Hals tat so weh, dass sie kaum schlucken konnte. Sie musste nach Hause.

Als sie wieder nach draußen kam, hatte Ægir aufgehört zu fressen und verfolgte sie mit seinem Blick.

»Ajir«, flüsterte sie.

Das Wort kam seltsam verdreht aus ihrem Mund. Sie war im Begriff, ihre Stimme zu verlieren, und hier stand sie nun. Barfuß, weit draußen im Wald mit einem Pferd, das sie seit seiner Flucht nicht mehr zu fassen bekommen hatte. Und nun ging er einfach, Ægir frá Stóra-Hof. Der Hengst, den sie als ihr Eigentum betrachtet hatte. Er wandte sich von ihr ab und schritt davon. Wenn sie nach Hause wollte, musste sie auf ihren eigenen Füßen gehen, und sie spürte, dass es eine beschwerliche Wanderung werden würde.

Ægir war wieder stehen geblieben. Er stand da und sah zu ihr herüber, aber Amanda hatte jetzt genug mit sich selbst zu tun. Sie machte noch ein paar Schritte, aber immer war da der eine oder andere spitze Stein, der ihr gegen die zarten Fußsohlen drückte. Sie musste aufpassen, wohin sie trat. Als sie die nächsten Schritte machte, hob sie deshalb das lange Kleid an, sodass es ein Stück über dem Boden hing, und senkte den Blick. So bewegte sie sich langsam über die Lichtung. Es dauerte eine kleine Ewigkeit, aber als sie das nächste Mal aufblickte, stand sie direkt neben Ægir. Und diesmal bewegte er sich nicht von der Stelle. Neben ihm lag ein großer, runder Stein, fast einen halben Meter hoch. Amanda sah den Hengst an und wusste, dass er nicht weggehen würde, bevor sie auf seinem Rücken saß. Vom Stein aus schaffte sie es ganz gut, mit dem langen Kleid aufzusteigen, das ihr sonst im Weg gewesen wäre. Kaum saß sie sicher auf seinem Rücken, ging er langsam in den Wald hinein.

Es war eine unbekannte Landschaft, durch die sie sich bewegten. Ständig versperrten ihnen vom Sturm umgerissene Bäume den Weg, sodass Ægir einen Bogen schlagen musste, um daran vorbeizukommen. Und es waren keine kleinen Bäume, die der Sturm umgeworfen hatte, sondern ausgewachsene Fichten. Als sie wieder auf bekannte Pfade kamen, war Amanda erschüttert über den Anblick, der sich ihr bot. Überall lagen entwurzelte Bäume herum. Es kam ihr vor, als wäre die Welt untergegangen und sie und Ægir hätten als Einzige überlebt. Und in diesem Unwetter war Torgeir losgeritten, um sie zu suchen. *Unglaublich.*

Amanda klammerte sich jetzt an Ægirs Mähne fest, aber er ließ sich nichts anmerken. Er watete unverzagt und sicher durch Flüsse und schritt langsam durch den Wald. Sie strich ihm dankbar über den Hals, sagte aber nichts. Sie konnte nicht. Ihr Hals tat so weh, dass ihr jedes Mal davor graute, wenn sie schlucken musste.

Als sie den Hof Vestre Engelsrud erreichten, fand sie ihn leer und verlassen vor. Ein paar Schwalben flogen tief über die Paddocks und ein schwacher Luftzug trieb an der Scheunenwand ein Knäuel weißer Pferdehaare sachte vor sich her. Alles war still. Amanda ließ sich vom Pferderücken gleiten und Ægir trottete gemächlich zum Hofbaum hinüber und begann zu grasen.

Jetzt war aus dem Stall Radiomusik zu hören. Und Gelächter. Amanda ging zögernd hinein. Sonnenschein und milde Wärme wichen einer kühlen Dämmerung, die nach Leder, Pferd und frischen Sägespänen roch. Sie war schon tausend Mal durch diese Tür gegangen. Gerüche und Geräusche waren ihr vertraut, aber sie fühlte sich dennoch wie ein ängstliches Tier, das seinen Instinkten trotzte und sich in Gefahr begab.

Mindestens fünfzehn Pferde standen noch im Stall. Einige trugen Decken. Sie hörte, wie Metall rasselte und klirrte, als ein angebundenes Pferd ungeduldig den Kopf schüttelte und mit dem Vorderbein auf den Boden stampfte. Zwei Pferdemädchen hatten seinen kurzen Schopf mit Huffett eingeschmiert, sodass sie aufrecht stand.

»Nun guck doch mal! Ist er nicht schick?«, rief eines der Mädchen begeistert.

Sie lachten, aber Amanda lachte nicht. Sie sah Traurigkeit im Blick des Pferdes, und diese Traurigkeit war so offenkundig und unverkennbar, dass sie nicht begriff, wieso es niemand bemerkte. Eines der Mädchen drehte die Lautstärke des Radios auf und ein neuer Popsong erfüllte die Stallgasse. Das Geräusch der Boxentüren, die geöffnet und geschlossen wurden, schnitt Amanda auf eine Weise in die Ohren, wie sie es noch nie zuvor erlebt hatte. Die Boxen waren dieselben wie immer, aber Amanda sah sie plötzlich mit anderen Augen. Neuen Augen. Der Stall war wie ein Gefängnis. Die Pferde wurden ausgelacht, eingesperrt und herumkommandiert. Oder liebkost. Kleine Mädchengesichter drückten sich an die weichen Mäuler, küssten sie und hielten sie in den Händen. Empfindliche, ausgelieferte Mäuler, gedrückt und gestreichelt mit einer Liebe, die nicht erwidert wurde. Jetzt fiel ihr auf, dass kein Pferd die Zärtlichkeiten zurückgab. Und sie bekam einen Schock, als sie Monty sah. Seine Augen hatten jeden Glanz verloren und er sah unglücklich aus. Amanda stand wie gelähmt da. Nichts stimmte mehr.

Eines der Mädchen ruckte hart am Gebiss ihres Pferdes, während sie den Sattelgurt um einige Löcher strammer zog. Als Antwort keilte das Pferd kräftig gegen die Boxenwand aus.

»Hör auf«, flüsterte Amanda. »Bitte.«

Das Mädchen, das dem Radio am nächsten stand, riss die Augen weit auf, als sie Amanda entdeckte, und machte blitzschnell die Musik aus. Amanda hatte gar nicht darüber nachgedacht, aber ihre Erscheinung erregte Aufsehen. Das lange weiße Kleid, die nackten Füße und das offene blonde Haar, das voller Fichtennadeln und Kletten war. Die Mädchen starrten sie an, als wäre sie ein Geist aus einer anderen Zeit, einer anderen Wirklichkeit. Aber Amanda kam jetzt tatsächlich aus einer anderen Wirklichkeit, und das Aufeinandertreffen mit der Welt, die sie von früher her kannte, war brutal.

»Du liebe Zeit, wo warst du denn?«, fragte Anja, die plötzlich vor ihr stand und sie mit einer Mischung aus Skepsis und Überraschung musterte. »Und was hast du da an?«

»Wir haben ihn! Wir haben ihn!«, riefen mehrere Stimmen draußen auf dem Hof.

Karoline und Susanne kamen zusammen mit zwei anderen Mädchen in den Stall gelaufen. Die Stimmung war aufgeregt und triumphierend, aber sie blieben abrupt stehen, als sie Amanda in dem langen weißen Kleid erblickten.

In Amanda spielte sich ein heftiger Kampf ab. Ihr Kopf versuchte, all die Sinneseindrücke zu sortieren, die auf sie einstürmten. Die schnellen Bewegungen und schrillen Stimmen der Mädchen. Das Kratzen der Hufeisen, die über den Beton scharrten. Das Geräusch von Trensen, an denen geruckt wurde.

»Ist sie krank, oder was?«, fragte Susanne.

Amanda schwankte. Sie spürte, wie ihr die Farbe aus dem Gesicht wich.

»Mir ist nicht gut«, flüsterte sie. Dann brach sie auf dem Fußboden zusammen.

»Ajir«,war das Erste, was Amanda sagte, als sie zu sich kam, aber für die Mädchen ergab das Wort keinen Sinn. Amanda fand sich auf dem verblassten Sofa in der Sattelkammer wieder, und mehr Gesichter, als sie zählen konnte, blickten mit fragenden, unsicheren Mienen auf sie herab. Anjas Gesicht tauchte direkt vor ihr auf.

»Wir haben Torgeir Bescheid gegeben«, sagte sie. »Er ruft den Hausarzt an.«

Im selben Moment wurden mehrere der Mädchengesichter beiseitegedrängt und dann stand Torgeir Rosenlund da.

»Sie spricht von irgendeinem ›Ajir‹«, sagte Anja.

»Ægir ist Caspians richtiger Name«, erklärte Torgeir. »Sie spricht von ihm.«

»Ach ja? Ich konnte ihn einfangen und auf den Paddock sperren«, sagte Susanne.

»*Wir* haben ihn eingefangen«, berichtigte Karoline. »Allein hättest du das nie geschafft!«

»Wir mussten ihn hineinjagen«, erklärte Susanne.

Torgeir setzte sich auf den Rand des Sofas.

»Warst du bis jetzt draußen im Wald?«, fragte er leise.

Amanda nickte schwach.

»Das hier ist schon viel zu weit gegangen«, murmelte er. Dann wandte er sich zu den Mädchen um, die sich um das Sofa drängten, und bat sie hinauszugehen. Widerstrebend und miteinander tuschelnd zogen sie sich zurück. Torgeir legte seine Hand auf Amandas Stirn. Sie war glühend heiß und ihre Augen glänzten fiebrig.

»Lass Ajir auf die Koppel«, flüsterte sie mühevoll.

»Das wird dein Vater nie erlauben«, sagte Torgeir.

»Lass ihn raus«, bat Amanda mit dünner Stimme. »Raus, raus! Jetzt.«

Torgeir rieb sich das Gesicht mit beiden Händen.

»Okay«, sagte er.

In diesem Moment kam der Hausarzt herein und schloss die Tür hinter sich. Torgeir zog sich zurück und sah zu, wie der Doktor in Amandas Hals leuchtete.

»Ich habe selten eine so heftige Entzündung gesehen, wie du sie dir zugezogen hast, Fräulein«, sagte der Hausarzt und bat sie, den Mund noch weiter zu öffnen, um einen Abstrich zu machen. Amanda konnte die Tränen nicht zurückhalten.

»Das sind wahrscheinlich Streptokokken. Ich gebe dir Antibiotika und dann musst du sofort ins Bett.«

»Ich kann dich nach Hause fahren«, sagte Torgeir.

»St Ajir ffn«, flüsterte sie.

»Erst Ægir helfen?«, wiederholte er.

Sie nickte und schloss die Augen.

»Und vielleicht deine Familie anrufen und Bescheid sagen, dass du in Sicherheit bist?«

Amanda antwortete nicht. Es schien, als würde sie schlafen. Torgeir betrachtete sie einen Moment lang. Das war eine andere Amanda als die, für die er noch das Zelt aufgebaut hatte. Er breitete vorsichtig eine Decke über sie, ging zusammen mit dem Hausarzt hinaus und verabschiedete ihn.

Dann ging er, um ein Stück der Koppel für den schwarzen Hengst der Fivels abzutrennen.

Nachdem die Kinder endlich eingeschlafen waren und er seine Abendrunde gemacht hatte, lag Torgeir im Bett und dachte daran, wie merkwürdig Amanda Fivel ausgesehen hatte in dem schlichten weißen Kleid, barfuß und mit dem halben Wald im Haar. Er hatte sie nach Hause gefahren, und währenddessen hatte sie die ganze Zeit versucht, ihm etwas zu sagen.

Aber ihre Stimme war so heiser gewesen, dass er nur Bruchstücke verstanden hatte.

Victoria Fivel erwartete sie schon, als sie ankamen, und er hatte Amanda ins obere Stockwerk getragen und ins Bett gelegt. Danach hatte er das Haus so schnell wie möglich verlassen, denn er wollte um jeden Preis vermeiden, Wilhelm Fivel zu begegnen. Er war sich nicht sicher, ob er sich hätte zurückhalten können, denn der Mann verdiente es einfach, dass ihm mal kräftig eine mitgegeben wurde. Rollstuhl hin oder her.

Jetzt, mehrere Stunden später, versetzte ihn der Gedanke an Amandas Vater immer noch in Wut.

»Woran denkst du?«, fragte Tone, die in seinem Arm lag.

»Sie war überhaupt nicht sie selbst, Amanda, meine ich. Sie erzählte von sich und schien ziemlich verwirrt. Weißt du, was sie gesagt hat, als ich sie nach Hause gefahren habe?«

Tone schüttelte den Kopf und schmiegte sich enger an ihn.

»Dass sie in einem riesigen weißen Zelt aufgewacht ist, mit einem Haufen Frauen darin, die alle zu einer Art Klan gehörten. Einem Pferdeklan. Sie behauptete, dass der Hengst mitten in dem Zelt gestanden hätte. Und wenn ich sie richtig verstanden habe, sollst du auch dabei gewesen sein.«

Tone gähnte, sagte aber nichts.

»Alle Frauen in dem Zelt hätten Armbänder getragen«, fuhr er fort. »Schwarze Armbänder mit einer Schlange und einem Mond.«

»Hmja«, machte Tone.

»Eins wie das hier, vielleicht«, sagte er, hob ihren linken Arm und betrachtete das schmale schwarze Armband, das sie nie ablegte. Er musterte es eingehend und entdeckte eine dünne, gewellte Linie und einen Kreis. Schlange und Mond?

»Oder war sie vielleicht gar nicht so verwirrt?«, fragte er.

»Wenn ich mich mitten in der Nacht, während du schläfst, hinausschleichen würde, um Pferdefrauen in einem großen weißen Zelt im Wald zu treffen, würde ich wohl kaum mit dir darüber reden, meinst du nicht?«, fragte Tone. Dann küsste sie ihn zärtlich, machte das Licht aus und drehte sich auf die Seite. Torgeir sagte nichts mehr. Er legte seinen Arm fest um sie und schloss die Augen.

Mittwoch
Noch 38 Tage

Amanda wachte davon auf, dass die Vormittagssonne ihr ins Gesicht schien. Sie merkte, dass sie lange geschlafen hatte, ihr Körper fühlte sich schwer und träge an. Sie sah sich im Zimmer um. Es wirkte fremd.

Sie hatte merkwürdige Sachen geträumt, aber sie hatte auch die Umrisse der endlosen Landschaft gesehen, nach der sie sich unbewusst gesehnt hatte. Es war eine Landschaft voll von starken Gerüchen nach Geburt und Tod. Bäume, die verrotteten, und neue Pflanzen, die aus feuchter, aufgerissener Borke hervorwuchsen. Eine lebendige Landschaft, rau und voller Kraft. Da waren endlose Wälder, weite Ebenen und Wasser, das die Berghänge weiß hinabschäumte und sich ins Meer ergoss. Vertraut und fremd zugleich. Und mitten in dieser wilden Landschaft erahnte Amanda Fivel einen Weg, von dem sie meinte, ihn wiederzuerkennen. Ein Weg, der vielleicht ihr eigener war. Ein kleiner Steig, der einem Wildpfad ähnelte. Sie fühlte, dass jemand vor ihr dort gegangen war, wenn auch vor langer Zeit. Der Pfad war beinahe zugewachsen. *Wenn ich weiterkommen will, brauche ich einen Pfadfinder.* Im selben Moment hörte sie leichte Schritte die Treppe heraufkommen. Kurz darauf klopfte es vorsichtig an ihre Tür. Aber es war nicht ihre Mutter, die eintrat. Es war Ylva. Amanda setzte sich abrupt im Bett auf.

»Victoria hat gesagt, ich soll dich schlafen lassen, bis du aufwachst«, sagte Ylva und stellte einen Teller mit heißer Suppe auf den Nachttisch. Dann reichte sie Amanda ein Glas Wasser. Amanda trank zwei kleine Schlucke, aber es kostete mehr Mühe, als es Linderung brachte.

»Sie sagt, du kannst nicht sprechen«, fuhr Ylva fort.

Amanda nickte mit schiefem Lächeln und sah zu ihr auf.

Warum bist du hier und nicht bei Ægir?

»Ægir braucht meine Gesellschaft jetzt nicht«, sagte Ylva. »Er grast mit ein paar Wallachen auf Bjørkeodden unten am Wasser. Das mag er. Er ist mit seinesgleichen zusammen und kann sich austoben. Und ich wollte die letzten Stunden, bevor ich abreise, mit dir verbringen.«

Abreise?

»Der Flieger geht heute Abend«, sagte Ylva. »Iss.«

Amanda schüttelte den Kopf und zeigte auf ihren Hals.

Ylva nahm einen Löffel Suppe und hielt ihn ihr an die Lippen. Amanda schloss die Augen und schluckte mühsam vier Löffel voll. Dann weigerte sie sich, noch mehr zu essen, und Ylva stellte den Teller wieder auf den Nachttisch.

»Das genügt«, bestimmte sie und setzte sich neben Amanda. »Wenn deine Mutter meint, dass du alles aufessen musst, soll sie dich selbst füttern.«

Amanda sah Ylva an und dachte, wie seltsam es war, dass sie so vieles gerne gesagt hätte, aber nicht ein Wort herausbrachte.

»Es gibt weniger Zufälle im Leben, als man glaubt«, sagte Ylva langsam. »Es kann kein Zufall sein, dass du deine Stimme jetzt verloren hast.«

Amanda zuckte die Schultern.

»Ich glaube, das ist passiert, damit du gezwungen bist, zuzuhören. Und durch Zuhören wirst du lernen, Ægir zu verstehen. Jetzt hat dein Leben Ähnlichkeit mit seinem, siehst du das? Du bist einsam, und es gibt Dinge, über die du sprechen möchtest. Merkst du, wie wichtig es ist, dass ich jetzt behutsam mit dir umgehe?«

Amanda wollte Ylva so gerne etwas sagen. *Etwas Wichtiges.* Sie richtete sich auf und griff nach Notizblock und Stift, die ihre Mutter bereitgelegt hatte.

Dann schrieb sie eine einfache Frage auf. Es war ihr unangenehm, diese Frage zu Papier zu bringen. Sie riss den Zettel hastig ab und hielt ihn Ylva hin. Ylva nahm ihn, las ihn aber nicht. Stattdessen knüllte sie den Zettel zusammen und warf ihn in hohem Bogen durchs Zimmer. Er landete auf dem Teppich, direkt neben dem Papierkorb.

»Merkst du, wie verletzend es ist, wenn ich deine Kontaktversuche ignoriere?«

Amanda versuchte hastig, wieder etwas auf den Block zu kritzeln, aber Ylva riss ihn ihr aus den Händen und warf ihn außer Reichweite. Amanda schlug ärgerlich ein paar Mal mit den Händen auf die Matratze, um ihn zurückzufordern, aber Ylva rührte sich nicht. Amanda knuffte sie gegen die Schulter, aber

Ylva schüttelte nur nachdrücklich den Kopf. Amanda knuffte sie fester.

Gib mir den verdammten Block!

»Begreifst du jetzt, warum Ægir nach dir ›geschnappt‹ hat?«, fragte Ylva.

Amanda begann plötzlich, hysterisch zu lachen. Die Situation war so absurd, dass sie nicht anders konnte. Sie lachte und lachte und konnte nicht mehr aufhören, obwohl es sich anfühlte, als würde ihre Luftröhre gleich zerreißen. Dann weinte sie, weil es so wehtat. Sie lachte und weinte abwechselnd eine Weile, während Ylva sie mit ihrem merkwürdigen Blick beobachtete. Amanda wischte sich die Tränen ab. Sie fühlte sich geborgen, und ihr war seltsam leicht zumute, wenn Ylva neben ihr war. Das Unbehagen, das sie neulich gespürt hatte, als Ylva sie zu Boden zwang, war weg. Genau wie die Stute auf Island, die mit roher Gewalt auf das Jungpferd losgegangen war, hatte Ylva es geschafft, mit schmerzhafter Präzision zu ihr vorzudringen. Amanda brauchte drastische Maßnahmen, um aus ihrem Trott aufzuwachen. So wach wie jetzt hatte sie sich seit Jahren nicht mehr gefühlt.

»Wir haben wenig Zeit«, sagte Ylva. »Das Einzige, was ich dir geben kann, sind ein paar lose Fäden, die im Laufe der Zeit in etwas Größeres eingewebt werden können.«

Amanda sah Ylva in die Augen und nickte. Da war es wieder, das Gefühl, das sie auch bei den Frauen im weißen Zelt gehabt hatte.

Sie hatten mit einer ganz anderen Sprache über Pferde geredet. Einer Sprache, die von irgendwo anders herkam.

»Leute kommunizieren Angesicht zu Angesicht. Pferde tun das nicht. Sie kommunizieren von Körper zu Körper. Und mittels Energie. Geh in dich, dann wirst du merken, was ich meine.«

Mehr sagte Ylva nicht. Sie legte sich einfach neben Amanda und blickte hinauf zur Zimmerdecke. Also kuschelte sich auch Amanda wieder in ihre Kissen und sah ebenfalls zur Decke. Nach einer Weile schloss sie die Augen. Und nachdem sie minutenlang so gelegen hatte, passierte etwas. Sie konnte etwas erahnen, das ein Stück vor ihr lag. Eine riesige Kuppel, eine Halbkugel, die sich über ein schwarzes Gewässer wölbte. Die Innenseite der hohen Kuppel war von Sternen bedeckt. Es erinnerte an das Himmelszelt. Und sie selbst stand am Ufer eines unendlichen schwarzen Gewässers, in dem sich die Sternbilder über ihr spiegelten. Sie berührte das Wasser und sah, wie die Ringe sich über die Wasseroberfläche fortbewegten. Sie wusste, dass sie in diesem Gewässer nicht nur schwimmen, sondern tief hinabtauchen würde.

Amanda erinnerte sich plötzlich an das Mädchen, das sie gewesen war, als sie zum ersten Mal in den Reitstall kam. Sie erinnerte sich an die intensive Freude, die sie jedes Mal gespürt hatte, wenn sie mit Pferden zusammen war. Die Kraft ihres einstigen Traums erfüllte sie. Sie sah sich in gestrecktem Galopp durch eine offene Landschaft reiten. Es war Ægir, den sie ritt. Seine Mähne war wieder hell und umhüllte sie.

Es war gut, dort zu sein, wo sie jetzt war. Als schwebte sie zwischen Schlaf und Wachsein. Sie spürte Ylvas Nähe. Sie spürte ihre Energie und erkannte sie als ihre eigene. Sie atmete durch den Bauch.

»Heute wird dein Vater dich überraschen«, sagte Ylva. »Er wird zeitig nach Hause kommen, und das ist kein Zufall. Wenn Menschen ein so schwarzes Loch in sich tragen, wie dein Vater, setzen sie alles daran, das bisschen, was von ihrer gesunden Natur noch übrig ist, zu beschützen. Das ist der Grund, warum dein Vater Probleme mit Ægir hat. Weil er erkennt, dass Ægirs Kampf ein Überlebenskampf ist. Er erkennt darin den Kampf wieder, den er selbst verloren hat.«

Amanda schlug die Augen auf und wollte protestieren.

Papa hat den Unfall überlebt!

»Er ist nicht intakt, merkst du das nicht? In ihm sind fast nur noch Wut und Zerstörungswille. Er hält mich für eine Bedrohung. Genau wie er Ægir als Bedrohung ansieht.«

Amanda schüttelte den Kopf.

»Doch, das tut er«, sagte Ylva. »Und mit Recht.«

Bedrohung für was?

»Dein Vater ist ein gefährlicher Mann«, fuhr Ylva fort. »Er hat eine Lebensstrategie gewählt, die gewaltige Kreise zieht. Achte mal darauf, wie dein Leben und das anderer Leute in den Hintergrund tritt, wenn er in der Nähe ist.«

Ylva verstummte plötzlich. Für einen Moment sah sie aus, als wäre sie weit weg.

Dann war sie wieder da.

»Wie viel du vom Erbe deiner Eltern mit dir herumtragen willst, ist eine der wichtigsten Entscheidungen, die du in deinem Leben triffst. Ægir gibt dir die Möglichkeit, nicht nur erwachsen zu werden, sondern die Amanda zu werden, die du ursprünglich sein solltest. Du und dein Vater, ihr steht jetzt an einem Scheideweg. Glaub nicht länger, dass irgendetwas zufällig ist. Fast nichts ist Zufall.«

Amanda wollte gerade den tapferen Versuch unternehmen, ihre Einwände laut auszusprechen, da klopfte es an der Tür. Und dann kam ihr Vater hereingerollt.

Victoria hatte Wilhelm angerufen und erzählt, dass ein isländisches Mädchen zu Besuch gekommen war. Sie hatte ganz begeistert von Ylva gesprochen und sie ein *hilfsbereites, liebes und nettes Mädchen* genannt. Das waren definitiv nicht die Worte, die Wilhelm Fivel benutzt hätte, um Olaf Magnussons Tochter zu beschreiben. Was machte diese isländische Göre in Norwegen? Und welche Rolle hatte sie beim Verschwinden seines Hengstes gespielt? Kaum hatte Wilhelm Fivel den Telefonhörer aufgelegt, wies er seine Sekretärin an, alle restlichen Termine für diesen Tag abzusagen. Dann war er zu seinem Auto gerollt und auf dem schnellsten Weg nach Hause gefahren.

Jetzt gab er sich große Mühe, den Erstaunten zu spielen.

»Ylva? Na, das ist ja eine Überraschung!«

Ylva antwortete nicht und Amanda sah ihren Vater abwartend an.

»Du solltest jetzt keinen Besuch haben, Amanda«, sagte er. »Du brauchst Ruhe.«

Amanda horchte genau auf seinen Tonfall und versuchte herauszufinden, wie aufrichtig seine Fürsorge eigentlich gemeint war.

»Ich fürchte, ich muss dich bitten zu gehen«, sagte er mit väterlicher Autorität an Ylva gewandt.

Das gab den Ausschlag für Amanda. Sie zeigte auf den Notizblock, der auf dem Fußboden lag, und Ylva gab ihn ihr, ohne zu zögern. Amanda kritzelte etwas darauf und reichte ihrem Vater den Zettel.

Ylva hilft mir. Willst du deine Wette gewinnen oder nicht?

Wilhelm Fivel war vollkommen baff und überrumpelt. Er begriff nicht, wann und wie sie die Sache mit der Wette herausgefunden hatte. Wilhelm Fivel fühlte sich plötzlich beschämt und verlegen. Es war, als hätten sich die beiden Mädchen gegen ihn verschworen und eine Mauer errichtet, die er nicht durchbrechen konnte.

»Na ja, einen kurzen Besuch verkraftest du wohl«, murmelte er, bevor er aus dem Zimmer rollte und die Tür hinter sich schloss.

Amanda schrieb wieder etwas auf den Block und reichte ihn Ylva.

Woher weißt du das alles?

Ylvas Augen wurden feucht und sie blickte einen Moment stumm vor sich hin.

»Es ist das Erbe meiner Mutter, das ich bewahre«, sagte sie leise.

Amanda nickte. Dann streckte sie die Arme nach Ylva aus und drückte sie fest. Es gab nur ein einziges Wort, das sie jetzt wirklich gern ausgesprochen hätte. *Danke.*

Wilhelm Fivel bot Ylva an, sie zum Flughafen zu fahren, aber sie lehnte ab. Diese Ablehnung war das Einzige, was er aus ihr herausbekam, bevor sie das Haus verließ. Selbst als er hinter ihr die ganze Auffahrt hinunterrollte, sagte sie nichts. Sie ging einfach durch das offene Gartentor hinaus und die Straße entlang, als wäre er gar nicht da. Als Wilhelm Fivel wieder zum Haus rollte, sah er, dass Amanda am Fenster stand und dem isländischen Mädchen hinterherblickte – bis sie ihn entdeckte. Da zog sie blitzschnell die Gardine zu und verschwand.

Freitag
Noch 36 Tage

Amanda war immer noch nicht gesund, aber sie hatte wieder Stimme genug, um sich verständlich zu machen, und auch das Fieber war fast weg. Sie beschloss, ihren Eltern zu trotzen und zum Stall zu fahren. Sie wollte sich davon überzeugen, dass es Ægir gut ging, und sie wollte raus. Es war früh am Vormittag und es würden kaum andere Reiter im Stall sein. Das passte ihr gut. Sie brauchte Zeit, um sich wieder an die Zivilisation zu gewöhnen, so kam es ihr irgendwie vor.

Als sie aus dem Bus stieg, fand sie das Moped noch genau dort vor, am Ende vom Engelsrudweg, wo sie es abgestellt hatte. Nach dem heftigen Unwetter war es teilweise von klebrigen Blättern bedeckt, aber sie konnte das meiste wegfegen und das Moped sprang klaglos an.

Ægir graste unten bei Bjørkeodden zusammen mit drei Wallachen, wie Ylva gesagt hatte. Die Sonne glitzerte auf dem Wasser und die Blätter an den Bäumen raschelten in der leichten Brise. Sie setzte sich auf einen flachen, kühlen Stein und betrachtete

Ægir aus der Entfernung. Er gehörte draußen in die Natur, das spürte sie mit jeder Faser ihres Körpers. Jetzt fühlte sie, dass auch sie hierher gehörte. Sie sog die frische Luft ein, die Geräusche, die Farben.

Sie hatte jetzt ihr eigenes Leben. Hatte es sich zurückgeholt. Sie würde sich nicht mehr still aus dem Haus schleichen, wenn sie das nächste Mal zum Stall fuhr, und sie würde nicht mehr lügen. Berauscht von dem Gefühl, die Kontrolle zu haben, rief sie ihre Mutter im Büro der psychologischen Klinik an und teilte ihr mit, dass sie auch an diesem Wochenende nicht mit zur Hütte fahren werde.

»Ich hatte gehofft, du wärst bis dahin fit genug«, sagte die Mutter, deutlich enttäuscht.

»Ich bin fit genug«, antwortete Amanda. »Ich habe nur keine Lust.«

Die Wahrheit war für sie beide eine neue Erfahrung.

»Aber natürlich hast du Lust«, erwiderte die Mutter. »Du bist doch so gern in der Hütte!«

»Ich brauche Zeit für mein Pferd. Das ist mir wichtiger.«

Victoria antwortete nicht.

»Gute Fahrt, falls ich euch vorher nicht mehr sehe«, fügte Amanda hinzu.

»Bist du nicht zu Hause?«, fragte ihre Mutter überrascht.

»Nein«, sagte Amanda. »Ich bin auf dem Reiterhof.«

»Wenn du fit genug bist, um zum Reiterhof zu fahren, bist du auch fit genug, um in die Schule zu gehen. Und du bist erst recht fit genug, um mit auf die Hütte zu fahren«, stellte die Mutter entschieden fest.

»Ich habe doch gerade gesagt, dass ich keine Lust habe, auf die Hütte zu fahren«, sagte Amanda ruhig. »Warum hörst du nie zu?«

Am anderen Ende trat eine Pause ein.

»Ich versuche wirklich zu verstehen, was du mir damit sagen wolltest, dass du einfach für zwei Tage im Wald verschwunden bist«, sagte die Mutter. »Du musst doch gewusst haben, dass ich Angst um dich hatte?«

»Ich wollte dir überhaupt nichts damit sagen«, erwiderte Amanda. »Das habe ich schon vor langer Zeit aufgegeben.«

»Solange du zu Hause wohnst, kannst du nicht tun und lassen, was du willst, Amanda Victoria Fivel. Wir haben Regeln! Wenn du über Nacht wegbleiben willst, hast du um Erlaubnis zu fragen, und du sagst uns Bescheid, wo du bist, verstanden?«

»Ich bin nicht die Einzige, die über Nacht wegbleibt, ohne um Erlaubnis zu fragen.«

Stille am anderen Ende der Leitung. Amanda fragte sich, ob die Verbindung unterbrochen war oder ob ihre Mutter aufgelegt hatte.

»Du hast dir einen ganz schlechten Stil angewöhnt«, zischte ihre Mutter dann endlich. »Ich erkenne dich nicht wieder.«

Amanda schwieg, aber im Stillen dachte sie, dass ihre Mutter und auch ihr Vater sich glücklich schätzen konnten, dass bei Familie Fivel keine Noten für Stil verteilt wurden.

»Ich habe wirklich das Gefühl, dass ich als Mutter versagt habe, wenn ich sehe, wie verantwortungslos und egoistisch du bist«, polterte ihre Mutter weiter. » Du führst dich auf, als würdest du im Hotel wohnen, und erwartest, dass alle springen, wenn du mit den Fingern schnippst. Du hältst dein privilegiertes Leben für eine Selbstverständlichkeit, aber es ist keine Selbstverständlichkeit, so zu leben oder in so einem Haus zu wohnen, wie wir es tun.«

Niemand von euch weiß das besser als ich. Dass das Haus keine Selbstverständlichkeit ist.

»Mama, dein Gerede ist kaum auszuhalten. Es macht mich echt fertig, dir noch weiter zuzuhören.«

»Du fährst heute Abend mit uns auf die Hütte«, bestimmte die Mutter. »Ende der Diskussion!«

»Wir sehen uns Sonntag«, sagte Amanda und legte auf.

Sonntag
Noch 34 Tage

Als Wilhelm und Victoria Fivel nach einem einsamen Hüttenwochenende spätabends nach Hause kamen, lud Victoria wortlos das Auto aus. Sie trug das schwere Gepäck zur Tür herein und ließ es krachend zu Boden fallen.

»Wir sind wieder da-ha«, rief sie mit einer fröhlichen Was-habe-ich-mich-in-der-Hütte-wohlgefühlt-Stimme.

Aber niemand antwortete. Victoria reichte es jetzt.

»Ich muss noch kurz ins Büro«, sagte sie, als Wilhelm in die Diele gerollt kam.

»Jetzt?«, fragte er überrascht.

»Ja, jetzt. Genau jetzt.«

Wilhelm merkte, dass er einen Kognak brauchte, und wenn er ihn nicht ziemlich bald bekam, würde er ziemlich ungemütlich werden. Sein Körper war erfüllt von Wut, einer darin eingesperrten Wut. Es war ein Gefühl, als würde er gleich explodieren, platzen, auseinanderbrechen.

»Wird es spät?«, fragte er, aber sie antwortete nicht.

Es war die erste richtige Frage, die er an diesem ganzen Wochenende gestellt hatte, und sie tat, als hätte sie ihn nicht gehört.

»Wird es spät?«, zischte er.

»Kann sein«, sagte sie ausweichend. »Falls es sehr spät wird, lege ich mich vielleicht ins Zimmer der Nachtwache und schlafe dort.«

Victoria nahm ihre Handtasche und kontrollierte, ob sie Schlüssel und Portemonnaie dabeihatte.

»Hast du vergessen, dass morgen Montag ist?«, fragte er mit zusammengebissenen Zähnen.

Victoria merkte, wie sie im Stillen das Montagsfrühstück der Familie verfluchte. Aber sie war nicht bereit, das auch zu zeigen. *Noch nicht.*

»Das Frühstück ist das Letzte, worum du dir Sorgen machen musst«, sagte sie, als sie die Tür hinter sich schloss.

Wilhelm Fivel rollte sofort in die Küche und schenkte sich einen Kognak ein. Und gleich noch einen. Früher hätte er eine knallharte Trainingsrunde absolviert und seinen Puls auf diese Weise beruhigt. Nach dem Training war er immer viel ausgeglichener gewesen. Aber er hatte es nie auch nur in Erwägung gezogen, mit dem Rollstuhl zu trainieren, den Blicken der Nachbarn ausgesetzt. Die einzige Möglichkeit für ihn, mit diesem unbrauchbaren Körper zu leben, war ja gerade, dass er es verheimlichte, *wie* unbrauchbar er war. Darauf achtete er bis ins Detail. Er holte nie die Zeitung herein und bewegte sich nur ausnahmsweise außerhalb der Terrasse oder über den oberen Bereich der Auffahrt hinaus. Im Haus fühlte er sich am wohlsten. Aber heute war es unangenehm leer. Er fuhr mit dem Treppenlift ins Obergeschoss, um nachzusehen, ob er wirklich allein war. Zuerst rollte er zur Tür von Mathias. Keine Reaktion auf sein Klopfen. Er rechnete auch nicht damit, dass Amanda zu Hause war, aber er hörte Geräusche aus ihrem Zimmer. Leise Musik.

Er klopfte nicht an, sondern öffnete die Tür vorsichtig einen Spalt weit. Der halbdunkle Raum war nur von Kerzen erleuchtet, und in diesem schwachen, goldenen Licht sah er, wie seine Tochter sich von der Musik einhüllen ließ. Er sah sie mit einer Hingabe tanzen, dass es ihm den Atem verschlug. Sie trug ein langes weißes Kleid, das er noch nie gesehen hatte. Ihr Haar war offen, und sie schwebte durch den Raum, als gäbe es die Welt um sie herum nicht und als bedeutete sie auch nichts. Jede ihrer Bewegungen war wie eine Beschwörung, ein Bann gegen alles, wofür *er* stand. Ohne seine Erlaubnis war sie erwachsen geworden. Sie war eine junge Frau. Sein erster Impuls war, sie zu packen, damit sie aufhörte – aber er tat es nicht. Stattdessen schloss er leise wieder die Tür.

Als er zurück in die Küche kam, trank er drei große Schlucke Kognak direkt aus der Flasche. Dann war sie leer. *Scheiße. Verdammte, dreckige Scheiße!* Er knallte die Flasche so hart auf die Anrichte, dass eine Scherbe herausbrach. Dann rollte er zur Kellertreppe und ließ sich vom Lift sanft in die Tiefe tragen.

Er fuhr zum Weinkeller und öffnete die Tür. Er griff nach der erstbesten Kognakflasche, die ihm dort unter die Augen kam, und legte sie in seinen Schoß. Gerade wollte er wieder zum Lift zurück, da überlegte er es sich doch anders. Ein plötzlicher Impuls ließ ihn den Kellerflur weiter entlangrollen bis zum Fitnessraum. Hier drin war es kühler als im übrigen Keller und Victorias Yogamatte und die Pilatessachen lagen überall verstreut. Die Wände waren in einer Farbe gestrichen, die er nie gebilligt hätte, wenn er gefragt worden wäre, und der ganze Raum stank nach Räucherstäbchen. Sie hatte es sich hier wirklich bequem gemacht. Aber wenigstens hatte sie es nicht gewagt, seine alte Tretmühle wegzuwerfen. Sie stand ganz hinten in einer Ecke und sie war sogar noch an den Strom angeschlossen. Wilhelm stellte im Halbdunkel die Kognakflasche auf den Fußboden und brauchte eine halbe Ewigkeit, bis er sich und den Rollstuhl auf das Laufband manövriert hatte. Die Zahlen auf dem Display glühten rot. Er wählte sein altes Trainingsprogramm, verminderte jedoch die Geschwindigkeit um die Hälfte. Er war im Moment vielleicht auf hundertachtzig, aber ein Idiot war er nicht. Dann drückte er den Startknopf und das Band rollte mit einem summenden, schabenden Geräusch an. Das Tempo steigerte sich rasch und er biss die Zähne zusammen.

Zehn Minuten später waren seine Arme taub vor Anstrengung. Schweißperlen liefen ihm über die Stirn und brannten in den Augen, aber er hatte keine Hand frei, um sie abzuwischen. Er merkte, wie das Tempo wieder zunahm. Er selbst wurde zwar auch schneller, aber er kam trotzdem nicht mehr an den Notstopp-Knopf ganz vorne am Bedienfeld heran. Obwohl er seine letzten Kräfte mobilisierte, glitt er immer weiter auf dem Band zurück. Er wusste, dass er gleich fallen würde. Eine Sekunde später wurde sein Rollstuhl unter ihm weggeschleudert und er fiel krachend auf den Fußboden. Er lag auf dem Rücken, mit den Beinen in der Luft, während das Laufband weiter und weiter lief. Ihm war, als würde es ihm den Brustkorb zerreißen, und er rang nach Atem. Er schaffte es nicht, wieder hochzukommen. Das Einzige, was er in Reichweite hatte, war die Kognakflasche. Er griff danach.

Montag
Noch 33 Tage

Um 7.30 Uhr sollte plangemäß ein einladendes Frühstück im Hause Fivel auf dem Tisch stehen, und als Victoria um halb sechs heimkam, hatte sie einen sehr vollen Zeitplan für die nächsten zwei Stunden. Sie begann damit, dass sie den Brötchenteig zum Gehen brachte, Krabben pulte und den Tisch deckte. Anschließend schlüpfte sie rasch in ihren Trainingsanzug und ging die Kellertreppe hinunter, für eine Runde Pilates. Auf halbem Weg nach unten hörte sie etwas Seltsames. Ein summendes, leicht schabendes Geräusch, das sie nicht recht einordnen konnte. Im Kellergeschoss brannte Licht, und als sie unten ankam, bemerkte sie, dass der Treppenlift an der untersten Stufe stand. Sie ging langsam in den Kellergang hinein und das Geräusch wurde lauter. Als sie die Tür zum Fitnessraum öffnete, war es darin stockdunkel, aber das Display des Laufbandes glühte rot. Sie machte Licht – und sah Wilhelm auf dem Fußboden liegen. *Wilhelm! Um Gottes willen!* Victoria fiel auf die Knie und rüttelte ihn verzweifelt, aber er reagierte nicht. Erst als sie nach seinem Puls tastete, kam er langsam zu sich. Er lächelte ein bisschen benebelt, als er sie sah. Sein Atem stank nach Alkohol und er wirkte ziemlich betrunken. Neben ihm lag eine leere Kognakflasche. Ein Teil des Inhalts war ausgelaufen, den Rest hatte er offenbar in sich hineingekippt.

»Da bist du ja wieder, meine Blume«, nuschelte er.

»Du bist voll«, sagte Victoria angeekelt und riss den Stecker des Laufbands aus der Steckdose. Einen Moment lang war es ganz still. Dann begann Wilhelm zu lachen.

»Reiß dich zusammen«, fauchte sie.

»Du bist so streng, mein Täubchen.«

»Hoch mit dir!«

»Genau das ist der Punkt«, lallte er. »Ich kann nicht.«

»Unsinn«, sagte sie. »Du kommst sehr wohl hoch.«

Wilhelm lachte wieder. Ein unkontrolliertes, rohes Gelächter, das Victoria dazu trieb, nach dem Rollstuhl zu greifen. Mit großer Mühe bugsierte sie ihn hinein und im selben Moment verstummte sein Lachen. Als würde der Alkohol, der ihm zu Kopf gestiegen war, wieder hinunter in seinen Körper laufen. Er saß da und starrte mit leerem Blick vor sich hin.

»Bist du jetzt erst nach Hause gekommen?«, fragte er.

»Du stinkst«, sagte sie.

»Du auch«, sagte er und sah sie an.

Da brannte bei Victoria die Sicherung durch. Sie schlug ihm mit der flachen Hand ins Gesicht, dass es durch den offenen Kellerraum schallte. Anschließend stand sie wie versteinert da, als versuchte sie, sich darüber klar zu werden, was sie gerade getan hatte, ohne dass es ihr gelang.

»In einer halben Stunde sitzen wir bei Tisch«, fauchte sie und schob ihn aus dem Raum. Erst als sie im Bad in der ersten Etage angekommen waren und sie ihm das Hemd aufknöpfte, begann er zu protestieren.

»Hör auf«, sagte er. „Das mache ich selbst.«

Sie riss ihm demonstrativ das Hemd auf, sodass alle Knöpfe um sie herum auf den Fußboden sprangen. Dann legte sie ihre Hand für einen Moment auf seine Brust, aber er packte blitzschnell zu und riss sie weg. Er ließ ihr Handgelenk nicht sofort wieder los, und er drückte so fest zu, dass sie aufschrie.

»Das machst du nicht noch einmal«, sagte er.

»Nein, mache ich nicht«, sagte sie.

Er ließ los und sie verschwand aus dem Bad.

Punkt halb acht saß Wilhelm Fivel am Frühstückstisch. Frisch geduscht und tadellos angezogen. *Als wäre nichts passiert.*

Amanda ließ sich nicht täuschen. Sie hatte die Spannung zwischen den Eltern schon auf dem Weg die Treppe hinunter gespürt. Mathias dagegen bekam wie immer nichts mit.

»Gibst du mir mal die Krabben, Papa?«

Wilhelm reichte ihm die Glasschüssel mit den frischen Krabben und Mathias schaufelte eine Handvoll aufs Brötchen und begrub sie unter Mayonnaise. Das ließ sich natürlich nicht gerade klecksfrei essen und Mathias versuchte es auch gar nicht erst. Victoria warf ihm einen säuerlichen Blick zu und hielt ihm eine Serviette hin. Mathias griff gierig danach. Er hatte gerade auf ein paar relativ große Schalenstücke gebissen und spuckte sie aus.

»Mathias, bitte«, sagte Victoria.

»Das war doch Schale! Willst du, dass ich die mitesse, oder was?«

»Ich möchte nur, dass du ein bisschen diskreter bist«, erwiderte Victoria.

»Dann pul die Dinger doch besser ab!«, knurrte Mathias morgenmuffelig.

Amanda merkte plötzlich, dass ihr der Appetit vergangen war, aber sie stocherte trotzdem weiter in ihrem Essen herum und zählte die Minuten, bis sie endlich das Haus verlassen konnte. Während sie so dasaß, hatte sie das Gefühl, dass ihr Vater sie beobachtete.

»Soll ich dich zur Schule fahren?«, fragte er.

Irgendwas lag in der Luft, so viel begriff Amanda.

»Mathias fährt mich«, sagte sie schnell und sah ihren Bruder eindringlich an. »Er hat noch ein Abi-Nachtreffen in der Schule.«

Mathias hatte den Mund immer noch voll, aber sein erstaunter Blick machte unmissverständlich klar: *Vergiss es!* Amanda verpasste ihm unter dem Tisch einen Fußtritt, dass er empört grunzte. Er sah sie ziemlich genervt an, dann blickte er auf die Uhr.

»In zehn Minuten müssen wir los«, murmelte er und versuchte, sein Krabbenbrötchen hinunterzuschlucken.

Amanda trat ihn wieder. Diesmal fester.

»Ich meinte zwei Minuten«, sagte Mathias.

Der dritte Tritt jagte ihn vom Stuhl hoch.

»Eigentlich müssen wir jetzt gleich los«, sagte er und wischte sich rasch den Mund ab.

»So?«, fragte ihr Vater überrascht. »Es ist doch erst acht.«

»Muss noch einen Kumpel abholen«, antwortete Mathias und verschwand hastig aus der Tür.

Amanda stand auf und eilte hinterher. An der Treppe wäre sie fast in ihn hineingelaufen. Er stand da und wartete auf eine Erklärung.

»Was zum Teufel war das denn?«

»Du hast so kurze Antennen, dass sie dich mal untersuchen sollten«, erwiderte Amanda.

»Du meinst nicht vielleicht, dass du ein bisschen übergeschnappt bist?«, fragte Mathias.

»Sagt derjenige, der über das ganze Frühstück Krabbenschalen spuckt?«

Mathias hatte es schon verdrängt, aber er wusste eigentlich genau, was es bedeutete, wenn das Frühstück nicht perfekt verlief. *Probleme.*

»Ich brauche einen, der mich zum Stall fährt«, sagte Amanda.

»Ich bin kein Taxi«, brummte Mathias.

»Und ich bin nicht der Wetterbericht«, sagte Amanda. »Wenn du in Zukunft noch weitere Sturmwarnungen willst, musst du langsam mal dafür bezahlen.«

Mathias sah sie überrascht an. Er hatte vielleicht kurze Antennen, aber er bekam trotzdem mit, dass seine kleine Schwester sich anders benahm als sonst.

Sie war nicht mehr klein. Außerdem war ihre Fähigkeit, Probleme zwischen den Eltern zu wittern, Gold wert. Also fuhr er sie zum Stall.

»Wie ist die Langzeitvorhersage?«, fragte er, als er auf dem Hof hielt. »So viel schuldest du mir nach dieser Fahrt.«

»Nicht besonders«, sagte Amanda. »Ein Sturm ist im Anmarsch.«

»Woher weißt du das?«

»Weil ich die Ursache dafür sein werde.«

»*Du?*«

Mathias war alles andere als überzeugt und grinste bei dem Gedanken, dass seine niedliche Schwester die Rolle der Aufrührerin übernehmen könnte. Schließlich war er all die Jahre über der einsame Rebell der Familie gewesen. Er fragte sich, was sie angestellt haben mochte oder was sie eventuell noch vorhatte, aber sie ließ ihn im Regen stehen.

»Danke fürs Bringen«, sagte sie nur und stieg aus.

Als Amanda hinunter auf die Koppel kam, lag Ægir ausgestreckt im Gras und schlief. Er hatte offenbar nichts Besseres zu tun, als die Morgensonne zu genießen. Als sie näher kam, hob er den Kopf und sah sie an, aber er stand nicht auf. Amanda setzte sich neben ihn und er legte ohne Zögern seinen schweren Kopf auf ihren Schoß. Sie lehnte sich zurück, sodass sie mit ihrem Kopf an seinem Bauch lag. Nach einer Weile kam eine SMS von Anja:

Ich vermisse dich ...

Amanda lächelte und schickte eine Meldung zurück.

Ich bin da, wo ich sein soll. Wo bist du?

Die Antwort der schwänzwilligen Anja kam postwendend:

Schon unterwegs.

Amanda lächelte vor sich hin und schloss die Augen.

Mittwoch
Noch 31 Tage

Wilhelm Fivel hatte den ganzen Tag tatenlos an seinem Schreibtisch in der Firma verbracht. Das trübe Wetter hing schwer über dem Fjord und er spürte es in den Knochen. Was er noch spürte, war, dass Amanda derzeit vom Radarschirm zu verschwinden schien. Zwar hatte er täglich Kontakt mit Torgeir, aber Amanda war ihm entglitten. Er musste etwas dagegen unternehmen. Er würde sich selbst ein Bild davon machen, wie es um seine Tochter und den Hengst aus Island stand.

Als er wenig später ins Tal hinein Richtung Engelsrud fuhr, ließ er das trübe Wetter hinter sich. Der Hof lag in freundlicher, strahlender Sommersonne und es war angenehm warm.

Torgeir und Amanda waren in der Außenbahn und der Hengst lief frei herum. Voller Kraft und Wildheit. Es sah aus, als versuchte Amanda, ihn einzufangen, aber er entwischte ihr ständig. Torgeir stand nur tatenlos daneben und sah zu. Was zum Teufel machten die da eigentlich? Wilhelm Fivel rollte zum Zaun hinüber und rief Torgeir. Der kam widerwillig zu ihm, wandte den Blick aber nicht von der Bahn ab. Er hustete ein paarmal heftig und Wilhelm Fivel hatte instinktiv das Bedürfnis zurückzuweichen. Es hörte sich ansteckend an.

»Was ist das für ein Zirkus?«, fragte er.

»Wir haben ihn wieder zum Leben erweckt«, sagte Torgeir heiser. »Sie tanzen miteinander, sehen Sie?«

Wilhelm Fivel blickte wieder zur Bahn, aber er sah keinen Tanz. Er sah einen Hengst, der völlig außer Kontrolle war, und ein Mädchen, das herumlief wie ein kopfloses Huhn.

»Beenden Sie das«, zischte er, aber Torgeir war bereits wieder in die Mitte der Bahn zurückgegangen. Der Hengst trabte mit hoch erhobenem Schweif und gebogenem Hals auf der gegenüberliegenden Seite der Bahn. Doch plötzlich scherte er aus und kam in gestrecktem Galopp direkt auf Wilhelm Fivel zu. Zwischen ihnen war nur ein kümmerlicher Lattenzaun, und Wilhelm Fivel beschlich das Gefühl, dass er den Zaun überspringen und ihn umrennen würde. Aber im letzten Augenblick bremste der Hengst abrupt ab.

Dann schüttelte er den Kopf, stieg und balancierte einen Moment über ihm. Es sah furchterregend aus, der Hengst bäumte sich sekundenlang auf. Er blies durch die Nüstern und stand einen Augenblick still.

Anschließend gähnte er, als würde er sich langweilen, warf sich herum und lief in rasendem Tempo davon. Wilhelm Fivel saß eine Weile wie erstarrt da, erschrocken und eingeschüchtert von der Kraftdemonstration, die er gerade gesehen hatte. Er zog sich zurück, rollte zum Auto und hievte sich auf den Fahrersitz. Jetzt sah er deutlich, woher Amandas Aufsässigkeit kam. Sie und der Hengst schienen einander geradezu aufzuwiegeln. Da war etwas Ungezähmtes, Unbezwingbares.

Den Rest des Abends verbrachte er im Büro, aber er arbeitete nicht. Erst gegen Mitternacht kam er heim. In ein Haus, in dem alle schliefen. Er rollte direkt in die Küche und goss sich einen Kognak ein. Er trank ihn in einem Zug aus. Trotzdem wurde er das unbehagliche Gefühl nicht los, das in ihm wuchs, seit er aus Island zurückgekommen war. Nichts war mehr, wie es sein sollte.

Der Anblick des kraftvollen Hengstes hatte ihn hart getroffen. Dass er sich nicht mehr auf seinen eigenen Körper verlassen konnte, war eine Sache. Eine ganz andere war, dass er das Gefühl hatte, sich nicht mehr auf *sich selbst* verlassen zu können. Auf seine Psyche. Er merkte, dass ihm der kalte Schweiß auf der Stirn stand, als er ins Bad rollte. Früher hätte er sich in einer solchen Situation vielleicht ein bisschen kaltes Wasser ins Gesicht gespritzt, aber jetzt wurde ihm schon bei dem Gedanken übel. Er merkte, dass sie jetzt angekrochen kamen. *Die Schatten der Vergangenheit.* Er sah sich im Spiegel in die Augen, wandte den Blick aber rasch ab. Denn was er da sah, war nicht sein eigenes Gesicht. Es waren die Umrisse eines anderen. Es war ein Gesicht, das er seit vielen Jahren zu verdrängen versuchte.

Zum zweiten Mal an diesem Tag flüchtete er. Diesmal in Victorias Schlafzimmer. In der Tür zögerte er ein wenig, entschied jedoch, dass er nicht um Erlaubnis fragen musste. Es war sein eigener Entschluss gewesen, nach dem Unfall aus dem gemeinsamen Schlafzimmer auszuziehen. Er wollte selbst bestimmen, wann er zurückkehrte. Das Ehebett war höher, als er es in Erinnerung hatte, und nur mit Mühe schaffte er es auf die Matratze und unter die Bettdecke.

Victoria schlief fest. Er lag wach und starrte an die Zimmerdecke, immer noch außer Atem von der Anstrengung. Sein Keuchen erinnerte ihn nicht nur an die Nacht, als er im Keller mit den Beinen in der Luft auf dem Rücken lag, sondern auch an das andere Mal, als er so dagelegen hatte. Der Regen prasselte an die Fensterscheiben. Durch den Wind und das schwache Licht der Straßenbeleuchtung warfen die Bäume lange, schwankende Schatten ins Zimmer. Hätte er aufstehen und die Vorhänge zuziehen können, hätte er es getan. Er machte die Augen zu. Um nicht sehen zu müssen. Um sich nicht erinnern zu müssen. Trotzdem tauchte das Bild seines Bruders wieder hinter den geschlossenen Lidern auf. Er öffnete die Augen und schüttelte den Kopf, um es loszuwerden, aber es ging nicht weg. Diesmal nicht. Er tastete nach Schlaftabletten, fand aber keine. Im selben Moment wurde ihm klar, dass er im falschen Bett lag. Er wollte zurück in sein eigenes Schlafzimmer, aber ihm fehlte die Energie. An manchen Tagen war es ein Kampf, sich fortzubewegen, sogar in seinem eigenen Haus, und jetzt war er zu erschöpft zum Kämpfen. Er schloss die Augen wieder, und ehe er sich versah, war er eingeschlafen.

Er war zurück im Sportboothafen und sah seinen Bruder auf dem Steg stehen, neben dem weißen Wasserflugzeug mit den roten Streifen an der Seite. Leon lächelte ein wenig steif und winkte ihm zu. Er winkte selbstsicher zurück und strich mit der Hand über die glatte, kalte Metallverkleidung, während er am

Flugzeugrumpf entlangging. Auf seinen eigenen zwei Beinen. Es waren starke Beine, und es tat ungemein gut, auf ihnen zu gehen. Und an Bord zu klettern.

Die Vibrationen beim Abheben waren normal. Kein Instrument zeigte an, dass etwas nicht stimmte. Aber irgendwas lief verkehrt und er spürte ein kräftiges Ziehen im Bauch. Es sagte ihm, dass sie schnell an Höhe verloren. Sehr schnell. Er umklammerte den Steuerknüppel und versuchte mit aller Macht, das Flugzeug unter Kontrolle zu bringen, aber es raste im Sturzflug aufs Wasser zu. Dann knallte es.

Donnerstag
Noch 30 Tage

Wilhelm Fivel erwachte mit einem Ruck und merkte, dass seine Finger etwas umklammerten. Er war nicht imstande loszulassen, bis in sein Bewusstsein drang, dass er im Bett lag und sich an der Bettdecke festkrallte. Die Bilder rasten immer noch an seinem inneren Auge vorbei und er schnappte nach Luft. Er spürte, dass Victoria nach ihm tastete, aber er schob sie weg. Verzweifelt versuchte er, die Gedanken auf etwas anderes zu lenken als diese Bilder. Er schloss die Augen und beschwor den schwarzen Hengst aus Island herauf. *Teufelspferd.* Allzu viel von seinem Leben und seinem Alltag war vom launischen Temperament dieser halbwilden Bestie abhängig. Er musste einen Weg finden, den Hengst ein für alle Mal zu brechen. Während er so dalag, gingen ihm verschiedene Möglichkeiten durch den Kopf, bis ihm eine Lösung einfiel, die so einfach war, dass er sich fast schämte, nicht schon viel früher daran gedacht zu haben.

Entschlossen manövrierte er seinen Körper aus dem Bett. Dann rollte er hinaus und in sein Arbeitszimmer. Die Uhr an der Wand zeigte 5:15. Er legte ein leeres Blatt vor sich auf den Schreibtisch, griff nach einem schweren Füllfederhalter und schrieb: *Was ist zu tun?*

Anschließend notierte er eine kurze Liste mit vier Punkten und beschloss, sie systematisch abzuarbeiten.

Er begann mit dem ersten Punkt und rief Åke an. Die Stimme am anderen Ende klang schlaftrunken. Åke hatte nachgelassen, daran bestand kein Zweifel.

»Ich bin's«, sagte Wilhelm Fivel. »Ich will, dass du Monty holst und bis nach der NM bei dir behältst.«

»Erledige ich am Wochenende«, sagte Åke, nachdem er sich kurz besonnen hatte.

»Nein, heute noch«, bestimmte Wilhelm Fivel.

Åke holte tief Luft.

»So eilig kann es doch wohl nicht sein?«

»Doch, so eilig ist es. Wenn du es nicht selbst machen kannst, besorg dir jemanden, der das übernimmt. Und schick mir die Rechnung. Das Pferd muss heute noch weg, klar?«

»Klar.« Åke gähnte. »Ich kümmere mich darum.«

Wilhelm Fivel legte auf und strich den ersten Punkt von seiner Liste. Dann rief er Torgeir Rosenlund an. Beim fünften Versuch wurde abgenommen.

»Gnade Ihnen Gott, wenn es nicht wichtig ist«, sagte Torgeir mit rostiger Stimme.

Wilhelm Fivel gab sich einen Ruck, als müsste er etwas Unangenehmes sagen, das ihm nur schwer über die Lippen wollte.

»Amanda ist nicht mehr bei der Sache«, sagte er schließlich. »Sie hat den Siegeswillen verloren.«

Am anderen Ende blieb es still. Es war eine Stille, die Wilhelm Fivel nicht deuten konnte, und nach einigen Sekunden riss ihm der Geduldsfaden.

»Haben Sie gehört, was ich gesagt habe?«

»Ja«, antwortete Torgeir. »Hab ich.«

»Und was haben Sie dazu zu sagen?«

Torgeir überlegte. Seiner Meinung nach lag Wilhelm Fivel falsch, wenn er meinte, Amanda hätte das Ziel aus den Augen verloren. Aber richtig war wohl, dass sie jetzt anders an die Sache heranging. Er hatte sie unten auf der Koppel gesehen, als sie mit dem Hengst zusammen im Gras lag. Er hatte sie nicht stören wollen und sich gefreut, dass sie einfach mal Zeit miteinander verbrachten. Er fand, dass Amanda ihre Beziehung zu dem Hengst auf kluge und respektvolle Art auslotete. Wäre sie seine Tochter, wäre er stolz auf sie gewesen.

»Ich teile Ihre Sorge nicht«, sagte er schließlich. »Das habe ich dazu zu sagen.«

»Sie werden dafür bezahlt, meine Sorge zu teilen«, blaffte Wilhelm Fivel.

»Ich kann mich nicht erinnern, dass dieser Satz zu unserem Vertrag gehört.«

Es entstand eine unangenehme Pause.

»Heute Abend kommt ein Tierarzt zu Ihnen und sieht sich Caspian an«, fuhr Wilhelm Fivel fort.

»Ihr Hengst braucht keinen Tierarzt«, antwortete Torgeir heiser. »Der ist *fit for fight.*«

»Es ist gerade der Kampfgeist, der mir Sorgen macht«, entgegnete Wilhelm Fivel.

»Islandpferde haben einen starken Willen. Das gehört zu ihrem Naturell.«

»Und ich habe gern die Kontrolle. Das gehört zu *meinem* Naturell.«

»Ich denke, wir beenden das Gespräch jetzt«, sagte Torgeir, dem es immer schwerer fiel, sich zu beherrschen.

»Ich bin noch nicht fertig.« Wilhelm Fivels Ton wurde schärfer. »Wenn ich heute Abend komme, hat der Hengst in seiner Box zu stehen, und außerdem halten Sie sich bereit, um dem Tierarzt bei Bedarf zu assistieren. Habe ich mich klar ausgedrückt?«

»Er braucht keinen Tierarzt«, wiederholte Torgeir und hustete bellend.

»Haben Sie gehört, was ich gesagt habe?«

»Ja«, sagte Torgeir, nachdem er sich einige Male geräuspert hatte. »Ich habe gehört, was Sie gesagt haben.«

Wilhelm Fivel knallte den Hörer auf. Er strich den zweiten Punkt auf seiner Liste durch, dann rollte er rasch den Flur entlang und direkt in Amandas Zimmer. Sie schlief auf dem Bauch, das Gesicht in seine Richtung gewandt. Sie sah unfassbar unschuldig aus, aber er ließ sich nicht täuschen. Er weckte sie grob, und sie zog die Decke fester um sich, als sie seinen Blick auffing.

»Es reicht jetzt«, sagte er.

Sie sah ihn verständnislos an.

»Papa, wovon redest du?«

Ihre Stimme war tiefer als sonst. Sie setzte sich im Bett auf, die Decke immer noch fest um sich gewickelt. Sie strich die langen Haare zur Seite und sah ihn abwartend an. Fast herausfordernd. Es machte ihn rasend.

»Glaubst du, ich merke nicht, was hier vorgeht?«, fragte er.

»Papa, wovon redest du?«, wiederholte sie.

»Du bist nicht bei der Sache. Meinst du, ich sehe das nicht?«

»Ich mache doch nichts anderes, als mich um Ægir zu kümmern. Was soll ich denn noch tun?«

»Nenn ihn nicht Ægir, zum Donnerwetter!«

»Das ist sein Name.«

»Nimm dich bloß in Acht, Fräulein.«

Aber Amanda dachte gar nicht daran. Sie wich keinen Zentimeter zurück, und das regte ihren Vater fast ebenso sehr auf, wie es ihn erschreckte.

»Willst du, dass wir uns eine neue Bleibe suchen müssen?«, zischte er.

»Willst *du* das?«, fragte sie.

»Ich habe Åke gebeten, Monty heute zu holen«, fuhr er fort.

Amandas Blick wurde schwarz. Monty war ihr schwacher Punkt und er wusste das.

»Also gut, was willst du von mir?«, fragte sie.

»Ich will, dass du gewinnst«, sagte er.

»Dieses Mal will ich es auf meine Art machen«, sagte Amanda.

»Jetzt fang du nicht auch noch an.«

Sie glaubte offenbar, sie hätte eine Wahl. Genau wie Torgeir und der verdammte Hengst. *Dabei ist sie noch ein Kind. Was weiß sie schon von der harten Realität des Lebens?*

»Ich bin kein Kind mehr«, sagte sie.

»Wenn du dich nicht zusammenreißt, nehme ich dir Monty weg! Ich kann ihn noch heute verkaufen«, fuhr er sie an. »Und wenn du die Wette verlierst, verkaufe ich den Hengst auch.«

Zufrieden stellte er fest, dass diese Drohung bei Amanda ihre Wirkung tat. Sie sagte nichts mehr.

»Du kommst heute nach der Schule direkt nach Hause und bleibst hier«, befahl er. »Dann kannst du den Nachmittag und Abend damit verbringen, darüber nachzudenken, wer hier im Haus das Sagen hat.«

»Aber ich muss doch zum Stall«, rief Amanda.

»Betrachte es als Hausarrest«, sagte er und rollte aus dem Zimmer, ohne eine Antwort abzuwarten. Als er wieder an seinem Schreibtisch saß, strich er einen weiteren Punkt auf seiner Liste aus. Den letzten Punkt, *Kontrolle*, ließ er stehen. Er nahm an, dass er die Situation jetzt unter Kontrolle hatte, wollte den Punkt aber nicht streichen, bevor er sich ganz sicher war.

Torgeir Rosenlund war in einer schlechteren Verfassung, als er zugeben mochte. Als es Abend wurde, war aus dem trockenen Reizhusten, der ihn nun schon eine Weile plagte, ein weniger trockenes, aber dafür umso unangenehmeres Bellen geworden. Ihm ging es auffallend oft schlechter, wenn er mit Wilhelm Fivel zu tun hatte.

Und an diesem Tag hatte er definitiv eine Überdosis Fivel abbekommen. Er hatte Amandas Vater so oft am Telefon gehabt, dass er es aufgegeben hatte zu zählen. Meistens ging es um den Hengst, aber er hatte auch beim Transport von Monty mit anpacken müssen, weil Åke, der immer noch an Krücken ging, das Pferd nicht selbst verladen konnte.

Jetzt rückte die Fütterungszeit näher, und er ging hinunter auf die Koppel, um Amandas Pferd zu holen. Der Hengst beäugte ihn skeptisch, ließ sich aber das Halfter anlegen und folgte ihm willig in den Stall. Torgeir brachte ihn in die Box und bereitete die Fütterung der Pferde vor. Da er dem Tierarzt assistieren sollte – *auf welche Art auch immer* –, fütterte er eine halbe Stunde früher als sonst. Er stellte auch Ægir etwas Kraftfutter hin, aber der Hengst rührte es nicht an. Er stand angespannt und wachsam mit zitternden Muskeln mitten in der Box. Ein sehr ungewöhnliches Verhalten für ein verfressenes Pony, dachte Torgeir. Er fragte sich, ob etwas in der Luft lag. Als Wilhelm Fivel mit dem Tierarzt auf dem Hof eintraf, bekam er rasch die Bestätigung dafür.

Torgeir tat wirklich alles, was in seiner Macht stand, um Wilhelm Fivel an der Durchführung seines Vorhabens zu hindern. Aber ohne Erfolg. Er fühlte sich wie ein Henkersknecht, als er den Hengst in der Stallgasse anband. Der Eingriff war nicht ohne Kampf vonstattengegangen, aber der Tierarzt hatte schließlich eine Dosis Betäubungsmittel gespritzt, die den Hengst so apathisch machte, dass er sich nicht länger wehren konnte.

Eine knappe Stunde später war es vorbei. *Verfluchter Wilhelm Fivel.*

Freitag
Noch 29 Tage

Als Amanda an diesem Nachmittag auf die Koppel ging, um Ægir zu holen, fand sie ihn nirgends. Sie rief und pfiff, aber er tauchte nicht auf. Anja war oben im Stall, und Amanda rief sie auf dem Handy an, damit sie ihr suchen half.

»Dein Pony steht doch in der Box«, sagte Anja verständnislos.

In der Box?

Amanda lief wieder zum Hof hinauf. Ægir stand tatsächlich in der Box, wie Anja gesagt hatte, aber als sie ihn sah, zuckte sie zusammen. Er war in einer elenden Verfassung und reagierte nicht, als sie zu ihm hineinging. Sie strich ihm über den Hals, aber er beachtete sie kaum. Langsam verließ sie die Box und lief aus dem Stall.

»Was ist los?«, rief Anja ihr nach.

»Ich weiß nicht«, sagte Amanda mehr zu sich selbst. »Ich muss mit Torgeir reden.«

Sie klopfte mehrmals an die Tür, bevor er öffnete. Es sah aus, als käme er direkt vom Sofa. Seine Haare standen nach allen Seiten ab und auf der Wange hatte er einen gemusterten Abdruck von einem Kissen. Er blinzelte ins helle Licht.

»Was willst du?«, fragte er.

»Mit Ægir stimmt was nicht. Er steht nur da und lässt den Kopf hängen.«

»Er wurde gerade kastriert«, sagte Torgeir. »Was hast du erwartet?«

»Kastriert? Ægir? Wann?«

»Gestern Abend. Redet ihr nicht miteinander, du und dein Vater?«

»Doch, aber ich …«

»Und reden wir beide auch nicht mehr miteinander? Das hier wäre es wert gewesen, darüber zu sprechen«, sagte er und warf ihr einen Blick zu, aus dem sie nicht schlau wurde. Aber es lag unverkennbar Enttäuschung darin.

»Kastriert?«, wiederholte Amanda, als könnte sie es immer noch nicht glauben. »Oh mein Gott.«

»Ich habe den größten Teil der Nacht im Stall verbracht, weil der Tierarzt die Betäubung falsch dosiert hatte und Ægir kollabiert ist«, erzählte Torgeir. »Gut, dass du jetzt hier bist. Er braucht dich.«

»Gestern hätte er mich mehr gebraucht«, flüsterte Amanda.

»Was für eine Tragödie, dass ein so wertvoller Hengst nicht mehr in die Zucht geht«, sagte Torgeir und hustete kräftig. Er war auf einmal ganz bleich, und Amanda merkte, dass sie selbst auch blass geworden war. Ihr Vater war fest entschlossen gewesen, Ægir zu brechen, und es gab keinen Zweifel, dass er genau das bezweckt hatte.

Torgeir hustete wieder und fühlte gleichzeitig einen höchst unangenehmen Stich in der Brust. Er räusperte sich, bis er den Hals so weit frei hatte, dass er heiser etwas sagen konnte.

»Du musst die Wunde gründlich säubern, damit er keine Infektion bekommt. Ich habe deinen Vater gewarnt, dass eine solche Wunde um diese Jahreszeit die Hölle ist, wegen der Insekten, aber auf diesem Ohr war er auch taub.«

Torgeir blickte Amanda an. Aufgrund ihrer Reaktionen bezweifelte er, dass sie von dem Plan ihres Vaters gewusst hatte.

»Diesmal ist dein Vater zu weit gegangen«, sagte er und verschwand wieder im Haus.

Als Amanda in den Stall zurückkam, blieb sie vor Ægirs Box stehen, unfähig, irgendetwas zu tun.

»Hat dein Pony sich endlich beruhigt? Das wurde aber auch höchste Zeit«, sagte Karoline, die plötzlich neben Amanda auftauchte. Sie betrachteten beide den blassen Schatten, zu dem der kraftvolle Hengst Ægir geworden war.

»Papa hat ihn kastrieren lassen«, sagte Amanda tonlos.

»Gut für dich«, antwortete Karoline und ging ihr Pferd holen.

»Sieht nicht so aus, als würdest du das besonders gut finden«, stellte Anja über die Boxenwand hinweg fest.

»Ich kann heute nicht mit dir ausreiten«, erwiderte Amanda leise.

»Ja, okay«, sagte Anja schnell, führte Russian aus der Box und ging mit ihm zu den anderen Mädchen am Ende der Stallgasse.

Amanda ging zu Ægir hinein. Die Leere zwischen ihnen war kaum auszuhalten. Sein Maul zitterte leicht, aber seine Augen waren wie zwei dunkle Löcher.

»Es tut mir so leid«, flüsterte sie, setzte sich in eine Ecke der Box und weinte.

Erst als die anderen Mädchen ihre Pferde in die Reithalle gebracht hatten, sprühte Amanda vorsichtig etwas Insektenspray um die Wunde herum und brachte Ægir hinaus in die Sonne. Er folgte ihr wie ein Hund, und sie verlangsamte ihre Schritte, sodass er zu ihr aufschließen konnte. Dann legte sie ihre Hand auf seinen Rücken und ließ sie dort. Es war das Einzige, was ihr einfiel, um etwas von dem auszudrücken, was sie fühlte. Eine ausgestreckte kleine Hand auf seinem Rücken. So gingen sie weiter, über die Felder und auf die Koppel unten am See.

Dort ließ sie Ægir los, aber er rührte das saftige Gras nicht an. Er stand ganz still und blinzelte in die Sonne, wie ein Gefangener, der lange in einer dunklen Zelle gesessen hatte und endlich wieder ans Tageslicht kam. Ihn so sehen zu müssen, war niederschmetternd. Die Gespräche mit den Frauen im Zelt überkamen Amanda plötzlich mit voller Wucht. Ægir hatte gute Gründe gehabt auszureißen. Sie besaß nicht, was nötig war, damit er sie als Anführerin akzeptieren konnte. Er hatte gewusst, dass sie ihn nicht beschützen konnte. Er hatte recht gehabt. Amanda fühlte, dass sie Platz um sich herum brauchte. Sie setzte sich auf den Baumstamm und betrachtete Ægir aus der Entfernung. Und jetzt sah sie unendlich viel mehr. *Ægir hat Heimweh.* Er blickte aufs Wasser und darüber hinaus. Er suchte nach dem Heimweg.

Da spürte Amanda, was sie tun musste. Sie ging zu ihm und flüsterte ihm etwas ins Ohr. Ein paar norwegische Worte. Mit weicher, liebevoller Stimme. Ægir spitzte die Ohren und hielt die Luft an. Dann schüttelte er den Kopf, als würde er etwas abschütteln, was ihn lange gequält hatte. Anschließend beugte er den Hals und begann, mit großem Appetit zu grasen. Amanda wiederholte ihre Worte einige Male im Stillen. Und sie merkte, dass sie diesmal die Wahrheit gesagt hatte.

Beim Abendessen der Familie Fivel war es ungewöhnlich still am Tisch, ohne dass jemand genau hätte sagen können, warum. Bis Amanda den Mund öffnete.

»Fahr zur Hölle, Papa.«

In ihrer Stimme lag eine derartige Verachtung, dass sogar Mathias zusammenzuckte.

Wilhelm Fivel griff seelenruhig nach seiner Serviette und tupfte sich den Mund ab. Dann aß er weiter, als wäre nichts geschehen. Victoria zögerte kurz, setzte ihre Mahlzeit aber ebenfalls fort, während sie sich einzureden versuchte, dass sie sich verhört haben musste. Mathias dagegen war sicher, dass er richtig gehört hatte. Er sah seine Schwester abwartend an und fragte sich, ob der Sturm, von dem sie gesprochen hatte, nun losbrechen würde.

Amanda erhob sich abrupt und verließ den Tisch. Auf dem Weg zur Tür rief ihr Vater ihren Namen. Sie hörte, dass er *Stopp* sagte. Und er sagte es auf eine Art, die ihren Körper unwillkürlich gehorchen ließ.

»Ich suche einen Käufer für Monty.«

Damit hatte er sie bis ins Mark getroffen. Sie drehte sich um und sah ihn an.

»Der wichtigste Grund ist, dass du dich auf Caspian konzentrierst«, fuhr er fort. »NM-Gold wird einem nicht geschenkt.«

»Nein, das setzt Zusammenarbeit voraus«, entgegnete Amanda und sah ihn trotzig an. Er war offenbar wütend, aber sie glaubte kaum, dass er wütender war als sie.

»Ich habe lange Zusammenarbeit von dir gefordert«, sagte er. »Jetzt bin ich mit meiner Geduld am Ende.«

»Stell dich in die Schlange hinter Torgeir und mir«, erwiderte Amanda.

Wilhelm Fivel setzte mit seinem Rollstuhl rasch zurück und rollte zu ihr.

»Raus! In die Diele!«, befahl er.

Aber Amanda rührte sich nicht.

»Nimm dich bloß in Acht«, zischte er.

»Was du Ægir angetan hast, ist so was von gemein. Das verzeihe ich dir nie«, flüsterte sie.

Der Vater atmete schwer. Er musste sich offenbar zusammenreißen, um ruhig zu bleiben und nicht loszubrüllen.

»Ihr habt es nicht anders gewollt«, sagte er knapp.

»Wollt ihr denn nichts mehr essen?«, fragte Victoria, um die Gemüter zu besänftigen.

»Essen löst nicht alle Probleme, Mama«, antwortete Amanda. Dann ging sie die Treppe hinauf in ihr Zimmer und knallte die Tür hinter sich zu. *Jetzt reicht es.*

Samstag
Noch 28 Tage

Es war ungewöhnlich früh, und Mathias wachte davon auf, dass er pinkeln musste. Er schlurfte im Halbdunkel ins Bad. Als er gerade seine Hände wusch, musste er feststellen, dass er nicht als Einziger wach war.

»Mathias.«

Er fuhr herum und sah Amanda in der Badezimmertür stehen.

»Du musst mir einen Gefallen tun«, sagte sie.

»Nimm den Bus«, brummte er.

Dann versuchte er, sich an ihr vorbeizuzwängen, aber diesmal wich sie nicht zur Seite. Etwas an ihrer Art veranlasste ihn, ihr den Flur hinunter ins Arbeitszimmer des Vaters zu folgen. Dort setzte sie sich mit überraschender Selbstverständlichkeit an den Schreibtisch.

»Du kannst nicht alles von mir verlangen«, maulte er. »Das weißt du.«

»Das hier ist nicht irgendwas«, erwiderte Amanda und hielt ihm einen Zettel hin.

Mathias griff danach und las. Oben standen ein unbekannter Name und eine Telefonnummer. Darunter hatte sie in Schönschrift etwas notiert.

»Ich möchte, dass du die Nummer anrufst und sagst, was auf dem Zettel steht.«

Mathias setzte sich in einen der Ledersessel und las die beiden Sätze auf dem Zettel noch ein paar Mal. Langsam dämmerte es ihm. Offenbar wollte sie, dass er sich als Wilhelm Fivel ausgab. Sie musste verrückt sein.

»Kommt nicht infrage«, sagte er.

»Wir haben eine Abmachung«, erinnerte sie ihn.

Mathias wurde nachdenklich. Amanda spielte auf jene Abmachung an, an die sie sich beide, seit sie klein waren, gehalten hatten. Er überlegte einen Moment, wo eigentlich die Grenze dieser Abmachung verlief. Was Amanda jetzt von ihm verlangte, ging zweifellos weit darüber hinaus.

»Du bringst mich nicht dazu, dass ich unserm alten Herrn in die Geschäfte pfusche«, sagte er.

»Das ist kein Pfuschen«, erwiderte Amanda ruhig. »Das ist Aufräumen.«

Mathias wand sich.

»Und wenn er es merkt, was dann?«

»Wenn alles nach Plan läuft, brauchst du dir darum keine Sorgen zu machen.«

»Und wenn es nicht nach Plan läuft?«

»Dann halte ich den Kopf dafür hin. Versprochen.«

Mathias sah wieder auf den Zettel. Es war mehr als einmal vorgekommen, dass Leute, die bei ihnen zu Hause anriefen, ihn für seinen Vater hielten. Er blickte seine Schwester an. Sie sah entschlossen und todernst aus. Zögernd griff er nach dem Telefon und wählte die Nummer. Am anderen Ende klingelte es lange. Schließlich meldete sich eine verschlafene Männerstimme und Mathias gab sich einen Ruck und stellte sich als Wilhelm Fivel vor. Dann vergewisserte er sich, dass er auch wirklich mit dem richtigen Mann sprach, einem gewissen Herman Aasen. Daraufhin las er vor, was Amanda auf den Zettel geschrieben hatte. Sein Gesprächspartner wurde auf einmal sehr förmlich und bat ihn zu wiederholen, was er gerade gesagt hatte. Mathias las seinen Text noch einmal vor, dann beendete er das Telefonat auf die typische geschäftsmäßige und ziemlich kühle Art, auf die sein Vater Telefonate zu beenden pflegte.

»Danke«, sagte Amanda.

»Hoffentlich weißt du, was du tust«, antwortete er und verließ das Zimmer.

Das hoffte Amanda auch. Aber jetzt war es sowieso zu spät für eine Umkehr. Als sie das Arbeitszimmer für sich allein hatte, schickte sie noch ein Fax ab und machte einen Brief fertig für die Post. Dann ging sie zurück in ihr eigenes Zimmer und schloss die Tür. Sie hatte auch noch ein Telefonat zu führen, aber sie drückte sich davor und saß lange mit dem Handy in der Hand da. Sie hatte Juls weder gesehen noch mit ihm gesprochen, seit er von der Schule abgegangen war, und sie hatte nicht die leiseste Ahnung, wie er reagieren würde, wenn sie nach einem Jahr Funkstille plötzlich eines frühen Samstagmorgens bei ihm anrief und ihn um einen Gefallen bat. Und es war kein kleiner Gefallen. Wenn sie es recht bedachte, hatte er allen Grund, keinen Handschlag für sie zu tun. Wahrscheinlich würde er ihr sagen, dass sie sich zum Teufel scheren sollte. Sie biss die Zähne zusammen und wählte rasch die Nummer. Es klingelte eine Weile, dann wurde abgenommen.

»Julian Stordahl«, sagte eine Stimme, die tiefer war, als sie in Erinnerung hatte.

»Hallo, hier ist Amanda«, sagte sie. »Amanda Fivel.«

Am anderen Ende blieb es still.

»Hallo? Juls? Bist du noch da?«

»Ja, bin ich. Bin nur … überrascht.«

»Kein Wunder«, sagte Amanda. »Ist ja über ein Jahr her.«

»Ein Jahr und vier Tage«, sagte Juls.

»Seit du mit der Schule aufgehört hast?«

»Seit ich dich zuletzt gesehen habe.«

Amanda fragte sich, wie sie das interpretieren sollte. Hasste er sie so sehr, dass er sich für jeden Tag, den er sie nicht sehen musste, eine Kerbe in den Bettpfosten ritzte? Oder … war es vielleicht genau das Gegenteil?

»Du hast ja voll den Überblick«, sagte sie. *Was für eine bescheuerte Bemerkung.*

Das letzte Mal, als sie sich gesehen hatten, war an seinem Geburtstag gewesen. Eigentlich wusste sie ganz genau, dass es ein Jahr und vier Tage her war.

Juls sagte etwas, was sie nicht verstand. Im Hintergrund lärmte es.

»Ich bin draußen beim Fischen«, rief er ins Telefon. »Hörst du mich?«

»Ja, ich höre dich.«

»Kann ich dich zurückrufen, wenn wir in ein paar Stunden wieder angelegt haben?«

»Okay«, erwiderte sie. »Bis dann.«

»Tschüss.«

Ein paar Minuten später kam eine SMS.

Café Brink morgen 21 Uhr?

Er kam also nach Oslo. Sie war noch nie in diesem Café gewesen, aber sie wusste, wo es war. Es war sicher eine gute Idee, sich zu treffen.

Sie schrieb eine SMS zurück.

Ja.

Sonntag
Noch 27 Tage

Sonntags nach fünf waren selten Leute im Stall, und Amanda hoffte, dass sie niemandem begegnete. Aber so viel Glück hatte sie nicht. Der dreiköpfige Troll saß an der Sonnenwand und rauchte heimlich. Die Musik aus dem Radio war bis auf den Hof hinaus zu hören. Amanda holte tief Luft, während sie näher kam.

»Wo ist eigentlich Monty abgeblieben?«, fragte Sara.

»Er steht bei Åke«, antwortete Amanda.

»Muss ja langweilig sein, nur mit einem Pony«, sagte Susanne.

»Nein, das ist ganz fantastisch«, antwortete Amanda und stellte zu ihrer Überraschung fest, dass es ganz einfach war und wie von selbst ging, die Wahrheit zu sagen.

Doch das war nicht die Antwort, die der Troll hören wollte, und die drei Köpfe begannen rasch, von etwas anderem zu sprechen. Amanda lief in den Stall und schaltete das Radio aus. Dann ging sie in Ægirs Box, wusch seine Wunde und sprühte behutsam Insektenmittel drumherum. Als sie kurz darauf mit ihm auf den Hof hinausging, verfolgte der Troll sie mit Blicken.

»Das Pony nur herumzuführen, muss jedenfalls extrem langweilig sein«, sagte Susanne.

Ægir blieb abrupt stehen. Er schüttelte den Kopf und wieherte laut. Dann stellte er sich auf die Hinterbeine und balancierte.

»Der zieht hier ja eine ganz schöne Show ab«, sagte Sara und blies Rauchringe in die Luft.

»Er ist seit der Kastration nicht wirklich ruhiger geworden, oder?«, fragte Karoline.

Amanda antwortete nicht. Sie hatte im Moment kein Ohr für andere.

Was ist, Ægir?

Ægir balancierte eine ganze Weile aufgerichtet, bevor seine Hufe knallend auf den Boden trafen. Seine Muskeln zitterten leicht.

»Na komm«, sagte Amanda und ging einige Schritte Richtung Wiese, aber Ægir kam nicht. Stattdessen zog er heftig am Führstrick und versuchte, in die entgegengesetzte Richtung zu gehen. Das hatte er vorher noch nie getan, und zur großen Überraschung des dreiköpfigen Trolls machte Amanda keinen Versuch, ihr Pony zu korrigieren. Im Gegenteil, sie folgte ihm über den Hofplatz und weiter zum Haus von Torgeir und Tone. Dort blieb das kleine schwarze Pferd am Zaun stehen und blickte zum Haus. Amanda hatte nicht das Bedürfnis, ihn zurechtzuweisen, obwohl sie merkte, dass ihre Zuschauer genau das von ihr erwarteten. Erst als Ægir sich anschickte, durch die Pforte und über den Rasen zu laufen, musste Amanda eingreifen und ihm deutlich zeigen, dass das zu weit ging. Sie hielt ihn zurück und spürte im selben Moment, dass er sich nicht damit begnügt hätte, in den Garten zu gehen. Er wäre am liebsten ins Haus hineingegangen. *Was will er da?* Ægir schüttelte wieder den Kopf und scharrte ungeduldig mit dem Huf. Amanda begriff, dass er ihr etwas sagen wollte, aber sie verstand nicht, was. Deshalb setzte sie sich neben ihm auf die Erde und wartete.

»Wundert mich nicht, dass sie Probleme mit dem Pony haben«, war das Letzte, was sie Susanne sagen hörte, ehe die Mädchen den Hügel hinab verschwanden, um den Bus zu erreichen.

Diesen Bus hatte Amanda eigentlich auch nehmen wollen, aber das war jetzt nicht mehr wichtig. Das Einzige, was im Moment zählte, war das Gespräch, das sie mit ihrem Pferd zu führen versuchte. Sie blieb fast eine Stunde neben Ægir sitzen, dann stand sie auf und lockte ihn über den Hof zurück in den Stall.

Er blieb angespannt mitten in der Box stehen, den Blick die ganze Zeit auf die Stalltür gerichtet. Als ob er auf jemanden wartete. *Oder auf etwas?* Es machte Amanda ganz nervös. Sie ging wieder auf den Hof und schaute zum Haus von Torgeir und Tone hinüber. Dort drinnen regte sich nichts. Abgesehen von einem schwachen Licht im ersten Stock war das Haus dunkel. Amanda hatte plötzlich wieder dasselbe Gefühl wie damals, als Ægir sich weigerte, durch den Bach zu gehen. Damals, als Åke abgeworfen worden war und sich den Fuß gebrochen hatte. Da hatte Ægir auch so dagestanden. Wie eine Statue in der Dunkelheit.

Hätte Amanda mit Torgeir über Ægirs Verhalten gesprochen, dann hätten sie entdeckt, dass sie ihn beide schon so erlebt hatten. Aber Amanda sprach an diesem Abend nicht mit Torgeir, denn nicht er übernahm die Abendfütterung, sondern seine Hilfskraft.

Das kleine Café, das Juls vorgeschlagen hatte, lag in einer schmalen Seitenstraße des Bogstadveien. Amanda suchte sich einen Tisch ganz hinten, von dem aus sie den Raum überblicken konnte. Sie war nervös und fühlte sich unwohl, als sie sich hinsetzte, um auf den Jungen zu warten, den sie geküsst hatte. Ihr erster Kuss. Sie hatte den letzten Bus von Engelsrud in die Stadt genommen und es nicht mehr geschafft, vorher noch nach Hause zu fahren. Eigentlich hätte sie gern noch geduscht. Hoffentlich roch sie nicht stärker nach Pferd, als ihr Parfüm überdecken konnte.

Im Lokal waren nicht viele Gäste, aber es kamen andauernd neue hinzu. Amanda bestellte sich etwas zu trinken und versuchte, sich darauf zu konzentrieren, was sie sagen wollte. Sie hatte sich genau zurechtgelegt, wie sie vorgehen würde, um Juls zu überreden. Wenn er überhaupt kam. Und dann musste sie ohnehin darauf gefasst sein, dass er erst einmal Nein sagte. Wichtig war, dass es sich nach einer ganz einfachen Sache anhörte. Sie hatte deshalb beschlossen, nicht ganz die Wahrheit zu sagen. Vor allem musste sie verheimlichen, dass das Ganze von Anfang bis Ende vollkommener Wahnsinn war.

Sie würde erst einmal über alte Zeiten und gemeinsame Erinnerungen sprechen. Dann wäre er schon mal ein bisschen aufgewärmt, wenn sie ihm die Frage stellte, für die er extra von der Westküste nach Oslo gekommen war. Juls war der Einzige, den sie kannte, der ihr helfen konnte. Sie hatte nur diese eine Chance.

Sie sah wieder auf die Uhr. Er war schon eine halbe Stunde zu spät und es hatte angefangen zu regnen. Amanda kontrollierte noch einmal ihr Handy, aber er hatte weder angerufen noch eine SMS geschickt. Er würde nicht kommen. *Natürlich nicht.* Sie fühlte sich beinahe erleichtert. Je länger sie über ihre verrückte Idee nachdachte, desto weniger Lust hatte sie eigentlich, ihn zu treffen. Und je deutlicher ihr bewusst wurde, was sie da vorhatte, desto klarer wurde ihr, dass sie ihn nie hätte anrufen dürfen. Sie blickte wieder zur Tür, aber die Straße vor dem Café war menschenleer. Amanda verlangte die Rechnung, aber gerade als sie gehen wollte, sprach jemand sie an. Eine tiefe, ruhige Stimme. Sie drehte sich langsam um und sah direkt in klare blaue Augen. Juls.

»Hallo«, sagte er.

»Hallo«, sagte sie überrascht. »Wo kommst du denn her?«

»Aus der Küche. Ich kenne den Typ, dem der Laden gehört. Er hat zu wenig Leute und ich hab ihm ein bisschen geholfen. Tut mir leid, dass ich zu spät bin.«

Immer noch genauso hilfsbereit, dachte Amanda erleichtert und stellte gleichzeitig fest, dass er sich seit ihrem letzten Treffen verändert hatte. Er war größer geworden. Die Sonne hatte sein blondes Haar gebleicht und sein Körper war schlank und durchtrainiert. Das war nicht mehr der Schuljunge, den sie gekannt hatte. Er war jetzt ein junger Mann, und sie merkte, dass sie rot wurde, ohne recht zu wissen, wieso.

Juls hatte Amanda noch nie mit offenen Haaren gesehen und er fand sie unglaublich hübsch. Er hatte sich wirklich dazu durchringen müssen, sie zu treffen, und er merkte, dass die halbe Stunde Vorlaufzeit in der Küche nicht gereicht hatte. Das einzige Mal, dass er sich in Amandas Nähe wirklich wohlgefühlt hatte, war an dem Tag gewesen, als sie ihn geküsst hatte. Aber bei diesem einen Kuss war es geblieben, und er hatte nie richtig verstanden, was eigentlich los war.

Sie setzten sich an den Tisch, aber die peinliche Stille, die Amanda befürchtet hatte, trat nicht ein. Sie unterhielten sich, als hätten sie sich ein Leben lang gekannt, und auf gewisse Weise war es ja auch so. Sie sprachen über gemeinsame Bekannte und lachten über Sachen, die in der Schule vorgefallen waren. Schließlich bestellten sie sich Fingerfood, und erst als sie alles aufgegessen hatten, waren sie auch mit allem durch, was es seit dem letzten Mal zu erzählen gab.

»Wie schön, dich wiederzusehen«, sagte Juls.

»Finde ich auch«, sagte Amanda.

»Warum hast du wirklich angerufen?«

Amanda antwortete nicht, und Juls merkte, dass sie nervös wurde.

»Geht's dir gut?«, fragte er.

Es war eine einfache Frage, aber sie löste eine Reaktion aus, die für beide sehr überraschend kam. Amanda begann zu weinen. Die Tränen liefen ihr über die Wangen und sie verbarg ihr Gesicht in den Händen. Juls gab ihr eine weiße Serviette, die bald voller Wimperntusche war. Er sah, dass sie versuchte, sich zu sammeln, aber es gelang ihr nicht besonders gut.

»Du könntest mir einen Gefallen tun«, schluchzte sie und wischte sich die Tränen mit der nassen Serviette ab. Juls gab ihr noch eine und sie schenkte ihm ein schiefes Lächeln. In diesem Moment hoffte er inständig, dass sie ihn um etwas bitten würde, zu dem er Ja sagen konnte.

»Ich muss ein Pferd nach Island bringen«, sagte sie. »Es ist verboten und eine irrwitzige Sache, aber ich muss ein Pferd nach Island bringen, und du bist der Einzige, den ich kenne, der ein ausreichend großes Schiff organisieren kann.«

»Weißt du nicht, dass es Unglück bringt, Pferde an Bord zu haben?«, fragte Juls ernst.

Amanda schüttelte den Kopf und kämpfte immer noch mit den Tränen.

»Aber ich werde es schon irgendwie hinkriegen, das Pferd für dich zu transportieren«, fügte er hinzu.

»Wie bitte?«, fragte Amanda.

»Ich kann es für dich hinbringen«, wiederholte er. »Aber es muss genau geplant werden.«

Insgeheim dachte Juls, dass es mehr brauchte als einen guten Plan.

Wenn er den Kutter, auf dem er arbeitete, heimlich ausborgte, um ein Pferd über den Nordatlantik zu schippern, würde er anschließend sicher keinen Job mehr haben. Aber das erschien ihm in diesem Augenblick zweitrangig. Er griff nach seinem Handy und wählte eine Nummer.

»Entschuldige mich kurz«, sagte er zu Amanda und nach ein paar kurzen Höflichkeitsfloskeln wimmelte das Telefonat von seemännischen Ausdrücken wie Knoten, Seemeilen und Windrichtungen.

»Wo auf Island ist das?«, fragte er Amanda.

Sie sagte es ihm und Juls setzte das Telefonat fort.

»Bei Eskifjordur. Ja, das ist wohl so weit östlich, dass es gerade noch geht, oder?«

Juls lachte kurz ins Telefon, während er der Stimme am anderen Ende lauschte.

»So was in der Art, ja. Ich muss mir das Boot auf jeden Fall, wie soll ich sagen, ausleihen. Es wird wohl eine gute Woche dauern, hin und zurück. Ich könnte im Vorfeld ein bisschen praktische Unterstützung gebrauchen.«

Amanda betrachtete ihn heimlich. Sie hatte ihn als vorsichtig und zögerlich in Erinnerung. Aber jetzt zögerte er nicht.

»Von Oslo aus wird es schwierig«, sagte er, nachdem er das Gespräch beendet hatte. »Kannst du das Pferd an die Westküste bringen?«

Wenn es wirklich keine Zufälle gab, dachte Amanda, dann war der Austragungsort der Norwegischen Meisterschaften auch kein Zufall. Falls sie das letzte Qualifikationsturnier gewann, würde ihr Vater Ægir, ohne zu zögern, an die Westküste fahren.

»Vielleicht kann ich ihn in vier Wochen nach Tresfjord bringen«, sagte sie langsam und merkte, wie ihr Siegeswille wieder erwachte. Wenn das die Bedingung war, um Ægir in seine Heimat zu bringen, dann musste sie einfach gewinnen.

Juls zog etwas aus seiner Jacke hervor, das wie ein Dienstplan aussah, und warf einen raschen Blick darauf.

»Dann machen wir das«, sagte er.

»Einfach so?«, fragte Amanda.

»Ich nehme euch Samstag in vier Wochen in Tresfjord an Bord«, sagte Juls.

Während Juls sie zur U-Bahn brachte, sprachen sie über viele Dinge. Aber am meisten beeindruckte Amanda Juls' Erzählung, woher der Glaube kam, dass Pferde auf See Unglück brachten. Er hatte seinen Ursprung in der Zeit der großen Auswanderung von Europa nach Amerika. Viele Frachtschiffe hatten sich darauf spezialisiert, Pferde über den Atlantik zu transportieren – auf Schiffen, die oft in zu schlechtem Zustand waren, um Menschen zu befördern. Eine ganze Reihe dieser Schiffe ging unter, aber anstatt zwei und zwei zusammenzuzählen, sahen die Seemänner eine Verbindung zwischen Ladung und Schiffbruch – und zogen den falschen Schluss, dass Pferde auf See Unglück brachten. Dabei war es ja eigentlich umgekehrt, dachte Amanda. Es waren die Schiffe, die für die Pferde Unglück bedeuteten. Juls erzählte ihr auch von Pferden, die mitten auf dem Meer dazu getrieben wurden, über Bord zu springen, wenn sie krank wurden oder wenn der Besatzung während der Überfahrt das Trinkwasser ausging. Es war schlichtweg einfacher, die Pferde lebendig über Bord zu bekommen als nach ihrem Tod. Amanda lief ein Schauer über den Rücken, und sie merkte, dass sie mehr über untergehende Schiffe und ertrinkende Pferde gehört hatte, als ihr guttat. Sie war bisher kaum je an Bord eines Schiffes gewesen, und ihr ging auf, dass sie absolut keine Ahnung hatte, was auf sie zukam.

Nachdem sie sich verabschiedet und jeder seine U-Bahn genommen hatte, saß Amanda in der Bahn und betrachtete ihr Spiegelbild im Fenster. Äußerlich war sie unverändert. Es war ihr Inneres, an das sie sich erst noch gewöhnen musste. Und sie war im Begriff, etwas zu tun, das nicht nur ihr Selbstbild für immer verändern würde. Sondern erst recht das Bild, das ihr Vater von ihr hatte.

Als sie an diesem Abend zu Bett ging, lag sie noch lange wach und starrte an die Decke. Ihr ging so vieles durch den Kopf. Aber als Letztes, bevor sie einschlief, dachte sie daran, was Ægir ihr wohl hatte sagen wollen, als er sie zum Haus von Torgeir und Tone zog.

Montag
Noch 26 Tage

Amanda hatte das Handy stumm geschaltet, als sie sich mit Juls im Café traf. Doch das bemerkte sie erst kurz vor dem Frühstück wieder.

Sie erschrak, als sie sah, dass Anja sie bestimmt schon zehn Mal an diesem Morgen angerufen hatte. Sie hatte ihr auch eine SMS geschickt.

Drama im Stall heute Nacht – ruf mich an!!!

Amanda rief Anja auf der Stelle an, hörte aber nur das Besetztzeichen. Es war jetzt fünf nach halb acht und sie wurde am Frühstückstisch erwartet. Widerwillig ging sie die Treppe hinunter und setzte sich. Sie war die Letzte. Mathias hatte schon angefangen und die Mutter schickte einen vorwurfsvollen Blick in ihre Richtung. Ihr Vater dagegen sah nicht sehr vorwurfsvoll aus. Er schien ihre Verspätung nicht einmal zu bemerken. Offenbar war er in Gedanken versunken. *Und schlecht drauf.* Er hatte noch nicht mit dem Frühstück begonnen und Amanda tat es auch nicht.

Victoria sah Vater und Tochter an und beschloss, ihren Teil dazu beizusteuern, dass die beiden den Mund voll hatten und diese Mahlzeit nicht auch noch kaputt machen konnten.

»Frühstück ist serviert«, sagte sie butterweich. »Kann ich euch etwas reichen?«

Weder ihr Mann noch ihre Tochter antworteten darauf. Es sah nicht so aus, als hätten sie sie überhaupt gehört, und damit nicht genug: Wilhelm griff ungerührt zu seinem Handy und wählte eine Nummer.

»Keine Telefonate bei Tisch«, sagte Victoria streng.

»Das kann nicht warten«, erwiderte Wilhelm Fivel kurz und hielt das Handy ans Ohr.

»Vielleicht möchtest du deiner Familie erklären, was so wichtig ist, dass wir nicht ein einziges Mal pro Woche eine halbe Stunde Qualitätszeit miteinander verbringen können.« Victoria warf ihm einen dermaßen schwarzen Blick zu, dass Amanda die Luft anhielt. Mathias dagegen störte das überhaupt nicht, dafür schmatzte er nur umso lauter.

»Ist es zu viel verlangt, dass wir in aller Ruhe und Gemütlichkeit essen?«, schrie sie beinahe.

»Ich versuche seit gestern Abend, Amandas Trainer zu erreichen«, erklärte Wilhelm, nachdem er vergeblich darauf gewartet hatte, dass jemand abnahm. »Er hätte mich anrufen sollen. Wir hatten eine Verabredung. Ich begreife nicht, wo er steckt.«

Amanda schluckte. Warum hatte Torgeir nicht angerufen? Was war eigentlich auf dem Reiterhof los? Welches *Drama* hatte Anja gemeint? Sie machte sich große Sorgen, dass etwas Schlimmes passiert sein könnte.

Victoria gab sich alle Mühe, sich zusammenzureißen.

»Wir essen jetzt«, sagte sie. »In aller Ruhe.«

Im selben Moment klingelte Wilhelms Handy mit einem schrillen, durchdringenden Ton.

»Lass es klingeln«, warnte Victoria ihn.

Wilhelm Fivel antwortete nicht. Er warf einen schrägen Blick auf das Display. Die Nummer kannte er gut.

»Das ist Torgeir«, sagte er und griff nach dem Telefon.

»Du lässt das jetzt klingeln!«, wiederholte Victoria. »Keine Telefonate bei Tisch. Das weißt du!«

Wilhelm Fivel ließ das Handy in seinen Schoß fallen, rollte hinaus in die Diele und schloss die Tür hinter sich. Er atmete ein paarmal tief durch, bevor er abnahm.

»Wieso haben Sie nicht angerufen?«, rief er ins Telefon. »Ich habe gestern den ganzen Tag versucht, Sie zu erreichen! Wenn ich anrufe, haben Sie abzunehmen! Verstanden?«

»Ich glaube, es ist höchste Zeit, dass wir beide uns mal unterhalten«, sagte die Stimme am anderen Ende.

Es war keine Männerstimme. Es war die Stimme einer Frau.

»Mit wem spreche ich?«, fragte Wilhelm Fivel überrascht.

»Tone. Tone Lind.«

»Wo ist Torgeir?«, fragte Wilhelm Fivel. »Ich muss ihn sprechen.«

»Erst müssen Sie mit mir sprechen«, sagte Tone.

»Ach ja?«, erwiderte Wilhelm Fivel höhnisch. »Und worüber?«

»Über Grenzen. Es geht mich nichts an, wie Sie mit Ihrer eigenen Familie umspringen. Aber die Zeiten sind vorbei, dass Sie das mit meiner Familie tun.«

Wilhelm Fivel war perplex. Er war es nicht gewohnt, dass die Leute so direkt mit ihm sprachen, und er war es auch nicht mehr gewohnt, dass sie die Wahrheit sagten.

»Ich verstehe nicht ganz«, sagte er.

»Das glaube ich aber doch«, sagte Tone. »Von jetzt an hat das Spiel drei neue Regeln: Sie rufen diese Nummer nie wieder an. Sie machen einen weiten Bogen um mein Haus, und sie bekommen einen einzigen Termin in der Woche, an dem Sie das Training besprechen können. Das ist alles. In der übrigen Zeit müssen Sie sehen, wie Sie klarkommen.«

»Und was meint Torgeir dazu?«, fragte Wilhelm Fivel nach einer Weile.

»Im Moment ist er zu krank, um irgendwas zu meinen«, antwortete Tone.

»Er muss aber schon ernstlich krank sein, wenn er den Vertrag, den er mit mir hat, platzen lässt«, stellte Wilhelm Fivel fest.

»Er ist heute Nacht mit dem Rettungswagen ins Krankenhaus gebracht worden und liegt auf der Intensivstation«, erwiderte Tone leise und legte eine Pause ein. »Ich denke, das ist wohl krank genug.«

»Intensivstation?«, wiederholte Wilhelm Fivel verblüfft.

»Da haben Sie ja sicher auch einmal gelegen«, sagte sie. »Dann wissen Sie bestimmt, dass er da nicht zum Spaß liegt.«

»Wie lange muss er dort bleiben?«, fragte Wilhelm Fivel. Aber er bekam keine Antwort.

Tone hatte aufgelegt.

Wilhelm Fivel war kurz davor, das Handy an die Wand zu schmettern. Es musste doch möglich sein, einen Trainer zu finden, der mit dem Gaul fertig wurde, ohne im Krankenhaus zu landen? Wieder einmal verwünschte er den Augenblick, in dem er *diese verdammte Wette* eingegangen war. Es schien, als läge ein Fluch auf dem kleinen schwarzen Satan. Ein Fluch, der ihn immer wieder einholte und langsam auf alles abfärbte, was er anpackte. Er rollte wieder zurück an den Frühstückstisch. Im Raum herrschte eine geladene Stille, und Amanda war die Einzige, die Blickkontakt suchte.

»Was ist passiert?«, fragte sie leise und ihr graute vor der Antwort. Es hatte etwas Schlimmes in der Luft gelegen. Und Ægir hatte es gewittert.

»Torgeir ist im Krankenhaus«, antwortete ihr Vater. »Verdammter Mist.«

Amanda hätte gern gefragt, ob es was Ernstes war, aber das musste es wohl sein. Sonst wäre er ja nicht ins Krankenhaus gekommen.

»Ich weiß nicht, was passiert ist«, fügte er hinzu. »Aber anscheinend liegt er auf der Intensivstation.«

Intensivstation. Ein Wort, mit dem Familie Fivel keine guten Erinnerungen verband. Keiner sagte mehr etwas. Das Frühstück war definitiv gelaufen. Amanda stand auf und verließ den Tisch und schon auf dem Weg in die Diele wählte sie Anjas Nummer.

Dienstag
Noch 25 Tage

Auf Vestre Engelsrud war Torgeirs plötzliche Krankheit das beherrschende Thema der letzten vierundzwanzig Stunden. Und die Gerüchteküche brodelte. Die Hilfskraft war die Erste, die die Geschichte erzählte. Sie war mitten in der Nacht von der Sirene des Rettungswagens geweckt worden. Der sei angerast gekommen, als ginge es um Leben oder Tod. Torgeir sei so bleich gewesen, sagte sie, wie sie noch nie einen Menschen gesehen habe. Er habe gezittert und sich vor Schmerzen gekrümmt. Jetzt, einen halben Tag später, war sie immer noch erschüttert.

Susanne spann die Geschichte weiter und erzählte, dass Tone mitten in der Nacht aufgewacht sei, weil Torgeir neben ihr so starke Krämpfe hatte, dass das ganze Bett gewackelt habe. Laut Karoline, die als Dritte die Neuigkeiten verbreitete, war er bewusstlos, als der Rettungswagen ihn abholte. Sara erzählte als Vierte von den Ereignissen, und demnach hatte er einen Herzinfarkt. Laut Anja, die Version Nummer fünf zum Besten gab, hatte er nur mit knapper Not überlebt. Susanne betrachtete es als ihre große Aufgabe, alle Informationsschnipsel zusammenzufassen – also lag Torgeir mit einem Herzinfarkt auf der Intensivstation und sein Zustand war kritisch.

Ungefähr zu diesem Zeitpunkt rief die Hilfskraft, beauftragt von Tone, alle zu einem Stalltreffen zusammen, bei dem der Hausarzt sich die Zeit nahm, den Stallmädchen zu erklären, wie der tatsächliche Stand der Dinge war. Er hatte Torgeir untersucht, bevor der Rettungswagen eintraf, und er erzählte, dass es sich um einen Virus handelte. Einen harmlosen, gewöhnlichen Atemwegsinfekt, der aus irgendeinem Grund zu Fieberkrämpfen und einer sehr schmerzhaften Herzbeutelentzündung geführt hatte. Er erzählte auch, dass Torgeir auf eigenen Wunsch wieder zu Hause war und dass er persönlich ihm mehrmals am Tag einen Krankenbesuch abstattete.

»Diesmal war es falscher Alarm«, schloss der Hausarzt seinen Bericht. »Torgeir wird wieder ganz gesund, aber er braucht Ruhe. Und Tone auch.«

Die Hilfskraft machte unmissverständlich klar, dass alle Fragen und praktischen Dinge bis auf Weiteres mit ihr geklärt werden mussten und dass unter gar keinen Umständen irgendjemand auf die Idee kommen sollte, bei Tone und Torgeir anzuklopfen.

Case closed.

Mittwoch
Noch 24 Tage

Wilhelm Fivel saß in seinem Arbeitszimmer und trommelte nervös mit dem Füllfederhalter auf die Schreibtischplatte. Darauf lag ein Blatt Papier mit einigen durchgestrichenen Listenpunkten. Aber ein Punkt stand immer noch aus: *Kontrolle.* Er zwängte einen Finger hinter den Hemdkragen, um besser atmen zu können. Die Sache begann, ihm aus den Händen zu gleiten. Die Kastration des Hengstes war übereilt gewesen. Er hatte die Konsequenzen nicht gründlich genug bedacht. Dass die Wunde Zeit brauchte, um zu verheilen, zum Beispiel. Er befürchtete, dass er einen Fehler gemacht hatte, der ihn teuer zu stehen kommen würde. Wenn sie die Zulassung zur NM schaffen wollten, mussten sie beim Qualifikationsturnier am Wochenende eine hohe Platzierung erreichen. Es war die letzte Qualifikationsrunde und ihre absolut letzte Chance. Idealerweise müssten sie gewinnen.

Unter normalen Umständen hätte Wilhelm Fivel in dieser Situation Åke oder Torgeir angerufen, aber diese Möglichkeit hatte er nun nicht mehr. Aus purer Verzweiflung wählte er stattdessen Amandas Handynummer, aber sie ging nicht ran. Er öffnete die beiden obersten Hemdknöpfe, um Luft zu bekommen. Und als sein Telefon klingelte, griff er mit beiden Händen danach. *Amanda.*

»Warum gehst du nicht ran, wenn ich anrufe?«, rief er in den Hörer.

»Weil ich in der Schule bin«, sagte sie und erkannte im selben Moment, dass sie es ohne Lügen nicht schaffen würde, die nächste Runde zu überstehen. Es musste einfach sein.

»Papa, es tut mir leid, dass ich so ungerecht war«, sagte sie.

Wilhelm Fivel wartete ab und schwieg.

»Die ganze Verantwortung war mir einfach über den Kopf gewachsen. Aber jetzt bin ich wieder voll da. Es war gut, dass du Caspian hast kastrieren lassen. Er ist jetzt viel ruhiger. Die Wunde verheilt gut, und ich glaube, ich kann ihn bald wieder reiten. Vielleicht heute schon.«

Wilhelm Fivel merkte, wie ihm ein Stein vom Herzen fiel. *Die Strategie wirkt doch!*

»Aber wer soll dir helfen?«, fragte er. »Du brauchst unbedingt Hilfe, um zu gewinnen.«

»Ich schaffe das auch so«, sagte Amanda.

»Vielleicht kannst du Torgeir fragen«, schlug er vor.

»Aber nur als absolut letzten Ausweg«, erwiderte Amanda.

Wilhelm Fivel hätte beinahe in den Hörer gebrüllt, dass sie diesen Punkt erreicht hatten – *dies ist der letzte Ausweg!* –, aber er tat es nicht.

Er musste es schaffen, es auf eine ruhige und beherrschte Art zu sagen, wenn es Wirkung zeigen sollte.

»Ich muss los«, sagte Amanda rasch, und bevor er protestieren konnte, hatte sie aufgelegt.

Amanda ging wieder in die Klasse, aber vom Unterricht bekam sie nicht viel mit. Sie konnte nur noch daran denken, wie sie es anstellen sollte, mit Ægir an die Westküste zu reisen.

Amanda führte Ægir in die Reithalle. Sie stand eine Weile neben ihm, dann steckte sie den Fuß in den Steigbügel und saß probehalber auf. Er blieb stehen und sie deutete es als ein Ja. Sie nahm sich viel Zeit, um ihn aufzuwärmen, aber als sie antrabte, hatte sie das ungute Gefühl, dass irgendwas nicht stimmte. Ægir lief nicht schlecht, aber es schien, als hielte ihn irgendetwas zurück. Amanda sah ein, dass sie einen guten Rat brauchte, und sie kannte nur einen einzigen Menschen, der ihr diesen Rat geben konnte.

Nachdem sie Ægir zurück in den Stall geführt hatte, verbrachte sie deshalb die nächste Stunde an der Sonnenwand, während sie das Haus von Torgeir und Tone im Blick behielt. Tone war immer noch drinnen, aber bei der ganzen Arbeit, die zu tun war, konnte sie dort nicht ewig bleiben. Die Boxen mussten ausgemistet und sicher auch die Kinder abgeholt werden. Amanda sah auf die Uhr und im selben Augenblick ging die Tür des Wohnhauses auf. Tone kam auf den Hof, setzte sich ins Auto und fuhr weg. *Jetzt oder nie.* Auf der Treppe vor dem Haus warf sie einen schnellen Blick über den Hof, und als sie niemanden sah, schlüpfte sie blitzschnell durch die Tür und lief die Treppe ins Obergeschoss hinauf. Kurz darauf stand sie in der offenen Tür von Torgeirs und Tones Schlafzimmer. Sie bereute schon, dass sie es gewagt hatte, gleich in das Allerheiligste der Familie Rosenlund-Lind vorzudringen, aber zum Umkehren war es jetzt zu spät. Torgeir hatte sie gesehen. Er war überrascht – und bekam einen Schreck. Denn wenn sie einfach so hereinplatzte, musste sie gute Gründe dafür haben.

»Was gibt's?«, fragte er.

»Ich muss mit dir sprechen«, sagte sie.

Sein Kopf fiel zurück ins Kissen, und als er wieder zu Atem gekommen war, versuchte er, sich aufzusetzen. Es kostete ihn viel Mühe, und Amanda hatte das Gefühl, ihm helfen zu müssen. Sie ging zögernd ins Zimmer, blieb aber abrupt stehen, als er abwehrend die Hand hob.

»Das ist nahe genug für ein Gespräch«, brachte er mühsam hervor. Dann atmete er einige Male angestrengt ein. Als er sie schließlich abwartend ansah, gab sie sich einen Ruck.

»Die letzte NM-Qualifikation ist an diesem Wochenende. Aber Ægir ist nicht ganz bei der Sache und wir müssen uns qualifizieren. Wir müssen nach Tresfjord.«

Wieder einmal dachte Torgeir Rosenlund, wie rätselhaft die Fivels doch waren. Er hatte es schon lange aufgegeben, Amandas Vater verstehen zu wollen, aber er hoffte, dass wenigstens Amanda und er noch eine gemeinsame Sprache fanden.

»Rede mit Tone«, sagte er nach kurzem Überlegen. »Sie kann dir helfen.«

»Aber es dauert nur einen Moment.«

»Aber diesen Moment habe ich gerade jetzt nicht«, sagte Torgeir leise.

»Papa bezahlt jede Summe.«

»Es dreht sich nicht immer alles um Geld«, sagte er. »Glaubst du, jemand hätte mich dafür bezahlt, dass ich bei dem Unwetter losgeritten bin und dich gesucht habe? Glaubst du das?«

»Ich hatte keine Wahl«, beteuerte Amanda.

»Ich auch nicht. Ich konnte einfach nicht anders. Aber jetzt bin ich an eine Grenze gekommen, die sich nicht verschieben lässt, und du tätest gut daran, kein Preisschild an meine Gesundheit zu kleben.«

»Aber ich habe Tone noch nie reiten sehen, und ich habe keine Zeit, noch mehr Fehler zu machen.«

»Vertraust du mir?«, fragte er.

»Ja, ich vertraue dir.«

»Vielleicht würde es dich beruhigen, wenn du von der Person lernst, die mir die wichtigsten Dinge beigebracht hat, die ich kann?«, fragte er langsam.

Torgeir war der beste Trainer, den Amanda kannte. Sie hatte nie darüber nachgedacht, dass auch er Lehrer gehabt haben musste. »Wenn ich denjenigen anrufen könnte, wäre ich dir riesig dankbar«, sagte sie.

»So kompliziert ist es gar nicht. Mein Lehrmeister vertritt mich bei den Pferden, die ich diese Woche im Training habe. Die Person, von der ich spreche, ist einer der kompetentesten Pferdemenschen, die ich kenne. Und wenn ich hundert werden sollte, werde ich nie so gut sein. Komm morgen Abend wieder, so gegen zehn, dann will ich sehen, was ich tun kann.«

Amanda war erleichtert. Noch hatte sie nicht verloren. Sie bedankte sich bei ihm, ging rasch die Treppe hinunter und hinaus auf den Hof.

Noch ehe sie das Haus verlassen hatte, war Torgeir wieder eingeschlafen, und er wachte erst am späten Abend wieder auf. Er hatte eine vage Erinnerung daran, dass der Hausarzt da gewesen war und mit ihm gesprochen hatte, aber sicher war er sich nicht. Er wusste auch nicht genau, welcher Tag es war, aber er war sich sicher, dass es ihm besser ging. Bevor er wieder einschlief, konnte er gerade noch denken, dass er mit jemandem über Amanda und Ægir hätte sprechen sollen, aber früher am Abend war er so umnebelt gewesen, dass er nicht wusste, ob er es getan hatte oder nicht.

Donnerstag
Noch 23 Tage

Amanda parkte ihr Moped auf dem dunklen Hofplatz und stellte die Zündung ab. Es war fünf vor zehn. Das einzige Licht auf dem Reiterhof kam aus den offenen Fenstern der Reithalle. Sie hörte drinnen ein Pferd galoppieren, und am Taktwechsel erkannte sie, dass es sprang. Eine plötzliche Schüchternheit überkam sie und sie schlich sich still hinein und verkroch sich oben auf der Tribüne. Von ihrem Platz aus sah sie, dass mehrere Hindernisse von unterschiedlicher Höhe unten in der Bahn aufgebaut waren, aber sie konnte Pferd und Reiter nirgends entdecken. Sie duckte sich und schlich näher ans Geländer, um die ganze Bahn überblicken zu können. Als sie sah, wer der Reiter war, zuckte sie zusammen. Und noch verblüffter war sie, als sie sah, wie das Pferd geritten wurde. Ohne Sattel und Zaumzeug. Und die beiden übersprangen ein Hindernis nach dem anderen in so sensibler und eleganter Harmonie, dass Amanda das Gefühl hatte, etwas Verbotenes zu beobachten. Was sie sah, war ein Zentaur. Oder besser gesagt, eine Zentauride. Torgeirs Lehrmeister, die Person, die mehr von Pferden verstand, als er selbst es sich je erträumen könnte, war niemand anders als die Mutter seiner beiden Kinder. *Tone Lind.*

Amanda ging in Deckung. Es war Tone, die sie im Zelt gesehen hatte, und Tone war auch die mysteriöse Reiterin im Wald gewesen. Daran zweifelte sie jetzt keine Sekunde mehr. Sie hörte, dass das Pferd unten in der Bahn stehen blieb.

»Du kannst jetzt rauskommen, Amanda«, sagte Tone.

Amanda zögerte kurz, dann richtete sie sich auf, kleinlaut und beschämt.

»Entschuldige. Ich wollte nur ein bisschen zusehen, ich ...«

»Meinetwegen gerne«, unterbrach Tone sie. »Aber merk dir, dass du falschliegst, wenn du glaubst, du müsstest dich rechtfertigen oder bezahlen für das, was du haben willst. Oft bringt es viel mehr, einfach zu fragen. Haben deine Pferde dir das nicht schon längst beigebracht?«

»Wo hast du gelernt, so zu reiten?«, fragte Amanda.

»Darauf gibt es keine kurze Antwort«, erwiderte Tone. »Aber diejenigen, die so reiten, verbringen die Zeit mit ihren Pferden nicht im Zentrum der Ereignisse, erinnerst du dich?«

Ja, Amanda erinnerte sich. Die Nacht mit den Frauen im Zelt. Sie hatte immer gedacht, dass Tone einfach nur die Frau eines Pferdetrainers war. Aber Tone war eine professionelle Reiterin und spielte offensichtlich für den Betrieb des Reiterhofs eine viel wichtigere Rolle, als sie geahnt hatte.

»Du reitest immer abends«, sagte Amanda. »Deshalb habe ich dich noch nie dabei gesehen. Und wenn du in den Wald reitest, folgst du den Wildwechseln, wenn wenig Leute da sind.«

»Ich werde nicht gerne gestört, wenn ich reite«, erklärte Tone. »Reiten ist für mich Meditation. Alle Frauen, die du im Zelt getroffen hast, empfinden das Zusammensein mit ihren Pferden so.«

Amanda schloss für einen Moment die Augen. Dann sah sie Tone wieder an.

»Ich werde diese Nacht nie vergessen.«

»Ja«, erwiderte Tone. »Du wirst diese Begegnung immer in dir tragen. So geht es mir auch.«

»Manchmal denke ich, es war nur ein Traum«, sagte Amanda.

»Weil du Widerstand erwartest«, erwiderte Tone. »Du bist es nicht gewohnt, dass jemand dir etwas gibt, ohne im Gegenzug etwas dafür zu verlangen.«

Amanda biss sich auf die Lippe und blickte zu Boden.

»Ich habe mich immer aus den Projekten von dir und deinem Vater herausgehalten«, fuhr Tone fort. »Aber etwas hat sich verändert. Ich habe das Gefühl, dass es jetzt einen guten Grund gibt, dir zu helfen. Holst du dein Pferd?«

Amanda beeilte sich, in den Stall zu kommen. Rasch sattelte sie Ægir und brachte ihn in die Reithalle.

»Eigentlich solltest du ihn so kurz nach der Kastration nicht reiten«, sagte Tone, als sie den Sattel sah. Sie bückte sich und strich mit der Hand vorsichtig über die Operationswunde. Was sie fühlte, stand ganz im Gegensatz zu dem, was sie erwartet hatte. Die Narbe war sauber und überraschend trocken. Er konnte zweifellos geritten werden.

»Wobei kann ich euch helfen?«, fragte sie.

»Die Qualifikation für die NM zu schaffen«, sagte Amanda.

»Das Zeug dazu hat dein Pferd«, antwortete Tone. »Was hindert dich daran?«

Amanda wollte antworten, dass Ægir nicht ganz bei der Sache war, aber das schien jetzt nicht mehr zu stimmen.

»Reite mal los, ich will es mir ansehen«, sagte Tone.

Amanda saß auf und begann damit, Ægir am langen Zügel Schritt gehen zu lassen. Nach einer Weile nahm sie die Zügel auf und wechselte zum Trab.

»Ich sehe schon«, sagte Tone, als Amanda einige Runden geritten war.

»Was siehst du?«

»Komm mal kurz her.«

Amanda ritt zu ihr und hielt an.

»Irgendetwas hemmt euch«, stellte Tone vorsichtig fest. »Etwas in dir.«

»In mir?«

»Reite noch mal Trab. Dann zeige ich es dir.«

Amanda ritt wieder in die Bahn und trabte.

»Pariere ihn zum Schritt und versuch es noch einmal, aber diesmal folgst du seinen Bewegungen. Du reitest die Übergänge nicht.«

»Was meinst du damit?«

»Dir fehlt die Erfahrung, dich zu öffnen, loszulassen und Vertrauen zu haben«, sagte Tone. »Dabei kann ich dir helfen, wenn du es mir erlaubst.«

Amanda nickte. Sie versuchte es wieder, aber es gelang ihr immer noch nicht, den Rhythmus zu finden. Es schien, als wäre sie in ihrem eigenen Körper nicht zu Hause.

»Komm her«, sagte Tone erneut.

Amanda ritt wieder zu ihr und Tone bat sie abzusteigen. Dann löste sie den Gurt, nahm den Sattel ab und anschließend auch das Zaumzeug. Sie machte die Räuberleiter, damit Amanda wieder auf Ægir klettern konnte.

»Probier es noch mal«, sagte sie.

Amanda versuchte loszureiten, aber Ægir rührte sich nicht vom Fleck.

»Du bist nicht in Balance«, sagte Tone. »Das will er dir damit sagen.«

Amanda fühlte sich plötzlich den Tränen nahe. Das war es also, was er ihr die ganze Zeit hatte sagen wollen. Dass sie nicht im Gleichgewicht war. Sie saß ganz still auf Ægirs warmem Rücken und rührte sich nicht. Tone kam zu ihr.

»Alles okay?«, fragte sie. »Versuch es noch mal.«

Amanda konzentrierte sich und atmete durch den Bauch. Sie ließ die Arme seitlich herabhängen und versuchte, sich zu entspannen. Auf einmal begann Ægir, Schritt zu gehen.

»Spürst du, wie seine Bewegungen dein Becken von einer Seite auf die andere schieben?«, fragte Tone. »Beim Trab ist die Bewegung dieselbe, aber du musst dich trauen, sie zuzulassen. Da ist ein Punkt in dir, der dich hemmt.«

Amanda schloss die Augen und spürte der Bewegung nach, von der Tone gesprochen hatte. Und als sie diese fand, trabte Ægir ein paar zaghafte Schritte, ehe er wieder in Schritt fiel.

»Er hilft dir jetzt«, sagte Tone. »Merkst du das?«

Ægir trabte wieder an, aber Amanda schaffte es nicht, den Bewegungen lange zu folgen. Jedes Mal wenn sie den Rhythmus verlor, fiel Ægir in Schritt, sodass sie sich wieder sammeln konnte.

»Wo in dir ist dieser Punkt, der dich hemmt?«, fragte Tone.

Als Ægir das nächste Mal trabte, fühlte Amanda in sich hinein und entdeckte, dass Tone recht hatte. Da war eine Stelle in ihr, die sie noch nie vorher gespürt hatte. Es war ein winzig kleiner, fast unmerklicher Punkt mitten im Bauch.

»Direkt unter dem Nabel.« Amanda spürte, wie sie traurig wurde, als sie das sagte.

»Kannst du diesen Punkt zum Sprechen bringen?«, fragte Tone.

Ægir trabte ruhig in der Spur, während Amanda in sich hineinhorchte.

»Ich weiß nicht«, sagte sie.

»Lass mich etwas versuchen«, bat Tone. »Ich möchte diesen Punkt in dir fragen, warum er dich hemmt.«

Amanda konzentrierte sich auf den Punkt und spürte zu ihrer großen Überraschung, dass dort eine Antwort lag.

»Um mich zu beschützen«, flüsterte sie.

»Was hast du gesagt?«

»Um mich zu beschützen.«

»Wovor musst du beschützt werden?«

»Vor Schmerzen«, sagte Amanda. Sie merkte, wie ihr die Tränen herunterliefen. Ægir ging wieder Schritt. Er schnaubte mehrere Male und senkte den Kopf.

»Halte Kontakt zu dem Punkt, den du gefunden hast, Amanda«, sagte Tone. »Zieh dich jetzt nicht zurück.«

Amanda schloss die Augen und spürte, dass er noch da war.

»Frag ihn, ob es eine andere Möglichkeit gibt, dich zu beschützen«, sagte Tone.

Amanda fühlte in sich hinein und die Antwort überraschte sie.

»Durch Loslassen«, flüsterte sie.

»Nimm dich selbst ernst«, sagte Tone. »Versuche loszulassen.«

Zum ersten Mal seit Langem gestattete Amanda sich, für einen Moment die innere Kontrolle aufzugeben. Und da geschah etwas. Sie spürte, dass sie jetzt ganz anders auf Ægir saß als vorher, und als er wieder trabte, war sein Trab balanciert und weich.

»Jetzt stell dir vor, dass du dich ein wenig nach vorn lehnst«, sagte Tone. »Nicht physisch, sondern mental.«

Das Gefühl, nachdem sie diese Veränderung vorgenommen hatte, war mit nichts vergleichbar, was sie bisher auf einem Pferderücken gespürt hatte. Sie war zentriert, war in einer völlig neuen Weise in Balance auf ihrem Pferd. In diesem Augenblick erkannte Amanda, dass Ægir nie etwas anderes als konzentriert gewesen war. *Sie selbst war das Problem.* Ægir blieb wieder stehen und sie ließ sich von seinem Rücken gleiten.

»Wie geht es dir?«, fragte Tone.

Es war eine viel zu große Frage, als dass Amanda sie hätte beantworten können. Während Ægir in der Bahn getrabt war, hatte sie sich mehrere Fragen gestellt, und die Antworten darauf waren gnadenlos ehrlich. Es gab gute Gründe, warum sie nicht hatte sagen können, dass sie die beste Amanda Fivel der Welt war – so wie Torgeir es gewollt hatte. Obwohl sie gut im Lügen war, hatte sie sich selbst nicht belügen können. Sie hatte sich nie als die Beste gefühlt. Sie hatte sich nie auch nur als gut genug empfunden. Nicht für ihren Vater. Nicht für Juls. Und schon gar nicht für sich selbst.

Amanda lag still im Bett. Gedanken fluteten in sie hinein und verebbten wieder. Wie Wellen. Vielleicht hat man genau dieses Gefühl, kurz bevor man verrückt wird, dachte sie. Ihr war, als würde sie jemand packen und festhalten. So wie ihr Vater es getan hatte, als er sagte, dass sie nach Island reisen würden. So wie Ylva es getan hatte, als sie sie zu Boden zwang. So wie Torgeir es an dem Tag getan hatte, als sie die Beherrschung verlor. *Mein Gott.* Amanda versuchte, alle Bilder und Worte zu verdrängen, aber diesmal ließen sie sich nicht stoppen. Sie ließen sich nicht steuern. Ihr wurde übel, als sie an all die Dinge dachte, die sie getan hatte und die sie heute nicht mehr nachvollziehen konnte. Sie erinnerte sich, wie verletzt Juls gewesen war, als sie sich damals zurückzog. Sie erinnerte sich, wie höhnisch sie geklungen hatte, als sie sich über die komischen Namen von Ylvas Pferden lustig machte. Ohne die geringste Ahnung zu haben, wie wohlüberlegt und sorgfältig ausgesucht jeder einzelne Name tatsächlich war. Sie waren nicht zufällig gewählt worden. *Nichts ist Zufall.* Abrupt stoppte der wilde Gedankenstrom. In ihr wurde es ganz, ganz still. Übrig blieb nur noch eine einzige kleine Frage, die mitten in ihrem Kopf vibrierte. Urplötzlich wurde ihr klar, dass sie eine Antwort auf diese Frage haben musste. *Jetzt.* Es konnte nicht warten.

Sie schlug hastig die Bettdecke zurück, stand auf und ging zur Tür. Eine einsame Lampe leuchtete am Ende des Flurs, ansonsten war alles dunkel und still. Sie schlich sich barfuß die Treppe hinunter in die Bibliothek. Dort kletterte sie auf einen Stuhl, um an das oberste Regal zu kommen. Im schwachen Schein der Laterne vor dem Fenster las sie die Titel auf den Buchrücken, während ihr Finger an den Reihen entlangglitt. Bei dem dicken grauen Buch, das sie gesucht hatte, hielt sie inne und zog es vorsichtig aus dem Regal. Sie legte es auf den schweren Eichentisch unter dem Fenster. In dem von draußen hereinfallenden Licht konnte sie den Titel gut erkennen: »Norwegisches Namenlexikon«. *Alle Namen haben eine Bedeutung.* Amanda schlug ihren eigenen Namen auf. Sie blinzelte im Halbdunkel, während sie las:

Amanda
Herkunft: Lateinisch
Bedeutung: die Liebenswerte

Die Liebenswerte. Genau das war es. Genau das war der Kern des Punktes, den sie heute gefunden hatte, als sie vor Tones Augen geritten war. Und plötzlich erkannte sie, dass sie nicht nur auf dem Pferderücken gehemmt war. Sie hatte sich schon immer auf diese Weise beschützt. Denn wenn sie nicht wusste, wer sie wirklich war, tat es nicht so weh, nicht geliebt zu werden. Sie schlug das Buch zu und setzte sich auf den Fußboden. Der massive Schreibtisch neben ihr hatte links und rechts breite Schubladenschränke und dazwischen eine Öffnung. Ohne zu überlegen, kroch sie in diese Öffnung, kauerte sich zusammen und weinte. Und weinte. Während sie so dalag, hörte sie plötzlich ein metallisches Klicken und kurz darauf den Treppenlift, der mit einem schabenden Geräusch nach unten fuhr. Sie hörte, wie der Vater in die Küche rollte. Gläser klirrten, dann gluckerte Flüssigkeit aus einer Karaffe. Danach war es einen Augenblick lang still, ehe er wieder in die Diele fuhr. Er machte das Deckenlicht an und hantierte mit irgendwas herum. Der lange Schatten seines Oberkörpers fiel bis weit in die Bibliothek hinein. Plötzlich wuchs der Schatten in der Türöffnung. Amanda setzte sich rasch auf und presste sich unter dem Schreibtisch an die Wand. Als ihr Vater in die Bibliothek rollte und direkt auf ihr Versteck zukam, kniff sie die Augen fest zusammen. Und wie durch ein Wunder, oder vielleicht auch, weil er von der hell erleuchteten Diele ins Halbdunkel kam, entdeckte er sie nicht.

Der Rollstuhl füllte fast die gesamte Öffnung unter der Schreibtischplatte aus. Amanda saß mucksmäuschenstill, mit dem rechten Knie ihres Vaters an der Wange. Sie war so angespannt, dass sie zitterte. Aber sie war die Einzige von ihnen, die etwas spürte. Sie entdeckte, dass er etwas auf dem Schoß hatte. Etwas, das in ein Stück Stoff eingewickelt war. Sie hörte, wie er vor sich hin murmelte. Die Worte waren zuerst nur zischende Laute, aber er wiederholte sie mehrmals, und schließlich verstand Amanda, was er sagte.

»Leon, mein Gott, Leon«, sagte er. »Warum quälst du mich so?«

Er griff nach dem Bündel auf seinem Schoß und hob es aus Amandas Blickfeld. Sie hörte ein dumpfes Poltern, als der Gegenstand auf die Tischplatte traf. Dann hörte sie es metallisch klicken und dazu die schweren Atemzüge ihres Vaters. Doch die

Pistole sah sie nicht, die er in der Hand hielt. Sie sah auch nicht sein Gesicht, das sich in der Fensterscheibe spiegelte, als er die Mündung an seinen Kopf presste.

Der Vater atmete schwer, als müsste er darum kämpfen, genug Sauerstoff zu bekommen. Amanda wurde plötzlich von Zärtlichkeit für ihn erfüllt. Es war das erste Mal seit dem Unglück, dass sie ihn den Namen seines Bruders sagen hörte. Unendlich langsam hob sie die Hand und strich ihm über sein kaltes Knie. Aber Wilhelm Fivel war von der Brust abwärts gelähmt und spürte nichts. Plötzlich hielt er sekundenlang die Luft an und Amanda auch. Es war, als ob sie beide auf etwas warteten. Ein lauter Knall. Amanda fuhr zusammen und kniff instinktiv die Augen zu. Erst als sie sie wieder öffnete, sah sie, was den Knall verursacht hatte. Auf dem Fußboden vor ihr lag das Namenslexikon. Es war vom Tisch gefallen. Die schweren Atemzüge wurden langsam ruhiger und leichter. Dann hörte sie, wie er eine Schublade öffnete und etwas hineinlegte.

»Ich finde, du solltest mich jetzt in Ruhe lassen«, flüsterte er und machte die Schublade wieder zu.

Dann rollte er aus der Bibliothek. Sekunden später klirrte es in der Küche in einem Glas. Dann hörte sie das mechanische Klicken und das Geräusch des Treppenlifts, der ihn nach oben trug.

Amanda blieb noch lange sitzen, ohne sich zu rühren, ehe sie aus ihrem Versteck kroch. Sie hob das Buch auf und stellte es vorsichtig wieder ins Regal. Anschließend schlich sie in die Küche. Lautlos stellte sie das Kognakglas ihres Vaters in den Geschirrspüler und die Karaffe zurück an ihren Platz.

Freitag
Noch 22 Tage

Als Amanda an diesem Morgen hinunter in die Küche kam, war nur Mathias da. Er saß auf der Küchenbank und aß ein Käsebrot. Amanda belegte sich zwei Knäckebrote und setzte sich neben ihn. Das war die Art, wie sie gewöhnlich zusammen frühstückten. Ohne ein Wort und ohne gedeckten Tisch. Sie rührten sich auch nicht, als sie ihre Mutter die Treppe herunterkommen hörten. Die Mutter sah sie kaum an und machte sich nichts zu essen. Stattdessen nahm sie ein paar Tabletten aus dem Schrank und spülte sie mit einem Glas Wasser hinunter.

»Wo ist Papa?«, fragte Amanda.

»Ihm geht es nicht gut«, antwortete Victoria. »Ihr müsst euren Pferdekram an diesem Wochenende streichen.«

»Hat er das gesagt?«, fragte Amanda.

»Nein, natürlich nicht«, erwiderte ihre Mutter. »Ich sage das.«

Wenn die Mutter gewusst hätte, was auf dem Spiel stand, dachte Amanda im Stillen, hätte sie ihren Mann eigenhändig und ohne zu zögern aus dem Haus geworfen.

»Aber ich muss dahin, Mama.«

»So ein Unsinn. Das musst du selbstverständlich nicht!«

Amanda sprang von der Bank und ging eilig zur Tür. Die Mutter versuchte, sie zurückzuhalten, aber Amanda riss sich los. Mit ihrer Mutter auf den Fersen rannte sie die Treppe hinauf und direkt ins Schlafzimmer ihres Vaters. Er lag tief schlafend im Bett und reagierte nicht, als sie ihn rüttelte.

»Ich habe ihm vor einer Stunde ein Schlafmittel gegeben«, flüsterte die Mutter. »Lass ihn.«

»Ich muss an diesem Wochenende starten«, erwiderte Amanda. »Sonst … sonst …«

»Du musst in die Schule, sonst nichts«, sagte die Mutter und zog sie mit sich aus dem Zimmer. Amanda versuchte, sich loszureißen, aber Victoria ließ nicht locker.

»Du gehorchst jetzt!«, sagte sie wütend. »Hol deine Schultasche!«

Amanda gehorchte. Aber sie kippte alle Schulsachen aus ihrem Rucksack und stopfte stattdessen ihre Reitkleidung hinein.

»Ich fahre mit Mathias«, sagte sie.

»Nein, heute fährst du mit mir«, sagte die Mutter.

Amanda wollte protestieren, tat es aber nicht. Auf dem Weg nach draußen nahm sie schnell noch Regenzeug mit und aus dem Handschuhfach ihrer Mutter klaute sie eine Taschenlampe.

»Ab sofort konzentrierst du dich nur noch auf die Schule«, sagte die Mutter, als sie am Schulhof hielt.

Amanda nickte.

»Du wirst mir dafür noch einmal dankbar sein.«

»Du hast völlig recht«, erwiderte Amanda. »Danke.«

Sie stieg aus und winkte ihrer Mutter nach, bis das Auto außer Sichtweite war. Dann machte sie auf dem Absatz kehrt und lief über den Schulhof. Sie kletterte über den Zaun, lief den ganzen Weg bis zur Bushaltestelle und fuhr geradewegs zum Stall.

Torgeir Rosenlund saß mit einer Tasse Kaffee an der Sonnenwand. Der Hausarzt hatte ihm erlaubt, ein bisschen frische Luft zu schnappen, aber er hatte ihm auch strengen Befehl gegeben, sich das Wochenende über vom Stall fernzuhalten. Tone war auf der Veterinärhochschule, die Kinder waren im Kindergarten und seine Hilfskraft hatte alle Hände voll mit der Morgenfütterung zu tun.

Torgeir versuchte, die Sommersonne und die Ruhe zu genießen, ohne dass ihm das eine noch das andere recht gelingen wollte. Während er so dasaß, kam Amanda über den Hof. Als sie ihn sah, ging sie zu ihm und setzte sich neben ihn.

»Alles klar für die Revanche in Seljord?«, fragte er.

»Nein«, sagte sie.

»Tone meint, dass ihr es gut schaffen könnt. Was ist denn los?«

»Ich habe niemanden, der mich fährt«, sagte Amanda. »Papa ist krank.«

Torgeir trank den Rest Kaffee aus und sah sie an.

»Gibt es einen speziellen Grund, warum du mir das erzählst?«

»Tut mir leid«, sagte sie. »Ich hatte eigentlich nicht vor, dich zu fragen.«

Sie saßen eine Weile schweigend da.

»Das Zelt und der Rest deiner Ausrüstung hängen in der Scheune«, sagte Torgeir schließlich.

»Wann hast du das geholt?«, fragte sie überrascht.

»Weiß nicht mehr genau«, antwortete Torgeir. »Aber die Sachen sind inzwischen garantiert trocken.«

Er ertappte sich dabei, dass er in sich hineinhorchte, wie sein Zustand war. Was machte es eigentlich für einen Unterschied, ob er hier draußen in der Sonne saß oder hinter dem Steuer? Vor anderthalb Tagen hatte er kaum aus dem Bett aufstehen können. Aber jetzt fühlte er sich wieder fit. Er sah auf die Uhr. Es war mehr als genug Zeit, um nach Seljord und wieder zurück zu fahren, bevor der Hausarzt zur Abendvisite kam.

»Ist dein Vater diesmal wirklich krank?«, fragte er.

Amanda wurde rot. Sie nickte und sah zu Boden.

»Hol dein Pferd«, sagte Torgeir, nachdem er eine Weile überlegt hatte.

»Bist du sicher?«, fragte Amanda.

»Ja, bin ich.«

»Bleib sitzen und ruh dich aus«, sagte Amanda. »*Ich* mache alles. Absolut alles.«

Amanda war es gewohnt, einen Chauffeur zu haben, der ihr bei den praktischen Dingen nicht helfen konnte, und sie brauchte nicht lange, um alles für die Abfahrt vorzubereiten. Als Letztes schickte sie eine SMS an ihren Vater. Sie schrieb, dass sie unterwegs nach Seljord war und dass er sie und Ægir am Sonntag entweder selbst abholen oder aber jemanden organisieren musste, der es tun konnte. Als sie die Nachricht abgeschickt hatte, schaltete sie das Handy aus.

Sie hörte, wie Torgeir mit dem Auto rückwärts an den Hänger heranfuhr. Sie lief hinaus und schob ihn weg, als er versuchte, den Hänger anzukuppeln.

»Ich mache alles«, wiederholte sie.

Widerstrebend zog er sich zurück und setzte sich wieder an die Sonnenwand. Er nutzte die Wartezeit, um Tone anzurufen und ihr zu sagen, dass er Amanda nach Seljord fahren würde. Aber leicht fiel es ihm nicht. Er wusste, dass Tone sich furchtbar aufregen würde. Und das tat sie.

»Das erlaube ich nicht, Torgeir Rosenlund, hörst du?!«

»Es ist doch nur eine Autofahrt«, sagte er. »Das strengt mich nicht an.«

»Doch, das tut es«, erwiderte Tone. »Das ist das Problem. Sag mir einen vernünftigen Grund, warum du das ausgerechnet jetzt tun musst.«

Torgeir hatte seine Gründe, aber keinen, der es akzeptabler für sie machen würde. Die Wahrheit war, dass Amanda und Ægir ihn an etwas erinnerten. *Eine alte Geschichte in Island.*

»Ich kann verstehen, dass du dir Sorgen machst«, sagte er. »Aber ich muss fahren.«

Tone holte tief Luft und riss sich zusammen.

»Ich hab's gehört«, sagte sie. »Aber du musst auch wieder nach Hause kommen. Versprich mir, dass du alle Pausen machst, die du brauchst. Versprich mir, dass du genauso vorsichtig fährst, wie du es immer tust. Versprich mir, dass du heute Abend wieder zu Hause bist.«

»Ich verspreche es«, sagte er. »Ich verspreche es.«

Als Amanda Fivel und Torgeir Rosenlund vier Stunden später am Dyrsku-Platz in Seljord ankamen, machten sie noch eine Runde über den Turnierplatz, ehe Torgeir wieder zurückfuhr. Es war offensichtlich, dass er sich dort zu Hause fühlte. Er genoss die besondere Atmosphäre und kannte Gott und die Welt. *Absolut jeden.* Nachdem sie Ægir ausgeladen hatten, brauchten sie fast eine Stunde, um zu der Box zu kommen, die man ihnen zugeteilt hatte. Unglaublich viele Leute wollten Torgeir Rosenlund unbedingt die Hand schütteln. Der Letzte, den sie trafen, war einer der Punktrichter.

»Du bist wieder da!«, rief er begeistert aus.

»Nein, nein«, beteuerte Torgeir. »Ich bin nur der Fahrer.«

»Mensch, alter Junge«, sagte der Richter und wollte Torgeirs Hand gar nicht wieder loslassen. »Wir vermissen dich.«

»Wirklich?«, erwiderte Torgeir und lächelte.

»Wirklich!«, beharrte der Richter. »Du hast uns immer ganz schön auf Trab gehalten.«

Torgeir lachte leise in sich hinein, als sie weitergingen.

»Zirkuspferde vergessen nie den Geruch von Sägespänen«, sagte er. »Ist schon komisch.«

»Warum reitest du eigentlich keine Wettkämpfe mehr?«, wollte Amanda wissen.

Er antwortete nicht sofort. Es sah aus, als suchte er nach den richtigen Worten.

»Die Manege wurde mir zu eng«, sagte er schließlich, vertiefte das aber nicht weiter.

Nachdem sie Ægir in die angewiesene Box gestellt hatten, ging Amanda mit Torgeir zurück zum Auto, um die Ausrüstung auszuladen und den Hänger abzukuppeln. Sie hatte nicht viel mitgenommen, deshalb war das schnell erledigt. Torgeir versuchte wieder, ihr zu helfen, aber sie schob ihn beiseite.

»Ich habe sowieso schon ein schlechtes Gewissen«, sagte sie. »Lass mich das machen.«

Er gab sich geschlagen, aber während Amanda die letzten Sachen auslud, konnte er es sich nicht verkneifen, den Hänger mit einem routinierten Handgriff abzukuppeln. Dann trennten sich ihre Wege.

»Brauchst du Hilfe, um das Zelt aufzubauen?«, fragte er.

»Nein, ich will es allein versuchen«, sagte Amanda.

»Vergiss nicht, dass du die beste Amanda Fivel der Welt bist«, war das Letzte, was er sagte, ehe er sich hinters Steuer setzte. Amanda sah ihm nach, bis das Auto verschwunden war. Sie stand jetzt auf eigenen Füßen, und soweit sie das selbst beurteilen konnte, stand sie sicher und fest. Vielleicht stimmte es ja doch, dachte sie, dass sie die beste Amanda Fivel der Welt war.

Sonntag
Noch 20 Tage

Tone hatte gerade ihre Abendrunde beendet, als sie ein Auto draußen auf dem Hof hörte. Es war schon spät, und sie ahnte, wer es war. Sie ging zum nächsten Stallfenster und schaute hinaus. Ihre Augen wurden schmal, als ihre Ahnung sich bestätigte. Das Auto von Wilhelm Fivel.

Kurz darauf kam Amanda in den Stall. Tone hörte, wie sie liebevoll mit Ægir sprach, während sie ihm in der Box die Transportgamaschen und die Decke abnahm. Ihre Stimme war warm und beruhigend und sie redete mit natürlicher Vertrautheit auf ihr Pferd ein. Tone beobachtete sie aus der Entfernung. Sie wirkten sehr verändert, alle beide. Ægirs Blick war offen und wach, und er verfolgte alles, was um ihn herum vor sich ging. Er wirkte munter und aufgeweckt. Genau wie Amanda. Tone ging langsam zu ihnen.

»Sieht so aus, als hättet ihr in Seljord Erfolg gehabt«, sagte sie.

»In zweieinhalb Wochen fahren wir nach Tresfjord«, erwiderte Amanda. »Vielen Dank, dass du uns geholfen hast.«

»Und jetzt willst du NM-Gold holen?«, fragte Tone.

»Mal sehen«, sagte Amanda.

Tone betrachtete sie forschend und überlegte eine Weile, bevor sie weitersprach.

»Es gibt da etwas, was ich dir gern sagen möchte. Ich habe manchmal gedacht, dass du ziemlich verwöhnt bist, aber ich habe mich geirrt. Entschuldige.«

»Da hattest du nicht ganz unrecht«, sagte Amanda. »Ich war wohl ziemlich verwöhnt.«

»Sei nicht zu streng mit dir. Ich habe inzwischen eingesehen, dass es bestimmt nicht einfach ist, einen Vater wie Wilhelm Fivel zu haben.«

Amanda sah sie überrascht an.

»Ich kann ihn nicht leiden«, gab Tone zu. »Tut mir leid, dass ich so direkt bin, aber nach dem, was er Ægir angetan hat, habe ich wirklich die Schnauze voll.«

»Ja, das war nicht gut«, sagte Amanda still.

»Und nach dem, was er meiner Familie angetan hat«, fügte Tone hinzu.

»Was meinst du damit?«, fragte Amanda.

»Dein Vater ist ein Telefonterrorist der schlimmsten Sorte«, erklärte Tone. »Er beißt sich fest wie ein Parasit. Und deshalb glaube ich, dass Torgeirs Krankheit … sagen wir mal … kein Zufall war.«

»Ich dachte … er hätte einen Virus?«, stotterte Amanda verblüfft.

»Ja schon. Aber ich habe den Eindruck, dass in Wirklichkeit dein Vater der Virus ist«, sagte Tone. »Entschuldige noch mal, dass ich das so offen sage, aber ich denke, du musst es hören, um zu verstehen, dass es stimmt.«

»Aber der Hausarzt hat doch gesagt, es war falscher Alarm«, flüsterte Amanda.

Tone schüttelte langsam den Kopf.

»Dieser Alarm war höchst real«, sagte sie und verschwand aus dem Stall.

Amanda blieb in Ægirs Box zurück. Sie war erschüttert. Doch dann sah sie Ægirs Augen durch die lange Mähne glitzern und fasste einen Entschluss. Sie legte ihm das Halfter wieder an und führte ihn aus dem Stall, direkt durch die Lichtkegel der Autoscheinwerfer. Als sie hinunter zur Koppel ging, hörte sie, wie ihr Vater die Seitenscheibe herunterließ.

»Wo willst du hin?«, rief er ihr hinterher.

Amanda drehte sich um und blickte ihn herausfordernd an.

»Was glaubst du wohl?«

»Nicht in diesem Ton, Fräulein!«

»Von welchem Ton redest du?«

»Von diesem Ton«, rief der Vater. »Genau von diesem!«

»Ægir bleibt ab sofort draußen«, bestimmte Amanda.

»Hör auf, ihn Ægir zu nennen, zum Donnerwetter noch mal!«

»Das ist sein Name, Papa«, erwiderte Amanda. »Und er bleibt draußen. Da gibt es nichts zu diskutieren.«

Amanda drehte sich wieder um und ging im Halbdunkel über die Wiesen. Sie hörte ihren Vater erbost nach ihr rufen. Denn hinterherkommen konnte er natürlich nicht.

Nachdem sie Ægir auf die Koppel gelassen hatte und er in schnellem Galopp verschwunden war, ging sie wieder hinauf zum Hof. Jetzt war sie nicht mehr ganz so selbstsicher. Sie hatte ihrem Vater auch früher schon getrotzt, aber noch nie so offen wie heute.

Sein Auto stand immer noch an derselben Stelle, als sie auf den Hofplatz kam. Sie kuppelte den Hänger ab und wollte gerade einsteigen, als sie sah, dass der Beifahrersitz besetzt war. Von ihrem Vater.

Mit energischen Handbewegungen machte er ihr in aller Deutlichkeit klar, dass sie um das Auto herumgehen und sich hinters Steuer setzen sollte. Amanda zögerte, ging aber schließlich zur Fahrerseite. Sie stieg ein und knallte die Tür zu. Ihr war unbehaglich zumute und sie starrte vor sich hin. Die Stille im Auto war drückend.

»Fahr los«, sagte ihr Vater. »Worauf wartest du?«

Amanda warf ihm einen überraschten Blick zu, dann schüttelte sie den Kopf.

»Ich kann nicht fahren. Ich weiß nicht, wie das geht.«

»So erwachsen bist du also doch nicht, dass du unabhängig von mir wärst«, sagte er. »Und ich fahre hier nicht weg, bevor Caspian nicht wieder in seiner Box steht. Verstanden?«

Amanda biss sich auf die Lippe. Es war schon spät und der letzte Bus in die Stadt war längst weg, aber sie wäre lieber zu Fuß gegangen, als klein beizugeben. Sie hatte es ernst gemeint, als sie sagte, dass Ægir ab sofort draußen bleiben sollte. Gerade wollte sie aus dem Auto steigen, als sie den Schlüssel entdeckte, der im Zündschloss steckte. Da ritt sie ein kleiner Teufel. Sie drehte den Schlüssel und ließ den Motor an.

»Was machst du da?«, schnauzte ihr Vater.

Amanda gab keine Antwort. Sie schnallte sich an und blickte hinunter auf die Automatikschaltung. Sie hatte erst ein einziges Mal ein Auto gefahren. Mathias hatte sie vor vielen Monaten probehalber ans Steuer gelassen. Als er mal gute Laune hatte.

»Was machst du?«, wiederholte ihr Vater.

»Fahren«, sagte sie und erwiderte trotzig seinen Blick. Dann sah sie den Handhebel an, mit dem er Gas und Bremse bediente, beschloss aber, die Pedale zu benutzen. Und ihre Beine. Sie dachte angestrengt nach, um sich zu erinnern. *Bremse links, Gas rechts. Oder umgekehrt?*

»Du machst sofort den Motor aus«, befahl ihr Vater.

Amanda stellte den Automatikhebel auf D. Das Auto machte einen Satz nach vorn, blieb aber mit einem Ruck stehen, als sie auf die Bremse trat. *Bremse links.*

»Nicht so brutal«, bellte ihr Vater.

»Danke gleichfalls, Papa«, sagte sie, setzte den Fuß aufs Gaspedal und trat vorsichtig darauf. Sie war angespannt, als sie vom Hof bog und den Engelsrudweg hinunterfuhr, aber sie vermutete, dass ihr Vater mehr auszustehen hatte. Was da im Moment zwischen ihnen passierte, war ein Kräftemessen, und er hatte offenbar beschlossen, zu seinem Wort zu stehen.

»Auf der Landstraße ist Schritttempo nicht erlaubt«, sagte er. »Da musst du achtzig fahren.«

Amanda beschleunigte ein wenig, und als sie das Ende des Schotterwegs erreicht hatten, bog sie, ohne zu zögern, direkt auf die Landstraße. Das Auto fuhr Schlangenlinien, als wäre sie betrunken, aber sie biss die Zähne zusammen und trat kräftiger aufs Gaspedal. Der Tacho kletterte auf 50. Dann 60. Ein Lastwagen kam ihnen auf der anderen Fahrbahn entgegen. Amanda blendete das Fernlicht ab, beschleunigte aber weiter. Auf 80. Jetzt hielt sie das Steuer so fest umklammert, dass ihre Knöchel weiß wurden.

Der Lastwagen passierte sie mit einem Fahrtwind, der das ganze Auto durchrüttelte. Und Amanda drehte abrupt am Steuer, weil sie das Gefühl hatte, von der Fahrbahn abzukommen. Sie merkte, dass ihr Vater zusammenzuckte, aber er griff nicht ein und sagte auch nichts.

Ihnen kamen noch zwei weitere Autos entgegen, aber Amanda hielt den Blick fest auf die Straße gerichtet und ließ sich nicht ablenken. In ihr wuchs jetzt etwas. So etwas Ähnliches wie Stolz. Oder Übermut. Zum ersten Mal spürte sie, dass sie sich durchgesetzt hatte. Und das war ein überwältigendes Gefühl, als sie in die Auffahrt vor dem Haus einbog und das Auto mit einem Ruck zum Stehen brachte.

»Mach den Motor aus«, sagte ihr Vater. »Und setzt den Schalthebel auf P.«

Es gab ein hässliches Geräusch, als sie den Zündschlüssel drehte.

»Andersrum«, fuhr ihr Vater sie an. »Andersrum.«

Sie drehte ihn in die andere Richtung, und als der Motor aus war, zog sie den Schlüssel ab und gab ihn ihrem Vater. Er nahm ihn entgegen, ohne sie anzusehen. Er wirkte plötzlich klein und mickrig, und das gute Gefühl, das sie gehabt hatte, verschwand. Langsam stieg sie aus dem Auto. Dann hob sie den Rollstuhl heraus und öffnete die Beifahrertür.

»Das schaffe ich allein«, sagte er. »Geh du schon mal rein.«

Aber Amanda ging nicht. Sie blieb neben dem Auto stehen und half ihrem Vater, so gut sie konnte. Anschließend schob sie ihn ins Haus und direkt in die Küche. Hätte Amanda etwas von Kognak verstanden, hätte sie gewusst, dass das Glas deutlich weniger als halbvoll sein sollte. Aber ihr Vater sagte nichts, als sie es bis zum Rand füllte. Er leerte das Glas ohne ein Wort und ließ sich dann vom Treppenlift ins Obergeschoss bringen. Amanda stand unten und blickte ihm nach, als Mathias hinter ihr auftauchte. Er hatte sich in Schale geworfen, weil er noch weggehen wollte.

»Was hat er denn?«, fragte er.

»Nichts«, sagte Amanda, aber sie hörte selbst, wie unglaubwürdig das klang.

Montag
Noch 19 Tage

Als Familie Fivel an diesem Montagmorgen ihr traditionelles Frühstück einnahm, blieben zwei Stühle leer. Victoria merkte, dass Amanda sie ansah, aber sie erwiderte den Blick nicht. Sie versuchte zu verdrängen, dass Mathias immer noch im Bett lag und nach Alkohol und Rauch stank. Und sie versuchte erst recht zu verdrängen, dass Wilhelm sich weder durch Bitten noch Drohungen bewegen ließ aufzustehen. Er sah blass aus und für diesmal ließ sie es ihm durchgehen. *Er ist im Moment nicht er selbst.* Seit dem Unfall hatte er einen gewissen Abstand zu ihr gehalten, aber in der letzten Zeit war er ihr immer mehr aus dem Weg gegangen. Victoria wusste nicht, wie lange sie das alles noch mitmachen wollte.

Sie sah zu Amanda, die ihr gegenüber am Tisch saß und in ihrem Essen herumstocherte. Es gab absolut kein gemeinsames Gesprächsthema, und Victoria war erleichtert, als sie Amanda endlich in die Schule gebracht hatte. Diese Erleichterung wurde schnell von einem intensiven Widerwillen abgelöst, heute unter

Leute zu gehen. Nachdem sie den Frühstückstisch abgeräumt hatte, rief sie deshalb im Büro an und meldete sich krank.

Als Erstes rückte Victoria alles gerade, was schief stand. Warf alles weg, was keinen festen Platz hatte. Wischte alle Möbel ab. Dann holte sie den Staubsauger und saugte das ganze Erdgeschoss, bevor sie nach oben ging. Ihr eigenes Schlafzimmer und das Zimmer von Amanda saugte sie extra gründlich, zum Ausgleich dafür, dass sie die Zimmer von Mathias und Wilhelm auslassen musste.

In Amandas Zimmer entdeckte sie einen zusammengeknüllten Zettel auf dem Teppich neben dem Papierkorb. Sie sammelte ihn auf und wollte ihn schon wegwerfen, überlegte es sich aber anders. Sie schaltete den Staubsauger aus und glättete das Stück Papier.

Kannst du mir jemals verzeihen?

Das war Amandas Handschrift. Victoria setzte sich einen Moment auf Amandas Bett und fragte sich, was Amanda wohl das Gefühl gegeben hatte, sich entschuldigen zu müssen. Irgendetwas an dem Zettel beunruhigte sie, ohne dass sie sagen konnte, wieso. Sie ging hinaus auf den Flur und klopfte an Mathias' Zimmertür. Er grunzte zur Antwort und sie ging in seine dunkle, muffige Höhle hinein und schaltete das Deckenlicht an.

»Mensch, Mama, geht's noch?«, brummte Mathias und zog sich die Decke über den Kopf.

»Ich muss mit dir reden«, sagte Victoria. »Über deine Schwester.«

Mathias lag unter der Bettdecke und dachte, dass es kaum etwas Schlimmeres gab, als ausgerechnet jetzt mit seiner Mutter über Amanda zu sprechen. Er hatte es noch nie geschafft, ihr etwas vorzumachen.

»Sieh mich an«, sagte sie.

Das war der Todesstoß. Wenn sie ihm jetzt in die Augen sah, konnte sie ihn fragen, was immer sie wollte. Das wusste er genau. Und sie auch.

»Mach das Licht aus«, grunzte er und versuchte, schlaftrunken zu klingen.

»Ich hör dir an, dass du was weißt.«

Scheiße. Scheiße. Scheiße.

»Du wirst mich nicht los, bis du mir alles erzählt hast.«

Mathias schob die Bettdecke langsam zurück und blinzelte ins Licht. Er fuhr sich einige Male mit den Fingern durch die Haare, ohne dass es sonderlich nützte. Sie standen weiterhin wirr von seinem Kopf ab.

»Ich weiß im Grunde gar nichts«, sagte er. Aber im Stillen dachte er, dass er über den Plan seiner Schwester mehr wusste, als ihm guttat.

»Erzähl mir einfach, was du weißt. Ich entscheide dann schon, ob es gar nichts ist«, sagte die Mutter.

Mathias sah sie an.

Er begriff, dass er versuchen musste, zu lügen oder wenigstens die ganze Sache zu verschleiern.

Zehn Minuten später klopfte Victoria an die Tür ihres Mannes und trat sofort ein.

»Wilhelm, wir müssen reden.«

»Kannst du den verdammten Staubsauger nicht stehen lassen«, murmelte er.

»Ich muss mit dir reden«, wiederholte Victoria. »Über Amanda. Und ihr Pferd.«

Wilhelm war plötzlich hellwach.

»Amanda und Caspian?«

Victoria nickte und sah ihn scharf an.

»Ich habe den Verdacht, dass hier etwas vor sich geht, was nicht ans Tageslicht kommen soll«, sagte sie.

Wilhelm Fivel schluckte.

»Laut Mathias gibt es irgendeine geheime Absprache, die mit Amanda und ihrem Pferd zu tun hat. Weißt du was darüber?«

»Keine Ahnung, wovon du redest.«

»Merkwürdigerweise scheint Mathias zu glauben, dass Amanda plant, mit ihrem Pferd abzuhauen. Aber warum sollte sie das tun? Das hört sich doch komisch an, findest du nicht?«

Wilhelm Fivel war fast ebenso betroffen wie erleichtert. Konnte es sein, dass Amanda einen anderen Plan verfolgte als er? War es denkbar, dass sie ihn hinters Licht führte? *Lächerlich!*

»Pferde sind dein Gebiet«, sagte Victoria. »Bitte sprich mit ihr.«

»Was hat dich auf die Spur gebracht?«, fragte Wilhelm.

»Das hier«, sagte sie und gab ihm den Zettel, den sie in Amandas Zimmer gefunden hatte.

Wilhelm las.

»Außerdem bin ich eine gute Menschenkennerin«, fuhr Victoria fort. »Das weißt du.«

»Ja, ja, das weiß ich«, sagte Wilhelm. »Selbstverständlich werde ich mit ihr reden.«

Victoria verschwand aus dem Zimmer und schaltete den Staubsauger wieder ein.

Wilhelm Fivel starrte auf den Zettel, den Amanda geschrieben hatte. Er beschloss, ein paar Nachforschungen anzustellen. Oder zumindest einige Vorkehrungen zu treffen. Er wollte kein Risiko eingehen.

Mittwoch
Noch 17 Tage

Amanda saß im Schulhof auf einer Bank, um ihre – wie sie vermutete – ziemlich miserable Beurteilung zu lesen. Sie hatten heute ihre jährliche Leistungsbeurteilung bekommen, die Antwort der Waldorfschule auf Noten und Zeugnisse. Es war ein schönes, ordentlich gebundenes Heft mit hellblauem Umschlag, auf dem ein blutrotes Siegel prangte. Aber die Gutachten sämtlicher Lehrer in sämtlichen Fächern würden bei ihr bestimmt nicht halb so schön ausfallen.

Und ganz richtig. Der Mathelehrer beurteilte ihre Mitarbeit als nicht besonders engagiert und die Quote ihrer abgegebenen schriftlichen Arbeiten lag bei 51 Prozent. *Lieber Himmel.* Darauf folgten Seite um Seite Beschreibungen ihres mangelnden Fleißes. Während sie so dasaß und las, tauchte ihr Norwegischlehrer Svein Bøhn vor ihr auf.

»Na«, sagte er. »Wie sieht's aus?«

»Sieht so aus, als hätte ich viel Zeit auf dem Reiterhof verbracht«, antwortete sie.

»Ich war sehr zufrieden mit deiner Leistung. Und du hast ein Schreibtalent, das du hoffentlich pflegst.«

»Ich wusste gar nicht, dass ich das in mir habe«, murmelte Amanda.

»Du hast es nicht nur in dir«, sagte er. »Du bist erfüllt davon.«

Er klopfte ihr ermutigend auf die Schulter und ging. Amanda blickte ihm verblüfft hinterher, dann schlug sie die Beurteilung für das Fach Norwegisch auf.

Amanda beweist ein außergewöhnliches sprachliches Talent. Ihre Arbeiten sind nie oberflächlich, sondern in der Regel von echtem literarischem Wert. Abgegebene schriftliche Arbeiten: 100 Prozent.

Amanda las die Beurteilung noch mal und noch mal und dachte, dass der Norwegischlehrer sich diesmal wirklich selbst übertroffen hatte. Oder er hatte einen Sonnenstich.

Eine Woche später

Mittwoch
Noch 10 Tage

Amanda und Anja feierten den ersten Tag der Sommerferien mit einem Eis und einer frühen Busfahrt zum Stall. Die Hitze flimmerte über der Schotterstraße und oben auf dem Reiterhof war es noch heißer.

»Kannst du heute mal zugucken, wenn ich reite?«, fragte Anja.

»Kann ich gerne machen«, sagte Amanda.

»Ich brauche einen Rat. Russian ist gerade so anstrengend.«

»In welcher Hinsicht?«, fragte Amanda.

»In jeder Hinsicht«, erwiderte Anja und ging ihn holen.

Amanda sagte nichts, dachte sich aber ihren Teil. Der Unterschied zwischen ihr und Anja im Umgang mit ihren Pferden war in den letzten Monaten immer größer geworden. Mittlerweile trennten sie Welten voneinander. Wenn sie ihre Erfahrungen jetzt nicht mit Anja teilte, würden sie in Bezug auf Pferde bald keine gemeinsame Sprache mehr sprechen.

Amanda ging in die Reithalle und wartete. Wenig später kam Anja mit Russian herein. Sie ruckte ein paarmal am Zügel, als er nicht stillhielt, während sie aufstieg. Und nach kurzem Aufwärmen im Schritt wechselte sie zum Trab. Anja fluchte stumm vor sich hin, weil Russian sich nicht wie gewünscht benahm, und als Amanda das sah, sah sie sich selbst. Sie kannte das frustrierte Gefühl, wenn das Pferd nicht tat, was es sollte. Aber sie sah auch etwas anderes. Sie sah, dass Russian störte, wie Anja auf ihm saß. Als Torgeir sie unterrichtete, hatte er betont, dass ihre Sitzhaltung nicht besonders günstig für das Gangpferdereiten war. Er hatte versucht, es ihr bildlich zu erklären, damit sie besser verstand, was er meinte. Vielleicht konnte das auch Anja weiterhelfen.

»Deine Energie sitzt zu hoch im Körper«, hörte sich Amanda sagen. Jetzt konnte sie all die kleinen Dinge sehen, die sie früher nie bemerkt hatte.

»Wie meinst du das?«, fragte Anja.

»Du denkst zu viel«, antwortete Amanda. »Und im Moment denkst du auch noch an was anderes als ans Reiten. Was du am Wochenende vorhast oder so. Das irritiert Russian.«

Anja brachte ihr Pferd abrupt zum Stehen und sah sie an.

»Kannst du Gedanken lesen?«

»Ich beschreibe nur, was ich gesehen habe.«

»Wie zum Teufel machst du das?«

»Keine Ahnung.«

Anja saß still auf ihrem Pferd und sah Amanda an. So als wüsste sie nicht recht, was sie davon halten sollte.

»Weiter«, sagte Amanda. »Und versuch, dich zu entspannen.«

Amanda beobachtete Anja, die wieder angetrabt war, und merkte, dass währenddessen jemand in die Reithalle kam. Sie brauchte sich nicht umzudrehen, um zu wissen, dass es Åke Karlsson war.

»Schau an, bist du jetzt schon Ausbilderin?«, fragte er.

»Ich stehe zumindest in der Bahn und gebe meiner Freundin Ratschläge«, erwiderte Amanda.

Anja schien sich jetzt voll und ganz auf ihr Pferd zu konzentrieren und nicht zu bemerken, dass sie Gesellschaft bekommen hatten.

»Du musst die Bewegungen seines Rückens mitmachen«, rief Amanda ihr zu.

Anja ritt noch einige Runden, bekam es aber nicht hin. Amanda winkte sie zu sich heran und zeigte ihr, an welchen Stellen in ihrem Körper die Verspannungen saßen.

»Reiten soll nicht schwerer wiegen als ein Schmetterling, der von deiner Hand wegfliegt. Du musst weniger tun, Anja. Viel weniger.«

Anja fühlte in sich hinein, nickte und ritt wieder an. Jetzt folgte sie den Bewegungen ihres Pferdes wesentlich geschmeidiger und Russian schnaubte erleichtert und wurde weicher im Tritt.

»Schon besser«, lobte Amanda. »Spürst du den Unterschied?«

»Ja, Wahnsinn«, lachte Anja. »Ein sagenhaft großer Unterschied!«

»Ich mag es nicht, dass du meine Tricks weitergibst«, knurrte Åke Karlsson.

Amanda sah ihn an. Sie merkte, dass der Respekt, den sie früher vor ihm gehabt hatte, zu Staub zerbröselt und verweht war.

»Das sind nicht deine Tricks«, stellte sie klar. »Das haben mir Torgeir und Tone beigebracht.«

»Ist mir scheißegal«, sagte Åke. »Vergiss nicht, dass du immer noch meine Schülerin bist.«

»Ich habe viel von dir gelernt«, gab Amanda zu. »Und dafür bin ich dir dankbar. Aber ich werde nie wieder bei dir reiten.«

»Das entscheidet ja wohl dein Vater«, entgegnete Åke. Dann machte er kehrt, humpelte zum Ausgang – und blieb abrupt stehen, als Amanda seinen Namen rief.

»In all den Jahren, in denen du immer wieder von mir gefordert hast, meine Pferde zu disziplinieren, war eigentlich ich diejenige, die nicht diszipliniert war«, sagte sie. »Hast du das nie bemerkt?«

Åke Karlsson kam wieder zu ihr zurück. Er stand jetzt so dicht vor ihr, dass sie am liebsten zurückgewichen wäre. Aber sie tat es nicht.

»Meine Kunden bezahlen für die Ergebnisse«, sagte er schneidend. »Und glaub mir, es ist wesentlich einfacher, ein Pferd zu formen als die Person, die es reitet.«

»Du hast es die ganze Zeit gewusst«, sagte Amanda leise.

Åke Karlsson nickte. Dann humpelte er aus der Reithalle. Amanda drehte sich wieder zu Anja um. Sie hatte Russian angehalten und sah sie an.

»Was ist mit dir eigentlich passiert?«, fragte sie. »Du bist so anders.«

Amanda antwortete nicht. Sie wünschte, sie könnte einfach die Augen schließen und an einem anderen Ort wieder aufwachen.

Das war das Einzige, was sie jetzt im Kopf hatte: Tresfjord, Juls, abhauen. *Weg von allem.*

Amanda nutzte die Zeit bis zur NM, um die Reise nach Island zu planen. Sie hätte schwören können, dass ihr Vater schon misstrauisch geworden war, und hoffte inständig, dass ihre Nerven ihr nur einen Streich spielten. Aber er fuhr sie nicht nur zum Stall, sondern verlangte auch, dass sie in der Reithalle ritt, und obwohl sie ihm nicht erlaubte, ihr dabei zuzusehen, fuhr er nicht wieder nach Hause. *Sehr verdächtig.*

NM in Tresfjord

Noch 3 Tage

Das Islandpferdezentrum in Tresfjord war eine große, professionelle Anlage mit mehreren Oval- und Passbahnen, umgeben von riesigen Einzäunungen, auf denen die Pferde in großen Herden standen. Die Landschaft war flach, aber eingerahmt von schneebedeckten Bergen. Es war großartig und wunderschön. Als Amanda Ægir aus dem Hänger führte, blieben sie stehen und ließen die Umgebung auf sich wirken. Vielleicht erinnerte ihn das Panorama an Island, denn Ægir tänzelte um Amanda herum. Und seine starke Ausstrahlung faszinierte nicht nur Amanda. Alle Gespräche um sie herum verstummten, die Leute hielten inne und verfolgten das hoch aufgerichtete schwarze Pferd mit Blicken. Amanda führte Ægir herum und hielt Ausschau nach einem Platz, wo sie ihn freilassen konnte. Aber ihr Vater hatte andere Pläne.

»Ich habe im Stall eine Box für uns reserviert«, rief er ihr nach.

Amanda protestierte nicht, auch wenn es ihr schwerfiel. Aber sie musste die Rolle der gehorsamen, fügsamen Tochter weiterspielen. Sie wusste, dass sie in den nächsten Tagen Handlungsspielraum brauchte, und je weniger ihr Vater das Gefühl hatte, auf sie aufpassen zu müssen, desto besser. Sie führte Ægir ohne Murren in die angewiesene Box und tat, als sei ihr alles recht.

»Noch zwei Tage«, flüsterte sie. »Dann lassen wir das alles hinter uns.«

Ægir schnaubte und schnüffelte an der Einstreu in der Box. Amanda vergewisserte sich, dass der Wassertrog frisch gefüllt war, und legte ihm Heu hin. Sie stand immer noch an seiner Box, als ihr Handy plötzlich klingelte. Sie erkannte die Nummer und blickte sich rasch um, bevor sie abnahm.

»Hallo«, sagte sie leise.

»Hallo, ich bin's«, sagte Juls. »Wir haben ein Problem.«

Er hat es sich anders überlegt!

»In Tresfjord findet eine Sportbootveranstaltung statt«, fuhr Juls fort. »Ich hatte mich darauf eingestellt, euch dort an Bord zu nehmen, aber ich kann nicht anlegen, solange die Veranstaltung dauert. Kannst du stattdessen zum Hafen in Molde kommen?«

Amanda hatte keine Ahnung, wo genau Molde lag und wie weit es von Tresfjord entfernt war. Aber sie hatte keine Wahl. Es war ihre einzige Chance.

»Ich komme«, sagte sie. »Aber was machen wir mit dem Heu und der Einstreu?«

»Darum kümmere ich mich«, beruhigte er sie. »Mach dir keine Gedanken.«

Sie legten auf. Amanda lief zum Auto und holte die Straßenkarte aus dem Handschuhfach. Sie brauchte eine Weile, um den Weg von Tresfjord nach Molde zu finden. In Luftlinie gemessen, war die Entfernung kurz, aber den Straßen nach zu urteilen, schienen es Dutzende Kilometer zu sein. Sie würde ein Auto brauchen, so viel stand fest. Sie beschloss, die Karte auswendig zu lernen, und versteckte sie in ihrem Rucksack. Da hörte sie, wie dünne Räder über den Schotterplatz auf das Auto zugerollt kamen. Amanda tat so, als würde sie im Rückspiegel ihr Make-up kontrollieren, dann drehte sie sich um und lächelte ihren Vater strahlend an.

»Ich wollte nur abschließen«, sagte er.

»Fahren wir nicht ins Hotel?«, fragte sie überrascht.

»Wir schlafen hier«, erwiderte ihr Vater.

»Hier?«

»Ja, hier. Ist das nicht am praktischsten? Dann brauche ich mir um Caspian keine Sorgen zu machen und als kleinen Bonus können wir zwei mehr Zeit miteinander verbringen. Das ist doch toll, oder?«

Amandas Blick zitterte leicht.

»Supertoll«, murmelte sie.

NM in Tresfjord

Donnerstag
Noch 2 Tage

Der Himmel war wolkenlos und die schneebedeckten Berggipfel glitzerten in der Sonne. Die herrliche Natur war hier ein ganz besonderes Erlebnis. So ähnlich hatte Amanda es schon in Seljord empfunden, aber jetzt war sie noch wesentlich offener für derartige Sinneseindrücke. Es war so märchenhaft schön, dass sie einfach nur dasaß und die Umgebung genoss. Sie hatte das fantastische Gefühl, eins zu sein mit ihrem Pferd und der Natur.

Als sie kurz darauf in die Ovalbahn ritt, war sie kein bisschen nervös. Sie grüßte die Punktrichter. Dann bekam sie das Startsignal und ritt Tölt im Arbeitstempo, ohne etwas anderes zu tun, als sich dem Rhythmus hinzugeben.

Wilhelm Fivel beobachtete sie durch sein kleines Fernglas. Er fand den Tölt mindestens ebenso gut wie das Beste, was er je an Tölt gesehen hatte, und er merkte, dass das Publikum um ihn herum derselben Auffassung war. Aber Wilhelm Fivel wusste auch, dass es keine Rolle spielte, wie gut sein Pferd lief, wenn Amanda es nicht schaffte, es in der Bahn zu halten. Dies war der erste von zwei Versuchen, die sie hatten, um NM-Gold zu erreichen. Amanda musste in mindestens einer Disziplin ins A-Finale kommen. *Sie muss.*

Er registrierte jedes kleine Detail in Amandas Programm. Aber als sie den Übergang zum Trab ritt, fiel ihm plötzlich etwas auf, das er in den ganzen fünf Jahren, in denen er seiner Tochter nun schon von der Seitenlinie aus zuschaute, noch nie gesehen hatte. Sie war nicht nur völlig konzentriert, sie hatte auch einen fantastisch guten Sitz. Ihr geschmeidiger Körper folgte den Bewegungen des Pferdes wie nie zuvor. *Sie ist sensationell besser geworden.* Wie konnte das sein? Wo kam diese feinfühlige, beinahe sinnliche Reiterin her? Amanda fiel in Galopp und wieder war ihr Sitz fantastisch. Sie folgte den Bewegungen des Pferdes nicht nur. *Sie ist die Bewegung.* Nach einer Runde Galopp legte Amanda Ægir in den Renntölt, und Wilhelm Fivel musste sich zusammenreißen, um seine Rührung zu verbergen. Als sie ihren Ritt beendete und der Jubel losbrach, lief ihm eine Träne über die Wange. Er wischte sie hastig weg. *Lästiger Wind.* Seine Augen tränten immer bei Wind.

Amanda erhielt die mit Abstand höchste Punktzahl des Tages. Kein schlechter Start bei einer Meisterschaft, bei der sie nichts Geringeres als die Goldmedaille holen mussten. Wilhelm Fivel widerstand dem Drang, Anker anzurufen und ihm zu sagen, dass er sich schon mal auf einen Termin bei der Bank einrichten sollte. Wenn es etwas gab, was das Leben ihn gelehrt hatte, dann das: Niemals den Tag vor dem Abend loben.

Er blickte Amanda nach, als sie das schwarze Pferd aus der Bahn führte. Es war das erste Mal, dass sie ihm wirklich imponiert hatte. Sie hatte nicht auf der faulen Haut gelegen, wie er angenommen hatte. Sie hatte knallhart gearbeitet, um besser zu werden. *Um zu gewinnen.* Plötzlich wurde ihm klar, dass er ihr nichts mehr geben konnte. Sie kam nicht nur ohne ihn zurecht. Sie war ohne ihn besser.

NM in Tresfjord

Freitag
Noch 1 Tag

Amanda ritt die Ausscheidung in der Töltklasse als eine der letzten Starterinnen an diesem Tag. Sie begann die erste Runde mit einem langsamen, aber kraftvollen und hoch aufgerichteten Arbeitstölt. Es war so andächtig still auf den Tribünen, dass es Wilhelm Fivel für einen kurzen Moment so vorkam, als säße er ganz allein dort. Aber er wusste, dass mit ihm zusammen ein großes Publikum Zeuge von etwas Einzigartigem wurde. Amanda zeigte einen vollendeten Tölt, von dem jeder Einzelne einfach ergriffen sein musste. Doch niemand war so ergriffen wie Amanda selbst. Als Ægir in der Mitte der kurzen Seite zum Renntölt beschleunigte, ließ sie die Zügel los und breitete die Arme weit aus. So ritt sie völlig losgelöst um die Ovalbahn, während Ægir sich wie ein Drache in den Wind warf. Und als sie eine Runde später in der Mitte der Kurzbahn anhielten, hatte sie die Zügel dazu nicht wieder aufgenommen. Sie hatte einfach innerlich angehalten und Ægir mit ihr. Mit einem Gruß an die Punktrichter beendete sie ihr Programm – und ließ ihren Tränen freien Lauf. Der tosende Applaus verebbte selbst dann nicht, als sie die Bahn schon längst verlassen hatten. Sämtliche Punktrichter gaben eine glatte Zehn. Es war eine Sensation.

Selbst Wilhelm Fivel ließ sich in Feierlaune versetzen und nahm nach dem Abendessen sogar am geselligen Beisammensein teil. Es wurde gegrillt, gesungen und getanzt, und er suchte mehrere Male im Laufe des Abends Amandas Nähe, aber sie entzog sich ihm.

Amanda bedeutete es nichts mehr, was andere von ihrer heutigen Darbietung hielten. Sie war erfüllt von dem Zusammenspiel mit Ægir, von diesem intensiven, unvergesslichen Erlebnis, das sie nie mehr loslassen würde.

Als sie und ihr Vater in den schmalen Etagenbetten lagen, wurde die Stille im Raum nur durch die Geräusche im Stall unterbrochen, der sich auf der anderen Seite der Wand befand. Amanda war hellwach, aber in ein paar Minuten würde sie so tun, als schliefe sie. Sie atmete in den Bauch. Ruhige, lange Atemzüge.

»Da ist etwas, was ich dir sagen muss«, sagte ihr Vater in der Dunkelheit im Bett unter ihr.

Amanda kniff die Augen fest zu. Sie ahnte, was auf sie zukam, und der Gedanke daran war unerträglich.

»Ich bin hundemüde«, flüsterte sie. »Können wir das auf morgen verschieben?«

»Du hast wirklich eine fantastische Leistung abgeliefert«, sagte er.

»Danke«, erwiderte sie schnell. »Gute Nacht.«

»Und ich bin sehr, sehr stolz auf dich.«

Amanda schlug die Augen auf und starrte an die Decke. Auf diese Worte hatte sie so lange gewartet und nun musste er sie natürlich ausgerechnet heute Abend sagen. Das war wirklich das Letzte, was sie jetzt gebrauchen konnte.

»Hast du gehört, was ich gesagt habe?«, fragte er.

»Ja, ich habe es gehört.«

Wilhelm Fivel lag ganz still und lauschte gespannt, aber die Tränen, die ihr langsam übers Gesicht liefen, hörte er nicht.

»Vielen Dank, Papa«, sagte sie, als sie sich etwas gefangen hatte. »Schlaf gut.«

Aber Wilhelm Fivel schlief nicht gut. Er wälzte sich in dem schmalen Bett herum. Bei jeder Bewegung knackte und knarrte es. Vor einer Weile hatte er aus der oberen Koje die gleichen Geräusche gehört, aber jetzt drangen nur noch ganz leise Amandas gleichmäßige, tiefe Atemzüge zu ihm. Wilhelm wünschte für einen Moment, dass sie doch ins Hotel gegangen wären, aber dort hätte er bestimmt auch nicht besser geschlafen. Und hier, in einer gemeinsamen Kammer auf dem Veranstaltungsplatz, war es viel einfacher, Amanda unauffällig im Blick zu behalten. Er würde ganz sicher aufwachen, falls sie versuchte, sich aus der Bettkoje direkt über seinem Kopf zu schleichen, und er würde garantiert hören, falls sie versuchte, die alte Tür zu öffnen. Die Scharniere waren seit Jahren nicht mehr geölt worden und knirschten genau so laut, wie er gehofft hatte. Aber am allerbesten war, dass die Kammer direkt an den Stall grenzte. Falls Amanda auf die Idee käme, das Pferd mitten in der Nacht nach draußen zu bringen, würde er unweigerlich vom Hufklappern auf dem Betonboden aufwachen. Aber er bezweifelte, dass sie etwas so Dummes tun würde. Victoria, die großartige Menschenkennerin, musste bei ihrem Gespräch mit Mathias einige wichtige Details falsch verstanden haben. Selbstverständlich hatte Amanda nicht vor, mit dem Pferd abzuhauen. *Das ergibt keinen Sinn.* Trotzdem konnten seine Vorkehrungen nicht schaden. Wilhelm atmete tief durch und war überaus zufrieden mit sich. Er hatte die Situation voll unter Kontrolle, alles lief wie geplant. Er sah auf die Uhr. Fünf vor elf. Wenn er innerhalb der nächsten halben Stunde einschlief, würde er am Morgen ausgeruht und bereit für neue Herausforderungen sein. Gerne hätte er eine Schlaftablette genommen, aber das war ihm zu riskant. Schlimmstenfalls musste er eben ohne Schlaf auskommen. In knapp zwölf Stunden würde Amanda das erste Finale reiten, und wenn alles nach Plan lief, würde er noch reichlich Gelegenheit zum Ausschlafen haben. In seinem eigenen Bett, unter seiner eigenen Decke, in seinem eigenen Haus.

Als Wilhelm Fivel plötzlich aufwachte, wusste er nicht genau, wie lange er geschlafen hatte. Am Rand der Vorhanggardine, die sich leicht bewegte, fiel ein schmaler Lichtstreifen von der Hofbeleuchtung herein. Es war eindeutig immer noch Nacht. Unter lautem Bettknarren versuchte er, es sich bequemer zu machen, und blieb mit dem Gesicht zur Wand auf der Seite liegen. Er war hellwach und warf einen Blick auf die Uhr. 2:14 Uhr.

Er hörte, wie ein Pferd aus dem automatischen Wasserspender in der Box trank. Es rauschte in der Wasserleitung, die offenbar in der Wand direkt vor ihm verlief. Dann wurde es still. Wilhelm hielt den Atem an und lauschte. Er hörte absolut nichts. Keinen einzigen Laut. Eine drückende, beunruhigende Stille. Wo blieb das Geräusch von Amandas Atemzügen? Wie leise konnte man eigentlich schlafen? Abrupt richtete er sich auf und machte Licht. Von hier aus konnte er unmöglich sagen, ob Amanda im Bett über ihm lag oder nicht, er musste ein Stück weiter in den Raum hinein, um einen Blick auf die obere Koje werfen zu können. Er streckte sich nach seinem Rollstuhl – nur um festzustellen, dass er nicht mehr neben dem Bett stand. Er war drüben an der Tür. Eine brutale Erinnerung daran, wie ausgeliefert er war. Es machte ihn rasend.

»Amanda«, zischte er leise.

Er bekam keine Antwort.

»Amanda, wach auf«, sagte er ein wenig lauter und steckte die Hände zwischen die Gitterstangen über seinem Kopf. Er drückte fest gegen die Matratze, spürte aber keinen Widerstand. *Das Bett ist leer.*

In diesem Moment überschlugen sich tausend Gedanken in Wilhelm Fivels Kopf. Vielleicht war sie auf die Toilette gegangen und hatte den Rollstuhl weggeschoben, weil er im Weg stand? Vielleicht war das der Grund gewesen, warum es in der Wasserleitung gerauscht hatte? Er zögerte einen Moment, dann rollte er sich mit überraschender Entschlossenheit aus dem Bett, schleppte seinen nutzlosen Körper über den dreckigen, kalten Fußboden und zog sich in den Rollstuhl hinauf. Er keuchte vor Anstrengung, als er die Tür öffnete. Sie knarrte durchdringend, aber während sie aufging, flatterten die Vorhänge heftig und verrieten, dass das Fenster weit offen stand. *Das Fenster!* Er stieß es an und es glitt lautlos zu.

Mit den schlimmsten Ahnungen rollte er hinaus auf den Hof und weiter zum Stall. Unter Aufbietung aller Kraft reckte er sich so hoch hinauf, dass er die Stalltür öffnen konnte, und fuhr ohne größere Probleme hinein. Die Stallgasse war schwach erleuchtet und die Boxen lagen im Halbdunkel. Es herrschte nächtliche Ruhe. Wilhelm rollte die lange Stallgasse entlang zu der Box, die ihnen zugeteilt worden war. Ein paar liegende Pferde erhoben sich, als er vorbeifuhr, voller Neugier, was sie da mitten in der Nacht störte.

Der Boden vor der Box am Ende des Stalls war klitschnass und es hing ein scharfer, fremdartiger Geruch in der Luft. Ein Geruch nach Chemikalien, den er nicht einordnen konnte. Kein zottelhaariger Kopf erschien zwischen den Gitterstäben, aber der Führstrick, mit dem er die Tür zur Sicherheit festgebunden hatte, war immer noch an seinem Platz. Er hob die Hand und löste den Knoten. Dann fingerte er den Schließmechanismus auf und schob die Tür zurück.

Keine Spur von einem Pferd. Doch in der Streu lag etwas Blankes. Wilhelm Fivel blinzelte ins Halbdunkel. Es dauerte eine Weile, bis er erkannte, was es war. *Vier Hufeisen.* Das dumpfe Geräusch von unbeschlagenen Hufen auf Beton war kaum bis in die Kammer zu hören, in der er geschlafen hatte. Da entdeckte er auf dem Fußboden vor seinem Rollstuhl eine Plastikflasche. Er beugte sich hinunter, nahm sie hoch und betrachtete das Etikett. *Entfärbemittel.* Der Beton unter ihm war nicht nur nass, er war rabenschwarz.

Wilhelm Fivel drehte auf der Stelle um und rollte in rasender Fahrt zurück zur Tür. Amanda hatte ihm den Krieg erklärt und er würde darauf antworten. Draußen auf dem Hof zerrte er sein Handy hervor. Doch dann besann er sich. Natürlich würde Amanda nicht abnehmen. Außerdem war es vielleicht von Vorteil, wenn sie nicht wusste, dass er ihre Flucht schon entdeckt hatte.

Er kochte innerlich, konnte kaum klar denken. Er legte das Mobiltelefon in den Schoß und ließ die Arme einen Moment hängen. Er musste sich zur Ruhe zwingen. Sie konnte noch nicht weit gekommen sein. *Oder?* Er durchsuchte seine Taschen nach den Autoschlüsseln, fand sie aber nicht. Eilig rollte er am Stallgebäude entlang und bog um die Ecke. Auto und Anhänger standen noch dort, wo er geparkt hatte. In der Aufregung war ihm völlig entfallen, dass er ja die Schlüssel versteckt hatte. Für einen kurzen Moment hatte er wirklich geglaubt, sie wäre mit Auto und Hänger abgehauen. *So verrückt bist du nun doch nicht.* Er fühlte sich unsagbar erleichtert, als er plötzlich aufgeregte Stimmen hörte. Stimmen, die näher kamen. Drei erwachsene Männer traten aus der Dunkelheit ins Licht der einsamen Hoflaterne. Im selben Moment begann es zu regnen. Leichte, fast unmerkliche Tropfen nieselten auf sie herab.

»Haben Sie was gesehen?«, rief einer der Männer zu ihm herüber.

Wilhelm erkannte ihn wieder. Es war der Mann, bei dem sie sich bei ihrer Ankunft als Teilnehmer registriert hatten.

»Wir müssen die Polizei anrufen«, sagte der andere.

»Was ist passiert?«, fragte Wilhelm Fivel.

»Jemand ist mit meinem Pferdetransporter abgehauen«, sagte der dritte.

Wilhelm Fivel blieb die Luft weg. Amanda hatte mit dem Sohn des Autobesitzers getanzt. Es hatte ihn zwar stutzig gemacht, dass sie auf einmal die Gesellschaft wildfremder Menschen suchte. *Aber hat sie wirklich erst die Schlüssel und dann das Auto gestohlen?*

Der Besitzer des Pferdetransporters telefonierte bereits mit der Polizei.

»Nein, ich glaube nicht, dass noch andere Sachen gestohlen wurden«, sagte er ins Handy.

»Ein Pferd«, warf Wilhelm Fivel ein. »Jemand hat mein Pferd gestohlen.«

»So ein verdammter Mist«, sagte der Mann vom Veranstaltungskomitee und spuckte auf die Erde.

Weniger als zehn Minuten später kam ein Streifenwagen mit Blaulicht und Sirene auf den Hof gerast. Die beiden Polizisten, die aus dem Auto stiegen, waren relativ jung und wirkten ernst und aufgeräumt.

Sie waren gleich groß, aber der eine war breit und kräftig und der andere dünn wie ein Strich. Wie Dick und Doof, dachte Wilhelm Fivel. Von dem Lärm waren mittlerweile viele im Zeltlager aufgewacht und umschwirrten jetzt den Tatort. Dick und Doof verloren keine Zeit und begannen unmittelbar, die Opfer des Verbrechens zu vernehmen.

»Wann haben Sie entdeckt, dass Ihr Pferd verschwunden ist?«, fragte Dick und stand mit gezücktem Stift bereit.

»Sollten Sie nicht andere Streifenwagen im Umkreis informieren, damit sie Ausschau nach dem gestohlenen Transporter halten können?«, fragte Wilhelm Fivel.

»Es gibt keine anderen Streifenwagen im Umkreis«, sagte Dick.

»Urlaubszeit«, verdeutlichte Doof. »Wir beide und der Hund sind die Einzigen, die heute Nacht unterwegs sind.«

»Solche Sachen kriegen wir nicht oft herein«, sagte Dick und wirkte sehr zufrieden damit, endlich mal ein paar eigene Erfahrungen in Sachen Kriminalität sammeln zu können.

»Es gibt kaum eine andere Möglichkeit für einen solchen Pferdetransporter, als die Hauptverkehrsstraße zu benutzen«, stellte Wilhelm Fivel fest. »Warum nehmen Sie nicht die Verfolgung auf? Worauf warten Sie?«

»Die Straße geht schließlich in zwei Richtungen«, belehrte ihn Dick. »Und wir wissen nicht, wie groß der Vorsprung der Diebe ist.«

»Wenn Ihnen das Auto auf ihrem Weg hierher nicht begegnet ist, kann man ja wohl erwarten, dass Sie wissen, in welche Richtung Sie fahren müssen«, bemerkte Wilhelm Fivel.

Im selben Moment knackte es im Funkgerät des Dicken und eine Frauenstimme meldete einen möglichen Fall von Trunkenheit am Steuer. Ein großes weißes Auto war auf der Fernstraße Richtung Åndalsnes gesehen worden. Dick und Doof sahen sich an. Dann rief Dick die Zentrale, um weitere Einzelheiten zu erfahren.

Zu diesem Zeitpunkt rollte Wilhelm Fivel langsam zu seinem Auto, ohne dass es jemand bemerkte. Er kuppelte mit einem schnellen Griff den Pferdeanhänger ab und manövrierte sich mühsam hinters Steuer. Dann hob er den Rollstuhl auf den Beifahrersitz und wartete. Er trommelte ungeduldig aufs Lenkrad. *Für was wart ihr eigentlich auf der Polizeischule? Jetzt nehmt endlich die Verfolgung auf, ihr Stümper!* Nach kurzer, hektischer Diskussion stiegen Dick und Doof schließlich ins Auto und bogen auf die Fernstraße. Wilhelm Fivel wartete einige Sekunden, dann fuhr er hinterher. Der leichte Regen hörte auf. Und als er Richtung Åndalsnes fuhr, war der Asphalt trocken und die Sicht klar. Da er offensichtlich dem einzigen Streifenwagen des ganzen Bezirks hinterherfuhr, brauchte Wilhelm Fivel keine Polizeikontrolle zu befürchten, und dementsprechend war sein Fahrstil. Er sah nicht viel von dem Streifenwagen vor ihm, nur das Blaulicht und die Bremslichter, die jedesmal rot aufleuchteten, wenn der Wagen um die Kurve schoss.

Als sie nach Åndalsnes hineinkamen, fuhr der Streifenwagen in hohem Tempo weiter Richtung Molde. Sie mussten nähere Informationen erhalten haben, dachte Wilhelm Fivel. Plötzlich bremste das Polizeiauto ab und die Sirene wurde eingeschaltet. Vor ihnen auf der Straße fuhr ein weißer Pferdetransporter mit 60 km/h. Er schlingerte ein wenig, machte aber keine Anstalten, langsamer zu werden.

Amanda sah und hörte den Streifenwagen hinter sich. Nicht nur zur Überraschung ihres Vaters, sondern auch zu ihrer eigenen beschleunigte sie und steuerte in die Mitte der Straße, sodass niemand an ihr vorbeikonnte. Sie hatte sich inzwischen an die Bewegungen des Transporters gewöhnt und fuhr jetzt auf allen geraden Strecken Tempo 80. Sie versuchte, sich die

Straßenkarte in Erinnerung zu rufen, die sie auswendig gelernt hatte, als ihr plötzlich ein Lastzug entgegenkam. Sie musste von der Mitte auf die rechte Fahrbahn zurückschwenken. Der Transporter schwankte bedenklich und der Fahrer des Lasters drückte auf die Hupe. Amanda hörte, dass Ægir hinter ihr kurz aus dem Gleichgewicht kam, aber durch das kleine Fenster zum Laderaum konnte sie sehen, dass er immer noch auf allen vieren stand. Dann steuerte sie wieder in die Straßenmitte. Sie musste unbedingt das Polizeiauto abhängen, aber solange sie den schweren Transporter fuhr, würde sie das nie schaffen. Plötzlich hatte Amanda eine Idee. Sie bog von der Fernstraße nach links auf eine Gemeindestraße, die so schmal war, dass der Streifenwagen sie nicht überholen konnte. Sie folgte der Straße ein Stück, dann bog sie nach rechts auf eine kleine Schotterstraße.

Wilhelm Fivel blickte auf sein GPS-Navi und jubelte. *Eine Sackgasse!* Der Transporter fuhr so weit, wie es ging, dann hielt er auf einem Wendeplatz mitten in der Wildnis und setzte den Warnblinker. Der Streifenwagen raste neben das gestohlene Auto und bremste so scharf, dass es staubte. Dick und Doof sprangen aus dem Wagen und rissen die Tür zur Fahrerkabine des Transporters auf. Doch die Fahrerkabine war leer und die Beifahrertür stand offen. Dick und Doof wechselten einen Blick, dann liefen sie mit gezückten Taschenlampen um den Transporter herum und leuchteten das moorige Gelände ab.

Wilhelm Fivel hörte ein Pferd im Transporter wiehern. Amanda konnte nicht weit sein, dachte er.

Und das war sie auch nicht. Sie stand weniger als zehn Meter von ihm entfernt. Die Polizisten hatten das Fenster zwischen

Fahrerkabine und Laderaum übersehen. Es war ein schmales Fenster, aber Amanda hatte es trotzdem geschafft, sich hindurchzuzwängen. Jetzt stand sie neben Ægir im Dunkeln. Von draußen hörte sie die Geräusche des Polizeifunks und schnelle Schritte auf dem Kies. Und dann das Bellen eines Hundes.

»Such! Such!«, riefen die beiden Polizisten durcheinander, aber der Hund verschwand nicht. Es gab keine Spur, der er hätte folgen können. Plötzlich wurde an den Bolzen der Laderampe hantiert. Ein dünner Lichtstreifen fiel in den stockdunklen Laderaum, als die Rampe sich bewegte. Amanda wurde nervös. Gleich würde sie zwei Polizisten gegenüberstehen. Aber sie setzte darauf, dass es schnell überstanden sein würde. Sie hatte Ægir dazu gebracht, sich im Laderaum umzudrehen, und jetzt kletterte sie auf seinen Rücken.

Wilhelm Fivel hatte einen Logenplatz, als die beiden Polizisten die Laderampe des Pferdetransporters öffneten. Viel bekam er trotzdem nicht mit. Im selben Moment, als die Klappe auf den Boden schlug, schoss das schwarze Pferd in atemberaubendem Tempo heraus. Und noch ehe Wilhelm begriff, was da vor sich ging, war das Pferd bereits über eine Böschung gesprungen und zwischen ein paar Bäumen weit hinten im Moor verschwunden. Wilhelm Fivel bekam den Mund nicht wieder zu. Denn auf dem schwarzen Wildpferd saß seine Tochter. Sie hatte ihm nicht einmal Zügel angelegt. Ihre blonden Haare flatterten waagerecht in der Luft und Ægirs helle Mähne hüllte sie fast vollkommen ein. Zwei Körper, die eins waren. *Übernatürlich.* Hier, auf diesem kleinen Wendeplatz weit weg von zu Hause, war die Rebellion seiner Tochter so deutlich wie nie zuvor. Und es würde auch nie wieder so werden wie vorher. Er spürte etwas wie Ohmacht in sich aufsteigen. Ein lähmendes Gefühl. Die Schlacht war verloren.

»Haben Sie den Reiter gesehen?«, rief Doof ihm zu. »Wir wurden von Ihren Autoscheinwerfern geblendet.«

Wilhelm Fivel spürte zu seiner großen Erleichterung, wie seine widerstreitenden, verwirrenden Gedanken langsam etwas anderem wichen. Etwas Bekanntem. Etwas, worauf er sich verlassen konnte. Seinem Zorn.

»Nein«, sagte er. »Aber wenn Sie ihn kriegen, zahle ich eine dicke Belohnung.«

»Wir verfolgen ihn mit dem Hund«, antwortete Doof und lief davon.

»Tut alles, was nötig ist«, murmelte Wilhelm Fivel und starrte auf das Navi-Display, das angefangen hatte zu flimmern. Er streckte sich nach der Straßenkarte im Handschuhfach aus, aber die war weg. *Verflucht noch mal!* Er blickte an seinem Körper hinab und schlug in blinder Wut auf seine Beine ein. Die Monate der Vorbereitung – alles umsonst. Wenn sie die Ausreißer nicht innerhalb der nächsten vierundzwanzig Stunden einfingen, war das Spiel aus. Dann hatte er verloren. Das Haus. Seine Ehe. *Alles.*

Doof tauchte wieder vor seinem Autofenster auf und Wilhelm Fivel wischte sich rasch etwas Nasses aus seinem Gesicht.

»Zu Fuß haben wir keine Chance«, sagte Doof und rang nach Luft.

»Wir befinden uns auf einer Halbinsel, und es gibt praktisch nur drei Möglichkeiten, von hier wegzukommen«, sagte Dick, der sich ebenfalls eingefunden hatte. »Auf dem Weg, den wir gekommen sind, über Osvatnet oder über die Brücke nach Bolsøya und dann durch den Tunnel nach Molde. Wenn sie es durch den Tunnel versuchen sollten, erhalten wir bestimmt Bescheid. Deshalb fahren wir nach Osvatnet.«

»Geben Sie mir Ihre Handynummer, damit wir Kontakt halten können«, sagte Wilhelm Fivel.

Sie tauschten die Nummern aus und dann fuhren Dick und Doof auf dem Schotterweg zurück. Wilhelm Fivel blieb noch eine Weile und überdachte die Situation. Es war Amanda zuzutrauen, dass sie es über die Brücke und durch den Tunnel versuchen wollte, aber der Dicke hatte bestimmt recht mit seiner Vermutung, dass sie es kaum schaffen würde, ohne gesehen zu werden. Außerdem war der Tunnel fast drei Kilometer lang. Und was zum Teufel wollte sie überhaupt in Molde? Wenn sie aber tatsächlich den Weg über die Brücke und durch den Tunnel nahm, würde er selbst sie ohne Probleme einholen. Er hatte weit mehr Pferdestärken unterm Hintern als sie.

Während Wilhelm Fivel in einer Staubwolke über den schmalen Schotterweg raste, galoppierten Amanda und Ægir weitab von jeder Straße durch die Wildnis. Amanda war sicher, dass es ihnen gelungen war, die Verfolger abzuschütteln. Ihr Tempo war jetzt nicht mehr ganz so hoch. Es war riskant, über die Brücke nach Bolsøya zu reiten, und geradezu wahnwitzig, es durch den Autotunnel schaffen zu wollen, aber vielleicht hatten sie ja Glück und begegneten niemandem. Schließlich war es mitten in der Nacht. Amanda fühlte, dass Ægir unter ihr stark und sicher war, aber sie wusste nicht, wie lange sie bis Molde brauchen würden. Und Juls hatte ihr ganz klar gesagt, dass sie ablegen mussten, bevor zu viel Betrieb im Hafen war.

Sie rief ihn vom Pferderücken aus an. Seine Stimme klang verschlafen, aber klar.

»Wir haben ein Problem«, sagte sie. »Ich weiß nicht, ob ich es rechtzeitig schaffe.«

»Wo bist du?«

»Direkt östlich von Bolsøya.«

»Bolsøya? Dann hast du jede Menge Zeit.«

»Eher nicht«, sagte Amanda. »Ich komme zu Pferd.«

»Zu Pferd?«, fragte er überrascht. »Bist du die ganze Strecke von Tresfjord geritten?«

»Das erkläre ich dir später. Ich komme, so schnell ich kann«, sagte sie und legte auf.

Amanda steckte das Handy zurück in die Jackentasche und folgte den Bewegungen von Ægir, der in zügigem Tempo einen schmalen Pfad entlanggaloppierte. Sie blickte auf die helle Mähne, die sie umflatterte, und spürte die Wärme seines Körpers. Sie wusste schon jetzt, dass sie ihn ihr Leben lang vermissen würde, aber sie würde niemals vergessen, wie es war, ihn zu reiten. Die Landschaft um sie herum wurde offener, und plötzlich erkannte sie den Traum wieder, in dem sie gespürt hatte, was Reiten bedeutete. *In vollkommener Balance zu sein.* In diesem Moment wünschte sie, der nächtliche Ritt würde nie zu Ende gehen – was sich schlagartig änderte, als sie sich der Brücke über den Bolsøysund näherten. Die Brücke war mehrere hundert Meter lang. Und darauf waren sie für jedermann sichtbar. Aber Ægir töltete auf seinen weichen, fast lautlosen Hufen willig vorwärts und innerhalb nur weniger Minuten waren sie auf der anderen Seite.

Sie erreichten die Öffnung des Tunnels, ohne einer Menschenseele zu begegnen. Amanda zögerte. Falls sie hier im Tunnel eingeholt wurden, gab es keine Möglichkeit, sich zu verstecken. Aber Ægir zögerte nicht. Furchtlos schritt er vorwärts ins Halbdunkel und fiel gleich darauf in einen schnellen Trab. Das dumpfe Echo seiner unbeschlagenen Hufe hallte von den Betonwänden wider. Amanda flehte zu Gott, dass ihnen niemand begegnete. Aber ihre Gebete wurden nicht erhört. Sie waren noch nicht weit, da kam ihnen mit hoher Geschwindigkeit ein Fischtransporter entgegen. Er bremste ab und Amanda machte sich auf das Schlimmste gefasst. Dann hielt der Transporter an und der Fahrer stieg aus. *Juls.* Er winkte ihr zu und öffnete die großen hinteren Türen zum Laderaum. Amanda ließ sich vom Pferderücken gleiten, angelte ein Halfter aus ihrem Rucksack und legte es Ægir an. Es war ein ziemlich niedriger Transporter, aber hoch genug, sodass Ægir mit einer Selbstverständlichkeit hineingehen konnte, als sei er sein Leben lang in Fischtransportern gefahren.

»Es ist wohl besser, wenn ich bei ihm bleibe«, sagte Amanda.

Juls nickte kurz und schlug die Türen zu. Es wurde stockdunkel im Laderaum. Amanda spürte Ægirs warmen Atem auf ihrer Hand und strich ihm über den Hals.

»Jetzt fährst du nach Hause«, flüsterte sie. »Ich verspreche es.«

Im Hafen von Molde angekommen, blickte Amanda sich um. Überall auf dem Gelände waren Container gestapelt und einige größere Frachter lagen am Kai. Dann bekam sie einen Schock. Sie konnte nicht genau sagen, welches Boot sie erwartet hatte, wohl aber eines, das tief genug im Wasser lag, um eine Rampe anlegen und Ægir an Bord führen zu können. Der Kutter »Still Crazy« erwies sich jedoch als wesentlich größer.

»Wie sollen wir ihn denn auf das Schiff kriegen?«, fragte sie.

»Das geht schon. Aber wir müssen uns beeilen«, sagte Juls und verschwand an Bord.

Im selben Moment vibrierte ihr Handy in der Jackentasche. Sie warf einen Blick aufs Display und zögerte. Dann entschied sie sich, doch ranzugehen. Am anderen Ende wütete ihr Vater so sehr, dass sie Probleme hatte, ihn zu verstehen.

»Papa, jetzt reg dich ab«, sagte sie.

»Warte nur, bis ich dich zu fassen kriege«, zischte er.

»Du kriegst mich nicht zu fassen«, sagte sie.

»Darauf kannst du Gift nehmen, dass ich dich kriege!«, schrie er.

»Wenn du noch einmal so schreist, lege ich auf«, sagte Amanda und es wurde still am anderen Ende. Sie wusste, dass ihr Vater mühsam versuchte, sich zu beherrschen.

»Wir müssen eine Lösung finden«, sagte er gepresst. »Du weißt, was auf dem Spiel steht.«

Amanda antwortete nicht. Sie und Ægir beobachteten gespannt, wie eine große Seilwinde vom Kutter ausschwenkte und eine lange, dicke Trosse sich auf den Kai herabsenkte.

»Ich hole euch ab. Wo bist du?«

Amanda hörte jetzt nur noch mit halbem Ohr zu. Sie beobachtete Juls, der mit etwas auf den Kai hinunterkam, das wie ein sehr provisorisches Ladegeschirr aussah. Ægir stand ganz still, während Juls einen breiten Gurt um seinen Bauch legte und einige kurze Seile befestigte. Dann verschwand er wieder an Deck und justierte den Kran.

»Wir können immer noch gewinnen. Hörst du? Es ist noch nicht zu spät!«

»Doch, Papa. Es ist zu spät.«

»Nein, ist es nicht! Du führst ganz souverän, Liebes. Du bist mit Abstand die Beste von allen! Hol erst die Goldmedaille, danach kannst du tun und lassen, was du willst!«

»Sag Mama, dass mir das alles sehr leidtut«, sagte Amanda und nahm das Handy vom Ohr.

Sie hörte, wie ihr Vater ein paar Mal ihren Namen rief. Dann traf ihr Mobiltelefon mit einem weichen Platschen auf die Wasseroberfläche auf und versank sofort im dunklen Hafenbecken. Amanda sah zu Juls hinauf. Sie hoffte, dass er wusste, was er tat.

»Das Geschirr ist dafür konstruiert, Tiere zu verladen«, sagte er beruhigend, als er wieder auf den Kai hinunterkam. Er kontrollierte, ob das Geschirr richtig saß, und befestigte es am Haken. »Seid ihr bereit?«

Amanda nickte zaghaft.

»Aber zuerst musst du mir etwas versprechen«, sagte Juls ernst. »Egal, was du auch tust, du sprichst das Wort ›Pferd‹ nicht aus, solange du an Bord bist, okay?«

Amanda sah ihn überrascht an. Da fiel ihr seine Geschichte von den Seeleuten wieder ein, die glaubten, dass es Unglück brachte, das Wort auf See auszusprechen. Aber sie hätte nie gedacht, dass er selbst auch abergläubisch war. Normalerweise hätte sie darüber gelacht, aber jetzt lachte sie nicht.

»Ich verspreche es«, sagte sie.

Dann biss sie die Zähne zusammen und klopfte Ægir den Hals. Juls ging wieder an Deck. Kurz darauf hob der Kran Ægir vorsichtig hoch. Er hing ganz ruhig im Geschirr, als der Boden unter ihm verschwand.

»Komm rauf«, rief Juls ihr zu, als Ægir auf Höhe des Decks war.

Amanda lief rasch hinauf zu ihm.

»Vielleicht solltest du ihn unten im Laderaum in Empfang nehmen«, schlug Juls vor.

Amanda warf einen Blick in die Luke. Dort unten war es dunkel, aber es konnte nicht tiefer als gut zwei Meter sein.

»Sei vorsichtig mit meinem … Eichhörnchen«, sagte sie schnell und rutschte durch die Luke nach unten.

Als Amanda auf dem Boden des dunklen Laderaums landete, stach ihr sofort der Gestank von Fischabfällen in die Nase. Sie blickte zu Ægir hinauf, der wie ein Schatten über der Ladeluke hing. Er war immer noch ruhig, aber je näher das schwarze Loch unter ihm kam, desto mehr begann er mit den Beinen zu strampeln.

»Ruhig«, sagte Amanda. »Das ist der Weg nach Hause.«

Ægir beruhigte sich und ließ sich in die Dunkelheit versenken.

Juls zog das leere Geschirr nach oben und schloss eilig die Ladeluke. Er verlor keine Zeit und traf die letzten Vorbereitungen zum Ablegen. Sie mussten sich beeilen. Er startete den Motor, und während die Maschine hustend anlief, kletterte er auf den

Kai hinunter, um loszumachen. Er war gerade dabei, die letzte Vertäuung zu lösen, als ihn der Lichtkegel eines Autos erfasste, das auf das Gelände bog. Es fuhr langsam auf ihn zu und hielt neben ihm an, dann glitt die Seitenscheibe herunter.

»Ich bin auf der Suche nach einem Pferd«, sagte der Mann am Steuer.

»Das Einzige, was ich habe, ist ein Eichhörnchen«, erwiderte Juls und machte die Trosse los, während er sich bemühte, jeden Blickkontakt zu vermeiden. Er merkte, dass der Mann stutzte, und beschloss, einen Versuch zu machen, um ihn loszuwerden.

»Aber ich habe ein schwarzes Pferd gesehen, als ich vor einer halben Stunde von Åndalsnes gekommen bin«, sagte Juls. »Es war auf der Fernstraße unterwegs, Richtung Osten.«

»Mit oder ohne Reiter?«, fragte der Mann und sah ihn forschend an.

»Mit«, sagte Juls abgewandt.

Ohne ein weiteres Wort setzte der Mann das Auto zurück, wendete und fuhr vom Hafengelände. Sekunden später stand Juls im Ruderhaus und manövrierte die »Still Crazy« vom Kai weg. Als der Kutter ein paar Steinwürfe vom Land entfernt war, lief er hinunter an Deck und öffnete die Ladeluke. Amanda blinzelte zu ihm herauf.

»An der Wand vor dir ist eine Öffnung«, sagte Juls. »Siehst du sie?«

»Ja«, sagte Amanda. »Ich sehe sie.«

»Geh da durch und nimm die Treppe hinauf an Deck.«

»Aber ich kann das Eichhörnchen hier doch nicht frei herumlaufen lassen.«

»Stell es in die Box, die ich gebaut habe.«

Amanda sah sich um und entdeckte, dass Juls einen schmalen Verschlag gezimmert hatte, bestehend aus zwei Wänden, die solide miteinander und mit dem Fußboden verbunden waren. Amanda führte Ægir rückwärts zwischen die beiden Wände und band ihn mit dem Führstrick an.

»Geht es?«, rief Juls zu ihr herunter.

»Ja«, rief sie zurück und versuchte, den kräftigen Maschinenlärm zu übertönen.

Juls hatte wunderbar mitgedacht. Ægir brauchte schließlich etwas, woran er sich während der Überfahrt abstützen konnte. Sie streute eine dicke Schicht Sägespäne unter ihm aus und gab ihm einen Armvoll Heu. Er schien sowohl mit dem Fischgestank als auch mit dem Maschinenlärm gut zurechtzukommen und fraß mit großem Appetit.

Die Öffnung, die aus dem Laderaum hinausführte, wirkte sehr provisorisch und war so schmal, dass Amanda sich seitlich hindurchzwängen musste. Die Kanten waren uneben und rissig und der Boden war mit Sägemehl bedeckt. Auf der anderen Seite der Öffnung war ein kleiner Raum mit drei schlichten Kojen.

»Du kannst dich hier einrichten«, sagte Juls, der plötzlich auf der Treppe stand. »Ist das okay?«

»Das ist okay«, erwiderte Amanda.

»Dann hast du auch mehr Kontrolle über dein … Eichhörnchen.« Juls lächelte sie kurz an.

»Wie die meisten Eichhörnchen liebt Ægir Nüsse«, sagte Amanda und sah zu Juls hoch. Nicht nur, dass er das Schiff in einer Nacht-und-Nebel-Aktion »ausgeliehen« hatte, er hatte auch ein Unglück bringendes Pferd an Bord geholt, einen provisorischen Verschlag gebaut und ein Loch in eine Wand gesägt.

Juls bemerkte ihre nachdenkliche Miene.

»Das war eine Notlösung«, sagte er. »Das hier soll ja eigentlich ein wasserdichtes Schott sein, aber es ist schließlich weniger riskant, ein Loch im Schott zu haben, als die Ladeluke draußen auf dem Meer zu öffnen. Und das Eichhörnchen muss ja beaufsichtigt werden.«

»Du hast wirklich an alles gedacht.«

»Ich hab's versucht«, sagte Juls lächelnd. »Komm.«

Amanda stellte ihren kleinen Rucksack ab und folgte ihm hinauf an Deck.

Das große Finale

Samstag

An dem Tag, an dem Amanda Fivel bei den Norwegischen Meisterschaften Gold hätte holen sollen, war sie weit weg vom Zentrum der Ereignisse. Sie stand an der Reling des Fischkutters »Still Crazy«, der stetig Kurs aus dem Romsdalsfjord hinaus hielt. Der Himmel war wolkenlos, aber die Sonne stand noch nicht hoch genug, um alle Schatten zu vertreiben. Das Wasser des Fjords war glatt und ruhig, aber bald würden sie das offene Meer erreichen. Dort würden die Wellen größer und die Bewegungen des Kutters heftiger sein.

Als sie den Romsdalsfjord hinter sich gelassen hatten, verschloss Juls die Ladeluke sorgfältig mit Keilen, die er in die vorgesehenen Halterungen hämmerte. Amanda stand neben Ægir unten im Laderaum, der jetzt von einer einsamen kleinen Lampe beleuchtet wurde.

Ægir schien völlig unberührt von der Situation zu sein – im Gegensatz zu Amanda, die gerade rechtzeitig an Deck kam, um zu sehen, wie die letzten Seevögel umkehrten und zur Küste zurückflogen. Jetzt waren sie ganz auf sich allein gestellt. *Auf dem offenen Meer.* Juls winkte ihr aus dem Ruderhaus zu und sie ging zögernd zu ihm hinauf.

»Geht's dem Eichhörnchen gut?«, fragte er.

Sie nickte.

»Kannst du uns was zu essen machen?«, fragte er.

»Na klar«, antwortete sie. »Wo ist die Küche?«

»Die Kombüse, wie wir das nennen, ist direkt hinter dem Ruderhaus«, sagte Juls und zeigte darauf. »In der Kajüte stehen ein paar Einkaufstüten mit Lebensmitteln.«

»Aye, aye, Käpt'n«, sagte Amanda und lachte leise.

Sie musste zweimal gehen, um alle Lebensmittel in die Kombüse zu schaffen. Das Erste, was sie aus den Tüten fischte, waren sonnengetrocknete Tomaten, Pesto, frischer Koriander, Limetten und ein paar halb gefrorene Zimtschnecken, die selbst gebacken aussahen. Sie war ziemlich überrascht von all den Sachen, und als sie Juls das Frühstück brachte, fühlte sie sich auf einmal verlegen.

»Danke«, sagte er und langte kräftig zu.

Jetzt trat jene peinliche Pause ein, die Amanda bei ihrem ersten Wiedersehen befürchtet hatte. Sie überlegte krampfhaft, wie sie die unangenehme Stille überbrücken konnte. Amanda fühlte plötzlich, dass sie Juls eine Erklärung schuldete, und das fand Juls offenbar auch.

»Was soll dein Eichhörnchen eigentlich auf Island?«, fragte er.

Amanda biss ein großes Stück von ihrem Butterbrot ab und kaute gründlich. Sie antwortete nicht. Natürlich war das eine berechtigte Frage, aber sie konnte sich nicht dazu überwinden, sie ausführlich zu beantworten. Hoffentlich sah er, dass sie den Mund voll hatte.

»Ich wollte, dass er wieder dort sein darf, wo er herkommt«, sagte sie schließlich nur.

»So viel habe ich auch schon verstanden, aber ich begreife immer noch nicht, warum.«

Juls hatte mehr als jeder andere ein Recht darauf, alles zu erfahren, was er wissen wollte. Tausend Gedanken schossen Amanda durch den Kopf. Aber konnte sie ihm wirklich *alles* erzählen, die ganze Geschichte von Ægir?

»Mir ist nicht gut«, sagte sie abrupt. »Ich muss an die Luft.«

Ehe Juls etwas sagen konnte, kletterte sie an Deck und ging zum Bug. Der Wind zerrte an ihren Haaren und ihrer Kleidung. Sie drehte sich um und sah zurück zum Land. Sie waren jetzt schon so weit draußen, dass die Küste nur eine graue, undeutliche Masse am Horizont war. Zwischen ihnen und dem Festland lag eine Dunstschicht, die das Gefühl noch verstärkte, weit draußen auf dem Meer zu sein. Plötzlich überfiel sie der übermächtige Drang, Juls zu sagen, er solle umkehren – aber sie blieb stehen und klammerte sich an die Reling, bis sie sich wieder beruhigt hatte.

Als sie zurück ins Ruderhaus kam, hatte auch Juls Zeit zum Nachdenken gehabt und beschlossen, sie nicht wieder nach ihrem Pferd zu fragen. Offenbar wollte sie nicht darüber sprechen und er wollte das respektieren.

»Ich hab dir ein bisschen was zu essen aufgehoben«, sagte er.

»Hab keinen Hunger«, antwortete sie.

Amanda wirkte still und in sich gekehrt und Juls richtete den Blick wieder zum Horizont.

»Ich werde dir erzählen, warum«, sagte sie leise.

»Brauchst du nicht«, antwortete Juls.

»Doch«, widersprach Amanda. »Du hast ein Recht darauf, es zu erfahren.«

»Ich will dir lieber zeigen, wie du das Boot steuerst.«

»Ich?«

»Ja, du«, lächelte Juls. »Ich kann nicht die ganze Fahrt bis Island wach bleiben, falls du das geglaubt haben solltest. Ich bin auch kein Superheld.«

»Ich warne dich«, sagte Amanda. »Ich habe null Ahnung von Schiffen.«

»Das habe ich bereits gemerkt«, sagte Juls, nahm ihre Hand und legte sie aufs Steuerruder.

»Ist fast wie Auto fahren«, fügte er hinzu. »Nur mit weniger Verkehr und größerem Lenkrad.«

Amanda stand eine Weile mit beiden Händen am Steuer. Es vibrierte leicht.

»Du musst nur darauf achten, den Kurs zu halten, den wir jetzt haben, mehr braucht es eigentlich gar nicht«, erklärte Juls.

In den folgenden Stunden achtete er genau darauf, welches Thema er anschnitt, und tat sein Bestes, damit für den Rest des Tages gute Stimmung herrschte.

»Ich mag dieses Leben auf See«, sagte Amanda gegen Abend zufrieden.

»Ist ganz okay«, antwortete Juls.

»Alles ist so einfach«, fand Amanda. »Ich gehe auch von der Schule ab.«

»Lass es lieber.«

»Und das sagst ausgerechnet du?«

»Ja. Das sage ich.«

»Warum hast du dann aufgehört, wenn du meinst, dass Schule so wichtig ist?«

»Das war ein Fehler.«

»Ein Fehler ist auch der Grund, warum wir jetzt hier sind«, entschlüpfte es Amanda.

Juls sah sie an.

»Mein Vater hat eine Wette abgeschlossen«, fuhr sie fort und holte tief Luft – und erzählte. *Alles.* Denn sie hatte beschlossen, endgültig mit allen Lügen aufzuhören. Juls hörte zu und unterbrach sie nicht.

Sie erzählte von der Reise nach Island, den gefälschten Papieren und dem, was für sie immer mehr zu einem Raub von Ylvas Eigentum geworden war. Sie erzählte von Åke. Von Arman und dem Roundpen. Von Torgeir Rosenlund. Ylva. Tone. Sie erzählte, dass Ægir kastriert worden war.

Und ganz zum Schluss erzählte sie von dem einen Mal, als sie die Beherrschung verloren hatte.

Ihr Mund war ganz trocken, als sie fertig war. Die Sonne war hinter den Wolken verschwunden und die Luft kühler geworden. Amanda hatte das Gefühl, dass Juls sie etwas fragen wollte, aber er sagte nichts.

»Woran denkst du?«, fragte sie, als die Stille unangenehm wurde.

»Dass ich Hunger habe«, sagte er. »Du auch?«

Hunger? Da hatte sie zum ersten Mal in ihrem Leben die reine Wahrheit erzählt, und dann war sein einziger Kommentar, dass er Hunger hatte!

Er hatte überhaupt keine Ahnung, wie viel Überwindung es sie kostete, so offen zu sein.

»Ich hätte dir das nie erzählen sollen«, sagte sie.

Wütend kletterte sie hinunter an Deck und ging zum Bug. Dort stand sie im Halbdunkel an der Reling und betrachtete den weißen Schaum, der sich vor dem Kutter bildete. *Er hat Hunger. Mehr hat er dazu nicht zu sagen?* Rastlos ging sie hinunter in den Laderaum. Ægir begrüßte sie mit einem lauten Wiehern anstatt mit dem weichen Grummeln, das sie von ihm gewohnt war. Sie gab ihm etwas Heu vor und er fraß eifrig. Beinahe gierig. Amanda stutzte. Sie merkte, dass sie eigentlich auch ziemlich hungrig war. Als ihr Blick auf eine Uhr an der Wand fiel, spürte sie, wie sie rot wurde.

Es war viel später, als sie gedacht hatte. Plötzlich sah sie Juls' Kommentar mit ganz anderen Augen. Ihm hatte sicher schon der Magen geknurrt, als sie sich entschloss, endlich den Mund aufzumachen und ihm ihre ganze Lebensgeschichte zu erzählen. Aber er hatte sie reden lassen, ohne sie auch nur ein einziges Mal zu unterbrechen. Er hatte ihr die Zeit gelassen, die sie brauchte, und sie wagte gar nicht daran zu denken, wie lange das offensichtlich gedauert haben mochte. Sie schämte sich so sehr, dass sie sich am liebsten bei Ægir verkrochen hätte. Aber sie musste ihren Fehler unbedingt wiedergutmachen. Daran ging kein Weg vorbei.

Eine halbe Stunde später kam sie mit zwei Tellern Spaghetti in weißer Soße aus der Kombüse, bestreut mit fein gehacktem Bacon und Koriander. Sie hatte sich extra viel Mühe gegeben und die Fertiggerichte links liegen gelassen. Ohne ein Wort reichte sie Juls einen der Teller. Er nahm ihn und schob gleich zwei riesige Gabeln voll in den Mund.

»Schmeckt's?«, fragte sie.

»Mmh, sehr gut«, mampfte er.

»Das war ich dir auch wirklich schuldig«, sagte sie.

Amanda holte noch zweimal Nachschlag für sie beide, bevor sie alle Spuren des Abendessens in Ruderhaus und Kombüse beseitigte. Danach herrschte wieder peinliches Schweigen.

Schließlich hielt Amanda die unangenehme Stille nicht mehr aus.

»Jetzt weißt du jedenfalls, warum wir nach Island müssen«, sagte sie.

Juls nickte langsam.

Amandas Geschichte hatte ihn ziemlich erschüttert. Schließlich war das alles andere als eine Glanzleistung von ihr. Aber immerhin war sie schonungslos ehrlich gewesen.

»Woran denkst du?«, fragte sie.

»An nichts Besonderes«, sagte er.

Amanda sah ihn an. Sie kannte ihn immer noch gut genug, um zu wissen, dass er etwas auf dem Herzen hatte.

»Sag es«, forderte sie.

»Was denn?«

»Was du denkst.«

Gerade das wollte Juls vermeiden.

»Ich weiß nicht genau, was ich sagen soll«, antwortete er.

»Ich habe für heute wirklich genug geredet«, sagte Amanda. »Und wenn du nicht bald was dazu sagst, dann fühle ich mich noch elender als zuvor.«

»Okay, also … Es war wirklich nicht sehr nett, was du dem isländischen Mädchen angetan hast«, sagte Juls schließlich.

»Aber ich hatte doch keine andere Wahl«, rief Amanda verzweifelt.

Juls sah sie mit einem Blick an, der deutlich machte, dass er vom Gegenteil überzeugt war, sagte aber nichts.

»Ich hatte keine andere Wahl«, wiederholte sie kläglich.

»Das stimmt nicht«, sagte er dann. »Man hat doch immer eine Wahl.«

»Du hast leicht reden«, entgegnete sie gekränkt. »Du warst ja noch nie an meiner Stelle.«

Amanda biss sich auf die Lippe. Sie hätte es nie erzählen sollen. *Niemals.* Sie hatte es ja schon immer gewusst. Jetzt spürte sie ihn wieder deutlich, diesen Punkt in ihrem Körper, der sie hemmte, der sie beschützte. Wenn sie den Leuten zeigte, wie sie wirklich war, zogen sie sich zurück. Und genau das tat Juls jetzt. Er zog sich zurück. Amanda merkte, wie ihr die Tränen in die Augen stiegen, aber sie gab sich alle Mühe, sie zurückzuhalten. Sie wollte jetzt nicht heulen, sie hatte sich vor Juls schon genug Blöße gegeben. Als sie sich wieder so weit gefangen hatte, dass sie sprechen konnte, beschloss sie, noch einen Satz zu sagen, bevor sie zu Bett ging. *Einen letzten Satz.*

»Es tut mir leid, dass ich dich um diesen Gefallen gebeten habe.«

Juls blickte ihr nach, als sie unter Deck verschwand. Er schaltete den Autopiloten ein und ging ihr nach.

Amanda stand im Laderaum, als er hinunterkam, und er hörte, dass sie weinte. Juls sagte ein paarmal vorsichtig ihren Namen, aber sie antwortete nicht. Sie stand mit dem Rücken zu ihm dicht neben dem schwarzen Pferd. Juls wartete auf irgendeine Reaktion, aber es kam keine. Und weil er nicht wusste, was er sonst tun sollte, blieb er einfach stehen. Er wusste auch nicht, wie lange Amanda brauchte, bis sie sich schließlich zu ihm umdrehte. Aber eigentlich drehte sie sich auch nur um, weil sie nachsehen wollte, ob er schon gegangen war. Ihre Augen standen immer noch voller Tränen.

»Musst du nicht das Boot steuern?«, fragte sie.

»Das findet seinen Weg auch mal allein«, antwortete er.

Amanda drehte sich wieder zu Ægir um.

»Ich gehe nicht wieder hoch, bis du mit mir sprichst«, sagte Juls.

»Was soll ich denn sagen?«

»Irgendwas.«

Amanda fuhr mit den Fingern ein paarmal durch Ægirs helle Mähne.

Jetzt waren die Rollen vertauscht. Jetzt hatte Juls sie gebeten, etwas zu sagen. *Irgendwas*. Sie nahm ihn beim Wort.

»Warum bist du damals weggegangen?«, fragte sie.

Juls schluckte. Das war nicht gerade das Thema, das er sich vorgestellt hatte.

»Ich hatte die Schule satt«, antwortete er.

»Alle haben die Schule satt«, sagte sie und begann, einen Zopf in Ægirs lange Mähne zu flechten.

Juls sammelte sich ein wenig. Dann gab er seinem Herzen einen Ruck.

»Ich bin wegen dir gegangen.«

Genau das hatte Amanda befürchtet. Dass er weggegangen war, weil er es nicht aushielt, in ihrer Nähe zu sein. Sie flocht einen weiteren Zopf in Ægirs Mähne. Sie ließ sich viel Zeit und flocht so lange weiter, bis nur noch ein paar dünne kleine Strähnen übrig waren.

»Ich wünschte, du wärst wegen mir geblieben«, sagte sie leise.

»Das konnte ich nicht.«

Amanda setzte sich auf die Planken vor Ægir. Juls sah zu Boden. Dann setzte er sich auf ein Ölfass. Er saß direkt neben dem klaffenden Loch, das er in die Wand gesägt hatte, und Amanda lehnte sich schwer gegen den stabilen Verschlag, den er für Ægir gezimmert hatte.

All diese Dinge hatte er getan. *Unaufgefordert.* Er war ihr ohne Zögern zu Hilfe gekommen. Als wäre sie Lois Lane und er Superman.

»Du bist eben doch ein Superheld. Du hast das alles hier auf die Beine gestellt«, sagte sie schließlich.

»Ich bin kein Superheld«, antwortete er.

Sie stand auf und ging zu ihm.

»Gib's zu«, flüsterte sie. »Sonst suche ich so lange, bis ich deine Strumpfhosen gefunden habe.«

Juls begann plötzlich zu lachen. Ein heiteres Lachen, das ansteckend auf Amanda wirkte. Sie lachten lange und erlösend.

»Komm, ich zeig dir was«, sagte er und nahm sie bei der Hand.

Amanda folgte ihm hinauf ins Ruderhaus. Juls verschwand für einen Moment in der Kombüse, und als er zurückkam, hatte er ein kleines Fotoalbum in der Hand. Er schlug es auf und zeigte ihr ein etwas unscharfes Foto. Es war von ihm vor vielleicht zwei Jahren aufgenommen worden. Er stand in der Langlaufloipe, in einem hautengen Anzug, der verdächtig dem Kostüm von Superman glich. Er hatte sogar ein großes S auf der Brust.

»S für Stordahl«, sagte Juls und merkte, dass er rot wurde.

»Bist du wirklich in dem Ding Ski gelaufen?«, lachte sie.

»Meine Kumpel haben ihn für mich angefertigt. Ich hatte keine Wahl.«

»Stimmt nicht«, sagte Amanda herausfordernd. »Man hat doch immer eine Wahl.«

Juls sah sie an, schwieg aber.

»Darf ich mir die anderen Fotos auch ansehen?«, fragte sie.

Sie merkte ihm an, dass er das Für und Wider abwog, aber offenbar konnte er sich nicht entscheiden. Er versuchte, ihr das Album wegzunehmen, aber sie gab es nicht her.

»Nach allem, was ich dir heute Abend erzählt habe, hoffe ich wirklich, dass dieses Album mir mehr über dich verrät, als du rausrücken willst«, sagte sie nur. Dann begann sie zu blättern.

Das erste Foto zeigte Juls. Es sah aus, als würde er über einer Reling hängen und sich übergeben. Er hatte in seiner fast unleserlichen Handschrift ein Wort daruntergeschrieben. *Grünschnabel.* Auf dem nächsten Bild stand er beinahe nackt inmitten einer Gruppe von wesentlich älteren Männern und bekam einen Eimer Wasser über den Kopf. *Taufe.* Alle Fotos schienen gemacht worden zu sein, ohne dass er es wusste oder ohne dass es ihn kümmerte. Auf keinem einzigen blickte er in die Kamera. Etwas weiter hinten im Album fand Amanda eine Seite mit einem herausgerissenen Stück eines alten Klassenfotos. Sie erkannte Anja, sich selbst und noch einige andere aus der Klasse. *Amanda.* Sie blätterte schnell weiter, aber auf den letzten Seiten waren lauter Bilder von ihr. Eins war wieder aus einem alten Klassenfoto ausgeschnitten. Zwei waren von einer Klassenfahrt aus dem Jahr, als Juls abgegangen war. Das eine Foto war eine Nahaufnahme von ihr und Anja, aber Anja war herausgeschnitten. *Kuss.* Auf dem anderen saß sie auf irgendeinem Reitschulpferd. Amanda brauchte ein paar Sekunden, um zu entziffern, was er daruntergekritzelt hatte: *Reiterprinzessin.* Das letzte Foto war ein Schwarz-Weiß-Passbild, das sie ihm geschenkt hatte, als er die Schule verließ. Er hatte ein Herz darum gemalt. Amanda klappte das Album langsam zu.

»So ist das eben«, sagte er.

Amanda stand auf und ging ohne ein Wort aus dem Ruderhaus und Juls sah sie in der Dunkelheit unter Deck verschwinden. Jetzt war er es, der das Gefühl hatte, sich ausgeliefert zu haben. Kein besonders gutes Gefühl. Er hätte am liebsten alles stehen und liegen gelassen und wäre ihr nachgelaufen, aber er tat es nicht.

Er war unglaublich erleichtert, als er sie zurückkommen sah. Sie hatte etwas bei sich, als sie ins Ruderhaus trat. Ein Portemonnaie. Sie angelte das Foto eines weißen Pferdes heraus, ein paar Busfahrscheine und eine Briefmarke. Dann ein paar verknitterte Quittungen und schließlich reichte sie ihm ein Passbild. *Von ihm.* Juls schlug das Fotoalbum auf und legte sein Passbild neben ihres. Sie sahen jünger aus. Sehr viel jünger.

Amanda biss sich auf die Lippe.

»Ich hatte nie vor, dich zu verletzen«, sagte sie.

»Es hat trotzdem wehgetan«, antwortete Juls. »Verdammt weh.«

»Du hast mich zu sehr abgelenkt«, erklärte sie. »Ich habe die ganze Zeit verloren und ich musste doch gewinnen.«

Er legte das Album weg und sah sie an. Einen kurzen Moment lang war er ihr so nahe, dass sie die Wärme seines Körpers spürte.

»Gute Nacht«, sagte sie und stand abrupt auf.

»Schlaf gut«, sagte er zögernd.

Amanda ging hastig aus dem Ruderhaus und unter Deck. Sie zitterte immer noch, als sie in ihre Koje kroch, und schlief erst ein, als es draußen schon hell wurde.

Sonntag

Als Amanda aufwachte, fühlte sie sich unverschämt ausgeruht dafür, dass sie nur so wenig geschlafen hatte. Aber das beruhigende Wogen der sanft rollenden Wellen hatte sie tiefer schlafen lassen als sonst.

Sie begann den Tag damit, Ægir Heu und Wasser zu geben. Danach füllte sie eine leere Fischkiste mit Mist. Sie trug die Kiste mit Pferdemist die Treppe hinauf und kippte sie über Bord, so wie Juls es vorgeschlagen hatte. Während sie an der Reling stand, sah sie ein großes Containerschiff am Horizont. Es war das erste Anzeichen von anderen Menschen, seit sie das Festland verlassen hatten.

Als sie wieder unter Deck war, schaute sie auf die Uhr. Es war Viertel nach elf. Sofort bekam sie ein schlechtes Gewissen. Juls hatte seit mehr als dreißig Stunden nicht geschlafen! Trotzdem zögerte sie, zu ihm hinaufzugehen. Sie merkte, dass sie eine Dusche nötig gehabt hätte. Stattdessen kramte sie einen Taschenspiegel heraus und rieb sich die Wimperntusche unter den Augen weg. Anschließend band sie schnell ihre Haare hoch.

Als sie über Deck ging, sah sie Juls am Steuerruder, und sie merkte, wie ihre Wangen rot anliefen.

»Gut geschlafen?«, fragte Juls und blinzelte sie an, als sie ins Ruderhaus kam.

»Ja, viel zu lange«, sagte sie. »Tut mir leid. Soll ich dich ablösen?«

»Gerne«, gähnte er und sie tauschten die Plätze.

»Ich werde Kurs halten, Käpt'n«, sagte sie.

»Wenn du wissen willst, ob er wirklich gerade ist, kannst du das am Kielwasser sehen.« Juls deutete auf die schmutzige Glasscheibe hinter ihnen. Amanda schaute hinaus und sah einen blanken, glatten Streifen, der sich als Schlangenlinie auf der Wasseroberfläche dahinzog.

»Nicht besonders gerade«, murmelte sie.

»Am besten schalten wir den Autopilot ein«, sagte Juls. »Dann hält er den Kurs von allein.«

»Was darf ich auf keinen Fall tun?«, fragte sie. »Bitte in einer Sprache, die ich verstehe.«

»Du darfst nicht wenden, andere Schiffe rammen oder blinkende rote Lichter auf dem Armaturenbrett ignorieren. Ich lege mich in die Kombüse, dann weißt du, wo ich bin. Okay?«

»Okay«, sagte Amanda zögernd. »Schlaf gut.«

»Mach ich.«

Gerade als Juls gehen wollte, spuckte ein kleiner schwarzer Kasten an der Wand einen langen Papierstreifen aus. Juls riss ihn ab und überflog rasch die Meldungen darauf. Dann knüllte er ihn zusammen und warf ihn weg.

»Was war das?«, fragte Amanda.

»Nichts, was wichtig für uns wäre«, sagte er und verschwand hinunter in die Kombüse.

Amanda war froh, ihn in der Nähe zu wissen. Sie fühlte sich nicht besonders wohl bei dem Gedanken, ganz allein die Verantwortung über das Boot zu haben, mitten auf dem Nordatlantik. Autopilot hin oder her. Nach einem ganzen Tag auf dem Meer hatte sie sich mittlerweile zwar an den Seegang und das dumpfe Dröhnen des Motors gewöhnt. Aber sie war sich nicht sicher, ob sie sich jemals an das Gefühl gewöhnen könnte, draußen auf dem offenen Meer sich selbst überlassen zu sein. Sie verließ das Steuer für einen Moment und ging zur offenen Tür, die zur Kombüse führte. Vielleicht war Juls noch wach und sie konnten ein paar Worte über dieses oder jenes wechseln. Aber er schlief bereits tief. Er hatte eine einfache Matratze auf dem Boden ausgerollt und sich mit einer Wolldecke zugedeckt. Amanda stand da und sah ihn an. Sie konnte nicht anders. Er hatte sich sehr verändert, aber trotzdem war er noch der Juls, den sie immer gekannt hatte. Seine Lippen waren dieselben, und sie erinnerte sich daran, wie es sich angefühlt hatte, sie zu küssen. Sie stellte sich vor, dass sie sich über ihn beugte und ihn wieder küsste, und als sie es tat, bewegte er sich plötzlich. *Als habe er es gemerkt.* Doch er schlief weiter. Leise schlich sie wieder ins Ruderhaus. Der leichte Nebel am Horizont hatte den Unterschied zwischen Himmel und Meer ausgelöscht. Was jetzt vor ihnen lag, war eine einzige zusammenhängende Unendlichkeit, in die das Boot direkt hineinsteuerte.

Als Juls aufwachte, merkte er, dass er sehr viel länger geschlafen hatte als geplant. Er sah auf die Uhr und setzte sich abrupt auf. Die Vormittagssonne war dem nordischen Abendlicht gewichen.

Amanda hatte ihn den ganzen Tag schlafen lassen. Einen Moment lang fürchtete er, dass etwas passiert war. Er warf die Wolldecke zurück und kam auf die Beine. Durch die offene Tür zum Ruderhaus sah er Amanda am Steuer stehen und in die Ferne spähen. Ihre Haare waren immer noch hochgebunden und ihr Hals wirkte weich und glatt. Er betrachtete sie eine Weile, ehe er zu ihr hinaufging und sie vorsichtig an der Schulter berührte. Sie zuckte zusammen und lachte leise.

»Warum hast du mich nicht geweckt?«, fragte er.

»Weil du mich auch nicht geweckt hast«, antwortete sie.

Amanda hatte in der Zwischenzeit eine Art Gespür für das Boot entwickelt. Es folgte den Wellen, wie ein Sattel dem Pferderücken folgte. Sie hatte versucht, mit ihrem Körper die Wellen abzufangen, und sich vorgestellt, dass es nur sie und das Meer gab. *Umgeben von Meer.* Sie hatte nach einem Rhythmus gesucht – und einen Ton gefunden. Einen Ton, den ihre Hände zusammen mit dem Steuer summen konnten. Einen Ton, der ihr wahrscheinlich auch ohne Autopilot sagen würde, dass sie schnurgerade fuhr. Und so fühlte sie sich jetzt, am Ende des Tages, nicht mehr ganz so sehr als *Grünschnabel.*

»Wir brauchen was zu essen«, stellte Juls fest und verschwand wieder in der Kombüse.

Amanda bewunderte den prächtigen Sonnenuntergang am Horizont. Juls brachte zwei Teller voll Nudeln und sie aßen schweigend. Aber die Stille war keine unangenehme Leere mehr, die gefüllt werden musste. Die Stille war einfach da.

»Danke, dass du das hier für mich tust«, sagte Amanda, sah ihn dabei aber nicht an.

Juls aß schweigend weiter, und Amanda merkte, dass sie sich inzwischen zwar mit der Stille angefreundet hatte, aber noch nicht mit allen Arten des Schweigens zurechtkam.

»Ich muss nach Ægir sehen«, sagte sie deshalb schnell, und ohne eine Antwort abzuwarten, verschwand sie aus dem Ruderhaus und in den Laderaum. Ihre Augen brauchten Zeit, um sich an das Halbdunkel unter Deck zu gewöhnen, aber sie tastete sich vorwärts. Sie gab Ægir reichlich Heu und steckte einen Finger in seinen Wassereimer. Er war immer noch halb voll. Dann setzte sie sich neben ihn und strich ihm über ein Vorderbein.

»Es tut mir so leid«, sagte sie.

Ægir hörte auf zu kauen und sah sie an.

»Du hättest bei Ylva bleiben sollen«, fuhr Amanda fort. »Dort hättest du hingehört.«

Sie ertappte sich dabei, dass sie redete, als würde Ægir sein Zuhause nie erreichen, und fand das ziemlich merkwürdig. Schließlich waren sie doch unterwegs nach Island.

»Ich mache es wieder gut«, flüsterte sie. »Ich verspreche es.«

Montag

Am Vormittag hatte Amanda wieder Wache am Steuer. Es wurde eine lange Schicht. Juls wachte erst nachmittags auf und wirkte etwas beschämt darüber.

»Nicht gerade Superman«, murmelte er und gab ihr eine Zimtschnecke.

Sie aßen schweigend, aber diesmal hatte Amanda etwas auf dem Herzen.

»Du hast recht«, sagte sie.

»Womit?«

»Ich hätte Ægir nie nach Norwegen holen dürfen. Ich war gierig«, sagte sie leise. »Mir wird ganz anders, wenn ich daran denke, wie gierig ich war.«

Juls hörte auf zu kauen und sah sie eine Weile an. Er dachte, dass er etwas sagen müsste, aber ihm fiel nichts ein. Die Sonne verschwand hinter einer Wolke und sofort wurde es kühler.

»Ich muss mir einen Pullover holen«, sagte Amanda, erleichtert darüber, dass sie einen Grund hatte, unter Deck zu gehen. Sie kletterte in die Kajüte und zog ihren Rucksack hervor. Sie öffnete ihn und suchte nach dem Wollpullover, den sie eingepackt hatte, aber ihre Hand stieß als Erstes auf eine ganz vergessene Tüte Nüsse. Sie war für Ægir. Sie legte die Nüsse beiseite und zog den Pullover aus dem Rucksack. Als sie ihn überzog, trafen ihre Finger im Ärmel auf etwas, das sie nicht identifizieren konnte. Sie griff nach der Taschenlampe und bekam sie mit einiger Mühe an. Dann richtete sie den Lichtstrahl auf das, was sie in der Hand hielt. Es war ein schönes schwarzes Armband mit zwei Symbolen. *Einem Mond und einer Schlange.* Auf die Innenseite war ein einzelner Stich aus hellem Pferdehaar gestickt. Amanda setzte sich auf die Kante ihrer Bettkoje. Das hier musste von Ylva sein, sie konnte es sich nicht anders erklären. Wann hatte sie es dort versteckt? Und warum hatte sie selbst es nicht schon früher gefunden? Amanda ging wieder hinauf an Deck und stellte sich an die Reling. Der Abendhimmel war wolkenverhangen, aber hier und dort fielen Sonnenstrahlen hindurch. Es war ein machtvoller, wunderschöner Anblick. Amanda hielt das Armband in der Hand und fühlte, dass sie die Bestätigung bekommen hatte, die sie mehr als alles andere brauchte. Sie war okay. Sie war nicht perfekt, aber sie war okay. Sie richtete sich auf und merkte, dass sie freier atmete.

»Alles in Ordnung mit dem Eichhörnchen?«, fragte Juls, als sie zurückkam.

»Ja«, sagte Amanda. »Alles in Ordnung mit dem Eichhörnchen. Und mit mir.«

Juls blickte sie fragend an, aber mehr sagte sie dazu nicht.

»Kannst du mir damit helfen?«, fragte sie.

Juls nahm das schwarze Armband entgegen und legte es um ihr schmales Handgelenk. Es war ein schlichtes Armband, aber Juls wirkte beinahe andächtig, als er es schloss.

»Was ist das für ein Armband?«, fragte er.

»Das ist eine mehrere hundert Jahre alte Geschichte«, erwiderte sie.

»In der Kombüse steht noch was zu essen für dich«, sagte Juls.

»Später«, antwortete Amanda.

Ihr war leicht zumute. Sie bezweifelte, dass irgendetwas auf der Welt dieses gute Gefühl zerstören könnte.

Aber sie hatte sich geirrt, wie sie bemerkte, als sie später zu Ægir hinunterging. *Er hat sein Futter nicht angerührt.* Sie strich ihm behutsam über den Hals, und da spürte sie, dass seine Muskeln zitterten. Amanda redete beruhigend auf ihn ein, aber er reagierte nicht. Sie zog die Tüte hervor und schüttete ein paar Nüsse in ihre Hand, aber selbst die verschmähte er.

Amanda hatte ihn schon zwei Mal so erlebt. Das eine Mal bei dem Ausritt mit Åke. Wenn sie nicht den Bach überquert hätten und weitergeritten wären, hätte niemand sich ein Bein gebrochen. Das andere Mal an dem Abend, bevor Torgeir vom Rettungswagen abgeholt wurde. Amanda ging langsam rückwärts aus dem Laderaum und hinauf an Deck. Sie blickte aufmerksam übers Meer und spürte eine bohrende Unruhe.

»Ist alles so, wie es sein soll?«, fragte sie, als sie wieder ins Ruderhaus kam.

»Wieso nicht?«, fragte Juls zurück und riss einen neuen Papierstreifen ab, den der schwarze Kasten an der Wand ausgespuckt hatte.

»Ich glaube, wir sind hier draußen in Gefahr«, sagte sie leise.

Juls sah sie überrascht an.

»Hast du irgendwelche Omen bemerkt, die mir entgangen sind?«

»Mein Pferd ist unruhig.«

»Du solltest das Wort doch nicht aussprechen!«, mahnte er erschrocken.

»Entschuldige«, sagte sie schnell. »Das hatte ich vergessen.«

»Vergiss es nicht noch einmal.« Er blickte ernst auf den Papierstreifen. Ihr fiel auf, dass er ihn diesmal gründlicher studierte.

»Ægir warnt uns vor irgendetwas«, sagte sie. »Ich habe ihn früher schon so erlebt, und eine Stimme in mir schreit, dass wir umkehren müssen.«

»Machst du Witze?«

»Nein.«

»Wir können unmöglich umkehren«, erklärte Juls. »Wir haben nicht genug Treibstoff, um es zurück zu schaffen.«

»Ich möchte nur von dir hören, dass alles okay ist«, sagte Amanda.

Juls räusperte sich kurz.

»Es ist vielleicht kein Wunder, dass dein Eichhörnchen ein bisschen ängstlich ist«, gab er zu. »Es ist gerade eine *gale warning* hereingetickert.«

»Was bedeutet *gale warning?*«

»*Sturmwarnung.* Aber ich denke, das überstehen wir.«

Sturmwarnung? Dieses Wort hätte sie im Moment lieber nicht gehört. Sie blickte wieder aufs Meer, aber die Sonne war untergegangen und sie sah nicht viel.

»Das Unwetter liegt weit nördlich von uns und ist im Grunde kein Problem für den Kutter«, sagte Juls. »Aber für jemanden, der das Meer nicht gewohnt ist, wird die Nacht sicherlich anstrengend.«

»Inwiefern?«

»Es kann ziemlich rau werden.« Er sah sie an. Ihr war deutlich anzumerken, dass sie Angst hatte, und er beschloss, etwas dagegen zu tun. Er bat sie, für einen Moment das Steuer zu übernehmen, und verschwand unter Deck.

Nun war Amanda allein im Ruderhaus. Und die Kräfte, die jetzt an dem Kutter zerrten, waren von ganz anderem Kaliber als die sanfte Dünung, die sie bisher gespürt hatte. Sie merkte, wie das Steuerrad sich bewegte, aber sie fand diesen gemeinsamen Ton nicht mehr. Sie war erleichtert, als Juls zurückkam. Er hatte eine Menge Ausrüstung dabei.

»Es deutet wirklich nichts darauf hin, dass wir Probleme kriegen«, sagte er. »Aber sicherheitshalber gibt es einen Plan B. Hier sind Überlebensanzüge, VHF-Seefunk, Notraketen und Notproviant. Unter Deck liegt ein Rettungsfloß bereit, in der weißen Trommel dort, siehst du?«

Amanda betrachtete die ganzen Sachen. Ihr fiel sofort auf, dass Plan B einen offensichtlichen und sehr schwerwiegenden Mangel hatte.

»Was ist mit Ægir?«, fragte sie.

»Er ist Teil von Plan A«, sagte Juls. »Und der gilt immer noch.«

»Versprichst du, dass wir uns daran halten?«

»Versprechen sind hier draußen nicht viel wert. Aber ich mache mir keine Sorgen.«

Amanda biss sich auf die Lippe. Sie kletterte aus dem Ruderhaus und verschwand wieder unter Deck. Sie ging zu Ægir und setzte sich vor ihm auf den Boden.

»Du hast recht«, flüsterte sie. »Ein Sturm kommt auf, aber Juls sagt, das Boot kommt damit klar. Ich vertraue ihm. Vertraust du mir?«

Sie hielt Ægir wieder die Nüsse hin und nach kurzem Zögern knabberte er sie vorsichtig aus ihrer Hand. Dann zupfte er hier und da am Heu und bald fraß er mit gutem Appetit.

»Danke«, sagte sie und atmete auf.

Amanda verbrachte die eine Hälfte des Abends bei Ægir und die andere bei Juls. Mit Ægir lauschte sie und mit Juls sprach sie. Jedes Mal wenn sie vom einen zum anderen ging, sog sie die Nachtluft ein und beobachtete die Wellenkämme. Sie trugen jetzt weiße Schaumkronen, aber sie zwang sich zu glauben, dass Juls recht hatte. Sie würden nicht in einen Sturm geraten und die Nacht würde kein schlimmeres Unwetter bringen, als das Boot aushalten konnte. Als es halb elf war, ließ sie sich überreden, schlafen zu gehen. Sie fanden es beide wichtig, dass sie ausgeruht genug war, um Juls nach einer, wie es aussah, anstrengenden Nachtschicht abzulösen.

Amanda kroch unruhig in ihre Koje, und das Schaukeln des Bootes war in dieser Nacht alles andere als geeignet, sie zu beruhigen. Ihr letzter Gedanke war, dass sie sowieso kein Auge zumachen würde. Doch während ihr Körper in der schmalen Koje an Bord der »Still Crazy« von einer Seite auf die andere geworfen wurde, schlief sie schließlich ein.

Amanda wachte davon auf, dass ihr etwas mit voller Wucht ins Gesicht schlug. Es war stockdunkel, und sie brauchte ein paar Sekunden, bis ihr wieder einfiel, wo sie war. Doch die Bewegungen des Kutters erinnerten sie schnell daran, dass sie sich weit weg von zu Hause befand. Sie war aus der Koje gefallen und schaffte es kaum, sich in der Dunkelheit aufzurappeln. Es schaukelte so stark, dass sie Mühe hatte, sich auf den Beinen zu halten. Sie tastete nach dem Lichtschalter, fand ihn aber nicht. Während sie schwankend dastand, spürte sie plötzlich etwas Eiskaltes an den Füßen. Sie bückte sich, berührte den Boden und fühlte Wasser an den Fingerspitzen. Sie tastete nach der Taschenlampe, und als sie sie gefunden hatte, mühte sie sich mit dem Schalter ab. Sie musste nach Ægir sehen. *Ægir!* Es fiel ihr schwer, sich in der Dunkelheit zu orientieren. Plötzlich schlug die Tür zum Deck auf und schwang mit klagendem Geräusch hin und her. Im trüben Licht erkannte sie die schmale Öffnung zum Laderaum. Sie war völlig unvorbereitet auf das, was sie dort erwartete. Endlich sprang auch die kleine Taschenlampe an. Der schwache Strahl fiel auf schwarzes Wasser, das durch einen breiten Riss im Rumpf hereinströmte. Das Wasser reichte ihr jetzt schon bis zu den Knien. Eine Sekunde lang stand sie da wie gelähmt, dann kämpfte sie sich zu Ægir durch, aber jemand packte sie und zog sie zurück. Es war Juls. Er hatte einen dicken, signalfarbenen Overall an.

»Du musst dir einen Anzug überziehen, sonst stirbst du«, rief er.

»Ich muss zu Ægir«, rief sie zurück. Sie versuchte, sich loszureißen, aber Juls ließ nicht locker. Er zog sie mit sich an Deck. Amanda wollte sofort wieder nach unten laufen, da schlug Juls ihr ins Gesicht und sie blieb abrupt stehen. Sie war so voller Panik, dass sie nicht klar denken konnte, doch die schallende Ohrfeige lähmte sie lange genug, sodass Juls sie in den viel zu großen Überlebensanzug stecken konnte. Dann ließ er sie los.

Der Regen peitschte auf Amanda herab, während sie versuchte, die Keile zu entfernen, die die Ladeluke sicherten, aber sie bewegten sich keinen Millimeter. Ihre brennende Taschenlampe rollte übers Deck und verschwand über Bord. Sie rief nach Juls. Sie flehte ihn um Hilfe an, aber er sah nicht einmal in ihre Richtung. Er bemühte sich verzweifelt, das Rettungsfloß klarzumachen. Der Kutter hatte bereits Schlagseite, aber Amanda bewegte sich trotzdem langsam rückwärts auf die Tür zu, die unter Deck führte. Schritt für Schritt weg von der Rettung. Schritt für Schritt näher zu dem Pferd, dem sie versprochen hatte, es nach Hause zu bringen. Als sie den Türrahmen im Rücken spürte, drehte sie sich jäh um und stürmte hinunter in die Dunkelheit, so schnell es ihr in dem großen Schutzanzug möglich war. Sie stützte sich an der Wand ab, um nicht zu fallen. Trotzdem stolperte sie auf dem Weg nach unten mehrere Male und verlor das Gleichgewicht, aber sie hielt sich auf den Beinen. Juls rief nach ihr, aber sie zögerte keine Sekunde. Das schwarze Wasser im Laderaum stand jetzt über einen Meter hoch. Die elektrische Anlage sprühte Funken und im Schein dieser blauen Funken sah sie Ægir. Er hatte sich aus dem Verschlag befreit, war aber immer noch mit Halfter und Führstrick festgebunden. Das Wasser reichte ihm bis zur Brust. Er wieherte und bäumte sich auf, kam aber nicht los. Sie sah das Weiße in seinen Augen und arbeitete sich mühsam durch schwimmende Kisten, Heu und Sägespäne auf ihn zu. Er wieherte wieder. Laut und herzzerreißend. Amanda war nur noch wenige Meter von ihm entfernt, als sie von einer halb schwimmenden, halb rollenden Tonne getroffen wurde, die sie mit voller Wucht umwarf und unter Wasser drückte. Sie kämpfte darum, sich zu befreien, bekam den Kopf aber nicht wieder über Wasser. Ihre linke Hand steckte unter der schweren Tonne fest, die langsam mit den Wellen vor und zurück rollte. Amanda schrie vor Schmerzen, doch das Einzige, was sie damit erreichte, war, dass ihre Lungen sich mit kaltem Wasser füllten. Sie strampelte mit den Beinen, aber das waren keine Bewegungen, die sie bewusst steuern konnte. Ihr Körper kämpfte ganz von allein ums Überleben. Sie rang wieder nach Luft, sog damit aber nur noch mehr Wasser ein. Es pfiff jetzt in ihren Ohren. Sie fühlte, dass sie kurz davor war, in Ohnmacht zu fallen. Plötzlich war sie wieder über Wasser. Sie spürte, wie ihr das Blut zu Kopf stieg. Es war ein Gefühl, als würde er jeden Moment platzen. Sie riss die Augen auf und sah die Treppenstufen unter sich vorbeirasen. Und sie sah ihre linke Hand wie ein Pendel in ihr Blickfeld hinein und wieder hinaus schwingen, mit einer klaffenden Wunde, die eine Blutspur auf den nassen Treppenstufen hinterließ. Sie hing über Juls' Schulter. Er hatte sie herausgeholt. Dann fiel sie aufs Deck. Der Regen prasselte auf sie herab. Sie lag auf dem Bauch und rang nach Luft. Sie hustete. Erbrach sich. Die glühende Lampe am Überlebensanzug beleuchtete das glänzende, nasse Deck unter ihr. Das Blut von ihrer Hand mischte sich mit Erbrochenem und Wasser, aber sie fühlte keine Schmerzen mehr. Sie versuchte, den Namen ihres Pferdes zu rufen. *Ægir.* Aber es kam kein Ton heraus. Juls packte sie wieder. Er hob sie hoch, und als sie Blickkontakt bekamen, sah sie, dass seine Lippen sich bewegten, aber sie hörte nichts. Dann wurde ihr schwarz vor Augen, und als sie die Augen das nächste Mal aufschlug, lag sie auf dem schaukelnden, glatten Boden des Rettungsfloßes. Juls stand über sie gebeugt und hielt sie an Stirn und Kinn gepackt. Wieder rief er ihr etwas zu, aber seine Stimme war so weit weg. Alle Wärme war aus ihr herausgesaugt worden. Da war nur noch Kälte in ihr. Eisige Kälte. Sie zitterte und spürte, wie ihre Muskeln ihr nicht mehr gehorchten. Schwarzes Wasser und Erbrochenes liefen aus ihrem Mund und überall war Blut. Dann fühlte sie plötzlich eine heftige Wärme an der Hand. Sie schlug nach etwas. Schlug, so fest sie konnte. Dann lag sie wieder im Wasser und das Floß war verschwunden. Die Wellen überspülten ihr Gesicht. Sie schaffte es nicht mehr, das Wasser draußen zu halten. Es strömte in sie hinein. Füllte sie. Sie sah Lichter, grell wie zuckende Blitze. Irgendwann spürte sie Hände, die nach ihr griffen und an ihr zerrten. Dann merkte sie, dass sie hinabgezogen wurde. Hinab in die Tiefe.

Dienstag

Victoria Fivel hatte noch nie solche Angst um Amanda gehabt wie jetzt. In all den siebzehn Jahren nicht. Vor zwei Stunden war der Montag zum Dienstag geworden, aber es gab immer noch kein Lebenszeichen. Das passte nicht zu ihr. Verglichen mit Mathias war Amanda immer unkompliziert und berechenbar gewesen. Aber dies war nun schon das zweite Mal innerhalb eines Monats, dass sie einfach verschwand. Victoria fühlte, dass sie versagt hatte. Es war ihr schrecklich unangenehm gewesen, einen Rundruf bei Amandas Freundinnen zu machen. Sie hatte nicht lange gebraucht, um die Klassenliste zu finden, aber da sie immer noch keine Ahnung hatte, wie Amandas engste Freundinnen hießen, hatte sie notgedrungen bei A angefangen und sich durchs Alphabet gearbeitet. Sie fragte sich, ob Amanda vielleicht einen Freund hatte, von dem sie nichts wusste. Aber das hatte Wilhelm mit Bestimmtheit verneint.

»Garantiert nicht. Dafür hat sie gar keine Zeit.«

Victoria hoffte trotzdem, dass ein heimlicher Freund der Grund war. Sie konnte sich nicht vorstellen, welche Erklärung es sonst geben könnte, dass Amanda seit drei Tagen nichts von sich hören ließ. Falls sie noch am Leben war.

Jetzt saß sie in der Einsatzzentrale der Polizei in Molde und hörte Bruchstücke der Kommunikation zwischen den verschiedenen Einsatzkräften, die sich an der Suchaktion beteiligten. Taucher waren angefordert worden und suchten das Hafenbecken ab. Mannschaften vom Roten Kreuz durchkämmten das Gebiet, in dem Amanda zuletzt gesehen worden war. Mathias war bei ihnen und suchte mit. Victoria wäre jetzt auch am liebsten dort draußen gewesen, aber es war undenkbar für sie, Wilhelm allein hier zurückzulassen. Obwohl sie kaum ein Wort miteinander gewechselt hatten, seit sie vor zwei Tagen in Molde eingetroffen war. Wilhelm war ganz besessen davon gewesen, ihre Tochter zu finden. Inzwischen hatte er nahezu resigniert. Er saß zwei Meter von ihr entfernt und starrte mit leerem Blick vor sich hin. Sie betrachtete ihn lange, aber er merkte es nicht. Sie hatte den starken Verdacht, dass er ihr etwas verheimlichte. Etwas, das zu einer Erklärung beitragen konnte, warum ihre Tochter verschwunden war.

»Wilhelm, wir müssen miteinander reden«, sagte sie schließlich.

Er sah sie mit einem Blick an, der darauf schließen ließ, dass er ihre Worte gehört, aber den Inhalt nicht begriffen hatte.

»Wir müssen miteinander reden«, wiederholte sie.

»Rede, wenn du reden willst«, antwortete er.

»Ich stehe das nicht alleine durch«, sagte sie gepresst.

Wilhelm Fivel sah ihre Tränen, empfand aber nichts. *Nicht das Geringste.*

»Wir sitzen im selben Raum«, sagte er. »Das muss reichen.«

»Können wir nicht einmal darüber reden, dass eines unserer Kinder weg ist?«, flüsterte sie.

Wilhelm Fivel saß weiterhin einfach nur da und starrte in die Luft. Ihm fehlte mehr als ein Kind. Ihm fehlte ein Bruder. Bald würden ihm auch ein Haus, eine Ehefrau und ein Sohn fehlen. Er spürte, dass es jetzt den Bach runterging. Mit Victoria zu reden, würde ihm nicht helfen. Sein Schicksal war bereits besiegelt. *Game over.*

Ein Polizist, der die Suche koordinierte und ihnen bei der ganzen Aktion eng zur Seite stand, kam zu ihnen herüber. Er setzte sich, und er hielt etwas in der Hand, das Victoria bekannt vorkam, aber sie betete zu Gott, dass sie sich irrte.

»Das hier haben die Taucher im Hafenbecken gefunden«, sagte er und hielt ihr Amandas Mobiltelefon hin. Victoria schluchzte laut auf, dann brach sie völlig zusammen.

»Da ist noch mehr«, fuhr der Polizist fort, schwieg dann aber. Eine junge Polizistin kümmerte sich um Victoria. Aber es sah nicht so aus, als wäre sie in der nächsten Zeit fähig, sich an einem Gespräch zu beteiligen. Der Polizist winkte Wilhelm Fivel beiseite, und kurz darauf befanden sie sich in einem leeren Büro, wo sie sich unterhalten konnten.

»Es könnte sein, dass wir wissen, wo sie ist«, sagte der Polizist. »Aber noch ist es zu früh, um etwas über ihre Verfassung sagen zu können.«

Er erzählte von einem Fischkutter, der zwei Tage nach Amandas Verschwinden als gestohlen gemeldet worden war. Die Anzeige war zunächst nicht mit dem Mädchen in Verbindung gebracht worden, bis zwei engagierte Beamte den Fall näher untersucht hatten. *Dick und Doof.* Die Bilder einer Überwachungskamera im Tunnel von Bolsøya hatten sie auf die Spur gebracht. Die Aufnahmen zeigten ein Mädchen und ein Pferd, die von einem Fischtransporter aufgesammelt wurden. Dick und Doof hatten das Nummernschild entziffert. Damit war es ein Leichtes, das Auto ausfindig zu machen, das deutliche Spuren eines Pferdetransports trug. Weitere Nachforschungen brachten zutage, dass ein Besatzungsmitglied des vermutlich gestohlenen Fischkutters vermisst wurde, ein gewisser Julian Stordahl. Der Fischkutter blieb spurlos verschwunden, bis er vor zwei Stunden im Schiffsfunk mit einem Notsignal und Koordinaten aufgetaucht war, die ihn etwa vier Seemeilen östlich von Island positionierten.

»Sie müssen doch verdammt noch mal das Boot inzwischen gefunden haben«, sagte Wilhelm Fivel.

»Das Einzige, was man gefunden hat, sind Wrackteile«, antwortete der Polizist. »Vielleicht ist der Kutter mit einem Container kollidiert. Nicht weit entfernt von der Stelle war einer. Es tut mir leid.«

»Wrackteile«, wiederholte Wilhelm Fivel langsam. Er hatte sich ausgemalt, dass Amanda irgendwo saß, den ganzen Zirkus verfolgte und ihn auslachte. Jetzt spürte er eine beängstigende Leere. Er war fassungslos, dass die Situation um so vieles ernster war, als er gehofft hatte.

»Wie viel Zeit bleibt ihnen?«, fragte er.

»In dem Gebiet tobt ein heftiges Unwetter. Es ist kein gutes Zeichen, dass man sie noch nicht gefunden hat«, sagte der Polizist.

»Wie viel Zeit bleibt ihnen?«, wiederholte Wilhelm Fivel.

»Das hängt davon ab, ob sie Überlebensanzüge tragen. Null bis vier Stunden.«

»Halten Sie die Medien da raus«, sagte Wilhelm Fivel. Dann bat er den Polizisten, ihm dabei behilflich zu sein, den schnellsten Weg über den Nordatlantik herauszufinden.

Die Tiefe hatte sich unter Amanda geöffnet und sie sank langsam in eine unendliche Dunkelheit hinab. Im Wasser um sich herum nahm sie Bewegungen wahr. Konturen von Wesen, in denen sie Pferde erkannte. Sie sahen aus wie alte Schwarz-Weiß-Negative. Unscharf und halb transparent. Sie umkreisten sie, und es waren mehr, als sie zählen konnte. Die ertrunkenen Pferde von all den Frachtschiffen, die auf ihrem Weg über die Weltmeere untergegangen waren. Sie erkannte sie wieder. Sie sprangen herum und liefen davon, langsam und sanft in dem tiefen Wasser.

Der Boden war bedeckt von goldenen, groben Sandkörnern, die sie auf der Haut spürte, wie sie da still in der stummen Dunkelheit lag. Sie fühlte, dass die schattengleichen Pferde versuchten, ihr etwas zu erzählen. *Sie wollen etwas von mir.* Sie streckte die Hand nach ihnen aus, aber als sie sie berührte, spürte sie nichts.

Als sie erneut die Hand ausstreckte, kam eines der Pferde herauf und stieß an ihre Handfläche. Es sah aus wie Ægir. Sie spürte seinen warmen Atem an der Handfläche wie Wellenringe, die sich an ihrer Haut brachen. Und dann zeigte er ihr seine Sprache. Eine reiche und ungeheuer präzise Sprache. Sie war wie ein Tanz. Voller Kraft und Balance. Sie folgte seinen Bewegungen und zusammen wirbelten sie goldene Sandkörner vom Grund des schwarzen Wassers auf. Und plötzlich verstand sie. Der Schlüssel lag in ihrem eigenen Becken verborgen. In der Kraft und der Weisheit, die ihr von Geburt an gegeben waren. Die sie vergessen oder verlernt hatte. Sie spürte ihre Hüften weich von einer Seite zur anderen schwingen, und sie merkte, dass sie sich jetzt aufwärtsbewegte. In einer wiegenden, pendelähnlichen Bewegung – wie ein Blatt, das zu Boden schwebt. *Genau so.* Nur aufwärts. Eine einzige, fortgesetzte Bewegung, die niemals aufhörte. Es war jetzt heller um sie herum, aber sie sah nichts. Keine Konturen. Keine Grenzen zwischen Licht und Schatten. Sie lag waagerecht und wurde hinaufgetragen von diesen weichen und merkwürdig vertrauten Bewegungen. Dann spürte sie einen kräftigen Schlag gegen die Brust. Ein stechender Schmerz jagte durch sie hindurch und die weiche, schwingende Bewegung hörte auf. Sie war einen Moment regungslos, bevor sie in rasender Geschwindigkeit wieder abwärtsfiel, ein unendlich langer Fall, der abrupt gestoppt wurde, als ihr Rücken gegen etwas prallte. Luft wurde aus ihr herausgestoßen. Sie lag wie auf Nadeln und ihr ganzer Körper brannte. Sie versuchte zu atmen, aber die Lungen gehorchten ihr nicht. Sie keuchte und kämpfte um Luft. Sie wand sich, aber sie wurde festgehalten. Sie schlug mit den Armen, und ihre Hände verwickelten sich in Schläuchen, die an ihr festhingen. Sie versuchte sie abzureißen, aber jemand hielt sie zurück. Das Atmen fiel so schwer, dass sie es kaum schaffte. Als ob die Lungen immer noch voller Wasser wären. Sie hörte sich röcheln und wieder nach Atem schnappen. Dann konnte sie plötzlich Luft holen. Erst ein Mal. Dann noch ein Mal.

»Hörst du mich?«

Eine Stimme, die sie nicht kannte.

»Du bist jetzt in Sicherheit«, sagte die Stimme. »Hörst du mich?«

Amanda nickte schwach und merkte, dass sie wieder verschwand. Weit fort von allem.

Als Amanda aufwachte, wirklich aufwachte, war all das Nasse, Kalte und Schwarze ersetzt durch Trockenes, Warmes und Weißes. Ein fremder Mann saß da und sah sie an.

»Ich bin gestorben«, flüsterte sie.

»Wir haben dich ins Leben zurückgeholt«, sagte er.

Seine Stimme hatte einen seltsam fremdartigen Klang.

»Ich bin Steinn Adalsson«, fügte er mit starkem Akzent hinzu. »Dein Arzt.«

Amanda sah sich in dem leeren Raum um.

»Juls«, sagte sie. »Wo ist Juls?«

»Er liegt in einem anderen Zimmer«, antwortete der Arzt. »Es geht ihm gut.«

»Holen Sie ihn«, flüsterte sie.

»Deine Familie ist auch hier«, sagte er. »Soll ich sie nicht zuerst holen?«

»Nein. Nur Juls«, flüsterte Amanda und schloss die Augen.

Julian Stordahl saß eine Weile neben Amandas Bett, bevor sie aufwachte. Der Monitor zeigte einen gleichmäßigen, ruhigen Puls. Er hörte sie nicht atmen, aber er sah es. Sie war immer noch sehr blass und der Schnitt in ihrer linken Hand war genäht und verbunden worden. Er sah, dass sie zusammenzuckte, als ihr Blick auf ihn fiel. Er wusste, dass er ziemlich lädiert aussah, und beeilte sich, sie zu beruhigen.

»Ich bin okay«, sagte er.

Er merkte ihr an, dass sie ihn etwas fragen wollte, und verstand, was es war. Er schüttelte den Kopf und sah, wie ihr die Tränen über die Wangen liefen.

»Es gab nichts, was wir hätten tun können.« Er strich ihr sachte übers Haar.

Sie schob seine Hand weg.

»Lass mich in Ruhe.«

»Das hast du draußen auf dem Meer auch gesagt«, erwiderte Juls. »Aber ich wollte dich nicht in Ruhe lassen.«

Juls beugte sich über sie, bis ihre Gesichter nur noch wenige Zentimeter voneinander entfernt waren. Amanda schloss die Augen, während Juls ihr berichtete, wie der Fischkutter »Still Crazy« vier Seemeilen östlich von Island gesunken war. Nur Bruchstücke von dem, was er erzählte, tauchten in ihrem Gedächtnis auf.

Doch während sie sich erinnerte, spürte sie es wieder ganz real. Wasser im Gesicht. Die alles umschließende Dunkelheit. Wärme an der Hand. Das grelle Licht. Hände, die nach ihr griffen. Und die durchdringende Kälte, die immer noch in ihr saß. Als er fertig erzählt hatte, schlug sie die Augen auf.

»Ylva«, flüsterte sie, aber sie schaffte es nicht weiterzusprechen.

»Ich kann sie anrufen«, sagte er. »Wenn du willst.«

»Mir ist kalt. Es ist, als würde ich immer noch im Wasser liegen.«

Juls erhob sich und kroch vorsichtig zu ihr ins Bett. Amanda spürte die Wärme seines Körpers, und als er den Arm um sie legte, hörte sie auf zu zittern. Sie lag ganz still da, zog sich nicht zurück und schmiegte sich nicht an.

»Danke«, sagte sie nur und schlief ein.

Juls blieb wach, er konnte nicht schlafen. Die Bilder vom Untergang hatten sich eingebrannt. Er spürte immer noch den Ruck, als das Boot in der Dunkelheit etwas rammte. Der Zusammenstoß war so heftig, dass er die ersten Notsignale gesendet hatte, noch bevor er den Schaden untersuchte. Er erinnerte sich, wie er in den Überlebensanzug stieg und sich auf dem Weg nach unten einen zweiten griff. Das Boot hatte schon Schlagseite, und er wusste nicht, wie viel Zeit ihnen noch blieb. Er erinnerte sich an seine Panik, als er ihre Koje leer fand. Er erinnerte sich, wie er sich halb laufend, halb watend durch den dunklen, überschwemmten Laderaum kämpfte. Er erinnerte sich, dass er ihr ins Gesicht schlug, weil sie wie von Sinnen war. Trotzdem rannte sie wieder unter Deck, ohne an ihre eigene Sicherheit zu denken. Er lief ihr hinterher. Das Wasser im Laderaum stand hoch und das Licht war ausgefallen. Im Schein der blauen Funken, die aus der elektrischen Anlage sprühten, sah er, wie das schwarze Pferd panisch um sein Leben kämpfte. Aber er hatte nur Augen für Amanda. Hätte sie den signalfarbenen Überlebensanzug nicht getragen, hätte er nie gesehen, dass sie vom Ölfass eingeklemmt unter Wasser lag. Wieder an Deck erbrach sie sich, aber er konnte ihr nicht helfen. Er mühte sich währenddessen verzweifelt ab, das Rettungsfloß zu Wasser zu bringen. Als er Amanda einige Minuten später ins sichere Floß hob, lag die »Still Crazy« schon so tief im Wasser, dass die Wellen die Reling überspülten.

Der Regen prasselte heftig auf das Dach des Rettungsfloßes. Ihr Gesicht war leichenblass und er konnte keinen Puls fühlen. Er handelte, wie er es gelernt hatte, blies Luft in ihre Lungen und bekam Seewasser und Erbrochenes zurück. Sie hustete, erbrach sich erneut und zitterte in dem großen Anzug. Die Minuten oder Sekunden, die es dauerte, sie wiederzubeleben, waren die schlimmsten, die er je durchgemacht hatte. Er hatte Angst, sie verloren zu haben. Das Blut von dem tiefen Schnitt in ihrer Hand mischte sich mit dem Salzwasser auf dem Boden des Floßes, aber er konnte die Blutung mit einem Verband aus dem Notfallkasten stoppen. Dann hatte er weitere Notsignale abgesetzt, obwohl seine Finger ihm kaum gehorchen wollten. Während er damit beschäftigt war, versuchte Amanda, durch die Öffnung des Rettungsfloßes nach draußen zu kriechen. Er packte sie, um sie daran zu hindern, und fing einen schwarzen Blick auf, in dem der pure Wahnsinn lag. Sie schlug ihm mit der Faust ins Gesicht, und dieser Schlag kam so heftig und unerwartet, dass er hinfiel und mit dem Kopf gegen das Funkgerät knallte. Er musste für einige Sekunden das Bewusstsein verloren haben, denn als er wieder zu sich kam, war er allein. Er sah das blinkende Licht ihres Anzugs weit draußen im aufgewühlten Meer. Ohne zu überlegen, sprang er ins kalte Wasser und schwamm hinterher. Als er sie erreichte, trieb sie bewusstlos auf den Wellen, nur durch ihren Überlebensanzug an der Oberfläche gehalten. Ihre Lippen waren kalt und bleich. Juls mühte sich erneut ab, Leben in sie hineinzupusten. Und er kämpfte mit der Kälte, die ihn langsam lähmte. Mehrmals schlugen die Wellen über ihnen zusammen, und er merkte, dass er am Ende seiner Kräfte war. Gleich würde es vorbei sein. *Ihr Gesicht.* Er würde es nie vergessen. In dem grellen Licht, das sie beide plötzlich einhüllte, war ihre Haut weiß wie Schnee. Er erinnerte sich an seine Panik, als ihm ihr lebloser Körper aus den Händen gezogen wurde. Er war an Deck des Rettungsboots zusammengebrochen, aber er hörte sich ihren Namen rufen. Wieder und wieder.

Jetzt blickte er auf ihr Gesicht hinunter und hörte, dass sie im Schlaf weinte. Er hörte sie den Namen des Eichhörnchens flüstern, das in der Tiefe verschwunden war, und er wünschte sich mehr als alles andere, dass er es geschafft hätte, auch Ægir zu retten. Er legte den Arm fester um sie, und während er so dalag, kam eine Krankenschwester ins Zimmer. Sie näherte sich langsam und respektvoll.

»Ich glaube, du solltest jetzt mitkommen«, sagte sie.

Juls spürte, dass es unmöglich war. Er konnte und wollte nicht aufstehen.

»Komm«, sagte sie leise und streckte ihm resolut die Hand entgegen.

Der bestimmte Tonfall ließ ihn seinen Arm vorsichtig zurückziehen. Dann wischte er sich schnell die Tränen ab und setzte sich in den Rollstuhl, den die Schwester mitgebracht hatte.

Draußen auf dem Korridor war das Licht grell und überall waren Menschen. Als er vorhin hier durchkam, war es schummrig und still gewesen. Es musste inzwischen Morgen sein. Er wurde an einer Bank vorbeigerollt, auf der drei Leute saßen. *Amandas Familie*. Er erkannte Wilhelm Fivel von der Begegnung am Kai – und wurde selbst wiedererkannt.

»Du verdammter Hund«, zischte Wilhelm Fivel, als er ihn sah. »Du kannst was erleben!«

Er griff nach Juls, aber Victoria ging dazwischen. Wilhelm Fivel versuchte, an ihr vorbeizukommen, aber er hatte keine Chance.

»Was ist denn in dich gefahren!«, fuhr sie ihn an. »Bist du verrückt geworden?«

»Dieser kleine Scheißkerl«, schnauzte Wilhelm Fivel. »Der soll mich kennenlernen!«

»Er hat ihr das Leben gerettet, begreifst du das nicht?«

»Ohne ihn wäre Amanda überhaupt nicht auf dem Boot gewesen, begreifst *du* das nicht? Du kannst dir nicht im Entferntesten vorstellen, welche Probleme er uns gemacht hat, und er soll verdammt noch mal dafür bezahlen!«

»Mir ist nicht gut«, sagte Victoria und ging den Gang hinunter zur Toilette.

Mathias folgte ihr. Vor allem, um nicht allein bei seinem Vater bleiben zu müssen.

Als Victoria und Mathias verschwunden waren, rollte Wilhelm Fivel zielbewusst in die entgegengesetzte Richtung. Er hatte Mühe, die schwere Tür aufzubekommen, schaffte es aber schließlich und rollte in Amandas Krankenzimmer. Als die Tür hinter ihm zufiel, traf der Luftzug Amandas Gesicht, und sie schlug die Augen auf. Als Erstes bemerkte sie, dass Juls weg war. Dann entdeckte sie ihren Vater.

»Was hast du getan?«, zischte er.

Amanda spürte, dass sie zitterte, aber die Wut des Vaters war nicht mit jenen Kräften vergleichbar, die sie draußen auf dem Meer erlebt hatte.

»Ich habe versucht zu überleben«, flüsterte sie.

»Warum konntest du nicht einfach zuerst dieses verdammte Finale reiten?«

»Weil es nie ein Ende nimmt, Papa.«

»Für dein Pferd war es das Ende, oder nicht?«

Die Worte trafen Amanda mit voller Wucht. Sie schaffte es nicht, die Bilder zu verdrängen, wie Ægir unten im Laderaum um sein Leben kämpfte.

Sie merkte, wie ihre Augen sich mit Tränen füllten und überliefen.

Das Machtgefüge zwischen Vater und Tochter war wiederhergestellt. Aber noch bevor sich Wilhelm Fivel dessen versichern konnte, kam eine Krankenschwester mit einem Arzt im Schlepptau herein. Sie packten seinen Rollstuhl, und obwohl er protestierte, schoben sie ihn aus dem Zimmer.

Noch während die Tür hinter ihnen ins Schloss fiel, schlief Amanda wieder ein.

Als sie die Augen öffnete, saß ihre Mutter neben dem Bett und hielt ihre Hand umklammert. Amanda entzog sie ihr.

»Wo ist Papa?«, fragte sie.

»Schon weg«, sagte die Mutter. »Wir müssen jetzt alle wieder nach Hause. Dein Rücktransport ist bereits organisiert. In ein paar Stunden sind wir in Oslo.«

Amanda blickte zu ihrer Mutter hoch. Sie sah, dass ihre Lippen zitterten und sie Mühe hatte, die Tränen zurückzuhalten. Ihr Mund war verzerrt, und es war kaum zu verstehen, was sie sagte.

»Ich dachte schon, du kommst nie wieder nach Hause«, stammelte sie.

»Ich auch«, sagte Amanda.

»Ich möchte, dass du mir alles erzählst«, fuhr die Mutter fort. »Du kannst dir diesen Irrsinn unmöglich allein ausgedacht haben.«

»Du weißt nichts darüber, was ich mir ausdenke«, antwortete Amanda. »Du bist ja nie da.«

»Mütter wissen so etwas«, sagte ihre Mutter voller Überzeugung.

Amanda fühlte plötzlich einen Zorn, der viel zu mächtig für ihren zarten Körper war. Sie schloss die Augen und hoffte, dass ihre Mutter weggehen würde.

»Schlaf jetzt nicht ein«, sagte die Mutter. »Mathias will auch noch mit dir reden. Er war außer sich vor Sorge.«

Ohne auf Antwort zu warten, verschwand sie aus dem Zimmer, und kurz darauf tauchte Mathias in der Türöffnung auf. Jemand stieß ihn beinahe hinein, ehe die Tür hinter ihm geschlossen wurde. Er schlurfte zum Bett und setzte sich widerwillig. *Außer sich vor Sorge.* Er suchte nach einer bequemen Position, fand sie aber nicht und seufzte tief.

»Als du gesagt hast, dass ein Sturm im Anmarsch ist, hätte ich nicht gedacht, dass du es wortwörtlich meinst«, sagte er. »Hoffentlich hat er sich jetzt gelegt?«

»Das ist ein Sturm, der Menschen heimatlos macht«, flüsterte Amanda.

Im selben Moment kam eine junge Krankenschwester ins Zimmer. Mathias sprang vom Stuhl auf, als hätte er sich verbrannt.

»Zeit für die Abreise«, sagte die Schwester zu Amanda.

»Bist du bereit?«

Amanda schüttelte den Kopf.

»Brauchst du mehr Schmerzmittel?«

»Sie sehen doch, dass sie Schmerzen hat«, sagte Mathias. »Geben Sie ihr das beste, was Sie haben!«

»Das beste, was wir haben?«, wiederholte die Schwester unsicher und verschwand wieder nach draußen.

»Ich habe keine Lust, nach Hause zu fahren«, sagte Amanda.

Mathias nickte zustimmend und sah sie einige Sekunden lang an.

»Wir sehen uns dann in Oslo, Sis«, sagte er und verließ das Zimmer.

Dann bekam Amanda ein paar Pillen in einem kleinen Plastikbecher. Sie schluckte sie alle, und als sie das nächste Mal die Augen aufschlug, lag sie in einem Raum, in dem die Krankenschwestern Norwegisch sprachen und wo hohe Birken vor den Fenstern im Wind schwankten.

Mittwoch

Wilhelm Fivel saß in seinem Arbeitszimmer im ersten Stock des Hauses, in dem er und seine Familie seit zwanzig Jahren wohnten. Vor sich auf dem Schreibtisch hatte er drei Dokumente akkurat nebeneinandergelegt. Die Eigentumsurkunde im Original, die er aus dem Bankschließfach geholt hatte. Der Übernahmevertrag, den er von seinem Anwalt hatte aufsetzen lassen. Sein Testament, das nach ein paar kleineren Änderungen erneut notariell beglaubigt worden war. Und er hatte noch etwas dazugelegt, etwas, das er aus der Schublade in der Bibliothek geholt hatte. *Die Pistole aus dem Nachlass seines Bruders.* Er hatte immer gedacht, dass er sie eines Tages brauchen würde, und er hatte recht behalten. Er überprüfte das Magazin und legte die Pistole zusammen mit dem Testament in eine Schublade. Als noch genau drei Minuten Zeit war, griff er zum Telefon und rief seine Frau an.

»Hallo, ich bin's«, sagte er. Seine Stimme klang merkwürdig. Er erkannte sie fast nicht wieder. Seine Frau auch nicht.

»Wilhelm? Ist alles in Ordnung?«

»Nein, eigentlich nicht«, sagte er. »Ich war ein Scheißkerl. Ich habe dich belogen. Ich habe nie aufgehört zu zocken und diesmal hat es Konsequenzen.«

»Wilhelm, du machst mir Angst.«

Er antwortete nicht.

»Wilhelm?«

»Ich wünsche dir alles Gute«, sagte er. Dann legte er auf.

Noch zwei Minuten. Im selben Moment piepste das Faxgerät und dann spuckte es ein Fax aus. *Noch ein Islandpferd.* Als wollte das Schicksal sich ein letztes Mal darüber lustig machen, dass er sich jemals mit diesen kleinen haarigen Biestern befasst hatte. Er knüllte das Fax kurzerhand zusammen und warf es in den Papierkorb. Dann zog er den Telefonstecker heraus. Als er die Uhr in der Bibliothek schlagen hörte, klingelte es an der Tür.

Anker und Rechtsanwalt Herman Aasen waren schon unruhig geworden, als Wilhelm ihnen endlich die Tür öffnete. Er bat sie herein und sie folgten ihm die Treppe hinauf. Der Treppenlift gab einen klagenden Laut von sich und es ging unheimlich langsam vorwärts. Wie ein Trauerzug auf einer Beerdigung, dachte Wilhelm Fivel und rollte voraus in sein leeres Büro.

»Ich hatte angenommen, Ihr Anwalt wäre zugegen«, sagte Herman Aasen.

»Das wollte er auch unbedingt«, erwiderte Wilhelm Fivel. »Aber er wäre nur im Weg gewesen.«

»Es ist meine Pflicht, Sie darauf hinzuweisen, dass es ungünstig ist, ihn nicht als Berater dabeizuhaben.«

»Das hier ist ein *gentlemen's agreement*, und ich brauche keinen Sekundanten«, erwiderte Wilhelm Fivel.

Herman Aasen räusperte sich und nahm neben Anker in einem Ledersessel Platz.

»Ich habe eigentlich nur eine Frage«, sagte Wilhelm Fivel. »Was wäre passiert, wenn ich gestorben wäre, ohne diese Dokumente vorher zu unterzeichnen?«

Herman Aasen räusperte sich wieder und machte ein etwas beklommenes Gesicht.

»Ohne Ihre Unterschrift wäre nicht viel passiert«, räumte er ein.

Wilhelm Fivel nickte nur.

»Ich muss mir alles durchlesen, bevor mein Mandant unterschreibt«, stellte Herman Aasen fest.

»Selbstverständlich«, sagte Wilhelm Fivel. Dann streckte er die Hand langsam nach der Schublade mit der Pistole aus.

»Ich muss dir sagen«, begann Anker, »dass ich wirklich erleichtert bin, dass deine Tochter mit dem Leben davongekommen ist. Was war das denn für eine waghalsige Aktion?«

Wilhelm Fivel antwortete nicht gleich, sondern zog geistesabwesend die Schublade lautlos auf.

»Das war ein Schock für uns«, antwortete Wilhelm Fivel dann und ergriff den Kolben. »Wir sind natürlich heilfroh, dass sie lebt und keine … dauerhaften Schäden zurückbehält.«

Er nahm die Pistole lautlos aus der Schublade und hielt sie unter dem Tisch verborgen. Anker schien nichts gemerkt zu haben und Herman Aasen war in die Dokumente vertieft. Wilhelm Fivel spürte das Gewicht der Waffe in seiner Hand.

»Aber ich muss natürlich zugeben, dass es mir unter den gegebenen Umständen schwerfällt, traurig über den tragischen Tod eures Pferdes zu sein«, fügte Anker hinzu. »Es ist kein Geheimnis, dass ich seit Jahren auf einen Anteil an deiner Firma scharf bin, und wenn nicht das Angebot über einen veränderten Vertrag gekommen wäre, hätte ich wohl kaum jemals einen Fuß in die Tür bekommen.«

Wilhelm Fivel ließ die Pistole auf den Boden fallen.

»Was für ein … veränderter Vertrag?«, stotterte er.

»Dieser hier«, sagte Herman Aasen, der das Gespräch mit halbem Ohr verfolgt hatte. Er reichte ihm ein paar Schriftstücke. Wilhelm Fivel sah, dass sie von seinem eigenen Faxgerät versendet und scheinbar von ihm selbst unterschrieben worden waren. Aber er hatte diese Papiere noch nie gesehen. Vorangestellt war eine Art Prolog.

Im Jahr 874 ließen sich die ersten Wikinger auf Island nieder. In ihren kleinen Schiffen brachten sie ihre allerbesten Pferde mit. Seit über 800 Jahren hat Island ein absolutes Importverbot, das strikt eingehalten wird. Dieses Verbot hat eine der stärksten und gesündesten Pferderassen der Welt bewahrt, aber es hat seinen Preis: Ein Islandpferd, das Island verlässt, darf niemals wieder zurückkehren.

Anschließend folgte eine detaillierte Beschreibung der veränderten Wettbedingungen. Wilhelm Fivel konnte kaum glauben, was er da las. Er selbst hatte eine Million gesetzt und in einem schwachen Moment auch noch das Haus. Aber laut diesem Schriftstück standen jetzt anstelle des Hauses entscheidende Teile seiner Firma auf dem Spiel, und der Kampf um NM-Gold war ersetzt worden durch den tollkühnen Versuch, *zum ersten Mal seit dem*

Mittelalter ein Pferd auf Island einzuführen! Wilhelm Fivel las das Ganze noch einmal durch. Der Text war geschäftsmäßig abgefasst, mit Worten und Formulierungen, die seinem Stil entsprachen. Es war, als hätte er das eigenhändig geschrieben.

»Am liebsten stelle ich ja die Bedingungen selbst«, sagte Anker. »Aber das da war einfach zu verlockend. Noch höherer Einsatz, noch schwierigere Voraussetzungen.«

»Dieses Fax ist eine Fälschung«, stammelte Wilhelm Fivel.

»Der Originalbrief, der am selben Tag per Post abgeschickt wurde, liegt in meiner Kanzlei in einem Safe«, sagte Herman Aasen. »Ich habe außerdem das Telefonat auf Band aufgezeichnet, für den Fall, dass Sie nicht mehr genau wissen, was Sie gesagt haben.«

Telefonat? Wilhelm Fivel versuchte verzweifelt, sich die Situation zu erklären. War es das, was Amanda gemeint hatte, als sie sagte, sie würde auf ihre Art gewinnen? Er schämte sich plötzlich dafür, dass er hatte durchblicken lassen, dass sie nach seinem Tod weniger erben sollte als ihr Bruder. *Mathias! Die Ähnlichkeit der Stimmen ...*

»Ich wusste schon immer, dass du risikofreudig bist«, frohlockte Anker. »Aber diesmal hast du dich selbst übertroffen, so viel steht fest.«

»Der Übernahmevertrag scheint so weit in Ordnung zu sein«, warf Herman Aasen ein. »Allerdings müssten wir natürlich auch hier das Haus durch die Firmenanteile ersetz…«

»Stopp«, unterbrach Wilhelm Fivel.

Er hatte plötzlich so etwas wie eine Eingebung. Ein Steinchen fehlte in diesem verschlungenen Puzzlespiel. Ein Steinchen hatte er übersehen. Er las das Fax über die veränderte Wette noch einmal genau durch. Die letzten Zeilen handelten von einem Beweis, der dokumentieren sollte, dass Amanda es geschafft hatte, das Pferd zurück nach Island zu bringen. Ein Foto in einer öffentlichen Publikation oder, falls nötig, auch eine Blutprobe. Während ihm das Adrenalin durch den Körper schoss, duckte Wilhelm Fivel sich unter den Schreibtisch, und als er wieder hochkam, hatte er den Papierkorb auf dem Schoß. Er durchwühlte ihn wie ein Penner auf der Suche nach Flaschen und warf diverse zusammengeknüllte Papiere auf den Boden – bis er es fand: das Fax, das er vorhin weggeworfen hatte. Er strich es glatt und studierte es mit neu erwachtem Interesse. Und richtig! Es war die Kopie eines Artikels aus einer isländischen Internetzeitung. Mit einem Foto, das Ægir und Ylva zeigte. Das erkannte er erst jetzt.

Ganz unten auf dem Fax hatte jemand handschriftlich die Übersetzung hinzugefügt:

Legendärer Hengst verabschiedet sich aus der Zucht

Ægir frá Stóra-Hof sieht einem ruhigen Rentnerdasein entgegen, nachdem er als Folge einer schwerwiegenden Infektion kastriert werden musste. Eigentümerin Ylva Olilsdóttir spricht von zehn vielversprechenden Nachkommen Ægirs, die derzeit alle zugeritten würden.

Der Artikel trug das aktuelle Tagesdatum. Der Kampfgeist des Gauls war also doch zu etwas nütze gewesen. Vier Seemeilen schwimmend zurückzulegen, war keine Kleinigkeit, und *der kleine schwarze Teufel hat es geschafft!*

»Sieht so aus, als hätten wir meine Tochter und ihr Pferd deutlich unterschätzt«, sagte er und legte das Fax auf den Tisch. Anschließend stöpselte er das Telefon wieder ein und blickte Anker abwartend an.

Herman Aasen griff nach dem Fax, aber Anker war schneller. Er überflog den handschriftlichen Text, dann gab er das Blatt an den Rechtsanwalt weiter.

»Ich will dich hier nie wieder sehen«, sagte Wilhelm Fivel. »Ist das klar?«

Anker blieb sitzen, als sei er unsicher, was er tun sollte.

»Falls du nach Island fahren und eine Blutprobe nehmen willst«, fuhr Wilhelm Fivel fort, »als Bestätigung, dass es sich um dasselbe Pferd handelt, hast du dazu zwei Tage Zeit.«

»Wir werden die Notwendigkeit einer solchen Reise in Erwägung ziehen«, mischte Herman Aasen sich ein.

»Ihr findet wohl selbst hinaus«, sagte Wilhelm Fivel. »Ich habe Wichtigeres zu tun.«

Die beiden Männer erhoben sich und gingen zur Tür, aber Anker zögerte.

»Doppelt oder nichts?«, fragte er herausfordernd.

»Fahr zur Hölle«, erwiderte Wilhelm Fivel.

Dann griff er zum Telefonhörer und rief seine Frau an. Sie nahm nicht ab.

Als Victoria Fivel mit quietschenden Reifen in die Einfahrt bog, hatte sie keine Erinnerung daran, welchen Weg sie gefahren war oder wie schnell. Seit dem Telefonat mit Wilhelm war sie so voller Angst, dass sie nicht klar denken konnte. Sie sprang aus dem

Auto und lief zur Haustür. Sie war unverschlossen und stand einen Spalt offen. Dieselbe Angst, die sie eben noch zum Haus hatte rasen lassen, schien sie jetzt zu lähmen. Während sie langsam eintrat, sah sie sich vorsichtig um. Sie suchte nach Anzeichen, die ihr sagten, dass sie sich täuschte. Oder Anzeichen, die sie auf das Schlimmste vorbereiteten. Dort, unter dem Spiegel in der Diele, lag ein Umschlag mit ihrem Namen. Die schwungvolle Handschrift war leicht erkennbar. *Wilhelms.* Victoria rief seinen Namen und lief die Treppe hinauf, so schnell sie konnte, aber als sie vor der Tür seines Arbeitszimmers stand, verließ sie wieder der Mut. Sie blieb einige Sekunden regungslos stehen, ehe sie die Tür unendlich vorsichtig öffnete. Sie sah Wilhelm mit dem Oberkörper auf dem Schreibtisch liegen. Neben ihm auf der Tischplatte lag eine Pistole. Victoria blieb wie angewurzelt stehen. Dann stürzte sie in Panik zu ihm hin und berührte ihn. Er war warm und lebendig – und klammerte sich an sie.

»Es war mein Fehler«, flüsterte er.

Victoria begriff nicht, was er meinte. Sie hielt ihn einfach nur fest.

»Ich wollte Leon zeigen, was für ein Kerl ich bin. Ich habe zu viel riskiert.«

Victoria strich ihm mit der flachen Hand über den Rücken und spürte seine Wärme unter ihrer Handfläche.

»Es tut mir alles so schrecklich leid«, sagte er.

Victoria legte die Arme fester um ihn und ließ nicht los. Erst nach einer ganzen Weile richtete er sich entschlossen auf.

»Ich muss ins Krankenhaus«, sagte er.

»Ich komme mit.«

»Nein. Ich muss allein fahren. Ich muss mich bei Amanda entschuldigen. Mein Gott, und wie ich mich bei ihr entschuldigen muss. Ich werde dir alles erzählen. Ich verspreche es. Jetzt ist endgültig Schluss mit den Lügen.«

»Was geht hier eigentlich vor?«, fragte Victoria.

»Es ist vorbei«, antwortete er und rollte aus der Tür. »Jetzt ist es endlich vorbei.«

Amanda lag wach im Bett. Sie teilte sich das Zimmer mit drei fremden Frauen. Die Betten waren nur durch einen dünnen weißen Stoffvorhang voneinander abgeteilt, der an Schienen von der Decke hing. Sie lagen dort zur Beobachtung, aber niemand sah nach ihnen. Amandas Bett stand am Fenster und sie konnte direkt in den bleigrauen Himmel sehen. Sie hörte das monotone Rauschen des Straßenverkehrs. Ansonsten war es still. Aber dann hörte sie plötzlich ein Geräusch, das sie nur zu gut kannte. Gummireifen, die auf glattem Fußbodenbelag quietschten. Amanda hielt den Atem an und sah, wie sich ein niedriger Schatten auf dem weißen Stoff abzeichnete, der sie von der Welt trennte. Sekunden später zog ihr Vater den Vorhang am Fußende des Bettes zögernd zur Seite. Amanda kniff die Augen fest zusammen und hielt sich instinktiv mit beiden Händen die Ohren zu. Das Einzige, was sie jetzt noch hörte, war das Geräusch ihrer vibrierenden Trommelfelle. Sie merkte, wie sie wieder anfing zu zittern. Sie wusste nicht, wie lange sie so dagelegen hatte, bevor sie langsam die Augen wieder öffnete.

Die Ohren hielt sie sich weiterhin zu. Ihr Vater saß jetzt direkt neben ihr am Bett und ihre Blicke trafen sich.

»Wenn du nicht sofort verschwindest, schreie ich«, sagte sie.

Ihre Stimme erfüllte ihren ganzen Kopf. Sie war nicht sicher, wie laut sie sprach, aber sie war sicher, dass er sie gehört hatte. Plötzlich kam noch jemand herein. *Juls.* Er hatte Blumen dabei, aber auf seinem Gesicht erschien ein verschlossener, abwartender Ausdruck, als sein Blick auf Wilhelm Fivel fiel. Amanda sah, dass ihr Vater etwas sagte, und Juls hörte widerwillig zu. Sie presste die Hände fest auf die Ohren und summte leise vor sich hin, um die schwachen Konturen der Worte auszusperren. Dann schloss sie auch die Augen wieder, abgeschieden von der Welt, bis sie eine vorsichtige Berührung am Unterarm spürte, an der Seite des Bettes, wo Juls stand. Sie öffnete die Augen, hörte aber nicht auf zu summen. Sie sah, dass Juls' Lippen sich bewegten. Aus den Augenwinkeln bemerkte sie, dass ihr Vater immer noch dasaß, und plötzlich drang trotz allem ein Wort zu ihr. Wahrscheinlich hatte er die Stimme erhoben. *Ægir.* Das brachte das Fass zum Überlaufen.

»Schaff ihn raus«, flüsterte Amanda. Dann kniff sie die Augen wieder zu und summte lauter.

Nach einer Weile spürte sie wieder eine Berührung am Arm, auf derselben Bettseite wie vorhin. Sie schlug die Augen auf – und sah direkt in das Gesicht ihres Vaters. Amanda Fivel schrie so laut und gellend, dass es nur wenige Sekunden dauerte, bis der Raum überflutet wurde von Menschen in weißen Kitteln, die hektisch herauszufinden versuchten, wer Hilfe brauchte und warum. Jemand packte ihren Arm und presste ihn fest auf die

Matratze. Aber sofort war Juls da und schob sich dazwischen. Er stieg rasch zu ihr ins Bett, umarmte sie und zog sie fest an sich.

Amanda hörte auf zu schreien. Und nach einer Weile hörte sie auch auf zu zittern. Juls sprach leise auf sie ein, und sie vergrub ihr Gesicht in seiner Armbeuge, bis sie einschlief.

Als Amanda aufwachte, lag sie immer noch in Juls' Arm. Er schlief neben ihr, mit der anderen Hand auf ihrem Bauch. Vor dem Fenster war es dunkel und sie teilte das Zimmer nun nicht mehr mit anderen Frauen. Amanda hatte zum dritten Mal in ihrem Leben die Kontrolle über sich verloren. Sie war nicht bei Sinnen gewesen, als sie auf Ægir einprügelte. Sie war nicht bei Sinnen gewesen, als sie Juls draußen im Sturm k. o. schlug. Und sie war nicht bei Sinnen gewesen, als sie ihren Vater niederschrie. *Warum das alles?*

»Juls«, sagte sie.

Er erwachte sofort und setzte sich auf.

»Bin ich verrückt?«, flüsterte sie.

»Du bist auf jeden Fall sehr, sehr traurig«, sagte er und strich ihr übers Haar.

»Hat man uns eingesperrt?«

»Nein«, antwortete er. »Daran bin ich schuld. Ich habe mich geweigert zu gehen und da haben sie uns hier hineingeschoben.«

»Wo ist Papa?«

»Weggefahren. Aber er hatte dir etwas zu sagen, das es wert war, angehört zu werden.«

»Ich will es nicht hören.«

»Doch, das willst du. Ægir ist auf Island. Er ist bei Ylva auf Island.«

Amandas Blick irrte durchs Zimmer.

»Ich muss verrückt sein«, sagte sie.

»Du bist nicht verrückt«, erwiderte Juls. »Es ist wahr. Ich habe den Beweis gesehen.«

Amanda hörte alles, was Juls sagte, aber nichts davon kam bei ihr an. Das Gefühl, nichts zu empfinden, machte ihr Angst. Sie begann wieder zu zittern.

»Kannst du meinen Vater anrufen?«, fragte sie leise.

»Jetzt?«, fragte Juls überrascht.

»Kannst du ihn bitten herzukommen?«

Juls holte sein Handy aus der Jackentasche und blickte Amanda an. Er hätte sich gerne davor gedrückt. Es war mitten in der Nacht und er hatte nicht gerade ein gutes Verhältnis zu Wilhelm Fivel. Amanda wählte die Nummer und gab ihm das Telefon zurück.

»Willst du nicht lieber selbst mit ihm sprechen?«, fragte Juls, aber sie schüttelte den Kopf.

Juls holte tief Luft und drückte schnell auf die grüne Taste, um es hinter sich zu bringen. Er ging im Zimmer auf und ab, während er darauf wartete, dass jemand abnahm. Dann knackte es und die Stimme am anderen Ende hörte sich wach und klar an. Juls hätte wetten können, dass Wilhelm Fivel nicht im Bett lag.

»Können Sie ins Krankenhaus kommen?«, fragte Juls.

»Ist was passiert?« Die Stimme am anderen Ende klang ängstlich.

»Nein, aber Amanda hat mich gebeten, Sie anzurufen und zu fragen, ob Sie kommen können.«

»Jetzt?«

»Ja«, sagte Juls und hörte gleich darauf Geräusche, die er nicht genau einordnen konnte.

»Ich komme«, sagte die Stimme nach wenigen Sekunden. »Ich komme sofort.«

Juls legte auf und sah Amanda an.

»Er sagt, er kommt sofort.«

»Ich möchte allein mit ihm sprechen«, sagte Amanda.

Juls nickte. Er setzte sich wieder auf die Bettkante und saß noch dort, als es eine halbe Stunde später an die Tür klopfte. Juls öffnete und ließ Wilhelm Fivel herein, aber er blickte ihn erst an, als Amandas Vater ihm die Hand drückte. Es war ein fester, solider Händedruck mit beiden Händen.

»Ich danke dir«, sagte er.

Als Juls ihm ins Gesicht sah, begriff er, dass das Geräusch am Telefon Wilhelm Fivels unterdrücktes Weinen gewesen war. Er nickte ihm kurz zu. Dann zog er seine Jacke an und verschwand aus dem Zimmer.

Amanda sah ihren Vater an. Er saß direkt an der Tür und rührte sich nicht. Sie spürte, wie erleichtert sie war, dass er so weit entfernt saß. Ihr war, als müsste sie wieder schreien, wenn er näher käme, und ihn mit allen verfügbaren Mitteln aussperren, falls es nötig wurde.

»Ich glaube, ich bin kurz davor, verrückt zu werden«, flüsterte sie.

»Du bist okay«, sagte er.

»Nein, ich bin nicht okay.«

Zum ersten Mal seit vielen Jahren kaute sie wieder an ihren Fingernägeln.

»Ich weiß nicht, was ich sagen soll«, sagte er zögernd. »Oder ob du überhaupt willst, dass ich etwas sage.«

Amanda merkte, dass sie wieder zu zittern anfing.

»Du hast meine Wette gewonnen«, fuhr er zaghaft fort. »Auf deine Weise.«

Amanda kaute an ihren Nägeln.

»Und ich habe sogar noch eine Million Gewinn gemacht«, fügte er beschämt hinzu.

»Diese Million ist nicht für dich«, flüsterte sie.

Er sah sie an und schwieg unsicher.

»Ich will Monty von Åke zurückhaben«, sagte sie.

»Ich habe ihn gestern abgeholt«, antwortete ihr Vater.

»Warum?«, fragte sie misstrauisch.

»Damit du jemanden hast, zu dem du heimkommen kannst«, sagte er leise und fischte etwas aus seiner Brusttasche. Ein Stück Papier, das er ihr entgegenstreckte. Sie ließ ihn gerade so weit herankommen, dass sie es ihm aus der Hand nehmen konnte. Es war der Zettel, den sie für Ylva geschrieben hatte.

Kannst du mir jemals verzeihen?

Amanda sah ihren Vater an, aber sie beantwortete die Frage nicht. Denn sie wusste die Antwort nicht.

»In mir ist etwas kaputtgegangen«, flüsterte sie. »Ich empfinde nichts mehr.«

Das beschrieb beängstigend genau jenes Gefühl, das Wilhelm Fivel jahrelang zu verdrängen versucht hatte.

»Als ich nach dem Unfall aufwachte, ging es mir genauso«, begann er. »Es war, als wäre ein Stück von mir in dem Flugzeugwrack zurückgeblieben. Oder bei Leon. Ich weiß es nicht. Ich …«

Amanda hörte auf, an den Nägeln zu kauen. Ihr Vater hatte bisher nie über den Absturz gesprochen. *Noch nie.*

»Es tat unerträglich weh«, flüsterte er. »Ich saß immer noch angeschnallt im Sitz, aber ich war nicht mehr in dem Flugzeug. Meine Beine ragten in die Luft und der Sitz lag mit dem Rücken auf den Brandungsfelsen. Ich lag so dicht am Wasser, dass mir die Gischt ins Gesicht sprühte. Das Atmen fiel mir schwer. Ich versuchte, mich zu befreien, aber die verdammte Schnalle des Sitzgurts ließ sich nicht öffnen. Ich hörte Leons Stimme. Er schrie. Scharfe, gellende Schreie. Ich spürte keine Schmerzen mehr. Ich tastete meine Umgebung ab und bekam ein verbogenes Metallstück in die Finger. Ich säbelte damit an dem Sitzgurt herum, so fest und so schnell ich konnte. Leon lag im Wasser und schaffte es nicht, sich rauszuziehen. Er klammerte sich an einen Felsen, aber jedes Mal wenn eine Welle aufschlug, wurde er unter Wasser gedrückt. Seine Stimme wurde immer schwächer und immer dünner. Ich weiß noch, dass ich rief, ich würde ihn rausholen, und ich wunderte mich, dass es so lange dauerte, *diesen verdammten Gurt* durchzuschneiden. Aber plötzlich war es geschafft. Ich strampelte mit den Beinen, aber sie strampelten nicht mit. Sie bewegten sich nicht. Ich warf Leon das scharfkantige Metallstück zu. Es war das Einzige, was mir einfiel. Wahrscheinlich hoffte ich, er könnte sich mithilfe der scharfen Kanten irgendwie an den glitschigen Steinen hochziehen. Er schnitt sich die Hände damit blutig, kam aber kein Stück weiter. Die Welle, die ihn schließlich unter Wasser zog, war nur klein, und ich verstand nicht, wieso er nicht wieder hochkam. Ich rief nach ihm, aber er antwortete nicht mehr.«

Amanda sah, dass ihr Vater mit sich kämpfte. Dass er sich anstrengen musste, um die Geschichte zu Ende zu bringen.

»Nach dem Unglück war Leon die ganze Zeit bei mir«, sagte er. »Nachts saß er in meinem Zimmer. Ich sah ihn in Spiegeln und Fensterscheiben. Er versteckte sich zwischen den Menschen in der Firma. Er ging durch unser Haus. Er war überall, einfach überall.«

Amanda hörte die schweren Atemzüge ihres Vaters.

Er rang nach Luft, wie er es in jener Nacht getan hatte, als sie unter seinem Schreibtisch kauerte, mit seinem Knie an ihrer Wange.

»Ich musste lernen, ihn auszusperren«, sagte er. »Aber da sperrte ich auch vieles andere aus. Dich. Deinen Bruder. Deine Mutter. Nichts kam mehr an mich heran.«

Amanda hatte ihn noch nie weinen gesehen. Nicht nach dem Unglück. Nicht bei der Beerdigung seines Bruders. Nie. Aber jetzt weinte er.

»Warum hast du geschrien?«, schluchzte er. »Dein Schrei gellt mir immer noch in den Ohren.«

Er schlug sich die Hände vors Gesicht, aber Amanda empfand nichts. Keinen Schmerz. Kein Mitleid. Keine Trauer.

»Ich habe geschrien, damit du begreifst, dass du das letzte kleine Stück, das noch von mir übrig ist, niemals bekommen wirst«, sagte sie mit einer Stimme, die kalt und hart war.

»Ich möchte, dass du nach Island fährst«, sagte er unvermittelt. »Ich werde mich um alles kümmern. Gleich morgen früh rufe ich Olaf an. Du kannst fliegen, sobald du wieder bei Kräften bist.«

»Schickst du mich weg?«, fragte sie.

»Ich will nicht, dass du so endest wie ich«, erklärte er. »Wenn du nach Island fährst, findest du vielleicht das Stück, das dir fehlt, um wieder heil zu werden.«

Amanda erwiderte nichts darauf, aber sie hörte zu.

»Ich habe dir etwas mitgebracht«, sagte er. »Den Beweis, dass Ægir lebt. Willst du ihn sehen?«

Amanda zögerte. Dann schloss sie die Augen und nickte. Ihr Vater rollte langsam an ihr Bett und drückte ihr ein Blatt Papier in die Hand. Dann zog er sich zurück. Amanda öffnete die Augen und blickte das Blatt an. Es war zerknüllt worden, aber mitten darauf sah sie ein Foto von dem schwarzen Pferd mit dem großen weißen Stern und der langen hellen Mähne, von dem sie geglaubt hatte, es sei für immer verschwunden. Es stand da, als wäre nichts passiert. Als wäre es nie in Norwegen gewesen. *Als wäre Ægir nie woanders gewesen als bei Ylva.* Als Amanda das Bild von dem lächelnden isländischen Mädchen und seinem Pferd sah, begann sie zu weinen. Nicht langsam und vorsichtig, sondern jäh und heftig. Da rollte ihr Vater langsam an ihr Bett. Er nahm sie vorsichtig in die Arme und tröstete sie, wie er es getan hatte, als sie klein gewesen war.

Eine Woche später

Donnerstag

Amanda ging langsam zur Stalltür und öffnete sie vorsichtig. Das Geräusch von kauenden Pferden erfüllte die Stallgasse. Es war das erste Mal seit dem Schiffbruch, dass sie wieder auf dem Reiterhof war. Monty stand an seinem Platz in der Box. Er hob den Kopf und sah sie an, als sie hereinkam. Dann holte er tief Luft und fraß weiter.

Amanda fühlte sich ihrem alten Pferd gegenüber unsicher. Das ganze Fundament, das sie als Reiterin und Pferdemädchen gehabt hatte, war unter ihr weggebrochen. Sie wusste nicht mehr, wie sie sich ihrem Pferd gegenüber verhalten sollte. Sie bereute so viele Dinge, die sie ihm angetan hatte. Sie fühlte, dass sie ganz von vorn beginnen musste. Einen neuen Weg finden musste. Sie holte ein Halfter. Dann nahm sie die Decke ab und führte ihr großes weißes Pferd aus dem Stall, über die Wiesen hinunter zum See. Sie wusste, dass mehrere Islandpferde dort auf der Koppel waren, aber sie waren nirgends zu sehen. Ohne zu zögern und ohne irgendeine Erwartung ließ Amanda Monty frei und er machte sich sofort über das saftige Gras her.

Sie setzte sich auf den umgestürzten Baumstamm unten am Ufer. Sie merkte, dass Monty sie aus den Augenwinkeln beobachtete. Plötzlich hob er den Kopf und hielt den Atem an. Und ehe sie sich versah, raste er in gestrecktem Galopp über die Koppel davon, als wäre sie gar nicht da. So war es also in Wirklichkeit um ihr Verhältnis bestellt.

Wenn Monty die Wahl hatte, zögerte er nicht, sich gegen sie zu entscheiden. Wenn er sie begrüßte, dann nicht, weil er sich freute. Sondern weil sie die Einzige war, die er hatte. Alles andere hatte sie ihm genommen. Aber hier schien ihr der richtige Ort zu sein, um von vorn anzufangen.

Sie setzte sich ins Gras und lehnte sich mit dem Rücken an den dicken Baumstamm. Während sie so dasaß, hörte sie plötzlich Schritte hinter sich. Sie drehte sich nicht um, denn sie wusste, wer es war. Torgeir Rosenlund. Er setzte sich neben sie auf den Baumstamm und blickte übers Wasser.

»Es war mutig, was du getan hast, um Ægir nach Hause zu bringen«, sagte er nach einer Weile.

»Ich vermisse ihn«, antwortete Amanda. »Zusammen mit ihm war ich jemand.«

»Du bist immer noch jemand.«

»Nicht für Monty.«

»Gib ihm Zeit. Er kommt wieder.«

»Woher weißt du das?«

»Weil du jetzt *da* bist«, sagte er. »Und das wird er merken.«

Amanda sah zu ihm hoch und dachte, dass sie ihm und Tone unendlich viel zu verdanken hatte. So viel, dass sie nie die richtigen Worte finden würde, um es ihnen zu sagen.

»Es gibt da etwas, worüber ich gerne mit dir reden würde«, fing sie an. »Und ich bitte dich, mich nicht zu unterbrechen. Ich möchte dich und Tone bezahlen …«

»Schluss mit dem Gerede über Geld und Bezahlung«, unterbrach er sie.

»Ich hatte dich gebeten, mich nicht zu unterbrechen.«

»Wenn du über Geld reden willst, werde ich dich immer wieder unterbrechen.«

»Warum?«

»Weil du uns nichts schuldig bist, Amanda.«

»Doch, ich schulde euch mehr, als ihr jemals begreifen werdet.«

»Ich glaube, es wird langsam Zeit fürs Abendbrot«, sagte Torgeir. Er wollte gerade aufstehen, als Amanda etwas sagte, was ihn zurückhielt.

»Ich verspreche dir, dass ich nie wieder über Geld reden werde, wenn du mir dasselbe versprichst.«

»Na, das Versprechen ist leicht zu halten«, sagte Torgeir.

Er streckte die Hand aus und Amanda drückte sie. Seine Hand war wärmer als ihre und es war ein fester Händedruck. Ein Händedruck, auf den man sich verlassen konnte, dachte sie, als er wieder über die Koppel hinauf zum Hof ging.

Sie schloss die Augen und atmete tief durch, aber sie fand keine Ruhe mehr. Deshalb stand sie nach einer Weile auf und ging langsam über die große Koppel. Sie hielt Ausschau nach Monty und den anderen Pferden, die weiter oben auf der Koppel gewesen waren, konnte sie aber nirgends entdecken. Erst als sie zum Gatter kam, hörte sie Hufschläge. Voller Hoffnung drehte sie sich um, aber es war nicht Monty, sondern Anja auf Russian. Sie zügelte ihn und sah Amanda an.

»Hallo«, sagte sie und wirkte fast ein bisschen schüchtern.

»Hallo«, erwiderte Amanda.

»Was machst du hier unten?«, fragte Anja.

»Warten.«

»Worauf?«

»Auf Vergebung.«

Anja stieg ab und ging zu ihr.

»Ich vergebe dir«, sagte sie ernst.

Amanda konnte sich ein kleines Lächeln nicht verkneifen.

»Nicht von dir«, sagte sie. »Von Monty.«

»Egal«, lachte Anja und umarmte sie.

So blieben sie eine Weile stehen und sahen sich an. Amanda fühlte sich ein wenig unbehaglich unter Anjas Blick und schaute zu Boden.

»Ich bin so froh, dass du wieder da bist«, sagte Anja dann. Sie griff nach Amandas verbundener Hand und hob sie vorsichtig hoch.

»Was ist mit deiner Hand passiert?«, fragte sie.

»Ehrlich gesagt, habe ich keine Lust, darüber zu reden. Können wir nicht einfach sagen, dass ich mich beim Geschirrspülen geschnitten habe?«

Anja blickte sie an und nickte. Dann wurde sie plötzlich sehr ernst.

»Und was ist mit dem Rest von dir passiert?«, fragte sie.

»Weiß nicht genau«, sagte Amanda.

»Ist das gut oder schlecht?«

»Gut, glaube ich.«

»Wir wollen jetzt hinter der Reithalle grillen«, erzählte Anja. »Kommst du mit?«

»Nein, ich bleibe noch ein bisschen hier.«

»Dann bis nachher.« Anja stieg wieder auf.

Amanda nickte. Sie öffnete das Gatter und blickte Anja und Russian hinterher, wie sie über die Wiese hinauf zum Hof galoppierten.

Freitag

Amanda saß in der warmen Sommersonne unten am Wasser, den Baumstamm in ihrem Rücken. Sie hatte den Kopf zurückgelegt und schaute in den Himmel. Dort oben hing eine einsame Wolke. Amanda hatte sie während ihrer langsamen Wanderung über das Tal mit den Augen verfolgt. Nun war die Wolke gerade dabei, hinter den Bergkämmen im Westen zu verschwinden.

Amanda hatte die Pferde auf der riesigen Koppel, auf der sie sich austoben konnten, den ganzen Vormittag noch nicht zu Gesicht bekommen.

Sie sah wieder zum Waldrand hinüber und hielt Ausschau nach Monty. Sie konnte ihn immer noch nirgends entdecken, aber dafür sah sie etwas anderes. Etwas, das sie überraschte. Da stand jemand am Waldrand und sah zu ihr herüber. *Juls.* Sie merkte, wie sie rot wurde, als er über die Koppel geschlendert kam.

»Hier bist du«, sagte er nur und setzte sich neben ihr ins Gras.

Sie nickte.

»Du sitzt hier nur einfach so und wartest?«

Sie nickte wieder und blickte ihn an. Wenn sie genau hinsah, konnte sie immer noch Spuren des Veilchens erkennen, das sie ihm verpasst hatte, aber in einigen Tagen würde es für immer verschwunden sein. Er hatte sein eigenes Gesicht zurückbekommen.

Juls dachte über sie nicht dasselbe. Es war deutlich zu sehen, dass sie immer noch von den Ereignissen geprägt war, und damit meinte er nicht ihre verbundene Hand. Es lag in ihrem Blick.

»Woher wusstest du, dass ich hier bin?«, fragte sie.

»Das war nicht schwer zu erraten«, sagte Juls. »Du hast mir alles erzählt, was ich wissen musste, um dich zu finden. Und wo sonst könnte eine Reiterprinzessin schon sein?«

Sie sah ihn überrascht an. Er hatte ihr besser zugehört, als sie vermutet hatte.

»Es ist immerhin ein großer Reiterhof«, sagte sie.

»Ich habe bei Torgeir Rosenlund geklopft. Er wusste genau, wo du bist.«

Amanda merkte, dass der Kloß in ihrem Hals immer größer wurde, und verbarg ihr Gesicht in den Händen.

»Ich habe dich mehrmals auf dem Handy angerufen, aber du nimmst nie ab«, sagte Juls.

Amanda schwieg und auch Juls sagte eine ganze Weile lang nichts. Die Sonne hing jetzt hoch am Himmel, es war heiß und die Luft stand nahezu still. Juls fühlte sich verschwitzt. Er war mit dem Fahrrad von der Stadt heraufgekommen, und er merkte, dass er kaum abkühlen würde, wenn er weiter in der Sonne sitzen blieb.

»Ich brauche ein Bad«, sagte er. »Wie ist es mit dir?«

»Es dauert wohl noch ein paar Jahre, bis ich irgendwo anders bade als in der Badewanne.«

»Bin gleich zurück«, sagte er und strich ihr rasch über die Hand.

Amanda streckte sich im sonnenwarmen Gras aus. Sie hörte die Insekten in den Rosenbüschen am Ufer summen und in den Baumkronen am Waldrand sangen ein paar Vögel. Dann hörte sie ein kleines Platschen, als Juls ins Wasser tauchte. Sie erschauerte. Die dunklen Bilder vom Untergang drängten sich ihr auf. Jedes Mal wenn sie Wasser auf der Haut spürte oder Wassergeräusche hörte, waren die Bilder blitzartig wieder da. Sie schloss die Augen und versuchte, die Strahlen der Sonne auf ihrer Haut zu genießen. Die Farbe, die sie durch die Augenlider sah, war rot und warm, und sie merkte, wie die Erinnerung an das kalte Wasser verblich. Als sie so dalag und vor sich hin döste, fiel plötzlich ein Schatten auf ihr Gesicht, und sie spürte sanften warmen Atem an ihrer Wange. Sie öffnete langsam die Augen, aber es war nicht Juls, der über ihr stand. *Monty.* Einer seiner Hufe war weniger als zehn Zentimeter von ihrem Gesicht entfernt. Amanda bewegte sich nicht.

Genau in diesem Augenblick watete Juls ans Ufer. Was er sah, war ein weißes Pferd, das direkt über Amanda stand, beinahe auf ihr. Das war kein kleines schwarzes Pony, das im Unterdeck eines Fischkutters Platz hatte. Das war ein riesiges Tier von einer halben Tonne Gewicht, das sie leicht töten konnte, wenn es einen falschen Schritt machte. Juls trocknete sich flüchtig mit seinem T-Shirt ab und stieg wieder in seine Hose, unsicher, was er tun sollte. Der Schimmel stand immer noch unbeweglich da, das Maul wenige Millimeter über Amandas Gesicht. Juls fuhr sich mit der Hand durchs nasse Haar und bei dieser schnellen Bewegung hob das weiße Pferd abrupt den Kopf und sah ihn an. *Direkt ins Gesicht.* Dann schüttelte es die Mähne, warf sich herum und verschwand in gestrecktem Galopp die Koppel hinauf. Juls lief rasch zu Amanda hin.

»Alles okay mit dir?«, fragte er.

Sie nickte und blinzelte in die Sonne. Juls legte sich neben sie ins Gras. Nach einer Weile kam eine ganze Pferdeherde hinunter zum Wasser getrabt. Eine Herde kleiner, struppiger Islandponys in allen Farben – und mitten unter ihnen, sie alle überragend: Amandas großes weißes Pferd.

Amanda richtete sich halb auf. Sie verfolgte ihren Schimmel mit dem Blick und sah, dass er sich stolz und frei bewegte. Und Juls sah sie zum ersten Mal seit dem Untergang der »Still Crazy« lächeln. Es war ein offenes und strahlendes Lächeln. Sie legte sich wieder hin, ganz dicht neben ihn, und er legte seine Hand auf ihren Bauch. Für einen Moment lagen sie so da, und als hätten sie beide denselben Gedanken gehabt, küssten sie sich. Es war ein zögernder, etwas unbeholfener Kuss. Aber besser als beim ersten Mal, dachte Amanda. Juls dachte das auch. Und dann küssten sie sich noch einmal.

Samstag

Tone Lind hatte einige Stunden des Vormittags damit verbracht, am Küchentisch die Belege für die Betriebsbuchführung zu sortieren, während Torgeir mit den beiden Kindern im Stall war. Sie betrachtete die Haufen, die vor ihr auf dem Tisch lagen. Es waren mehr Rechnungen als Zahlungseingänge. Sie fing an, mühsam alles durchzurechnen. Tone war immer sorgsam darauf bedacht, ein Polster für unvorhergesehene Ausgaben zu haben, aber von diesem Polster war jetzt nicht mehr viel übrig. Wenn sie richtig gerechnet hatte, würden sie diesen Monat einige Tausend Kronen Minus machen, und sie hatten nicht mehr genug auf dem Sparkonto, um das aufzufangen. Sie kontrollierte sicherheitshalber noch den Saldo des Betriebskontos – aber die Zahl stimmte nicht mit ihren Berechnungen überein. *Überhaupt nicht.*

Als Torgeir eine Weile später in die Küche kam, saß Tone mit einem Kontoauszug in der Hand am Küchentisch. Sie warf ihm einen Blick zu, aus dem er nicht recht schlau wurde. Torgeir sah erst sie und dann die Stapel von säuberlich sortierten Rechnungen an.

»Was ist?«, fragte er und merkte, wie er nervös wurde. Eine hohe, unvorhergesehene Rechnung war das Letzte, was sie gerade jetzt gebrauchen konnten.

Tone antwortete nicht. Sie reichte ihm nur, was sie in der Hand hielt und was auf den ersten Blick wie eine normale Vorschusszahlung für die monatliche Stallmiete aussah, aber der Betrag stimmte nicht.

»Das kann nicht sein«, sagte Torgeir. Dann setzte er sich langsam auf den Küchenstuhl gegenüber von Tone und sah wieder den Kontoauszug in seiner Hand an. Eine Einzahlung von Amanda Fivel. Der Betrag entsprach der Stallmiete für einen Monat. *Plus eine Million Kronen.*

»Eine Million«, sagte er nur.

Tone ging zu ihm und küsste ihn. Dann nahm sie seine Hand.

»Komm«, sagte sie.

Und dann gingen sie hinaus auf den Hof und gönnten sich ein paar Minuten, um sich auszumalen, was sie alles machen würden, wenn sie eine Million Kronen hätten.

Amanda kam später am Nachmittag zum Stall, um etwas zu erledigen, worüber sie lange nachgedacht hatte. Ihr blieben noch einige Stunden Zeit, bevor ihr Vater sie abholen kam, um sie zum Flughafen zu bringen. Sie würde nach Island fliegen. *Allein.* Ihr Vater hatte genau das getan, was er versprochen hatte. Er hatte Olaf angerufen und alles organisiert. Sie hoffte, er hatte recht damit, dass sie dort das Stückchen finden würde, das ihr fehlte.

Sie fühlte sich geheilt, aber nicht heil. Und das Stückchen, das fehlte, war vielleicht – Vergebung.

Sie ging in den Stall, vorbei an den Boxen mit den Pferden, die immer noch eingesperrt waren, und musste gegen den Impuls ankämpfen, die Boxentüren zu öffnen und sie hinauszulassen. Es ergab keinen Sinn, Pferde an so einem schönen Sommertag drinnen einzusperren. Sie mussten nach draußen. *Nach draußen!* Herumlaufen und einfach Pferd sein! Amanda ging in die Sattelkammer und dort zum Schrank, in dem ihre Pferdesachen waren. Sie schloss ihn auf und holte alles heraus. Sie hatte einen schwarzen Müllsack mitgebracht und begann, ihre Sachen zu sortieren. Sie war überwältigt, als sie sah, wie viele Sachen sie besaß, die nie Teil ihres Reitertraums gewesen waren.

Sie fand die handgemachte Reitgerte, die sie zusammen mit dem Reithelm bekommen hatte, als sie fünf war. Kein einziges Mal hatte sie in Zweifel gezogen, dass sie das Recht hatte zu verlangen, von den Pferden getragen zu werden. Kein einziges Mal hatte sie um Erlaubnis gefragt. Sie war einfach aufgestiegen, mit dem Helm auf dem Kopf und der Gerte in der Hand, und mit der größten Selbstverständlichkeit losgeritten. *Wie seltsam, so etwas zu tun.* Und als sie im Laufe der Zeit mehr von den Pferden verlangte, hatte sie kritiklos alle Hilfsmittel benutzt, die sie kriegen konnte: Ausbindezügel, Peitsche, Sporen, schärferes Gebiss, Martingal, Hilfszügel, Nasenriemen. Was für eine lange Liste. *Alles Dinge, von denen ich nie geträumt habe.* Sie hatte nie erkannt, dass sie selbst erst die Notwendigkeit für all diese Dinge geschaffen hatte. Weil sie nicht genug Ahnung von dem hatte, was sie tat.

Der schwarze Müllsack füllte sich rasch. Die Ausrüstung, die sie jetzt wegwarf, hatte keine andere Funktion gehabt, als ihr zu helfen, alle gesunden Proteste zu unterbinden. Statt sich zu bemühen, eine bessere Reiterin zu werden, hatte sie die Pferde dazu zwingen wollen, sich ihr anzupassen. Ægir war nicht das einzige Pferd unter ihr gewesen, das sich wehrte, aber er war der Einzige, der nicht kapituliert hatte.

Amanda wusste, dass sie noch einen langen Weg vor sich hatte und dass dies hier nur der erste kleine Schritt war. Auf der Innenseite ihres schwarzen Armbands war erst ein einziger Stich eingestickt.

Sie hatte noch nicht alle Antworten, aber sie hatte begonnen, neue Fragen zu stellen. Und sie konnte fühlen, dass die Landschaft sich vor ihr öffnete.

Während sie ihre Ausrüstung sortierte, hörte sie die Stalltür knarren. Sie hielt einen Moment die Luft an und lauschte. Es waren bekannte Schritte, und sie ahnte, was auf sie zukam. Sie hob ruhig den Kopf und sah Torgeir Rosenlund entgegen. Er blieb in der Tür stehen und betrachtete den halb vollen schwarzen Müllsack und die ganze Ausrüstung, die auf dem Boden verstreut lag.

»Was machst du da?«, fragte er.

»Ich fange von vorn an«, sagte sie. »Amanda Fivel hat zu sich selbst gefunden und jetzt erscheint ihr vieles von dem Zeug hier plötzlich wie Müll.«

»Was behältst du?«

»Das, worauf ich nicht verzichten kann, weil ich zu schlecht reite. Wenn ich besser geworden bin, werde ich noch mehr wegwerfen. Ich hoffe, dass du oder Tone euch überreden lasst, mir weiter Unterricht zu geben.«

»Da ist eine Sache, über die ich mit dir reden muss«, sagte er plötzlich sehr ernst.

»Aha.« Amanda warf noch einen Ausbindezügel in den Müllsack.

»Unsere Abrechnung für diesen Monat weist eine ziemlich große Differenz auf«, fuhr er fort.

»Ich hoffe, ihr macht keinen Verlust«, antwortete Amanda und lächelte innerlich.

»Sieht nicht so aus, nein.«

»Na ja, da du und ich nun eine gegenseitige Verabredung haben, kannst du mit mir sowieso nicht über Geld reden.«

»Über dieses Geld müssen wir aber reden.«

»Mein Vater sagt immer, dass ein Händedruck mehr als tausend Worte sagt«, entgegnete Amanda. »Und du hast einen sehr festen Händedruck, Torgeir Rosenlund. Deshalb bin ich sicher, dass du jemand bist, der hält, was er verspricht.«

Torgeir trat jetzt ganz in die Sattelkammer ein. Er nahm eines der Gebisse auf, die Amanda in die Kiste zurückgelegt hatte.

»Über das hier würde ich noch mal nachdenken, wenn ich du wäre«, sagte er.

»Weg damit«, antwortete Amanda.

Torgeir nahm noch ein weiteres heraus und warf es ebenfalls in den Müllsack.

Dann ging er wieder zur Tür.

»Ich fliege heute Abend nach Island«, sagte Amanda. »Nach Eskifjordur.«

»Sag schöne Grüße«, erwiderte Torgeir und blieb einen Moment in der Tür stehen. Er stieß mit der Faust leicht gegen den Türrahmen. Dann schlug er noch ein paarmal auf das Holz, als klopfte er den Takt einer Melodie, die ihn erfüllte.

»Du bist nicht wie die anderen, Amanda Fivel«, sagte er.

»Du auch nicht, Torgeir Rosenlund.«

Sonntag

Nachdem sie eine Nacht im Hotel in Reykjavik verbracht hatte, flog Amanda bei strahlendem Sonnenschein an die Ostküste. Im Taxi auf dem Weg vom Flugplatz zog sie ein kleines, hübsch eingepacktes Geschenk aus dem Rucksack. Das hatte ihr Vater ihr mitgegeben, aber sie öffnete es erst jetzt. Es war ein Handy. Der Akku war geladen, und als sie das Telefonverzeichnis aufklickte, sah sie, dass er vier Kontakte eingespeichert hatte: Juls, Ylva, Reiterhof Engelsrud und *zu Hause*.

Sie blickte aus dem Fenster in den dichten Nebel, durch den sie jetzt fuhren. Dann rief sie Ylva an, aber es meldete sich nur die Mailbox. Amanda war unsicher, was sie davon halten sollte, aber sie versuchte, nicht zu viel hineinzudeuten. Sie selbst war in der letzten Zeit auch nicht telefonisch erreichbar gewesen, ohne dass es jemand persönlich nehmen musste. Es gab nur noch einen anderen Menschen auf der ganzen Welt, mit dem sie jetzt gerne gesprochen hätte. Und sie rief ihn an. Juls klang verschlafen, als er abnahm, aber er sagte ihren Namen mit weicher Stimme.

»Danke«, sagte sie.

»Wofür?«, fragte er.

»Dass du mir das Leben gerettet hast«, antwortete Amanda.

»Wo bist du?«, fragte Juls.

»In Island«, sagte Amanda. »Und du?«

»Auf einem Sofa in Oslo. Bei einem Kumpel.«

»Ich dachte, du wärst an die Westküste zurückgefahren?«

»Ich glaube, ich bleibe erst mal ein bisschen hier.«

»Das sind gute Neuigkeiten.«

»Und wenn ich lange hierbleiben würde?«, fragte Juls abwartend. »Wären das auch gute Neuigkeiten?«

Amanda blickte auf die Landschaft hinaus, die an ihnen vorüberzog. Eine großartige, weite Landschaft mit endlosen grünen Wiesen, mächtigen Wasserfällen an den Bergflanken und Dampf, der direkt aus der Erde kam.

»Ja«, sagte sie, und sie merkte, dass es die Wahrheit war. »Das wären auch gute Neuigkeiten.«

Ein breites Lächeln erschien auf ihrem Gesicht, ein Lächeln, das immer wiederkehrte, noch lange, nachdem sie aufgelegt hatte.

Als das Taxi schließlich auf den Hof von Olaf Magnusson einbog, sah sie, dass sich viel verändert hatte. Das Wohnhaus war frisch gestrichen. Der Stall ebenso. Zerbrochene Fensterscheiben waren ersetzt worden und der Hofplatz war aufgeräumt und geharkt. Es war niemand zu sehen, aber als Amanda den Taxifahrer bezahlt hatte, tauchte Olaf auf. Er kam ihr entgegen, begrüßte sie aber nicht so freundlich wie beim letzten Mal. Er wirkte zurückhaltend und ernst. *Und wo ist Ylva?* Amanda hatte plötzlich das Gefühl, dass etwas Schlimmes passiert war.

»Ylva hat dich also nicht angerufen«, sagte er nur.

»Hätte sie das tun sollen?«

»Ja, ich fand, sie hätte dich anrufen müssen. Dann hättest du es gewusst.«

Amanda sah ihm ins Gesicht und merkte, wie etwas eiskalt in ihr hochkroch.

»Was gewusst?«, fragte sie.

»Dass Ægir tot ist.«

Amanda blieb stehen, aber etwas in ihr fiel mit großer Wucht zu Boden.

»Es war vielleicht doch ein bisschen zu weit zum Schwimmen, sogar für Ægir«, sagte Olaf. »Gisli meint, es war das Herz, aber Ylva wollte keine Obduktion.«

Amanda spürte immer noch Ægirs tanzenden Tölt im Körper und seine Wärme in ihren Händen. *Er kann nicht tot sein. Er kann nicht.*

»Ich habe sie gebeten, dich anzurufen«, fuhr Olaf fort. »Aber sie wusste wohl nicht, was sie sagen sollte. Ich hätte es mir denken können und dich selbst anrufen müssen.«

»Mein Gott«, flüsterte Amanda.

»Es ist das zweite Mal, dass sie ihn verloren hat.«

Amanda schloss die Augen, aber was Olaf gesagt hatte, ließ sich nicht aussperren.

»Es wird ihr guttun, dich zu sehen.« Olaf hörte sich nicht sehr überzeugt an. Es klang eher so, als hoffte er es.

»Wo ist sie?«, flüsterte Amanda.

Olaf zeigte auf die Anhöhe westlich des Hofes. Die Anhöhe, wo sie Ægir das erste Mal begegnet war. Sie bedankte sich und ging mit schweren Schritten über die Wiesen und den steilen Hang hinauf, um Vergebung für etwas zu erbitten, was unmöglich vergeben werden konnte. Die Bilder vom Schiffbruch verdrängten den isländischen Sommertag und es wurde dunkel um sie herum. Aber sie kämpfte sich weiter vorwärts.

Als sie oben ankam, saß Ylva mit dem Kopf zwischen den Knien neben einem Rechteck aus frisch aufgeworfenem Sand. Auf einem schlichten Grabstein stand mit zierlichen Buchstaben der Name Ægir. Darunter hatte Ylva noch einen Namen geschrieben. *Caspian.* Als Amanda das sah, konnte sie die Tränen nicht mehr zurückhalten. Sie setzte sich vorsichtig neben das Grab, aber Ylva verharrte mit dem Kopf zwischen den Knien. Amanda war sich nicht sicher, ob sie versuchte, sich mit ihrer Trauer einzuschließen. Oder Amanda auszuschließen. Erst jetzt bemerkte sie, dass sich noch ein weiteres Grab am Fuß der raschelnden Birke befand. Beim letzten Mal hatte sie Olils Grabstein nicht bemerkt, denn das war der Stein gewesen, auf dem Ylva gesessen hatte.

»Ich kann mir nicht vorstellen, wie du dich jetzt fühlst«, sagte Amanda leise. »Ich habe ihn nur einen kurzen Augenblick gekannt. Du kanntest ihn dein ganzes Leben lang.«

»Eine Freundschaft fürs Leben kann innerhalb eines Augenblicks entstehen«, flüsterte Ylva. »Ich glaube nicht, dass ich ihn mehr geliebt habe oder dass du ihn weniger vermisst.«

Amanda fühlte sich armselig, wertlos, aller Liebe unwürdig. Sie ertappte sich bei dem Gedanken, dass eigentlich sie in diesem Grab liegen müsste.

»Es war dunkel und höllisch in jener Nacht«, sagte sie.

»Ich weiß«, antwortete Ylva. »Juls hat mich angerufen. Er hat mir alles erzählt.«

»Juls?«

»Ich weiß nicht, wie er mich ausfindig gemacht hat, aber er hat angerufen. Er sagte, dass er dich mit Gewalt vom Boot ziehen musste und dass du ihn bewusstlos geschlagen hast, als er dich daran hindern wollte zurückzuschwimmen.

»Er hat mir das Leben gerettet«, sagte Amanda ruhig.

»An dem Abend, als ich mit Juls gesprochen hatte, bin ich früh zu Bett gegangen und leichten Herzens eingeschlafen«, erzählte Ylva. »So als hätte mein Herz gespürt, dass Ægir auf dem Weg nach Hause war. Ich bin mehrere Male aufgewacht und zum Fenster gegangen. Mir war, als hörte ich die ganze Zeit seine Hufschläge draußen. Und als er plötzlich wirklich da stand, hatte ich eine Todesangst, dass er wieder verschwinden könnte, bevor ich bei ihm war.

Aber er stand immer noch da. Ich habe mich an ihn geklammert, ich konnte nicht anders. Dann brachte ich ihn in den Stall und er hat sich sofort hingelegt. Ich war die ganze Nacht bei ihm. Und als es draußen hell wurde, stand er auf und begann zu fressen. Wir haben Gisli Torsteinsson geholt, damit er ihn untersucht, und die Zeitung angerufen, damit sie ein Foto machen. Wir haben alles getan, worum Juls uns gebeten hatte. Der Artikel wurde so verfasst, als wäre Ægir niemals weg gewesen, und von der Redaktion an deinen Vater gefaxt.«

»Es tut mir alles so unendlich leid«, sagte Amanda.

Ylva starrte hinunter ins Gras.

»Ich weiß«, sagte sie.

So saßen sie eine Weile am Grab von Ægir frá Stóra-Hof. Der Geruch feuchter Erde mischte sich mit den Gerüchen des Meeres, die vom Strand heraufgeweht wurden.

»Ich begreife nicht, wie er es geschafft hat, aus dem Laderaum zu kommen«, sagte Amanda.

»Ægir war nie jemand, der sich so einfach gefangen halten ließ«, erwiderte Ylva. »Du hast ihn ja selbst erlebt. Deshalb durfte er nach Mamas Tod frei herumstreifen. Papa hat es sowieso nie geschafft, ihn länger hierzubehalten.«

»Aber es gab keinen Weg nach draußen«, sagte Amanda. »Die Ladeluke war fest verkeilt.«

»Juls hat sie geöffnet«, antwortete Ylva. »Er hat erzählt, dass es das Letzte war, was er tat, bevor er ins Rettungsfloß sprang. Ich glaube, er hat es für dich getan. Denn er war überzeugt, dass Ægir sowieso ertrinken würde.«

Amanda war ebenso betroffen wie überrascht, dass Juls ihr das nicht erzählt hatte.

»Aber die Entfernung war viel zu groß«, sagte sie. »Und woher hat er gewusst, in welche Richtung er schwimmen musste?«

»Hast du vergessen, dass alle isländischen Pferdenamen eine Bedeutung haben?«, fragte Ylva. »Ægir hat sich immer zum Meer hingezogen gefühlt. Er liebte es zu schwimmen, mehr als irgendein anderes Pferd, das ich kenne. Deshalb haben wir ihn Ægir genannt – nach dem altnordischen Meeresgott.«

»Es tut mir so leid, dass ich ihn dir weggenommen habe«, sagte Amanda.

»Das ist das Merkwürdige daran«, entgegnete Ylva. »Ich empfinde es nicht so, dass du ihn mir weggenommen hast. Ich weiß nicht, ob ein Pferd sich seines eigenen Schicksals bewusst ist. Aber ich werde den Gedanken nicht los, dass er sich *für dich* entschieden haben muss, denn er hatte viele Möglichkeiten, sich *gegen dich* zu entscheiden. Er hätte sich weigern können, dich auf seinem Rücken sitzen zu lassen. Er hätte sich weigern können, verladen zu werden. Ich habe Ægir mein Leben lang gekannt, und was passiert ist, steht im Widerspruch zu allem, was ich über ihn weiß.«

Ylva kämpfte mit den Tränen, versuchte aber trotzdem weiterzureden. Sie sprach jetzt leise, mit einer Stimme, die plötzlich einen starken isländischen Akzent hatte.

»Mein Herz sagt mir, dass es Zeit war, einen Schritt zu machen«, sagte sie. »Dass es Zeit war, ins Zentrum der Ereignisse zu treten, um diejenigen, die es vergessen hatten, daran zu erinnern, dass es einen anderen Weg gibt. Einen Weg, der ihnen wieder einfällt, wenn sie ihn gezeigt bekommen. Ich glaube, dass es das war, was Ægir und ich tun sollten.«

Mehr sagte Ylva nicht. Sie schlug die Hände vors Gesicht und weinte leise.

Amanda saß neben ihr und wusste nicht, was sie antworten sollte.

»Das ist es, was ich begreifen muss. Das ist der Grund, warum er sich entschieden hat, mit dir zu gehen«, flüsterte Ylva. »Aber es fällt mir so schwer … Jetzt ist er fort, und bald wird nicht einmal mehr Staub übrig sein, der daran erinnern könnte, dass er hier war.«

Da hörte Amanda zum ersten Mal ihr eigenes Herz. Und im selben Moment glitten alle Steinchen in ihrem Leben sanft an ihren Platz, bildeten plötzlich ein Muster, das sie sehen und verstehen konnte. Sie lag nicht länger vor ihr, die Landschaft, von der sie einst geträumt hatte. Sie war in ihr und füllte sie aus. Amanda öffnete die Arme und zog Ylva fest an sich.

»Ich glaube, ich verstehe, warum er sich für mich entschieden hat,« sagte sie leise. Und im Stillen dachte sie: *Weil er jemanden gesucht hatte, der eine Botschaft in eine Sprache übersetzen konnte, die alle Menschen verstehen. Jemand, der imstande war, alte Worte lebendig zu machen, bevor sie in Vergessenheit geraten. Worte, die sonst wie tote Fliegen wären, die unter unseren Füßen knirschen.*

Die norwegische Autorin Live Bonnevie wurde 1971 geboren und hat viele Jahre in der Filmindustrie an zahlreichen Drehbüchern mitgearbeitet, bevor ihr erster Roman »Zwischen Himmel und Erde« entstand. Neben dem Schreiben ist der Reitsport ihre große Leidenschaft. Live Bonnevie lebt mit ihrem Mann und ihren zwei Söhnen in der Nähe von Oslo.